KB083080

아, 조선

지은이

장혁주(張赫宙, Chang, Heok-joo)

1905～1998. 대구 출생. 1932년 일본 잡지 『개조(改造)』에 일본어로 쓴 소설 「아귀도(餓鬼道)」로 일본 문단에 등단하며 주목받았다. 「아귀도」는 식민지 조선 농민들의 비참한 생활상을 그려 조선과 일본 문단 양쪽에서 좋은 평가를 받았다. 이후 서울과 도쿄를 오가며 조선어와 일본어로 창작했다. 그러나 조선어 작품에 대한 조선 문단의 반응에 만족하지 못한 데다 개인적인 사건까지 겹쳐 1936년경 일본으로 건너간 것으로 알려져 있다. 도쿄에서 '해방'을 맞이한 뒤 1952년에는 일본으로 귀화, 일본어 글쓰기를 지속했다. 식민지 시기 발표된 대표적인 한국어 작품으로는 「무지개」(1933～1934) 외에 『삼곡선(三曲線)』(1934)과 같은 장편소설이 있다. 한국전쟁을 취재해서 쓴 『아, 조선(嗚呼朝鮮)』(1952)으로 일본에서 성공적으로 재기했으며, 노구치 가쿠츄(野口赫宙)라는 필명으로 평생 꾸준히 작품 활동을 했다.

엮고옮긴이

장세진(張世眞, Chang, Sei-jin)

한림대학교 한림과학원 교수. 연세대학교 국문과 대학원에서 공부했다. 1945년 이후 미국이 개입해서 형성된 동아시아의 냉전 문화에 관해 논문과 책을 써왔다. 저서로는 『상상된 아메리카』(푸른역사, 2012), 『슬픈 아시아』(푸른역사, 2012), 역서로는 『냉전문화론－1945년 이후 일본의 영화와 문학은 냉전을 어떻게 기억하는가』(너머북스, 2010) 등이 있다.

아, 조선 장혁주 소설 선집 1

초판인쇄 2018년 11월 13일 **초판발행** 2018년 11월 19일

지은이 장혁주 **엮고옮긴이** 장세진 **펴낸이** 박성모 **펴낸곳** 소명출판 **출판등록** 제13-522호

주소 서울시 서초구 서초중앙로6길 15, 1층

전화 02-585-7840 **팩스** 02-585-7848 **전자우편** somyungbooks@daum.net **홈페이지** www.somyong.co.kr

ISBN 979-11-5905-332-0 04810
979-11-5905-331-3 (세트)

값 14,000원

장세진 엮고옮김

장혁주
소설 선집
1

아, 조선

A Novel Collection of Chang, Heok-joo
Ah, Cho-seon

소명출판

일러두기

1. 이 책은 신쵸샤(新朝社)에서 1952년 간행된 『嗚呼朝鮮』을 완역한 것이다.
2. 본문의 표기는 현행 한글맞춤법을 따랐다.
3. 몇몇 지명이나 국가명은 현행 한국어의 사용 용례에 따라 고쳤다.
   ex) 북조선(北朝鮮) → 북한, 일미전쟁 → 미일전쟁
4. 단락나누기는 원문의 호흡을 살리기 위해 원문을 따랐다.
5. 주석은 모두 역자 주이며 원주인 경우 '저자 원주'라고 표기하였다.

두 개의 혀, 또 하나의 삶

이중언어 세대의 글쓰기와 장혁주

1.

한국문학사에서 장혁주(1905~1998)는 그다지 명예로운 이름이 아니다. 문학 연구자들이 주로 1940년대 전반 그의 일본어 전시 협력물을 집중적으로 비판해왔다는 점만 보아도 그러하다. 그러나 당시 제국 일본의 국책에 협력하지 않은 문인들의 숫자가 오히려 더 적었고, 사회주의자들의 전향 역시 일반적이었던 상황을 고려하면 장혁주의 일관된 '불명예'에는 좀더 특별한 무언가가 있는 게 아닐까. 어떤 의미에서, 식민지 시기 장혁주의 친일 행적보다 더 문제시된 데에는 해방 이후 그의 일본 국적 취득(1952)을 통한 귀화, 그리고 전전과 전후로 이어지는 장혁주의 일관된 '일본어 글쓰기'가 좀더 크게 작용한 것으로 보인다. 한국어로 쓰인 작품들을 연구한다는 한국문학사의 '자명한' 관점에서 본다면, 그의 일본어 텍스트들은 작가의 친일 전력을 비판적으로 언급할 때를 제외하고는 진지한 연구의 대상이 되기 어려웠던 것이 사실이다.

그러나 2000년대 이후, 한국문학계에서는 이중언어bilingual 세대 작가의 창작이라는 입장에서 장혁주 문학을 재평가하려는 시도가 이루어지고 있다. 넓게 말해, 이중언어 세대란 일본어가 필수 외국어의 지위에서 조선의 공식어인 국어國語로 격상된 1911년 이후 공식적인 제도교육을 받기 시작한 세대를 가리킨다고 할 수 있다. 시기적으로 보면, 1905년생인 장혁주는 식민지 조선의 초창기 문인들, 예컨대 이광수(1892년생), 염상섭(1897년생), 김동인(1900년생)보다는 후배인 한편, 일본문단과 조선문단 사이를 오가며 두 언어로 창작이 가능했던 김사량(1914년생)과 같은 본격적인 이중언어 세대보다는 연배가 훨씬 높다. 사실상 장혁주는 이중언어 세대 작가의 원조 격이라 할 수 있는데, 그의 경우 교육이라는 제도적인 요인 이외에도 창작의 언어로서 일본어를 능숙하게 구사하려는 개인적 의지와 노력이 상당하게 투여된 유형이기도 하다.

물론, 장혁주의 일본어 글쓰기에 대한 평가가 쉽게 바뀌기는 어려워 보인다. 동일한 이중언어 작가이면서도 민족적 저항의 이름으로 한국전쟁 중에 일찍 생을 마감한, 예의 김사량의 경우를 생각한다면 더욱 그러하다. 그러나 장혁주의 일본어 텍스트, 특히 해방 이후 일본어 텍스트를 조금 다른 맥락 속에 놓아보면 어떨까. 더 이상 제국이 아닌 장소에서 계속해서 마이너리티로 살아가야 했던 구舊 식민지인들의 삶과 그들의 언어라는 맥락 속에서라면, 그의 소설은 문학사뿐만 아니라 사회사적으로도 다시 한번 살펴볼 만한 기록이 아닐까. 실제로, 장혁주의 일본어 글쓰기나 귀화라는 선택은 장기간 식민 통치를 겪은 민족의 경우라면, 그 수가 많든 적든 나타날 개연성이 높은 유형이다. 특별히 작가가 아니더라도, 자신이 살던 땅에 계속 남기를 원한 이들에게 귀화라는 생존 방식이 고려할 수 있는 하나의 선택지였던 것만은 틀림없는 사실이기 때문이다.

더욱이, 전후 일본처럼 자국 내에 쭉 거주해왔던 소수민족 집단을 외국인으로 규정하면서 갑자기 시민으로서 권리의 제한을 두었던 경우라 한다면, 이 개연성은 더 높아질 수밖에 없다. 물론, 이 사태는 패전 일본을 장악하여 동아시아 냉전이라는 흐름에 심대하게 관여하게 된 미국의 점령정치가 작동한 결과이다. 덧붙여, 여기에는 다민족 제국의 과거를 깨끗이 지워내고 일본 열도만의 일국 체제를 지향한 전후 일본 정치의 구조적 맥락이 개입되어 있었다. 이 전후 일본 에스닉 정치의 정점에는 물론 전쟁 책임에서 완전히 면제된 '상징천황'이 놓여 있다. (이 책의 뒷부분에는 전후 미점령당국과 일본 정부의 협업이라는 배경하에 장혁주의 귀화와 『아, 조선』을 분석한 글을 함께 실었다.) 전후의 복잡했던 동아시아의 여러 사정들을 고려해보면, 역사적 맥락에서든 한국문학사의 시각에서든 장혁주의 텍스트는 좀더 적극적으로 알려지고 이야기될 필요가 있다. 그러기 위해서는, 무엇보다 제대로 읽혀야 하지 않을까.

2.

해방 이후 장혁주의 텍스트 중에서 한국어로 먼저 소개될 만한 가치가 있다고 판단되는 작품은 크게 두 가지 범주로 나눌 수 있다. 첫 번째는 한국의 상황을 소재로 하고 있는 작품들, 특히 1951년 7월 마이니치 每日 신문사의 후원으로 취재차 한 달간 한국을 방문한 이후 창작된 한국전쟁 관련 글쓰기이다. 두 번째 그룹의 텍스트는 일본 귀화를 선택하게 된 배경이나 그로 인한 내적 갈등, 그리고 전후 일본 사회에서 귀화인으로 생활하면서 겪을 수밖에 없는 어려움들을 소재로 한 자전적 내용의 소설들이다. 『편력의 조서編曆の調書』(新潮社, 1954)가 대표적이다.

우선 첫 번째 부류의 작품에 한정해 살펴보면, 장혁주는 한국전쟁 취재 이후에 다양한 르포 기사와 단편들, 그리고 두 편의 장편소설 『아, 조선』(1952)과 『무궁화』(1954)를 일본 매체에 발표하게 된다. 장혁주가 해방 이후 조선 땅을 처음 밟았던 때는 샌프란시스코 조약(1951)이 체결되기 이전이었던 만큼, 적어도 국내가 아닌 국제법상으로는 일본 내 조선인이 아직 일본인의 신분을 공식 인정받을 수 있었던 시기였다. 덕분에 그는 일본 국적을 소지한 뒤에, 일본 신문사의 특파원이라는 안정된 자격으로 전쟁 중인 한국에 입국할 수 있었다. 일본 국적과 일본어 글쓰기라는 이 조건들은 장혁주가 한반도의 전쟁을 남이나 북 가운데 어느 한쪽을 선택하지 않고 제삼자로서 거리를 두고 관찰할 수 있는 결정적인 물적 토대로 작용했다. 게다가 이 조건들은 한국 정부의 공식 검열로부터도 자유로울 수 있는 사유가 되기도 했다.

실제로, 이 소설은 주인공 '성일'이 북한 의용군에 강제 징집되어 무고한 남한 인민들을 살상하게 되는 경험을 자세히 묘사한다. 그러나 『아, 조선』이 흔한 반공소설에 머무르지 않는 이유는 다른 한편으로 이 작품이 남한 정부에 의해 자행된, 양민을 상대로 한 국가 폭력의 양상에도 같은 비중으로 초점을 맞추고 있기 때문이다. 북한 의용군에서 탈출한 '성일'이 다시 남한 국민방위군에 징집된다는, 이 파란만장한 설정으로 인해 당시 남한에서는 신문 보도조차 자유롭게 허용되지 않았던 거창 양민 학살 사건이나 대대적인 국민방위군 부정 사건들이 이 소설에서는 상당히 비판적인 어조로 자세하게 다루어질 수 있게 된다.

어찌 보면, 소설 전체가 국가에 의해 철저하게 유린당한 난민들의 이미지로 가득하다고 할 수 있는데, 소설의 마지막 장면은 의미심장하게도 수용소(거제도 포로수용소로 짐작되는)를 배경으로 삼고 있다. 당시 포로들에게 주어진 남과 북이라는 선택지 중에서 '성일'이 자신이 살던 남쪽을 원한다는 점은 의심의 여지가 없다(물론, 『광장』의 이명준처럼 제3국을 택한 소수의 포로도 있기는 했다). 그러나 '성일'은 현존하는 남북 정치 체제 어느 쪽에도 진정으로 마음을 주지 않는 인물 유형이기도 하다. "이승만도 김일성도 없는 어딘가 먼 땅에 가서 살 수 있다면 얼마나 좋을까 (…중략…) 그는 정치가 없는 작은 섬에서 천국과 같은 생활을 하는 사람들을 상상하며 선망했다"라는 구절에서와 같이, '성일'의 회의와 환멸은 에두름이 없는 직접적인 언어로 표현되었다. 한국전쟁을 소재로 다룬 1950년대의 한국어 작품들이 극심한 이데올로기적 편향을 보이거나 그렇지 않으면 추상적인 이데올로기 부정으로 흘렀던 것과 좋은 대조가 될 수 있는 부분이다. 일본어로 쓰인 『아, 조선』의 아이러니한 선취라고 해도 좋을 것이다.

남과 북, 양자 모두에 대한 거리두기와 함께 이 소설에서 서사를 이끌어가는 또 다른 축은 기독교로 상징되는 미국의 압도적인 영향력이다. 참화로 인해 생겨난 전쟁 고아의 모티브들이 자주 등장하는 이 텍스트는 사실 미국의 전후 냉전 정책이라는 지평 속에서 독해될 가능성 역시 충분하다. 그런 까닭에, 후원자patron의 자격으로 인종적으로, 문화적으로 생소했던 아시아 국가들과 전후 새롭게 관계를 맺었던 우호적인 미국의 이미지를 이 텍스트 안에서 찾아내는 것은 그리 어려운 일이 아니다. 『아, 조선』이 우경화된 미점령당국GHQ의 검열 체제를 통과하여 일본 미디어에 정식으로 게재될 수 있었던 사정이기도 하다.

3.

오래 전 『아, 조선』에 관해 논문을 썼던 이래, 한동안 이 소설을 잊고 있다가 번역할 엄두를 감히 내게 된 것은 전적으로 한국 인문학계의 연구 현실 덕분(!)이다. 밀린 이자를 갚는 것처럼 논문 쓰기가 일상을 압박감으로 죄어올 때, 이 숨 막히는 쿼타quota의 세계에서 조금이라도 벗어나 다른 종류의 작업, 다른 종류의 글쓰기를 해보고 싶다는 바람이 솔직히 가장 컸다. 매일 오전, 규칙적으로 번역에 썼던 시간들은 더디게 보이기는 하지만 차곡차곡 쌓여가는 성과들을 체감할 수 있었던, 나로서는 기분 좋은 시간이었다.

이 책을 번역하게 되기까지 많은 인연과 만남, 그리고 도움들이 있었다. 조금 길더라도, 이 자리에서 그 분들을 하나하나 밝히고 싶다. 먼저, 이중언어 세대라는 관점에서 1950년대 문학을 다시 읽고 계신 연세대의 한수영 선생님은 나의 장혁주 번역 계획에 첫 번째로 힘을 실어주신 분이다. 아울러, 『장혁주 소설 선집』이라는 프로젝트를 선뜻 받으신, 소명출판의 박성모 사장님께도 못지않은 감사를 드린다.

번역이라는 작업은 여러가지 절차상의 번거로움과 어려움이 함께 따르는 일이다. 저작권 문제로 일본에 거주하고 있는 유족과 연락이 난망한 시점에서, 큰 도움을 주신 동국대의 황종연 선생님께도 이 지면을 빌어 인사드리고 싶다. 무엇보다, 한국의 낯선 연구자를 일본의 유족에게 직접 연결하고, 그 분들을 안심시켜 주신 규슈산업대학九州産業大學의 시라카와 유타카白川豊か 선생님의 도움은 결정적이었다. 흔쾌히, 번역을 허락해주신 유족 대표 노구치 요시오野口嘉男 님께는 두고두고 오랫동안 감사드리고 싶다. 서툰 나의 일본어 편지에, 몸 상하지 않게 천천히 하라며 생면부지의 번역자를 격려해주신 일도 함께.

역시 오래전 일이지만, 신촌의 '한일문학연구회'에서 여러 선생님들과 이 책을 함께 읽은 것도 적지 않은 도움이 되었다. 특히, 세미나의 일원이었던 다지마 데츠오田島哲夫 선생님은 나의 쏟아지는 질문 공세를 고스란히 감수하면서, 난감하고 해괴한(!) 번역 실수들을 꼼꼼하게 바로잡아 주셨다. 최종 단계의 매끄러운 한국어 번역을 위해서는 송태욱 선생님에게 빈번하게 조언을 구했다. 번역의 실수는 자신 없어 고심한 부분에서가 아니라 의외로 스스로 잘 안다고 생각하는 부분에서 나온다는 것을 이번 작업을 통해 확실히 알게 되었다. "인간이 곤경에 빠지는 건 뭔가를 몰라서가 아니"라 "뭔가를 확실히 안다는" 착각 때문이라는, 마크 트웨인의 저 유명한 경구처럼.

언어들 사이에 위계가 명백히 존재하는 한, 이중언어라는 화두는 단지 식민지 시기를 살았던 몇몇 예외적 작가들의 문제로 끝날 일은 아니라고 생각한다. 어떤 의미에서, 소위 '보편어'의 권위와 '힘' 있는 언어에 대한 갈망이라는 문제는 그때보다 더했으면 더했지 결코 덜한 시대가 아니니 말이다.

2018년 11월
장세진

차례

아, 조선

제1부

골고다로 가는 길

〈1〉

6월 25일. 일요일이다. 성일은 느긋하게 자고 있다. 그러나 곧 눈이 떠져 역시 꿈이구나 생각했다. 똑같은 사전이 책장 가득 줄지어 늘어서 있는 것을, 조금도 이상하게 여기지 않고 보고 있었다는 게 우스웠다. 그는 일어나서 옆방에 있는 책장 앞에 가 보았다. 마루 바닥이 까맣게 빛나고 다리가 서늘한 것이 기분이 좋았다. 그는 바로 일주일 전 손에 넣은 산세이도三省堂 콘사이즈 영일 사전과 일영 사전을 꺼내어 손으로 어루만지고는 제자리에 놓으면서, 옥스퍼드 콘사이즈가 갖춰진다면 더 이상 바랄 것이 없겠는걸, 생각했다. 줄지어 선 책들 중에는 붉은색 표지를 한 이노우에井上 사전이 두 권 있었다. 그의 숙부가 물려준 책으로, 그가 휘문중학에 입학했을 때 받은 것이었다. 해방 직후에 서적이 갑자기 줄고, 사전류는 좀처럼 서점에서 볼 수 없었던 시절의 일이어서 받았을 당시에는 정말로 기뻐했다. 그러나 다가오는 가을, 미국 유학생에 응모하는 지금에 이르러서는 좀더 좋은 사전을 갖고 싶었다.

어쩌면 오늘쯤 박문서관博文書館에 들어왔을 수도 있고, 지난 토요일

항공편으로 틀림없이 사전이 들어온다는 사실을 우연히 듣고 온 것은 사촌 형인 영길이었으니까, 사촌형이 벌써 사러 나갔을지도 모른다고 생각하니 안절부절 못하고 초조해졌다.

그는 몹시 서두르며 준비를 하고는 밖으로 나갔다. 어머니와 여동생은 교회에 가서 집에 없고, 하녀인 순이는 툇마루에서 빨간 표지를 한 책을 읽고 있었다.

청량리역 앞 버스 정류소에서 버스를 기다렸다. 그러나 전차는 몇 대나 와서 눈 앞에서 되풀이해 시내로 되돌아가는데, 버스는 아무리 기다려도 오지 않았다.

'뭔가, 아무래도 이상한데' 생각하면서 문득 보니 지프차를 선두로 해서 장갑 자동차가 질주해온다. 버스도 왔다. 하지만, 버스 안에 군인들이 꽉 차 있어 경적을 울리면서 가버린다.

"저… 무슨 일이 있는 건가요?"

성일은 역 안에서 뛰어 나와 만세를 부른 중년 남자에게 물었다.

"무슨 일이냐구요?"

그 사람은 코밑 수염을 팔자로 기르고 있었다. 경상도 억양으로

"잠이 덜 깬 얼굴을 보니 참 천하태평인 건 알겠소만, 인민 괴뢰군대가 38선을 넘어 남침했다는데 무슨 일이 있습니까, 라니 나 참 어이가 없군."

성일에게 심한 면박을 퍼붓고 남자는 전차 쪽으로 뛰어갔다. 흰색 린넨 양복 바지가 주름투성이가 된, 안짱다리로 걷는 그 중년 남자가 몹시도 밉살스러워 뒤를 쫓아갔지만, 성일은 그 남자와는 반대쪽 운전대 쪽에 매달려 사람들에게 밀리면서 안으로 들어갔다.

‘전쟁이 나는 걸까, 설마.’

전차가 움직이며 앞으로 나가자 그는 생각했다. 거리는 평온했고, 평소와 다름없는 왁자지껄한 나들이 인파였다. 동대문부터 좀 전의 종로 4가 근처는 화려하기 짝이 없었다. 쇼윈도에는 마카오 산 상품들이 눈부시게 진열되어 있고, 최신 수입 벰베르크[1]로 만든 치마를 입고 자랑하듯 걸어가는 여자들도 느긋하였다. 그중 한 사람이 영자였다. “미스 김.” 성일이 손을 흔드니, 영자는 돌아다보고 성일을 발견하고는 생긋 웃었다. 쓱 뒤로 멀어져 가는 영자에게서 눈을 떼지 못하고 있는 사이 정류소에 도착했다. 그는 영자 쪽으로 되돌아가려고 생각했다.

그런데 전차에서 내린 순간, 사촌 형인 영길이 부르는 소리가 났다. 아, 내가 한 발 늦었구나, 하고 영길의 겨드랑이에 감싸인 사전을 보았다.

금색이 찬연한 책 등글자에 그는 몹시 마음이 흔들렸다.

“큰일 났어, 성일아.” 말하는 영길의 큼지막한 얼굴에는 근심이 어려 있었다.

“형, 그 사전 나한테 양보해.” 성일이 두터운 책에서 눈을 떼지 못하자

“지금 책이 문제가 아니야. 인민군이 쳐들어오면, 우리가 어떻게 되는지 알기나 해. 이봐. 들어봐.” 그때 비스듬히 와코和光 백화점[2] 4층 창

---

1 벰베르크(Bemberg) : 독일의 벰베르크 회사가 구리암모니아, 수산화나트륨 등을 원료로 하여 만든 인조견사의 상품명. 벰베르크는 전전 일본에서 이미 대중적으로 소비, 유통되었는데, 1931년 미야자키현 노베오카에 본사를 둔 노베오카 암모니아 견사는 1933년 아사히 견직과 일본 벰베르크 견사를 인수해 아사히 벰베르크 견사가 되었다.

2 화광(和光) 백화점 : 여기서는 일본 긴자에 있는 고급 백화점 와코(和光)를 모델로 차용한 것인지 종로에 있던 화신(和信) 백화점의 오기인지 분명치 않다. 1930년대 중반 경성은 인구가 30만 정도로, 다섯 개의 백화점이 있었다. 북촌에 박흥식이 세운 화신 백화점, 남촌에 네 개의 백화점이 있었는데 일본 자본이 세운 미쓰코시[三越], 조지아[丁字屋], 미나카이[三中井], 히라타[平田] 백화점 등이 있었다. 1950년 한국전쟁이 일어나자 화신백화점은 폐점되었고, 전쟁 당시 백화점 건물은 서울의 시가 전투로 총격과 화재가 일어나 시커멓게 그을렸다.

가에 달려 있는 확성기에서 여자의 목소리가 흘러 나온다.

"국군 장병 여러분께 알려드립니다. 적군의 선봉은 동두천까지 육박해왔습니다. 우리의 일선 장병은 적은 병력으로 훌륭하게 싸우고 있습니다. 그러나 휴일이라 부대를 나와 있는 장병들의 응원을 기다리고 있습니다. 지금 즉시 각자 부대로 서둘러 돌아가십시오. 버스 택시 모두 여러분들을 태우고 군의 영문營門까지 모셔다 드립니다……"

그러자 큰길 쪽 보도에서 와하고 사람들이 모여들어 짝짝 박수 소리가 나고, 모여든 군중들은 일제히 만세를 불렀다. 깜짝 놀라 다가가 발돋움해서 보니, 군인 한 사람이 택시를 붙잡아 지금 막 올라 타려는 참이었다. 군인은 발걸음도 씩씩하게 휙 차안으로 들어가고, 문이 닫히자 만세를 외친 군중들의 환호에 화답하며 거수 경례를 했다. 성일은 긴장했지만, 너무나도 갑작스런 일인 데다가 전쟁이 났다는 기분이 들지 않았다. 역시 영길이 가지고 있는 책이 신경 쓰였다.

"그렇게 갖고 싶으면, 너한테 줄게." 영길은 아까워하는 기색도 없이 "너는 무사태평이라 전쟁이 걱정되지 않는 모양이다만, 여차하면 결연히 행동해야 돼"라고 말했다.

성일은 퍼뜩 눈을 떴다. 켜두었던 라디오가 말하기 시작했다.

"우리 국군부대는 이들을 격퇴하고, 긴급 적절한 작전을 전개 중입니다. 동두천 방면에 있는 적은 전차까지 출동시켰으나, 우리 충용한 국군은 맹렬한 포화를 퍼부어 남김없이 격파하였습니다."

뭐야. 괜찮은 거잖아. 성일은 베개 머리에 놓여 있던 사전을 끌어당겨 어루만졌다. 그러자 멀리서 군중의 떠들썩한 소리가 들리고, 승리의 함성 소리인지 홍수 소리인지 모를 소음이 들려온다. 성일은 벌떡 일어나 잠옷 바람에 마당으로 나갔다. 대문을 열고, 골목에서부터 문리대[3] 앞까지 뛰어가보니, 남의 눈에 띄지 않게 아기를 등에 업은 여자, 소의 말고삐를 잡아 끄는 농부들, 울고 소리지르는 아이들로 이비규환이다. 중년의 한 농부를 붙들고, 어떻게 된 것이냐고 물었다.

"얘기고 뭐고 할 게 어디 있겠습니까. 국군 병사들은 자꾸자꾸 죽어나가고, 인민군 전차가 바로 저기까지 오고 있어요."

라고 대답하고 황망히 시내 쪽을 향해 멀리 가버린다. 성일은 열어둔 문이 마음에 걸려 서둘러 집으로 돌아왔다. 어머니도 여동생도 순이도 계속 자고 있다. 자신의 방으로 들어가자 라디오가 기세등등하게 소리치고 있다.

"전과 발표, 옹진 지방에서 적 전차 7대를 격파, 따발총 72문, 소총 132문, 기관총 5문, 대포 1문을 노획하고, 적 1개 대대를 섬멸하였습니다."

안심, 안심이다. 성일은 계속 들려오는 도로의 소음을 향해 말했다.

"바보같은 농부들, 당황할 거 없는데."

날이 밝았다. 어머니가 머리맡으로 와서는 걱정스럽게 말했다.

"어쩌면 좋으냐. 성비는 피난을 가는 게 좋다고 하는데."

라디오가 그 말에 답했다.

"우리 제6사단 제7연대는 임부택[4] 중령의 영웅적인 지휘 아래, 적의

---

3 문리대 : 서울대학교 문리대학을 말하는 것으로 보인다. 소설 속 성일의 집은 청량리 부근인데, 일제시대에는 경성제대의 예과(문과와 이과로 나누어진) 건물이 청량리에 있었다. 그러던 것이 해방 이후 문학부(동숭동)와 이학부(청량리) 건물이 분리된다. 소설 속에서는 아직 문학부가 동숭동으로 옮겨지기 이전인 듯하다.

침공 부대를 춘천 외곽에서 섬멸하였습니다. 옹진 방면의 우리 부대는 거꾸로 38선을 돌파하여, 해주에 돌입했습니다."

성일은 "어머니, 괜찮아요. 전쟁은 이제 막 시작된 거잖아요"라고 말했다.

아침 식사를 끝내고 역 앞에서 전차를 타고 성동역까지 가서, 걸어서 대학이 있는 언덕까지 갔다. 학생들은 흥분하여 온통 전쟁 이야기뿐이었다.

김의석이라는 학생이 "적이 만약 서울에 쳐들어오면, 나는 꼭 학도병에 지원할 거야. 찬성하는 사람은 손 들어봐" 외쳤다. 성일은 친구 김의석의 그 말이 무척이나 기뻐서 손을 들었다. 그러자 그 손을 휙 끌어내리고 "성일아, 조심해. 저런 녀석이야말로 배신자라구". 영길이었다. 그럴 리는 없다고 생각했다. 화려한 양복 입기를 좋아하고, 영화를 좋아하며 대부분의 시간을 찻집에서 보내는 김의석에게 사람을 배신하는 용기 따위 있을 리가 없다고 생각했다.

한창 왁자지껄 떠들고 있는 중에 영어 담당인 유 교수가 들어왔다. 야위고 몸집이 작은 교수에게 학생들은 일제히 전쟁에 관해 질문했다.

"오늘 아침 무쵸[5] 주한 미대사의 라디오 방송에 따르면, UN은 반드시 한국을 원조할 것이고 전도前途는 낙관적으로 봐도 좋다고 생각합니다. 하지만, 적이 전차를 선두로 내세워 38선 전부에 걸쳐 침범한 걸로 봐

---

4 임부택(1919~2001) : 대한민국의 군인. 전남 나주 출신으로 일본군 사병을 거쳐 해방 이후에는 조선경찰예비대에 들어갔다. 한국전쟁 당시 6사단 7연대장으로 전쟁 초기인 6월 25일에서 30일 사이에 벌어진 춘천 및 홍천 전투에서 북한군 2개 사단을 괴멸시켜 공을 세웠다. 이후 한국전쟁의 여러 전선에서 활약했고, 특히 충주와 낙동강 전투에서의 승리가 두드러졌다.

5 무쵸(John J. Muccio, 1900~1989) : 이탈리아 태생의 미국 외교관. 초대 주한 미국 대사였으며 그의 대사 재임 기간 중 한국전쟁이 일어났다.

서는 오래 전부터 전쟁 준비를 했고, 남침한다는 확고한 결의가 있다는 것을 알 수 있습니다. 그런데, 미국은 한국에 대해 무기 대여조차 선뜻 하려 하지 않고, 한국을 포기한다고 성명을 내거나 하고 있습니다. 나는 미국의 모순 투성이 정책이 북한으로 하여금 전쟁을 결의하게 만들었다고 생각합니다. 만일, 불행한 사태가 될 경우 미국은 책임 있는 행동을 취해야 한다고 생각합니다……"

유 교수는 말을 하는 도중에 점점 흥분했지만, 학생들이 열렬하게 박수를 치는 통에 잠깐 말이 끊겼다. 성일은 감격한 나머지 정신없이 박수를 치면서, 김의석이 "그렇습니다. 미군은 반드시 출동해서 적색 괴뢰군을 산산조각내고 때려눕힐 것입니다. 한국군 만세!"라고 외치는 것을 보고 있었다.

집에 돌아오는 도중, 청량리 방면에서부터 마치 행렬과도 같이 이어져 오고 있는 피난민들을 만났다.

바지를 걷어붙이고 정강이에는 진흙을 묻히고 있는 것이 밭에서 그대로 도망쳐 나온 듯한 농부가 있는가 하면, 아기인 줄 알고 커다란 베개를 들고 나왔다며 우는 아낙네도 있었다. 당황해서 정신이 없는 피난민들의 모습은 보기가 딱했다.

청량리역에 이르자 포탄 소리가 잘 들렸지만, 성일은 희망적인 관측을 하면서 국군이 반격하고 있다고 해석했다. 그러나 피난민 중에는 피투성이가 되어 붕대로 몸을 휘감고 전우에게 업혀 가는 군인이 섞여 있었다. 깜짝 놀라 옆으로 다가가 무슨 일이냐고 물었다. 그러자 군인은 겸연쩍은 생각을 덮어 감추려는 듯이 "카빈 총으로 중전차를 깨부술 수 있습니까" 하고 덤벼들었다. "전차에 뛰어들어 깔개가 되어선 우지끈 뼈가 바스러진 전우를 모범으로 삼으라니, 그렇게는 못하지요. 원시 시대 전쟁도 아닌데"라는 말을 남기고 사라져 갔다.

성일은 암담한 기분이 되었다. 혹시 전쟁에 지기라도 하는 것은 아닌가 생각하면서 집으로 가니

"오빠! 목사님이 오셔서 피난 가라고 권하셨어. 우리 어떻게 하지?" 하고 성비가 날카로운 눈으로 쏘아보았다. 원래 기가 센 아이였지만, 오늘은 조바심을 내며 독이라도 내뿜을 기세다.

"뭐, 아직 좀 상황을 보자꾸나. 유 교수님은 괜찮다고 하셨는데. 곧 미군이 올 거야."

"그렇다면, 좋아. 무슨 일이 생기면, 오빠 책임이야!" 성비는 성을 내며 어머니방 쪽으로 갔다.

다음날 정부 대변인이 "정부는 수원으로 옮겼다"라고 발표했다. 느닷없는 일이라, 성일은 멍하니 라디오 앞에 앉아 있었다. 그러자 북한 방송이 들려 왔다. 김일성의 목소리였다.

"서울시의 해방은 목전에 와있습니다. 서울 시민은 영웅적인 우리 인민군을 마음으로부터 환영해주시기를 바랍니다……"

누이가 툇마루를 따라 뛰어와서, "오빠, 어떻게 해? 기독교 신자는 모두 참살당했대" 하고 소리친다.

아버지가 돌아가신 뒤부터 반쯤은 환자가 된 어머니를 모시고 피난 갈 생각만 해도 성일은 진절머리가 났다. 그렇지만, 어떻게든 해서 수원까지 달아나보자. 그리고 나서 다시 원주까지 가면, 외할어버지가 계

신다. 시골에서 조용히 영어 공부라도 하고 있으면, 여름 한 철 지내는 중에 어떻게든 되겠지. 이렇게 생각하자 기운이 났다.

그래서 큰길로 나가 택시를 잡는다, 짐차를 찾아본다 했지만, 승용차는 군대에서 징발해갔고 어쩌다 눈에 띄는 택시에는 돈 많은 부자로 보이는 가족들이 가득 타고 있다. 청량리역에도 성동역에도 난민이 몰려들어 기차를 내라고 소리치고 있었지만, 역원 자체가 이미 도망갔거나 피난 가는 데 열중이어서 거들떠도 보지 않았다.

성일은 하는 수 없이 집으로 돌아가 어머니와 성비가 싸놓은 짐들을 륙색[6]에 나누어 담고는, 어쨌든 서울역까지 가보자 하고 집을 나섰다. 대문에서 헤어질 때, 성비가 순이에게

"넌 고용인이니까 인민군이 와도 괜찮을 거야" 하고 말했다. 순이는 조금 슬픈 듯이 얼굴을 일그러뜨렸지만 곧 체념했다.

그 체념하는 얼굴을 보자 성일은 연민을 느꼈다. 순이는 강원도 농가에서 태어났다. 자작농을 하는 제법 유복한 가족에서 자랐지만, 소학교를 졸업한 해에 부친이 투기 거래에 손을 대어 실패하여 자살했다. 순이의 위로도 아래로도 형제 자매들이 많이 있었기 때문에, 순이는 하녀살이로 집을 떠나게 되었다. 한두 군데서 고용살이를 했지만, 학대가 심해서 기독교 신자 가족이라면 어떨까 해서 성일의 집에 오게 되었던 것이다. 순이는 성비의 책을 몰래 가져다가 읽고는 성비에게 혼이 나기도 했지만, 교회 야학에서는 언제나 1등을 하고 크리스마스에는 성경 연극 등에 출연해 성비의 질투를 샀다.

---

6 륙색(rucsack) : 물건을 넣어 등에 질 수 있도록 만든 등산용 배낭.

자기들만 피난을 가고 순이 혼자 빈집을 지키게 한다. 오도카니 혼자서 외롭게 빈집을 지킬 순이의 모습을 그려보고 성일은 가엾은 생각이 들어 견딜 수 없었다.

"순이야! 적적하거든, 내 책장에서 아무거나 좋아하는 책을 꺼내 읽어도 괜찮아." 말하면서 성일은 눈물을 글썽거렸다.

"네!" 순이는 고개를 떨구었다. 성비와 동갑이지만, 훨씬 더 체격이 컸다. 순이는 주인의 그 말에 오히려 자기의 신분을 떠올리게 되어 눈물이 났다. 그런 순이가 언제까지라도 눈에 아른거려 곤혹스러웠지만, 성일은 피난에 마음을 빼앗겨 계속 걸었다.

한강변에 이르렀을 때는 벌써 해가 저물어 있었다. 걷는 데 익숙치 않은 어머니가 도중에 몇 번이나 쉬고 싶다고 말해서, 동대문에서 종로를 지나 서대문으로 오는 데 남은 한나절을 다 써버렸다. 거기서부터 충무로로 나와 서울역을 왼쪽에서 바라보면서 아현동에 이르자, 축제날과 같이 혼잡스러워 앞으로 나아갈 수 없을 정도로 피난민이 몰려들고 있었다. 쓰러져 넘어지면 그뿐 깔려 죽을 것 같았다. 살기등등한 사람들 사이에서 발에 생긴 물집을 호소하는 어머니를 격려해가면서 걸어가는 것이 고작이었다.

땅거미가 질 무렵이라 강가는 안 보였다. 마포 나루터는 발 디딜 틈도 없이 사람들로 꽉꽉 들어찼다. 더 이상 한 발짝도 움직일 수가 없고, 인파가 앞으로 움직여 나가는 것을 기다려 조금씩 앞으로 나아가는 수밖에 없었다. 어딘가 앉고 싶다, 어머니가 그렇게 말했지만 멈춰서서 다리를 쉬게 하는 일도 할 수 없었다.

"여기서는 도저히 나룻배를 탈 수가 없어요. 차라리 철교 밑으로 가지 않을래요?" 성비가 말했다.

세 사람은 조금 돌아가서, 골목을 우측으로 빠져나와 청암동으로 나왔다. 강가로 내려갔지만 거기도 사람으로 가득 차 쉴 데도 없었다.

마포 나루터가 오른쪽으로 희미하게 보였다. 평평한 배 밑바닥부터 콩나물처럼 사람들이 꽉꽉 들어차서 천천히 강 상류 쪽으로 멀어져 간다. 배의 가장자리는 수면에 닿을락 말락하게 되고, 한 무리의 사람들이 주르르 강 수면 위를 미끄러져 나가는 것처럼 보였다. 그러다 사람들 무리가 비스듬히 기울어져 우르르 무너지더니 강 한가운데로 빠졌다.

아우성치는 소리와 비명이 손에 잡힐 듯이 들리는데, 쑥 하는 소리가 나는 것처럼 배는 일순간에 뒤집혔다.

"어머나." 성일의 어머니는 기절했다. 강기슭에서 떠들썩한 소리가 나서 큰 소동이 났지만, 성일은 여동생과 둘이서 어머니의 얼굴을 문지르고 팔다리를 두드리며 정신없이 움직였다. 이윽고, 어머니가 숨을 다시 쉬기 시작하더니 어떻게 됐냐고 물었다. 어머니의 눈에는 공포가 어렸고 숨이 거칠었다.

"모두 무사해요." 성비가 자신 있다는 듯이 말했다.

"그래? 다행이구나." 어머니는 안심하면서 "그래도 나룻배는 무서우니까 철교를 건너가자꾸나" 하고 말했다.

성일은 어머니가 지고 온 짐까지 두 사람 몫을 짊어지고 걸어가기 시작했다.

비가 내리기 시작했다. 사람들의 떠들어대는 소리와 비 소리로 주변은 한층 더 소란스러워졌다. 어머니가 비를 맞으니 기분이 좋다고 말했지만, 흠뻑 젖은 모습은 뭐랄까 비참했다.

사람들이 뒤에서 와서는 세 사람을 앞질러 가거나 반대쪽에서 이동해오거나 했기 때문에 구룡산까지 가는 데 시간을 잡아먹었다. 철교가 보였다. 그때 하늘이 완전히 두 개로 찢어지는 듯한 섬광이 빛나더니, 계속해서 굉음이 나면서 철교가 솟아올랐다. 발바닥의 진동이 강하게 느껴지고, 귀가 들리지 않게 되어 세 사람은 그 자리에 쓰러졌다. 사람들이 우르르 달리고 비명을 지르거나 하며, 세 사람을 밟고 넘어 뒤쪽으로 달려간다. 성일은 짐을 내팽개치고 어머니를 업고 원래 있던 쪽으로 달렸다. 얼마 안 있어 어느 골목에 어머니를 내려놓고 위기를 모면했다.

"어차피 죽을 거라면, 집에 가서 죽고 싶구나." 어머니가 처량한 목소리로 말했다.

〈2〉

큰길에서 흥분하여 떠들썩한 소리가 났다. 성일은 눈이 떠지고 나서부터 쭉 그 소리에 신경을 쓰고 있었다. 새벽까지 계속 울렸던 포성도, 기관총의 성급한 소리도 지금은 뚝 그치고, 거리는 고요해졌다. 그 가운데 귀에 익지 않은 수레바퀴 소리와 군중이 외치는 만세가 파도 소리처럼 들려온다. 성일은 불안을 느끼면서도, 또 호기심이 생겨 거리로 나가볼까 싶었다. 어머니도 여동생도 어제의 피로로 깊이 잠들어 있다.

날이 밝자마자 서울에서는 혁명이 시작되었다. 거리 자체는 조금도 변한 것이 없었지만, 길에서 벌어지고 있는 사태는 어제까지의 한국이 아니라는 것이 느껴졌다. 거리 상황을 알아보게 해야겠다는 생각에 순이를 불렀으나 대답이 없었다. 인기척이 없는 부엌 쪽을 바라보고는 떡하니 입을 벌리고 열려져 있는 대문에 눈길이 가서, 그는 자기가 나가 보기로 했다. 검은색 서지serge[7] 양복 바지에 노타이 셔츠라는 멋진 차림새를 했지만, 왠지 모르게 문득 오래 입어 낡은 흰 린넨 바지로 갈아입었다. 이것이 그에게 뜻밖의 행운을 가져와 반 시간 후에 그의 목숨을 살리게 된다.

성일은 문 밖으로 나가자마자 골목 전체가 새빨갛게 변한 것 같은 착각이 들었다. 어느 집 문에도 빨간 기가 걸려 있고, 조금 높은 건물에는 커다란 붉은 기가 휘날리고 있다. 골목을 나와 큰길에 가보니, 문과대학 교정에는 특별히 커다란 붉은 깃발이 오 척의 정사각형으로 나부끼고 있고, 그를 지나치는 모든 사람들도 팔에 붉은 천 조각을 둘러 완장 대신으로 하고 있었다.

큰길에는 인파가 몰려서 작은 붉은 기를 저마다 손에 들고 미친 듯이 흔들어 대고 있다. 성일은 쭈뼛쭈뼛 인파의 뒤쪽에 서서 앞 사람의 머리 사이로 큰길을 엿보았다. 마침 전차가 와서 서고, 문이 열리면서 군대가 불쑥 나타나는 참이었다. 그러자 갑자기 사람들이 일제히 적기를 흔들며 '인민군 만세', '서울 해방 만세' 하고 외쳤다. 군인들은 그 외침소리와 깃발의 거센 바람을 뒤집어쓰면서 천천히 밖으로 나와 전차 밑

7 서지(serge) : '견'이라는 뜻의 라틴어 serica에서 유래했다. 실의 꼬임수가 많고 조직이 치밀하여 구김이 잘 생기지 않고 내구성이 좋은 직물로 수트, 바지, 코트, 스커트 등에 사용된다. 세루라고도 부르는데, serge를 일본어화한 세루지(セルじ)의 준말이다.

에 섰다. 그리고 나서 또 한 사람의 병사가 기름투성이가 된 옷차림으로 나타났다. 더러워진 옷의 군인은 반대 측으로 돌아 총신 아래 철판에 앉아 쉬는 자세가 되었다. 그러자 성일의 바로 앞쪽에 있던 인파로부터 차도 쪽로 내려선 남자가 커다란 붉은 기를 응원 단장처럼 흔들면서 "인민군 만세" 하고 선창을 했다. 그러자 양측의 인파가 다시 만세를 부른다. 그러자 그 남자는 "김일성 장군 만세" 하고 외친다. 인파가 그 소리를 따라한다. 그러자 남자는 계속해서 "스탈린 만세" 하고 외쳤다. 그러나 이 스탈린 만세는 조금 열기가 줄어들어 깃발의 물결도 흐트러졌다. 거기에 열기를 더하려는 듯이 열광적인 스탈린 만세를 외치고, 사람들 앞을 날듯이 뛰어오르는 청년이 몇 명인가 있었기 때문에 모두 생각이나 난 것처럼 만세를 다시 불렀다.

병사는 꽤나 무관심한 태도로 팔짱을 끼거나 무릎을 감싸 쥐거나 하면서 멍하니 사람들을 바라보았다. 성일은 병사가 온순하고 온화한 것에 호감이 갔다. 이런 것이라면 아무것도 피난 갈 일은 없는 것이라고 생각하면서, 어젯밤 한강가에 버리고 온 짐이 아까워졌다. 그의 륙색 가방 안에는 영길이 양보해 준 사전이 들어 있었기 때문이다. 붉은 기를 흔들고, 붉은 완장을 차고 인민군 만세를 외치는 것으로 만사가 본래대로 된다면 상황이 조금은 지나치게 좋다. 조용한 군대와 열광적인 군중 사이에 뭔가 어울리지 않는 것이 있다고 생각하고 있는데, 느닷없이 하늘빛 마로 된 치마를 입은 한 부인이 도자기에 물을 담아 나왔다. 왼쪽 빰에는 커다란 붉은 사마귀가 나 있어 추했지만, 군인 앞쪽으로 가서 애교 있는 웃음을 지으며 물 드세요라고 말한다. 그 모습은 아무래도 비굴하고 싫은 것이었다. 병사는 관심을 보이지 않았다. 그러자 여자는 "네, 드세요" 말했다.

병사는 "괜찮습니다" 거절하며 웃었다. 그 얼굴은 사람좋은 호인처럼 보였기에 성일은 동포의 정을 느꼈다.

부인은 조금 겸연쩍어 붉은 사마귀가 뒤틀리는 것처럼 보였지만, 도자기를 든 채로 뒤쪽의 병사에게로 갔다. 그 병사는 무서운 맹수를 연상시키는 커다란 몸집으로 무뚝뚝하게 있었다. 양쪽에서 보고 있던 사람들은 어떻게 되나 하며 마른침을 삼켰다. 부인은 그것을 의식하고는 붉은 사마귀가 난 얼굴에 애교 띤 웃음을 띄우고 "아 참 — 드세요—" 하고 졸랐다. 사람들이 와 하고 웃었다. 병사는 묵묵히 도자기를 받아 꿀꺽꿀꺽 마시고는 마시고 남은 물을 도로에 버리고 부인에게 돌려주었다. 부인은 승리를 얻기라도 한 듯 용기백배해서 만세를 불렀다. 그러나 사람들은 만세를 따라 부르지는 않고 웃었다. 열광했던 청년이 거기에 응해 붉은 기를 흔들었다. 그래도 사람들은 이제 어지간히 만세를 불렀다는 식으로 잠자코 있다. 그러자 차림새가 보잘 것 없는 처녀 하나가 성일이 있는 쪽 인파 속에서 뛰어나와 청년에게 호응했다. 그러자 사람들이 와 하고 소리를 지르며 그 처녀를 따라했다.

문득 성일은 처녀의 얼굴을 보고는 깜짝 놀라 자신의 눈을 의심했다. "순이." 그는 하녀의 이름을 불렀다. 지저분한 치마를 입고 연기에 그을린 얼굴을 한, 갸름한 얼굴에 동그란 눈을 가진 저 온순해 뵈는 아이가 언제 이렇게 변했단 말인가.

이 새로운 사실을 대체 어떻게 받아들여야 할까. 성일은 알지 못했다. 시킨 일을 그저 부지런히 하고, 잘못을 저질렀을 때는 혼이 나고 아무리 욕을 먹어도 말대답 하나 없는, 자기 의지가 있는지 없는지 알 수 없을 것만 같던 순이가 언제 어떻게 저렇게 변한 것일까. 그것은 성일에게 하나의 이변이었다.

돌연 아주 가까이에서 탕탕 하고 두 발의 총성이 났다. 퍼뜩 정신을 차려보니 물을 먹던 병사가 풀썩 고꾸라져 있었다. 그러자 그때까지 계속 뒤쪽에 있었던 것으로 보이는 다른 병사 세 명이 휙 나타나 이쪽 편에 있던 사람들 무리로 뛰어든다. 장총으로 겨냥도 하지 않은 채 탕탕탕 사격을 시작했다. 사람들의 행렬이 무너져 아비규환이 되었고 주변은 아수라장이 되었다.

성일은 힘껏 되돌아 뛰었다. 나중에야 이름을 알았지만, 그 따발총이라는 무기는 기관총처럼 총탄을 튀겨 내어 성일의 뒤쪽에서 따라오던 군중을 픽픽 넘어뜨렸다. 성일은 다리가 공중에 붕 뜨고 손이 마비되어 뭐라 말도 할 수 없이 초조한 가운데, 여하튼 큰길에서 옆길로 뛰어 들어갔고 그 옆길을 벗어나 좁은 골목으로 들어갔다. 많은 사람들이 모여 있다가는 당하고 말 것이라는 생각에 순간적인 판단으로 그 골목길로 들어갔던 것이다. 그러나 공교롭게도 거기는 막다른 골목이었다. 앗, 하고 돌아가려는 순간 "잠깐" 누군가가 다급하게 말하며 성일을 앞으로 마구 밀어냈다. 잡으러 온 사람인가 두려움에 머리카락이 곤두설 지경이었는데, 뒤쪽의 사람이 계속 "앉아, 앉아" 하고 말했다. 그 목소리가 상당히 친절했기 때문에 안심하고 하라는 대로 쪼그리고 앉아 붉은 벽돌담에 바싹 기대었다. "지금, 문 열라고 할게요." 조금 지나자 그 사람이 말했다. 그때까지 전혀 알아차리지 못했지만 벽돌담에 붉은 페인트로 칠한 나무 판자가 꼭 끼여 있고, 역시 붉은 색의 문이 있었다. 그 사람이 문을 똑똑 두드리자 안에서 문을 열어주었다. 문이 열리자 파초 잎 그늘에 철색의 커다란 항아리가 여럿 놓여 있는 것이 눈에 확 들어왔다. 성일은 그 사람에게 떠밀려서 항아리 그늘에 쪼그리고 앉았고, 그 사람은 문을 닫았다. 그는 거기 놀라서 서 있는 부인에게 큰길 쪽을 망보라고 말했다. 그러자 성일은 문득 그 사람이 누군지 알아차렸는데, "아, 애국반[8]장님이셨군요" 하고 말했다. "쉬!" 애국반장의 사려깊어 보이는 큼지막한 얼굴이 진지하게 긴장되었다. 겁에 질린 눈동자에는 깊은 출렁임이 생겨났고, 둥근 턱은 약간 일그러졌다. "국군이 왔소. 사람들 무리에 살짝 숨어 있는 것을 내가 봤소"라고 말했다. 성일은 점점 더 겁이 나 벌벌 떨며, "어찌 되는 건가요" 물었다.

"글쎄, 어떻게 될까요."

반장 이청인은 자신 없는 얼굴로 답하고는 큰길 쪽으로 귀를 바싹 기울였다. "조용해졌네요. 자, 문 밖으로 가보십시다" 하며 허리를 펴고 일어섰다. 성일도 따라 일어서서 담 밖을 보았다. 그러자 육 척[9] 남짓한 높은 담에 닿을락 말락하게 병사의 머리와 총구가 보여 깜짝 놀라 몸을 움츠리면서 이청인의 알파카[10] 상의를 끌어당겼다.

"뭐요, 괜찮아요. 들킨다 한들, 우린 범인도 아니잖소……" 이청인은 이렇게 대답했지만, 성일은 겁을 먹고 그 목소리를 담장 밖 사람이 들은 것은 아닐까 조마조마했다.

---

8 애국반 : 애국반은 일제 말기 전시체제하에서 총독부가 주축이 되어 만든 전국 단위의 최하부 말단 조직이다. 총독부는 애국반 단위를 통해 주민들에게 후방에서의 마음가짐과 임무에 대해 선전하면서 노동력과 자원 등을 체계적으로 동원하고자 했다. 애국반은 대한민국 정부 수립 이후 국민반으로 이름을 바꿔 주민 동원과 감시의 기능을 계속했다. 장혁주는 1950년대의 국민반이라는 용어 대신 일제시대의 애국반이라는 용어를 사용한 것으로 보인다.

9 척(尺) : 길이의 단위. 자와 같은 말로, 한 자는 한 치의 열 배로 약 30.3cm에 해당한다.

10 알파카 : 알파카모를 포함한 직물의 총칭이다. 양모에 비해 권축은 적고 강도는 크다. 캐시미어 산양에서 얻는 캐시미어와도 유사한 느낌이며 섬유의 색은 주로 회색, 갈색이나 검정색도 있다.

거기는 이청인 집의 뒤뜰이었다. 간장과 된장 항아리를 놓아둔 장독대에서 안방 쪽 뒷문이 보였다. 온돌 아궁이가 있는 데서 대문 쪽으로 돌아 사랑 쪽으로 나가려는 그 순간, 넓은 앞뜰의 정면에 있는 대문을 누군가가 맹렬하게 두들기며 문 열어 문 열어 한다. 순식간에 얼굴이 파랗게 질렸지만, 이청인은 느긋한 목소리로 "손님이 오셨나보다. 문 열어드리렴" 하고 명을 내렸다. 부엌에서 소녀가 뛰어나가 문을 열었다. 병사와 완장을 찬 양복 차림의 남자가 나타났다. 성일은 깜짝 놀라 숨을 죽였다.

"당신이 이청인인가."

본 적이 없는 완장을 찬 그 남자가 말했다.

"그렇습니다. 제가 이청인이라고 합니다."

"반장을 한 이청인이 틀림없나?"

"네, 틀림없습니다만, 무슨 일이십니까?"

이청인은 침착한 듯 보였지만, 목소리가 떨렸다.

"저 청년은 아들인가?" 완장을 찬 남자가 성일 쪽으로 다가왔다. 성일은 흠칫 얼었다. 완장을 찬 남자는 매서운 눈으로 성일을 노려보며 성큼성큼 밖으로 나갔다 들어온다. 성일을 끌어당겨 세우면서 난폭하게 밀었다. 성일은 차렷 자세를 한 채 가까스로 버티고 섰다. 그러자 남자는 성일의 바지 주머니를 뒤지며 허리를 더듬고 몸수색을 했다.

"동무, 이 새끼가 아니야. 검은 바지를 입고 있었다고 기억하는데"라고 말했다.

"그런가. 동무가 봤다는 검은 바지를 입은 자가 아닌 건 확실하지만, 용의자로 끌고 갈까." 병사가 따발총을 겨누고, 마당 한가운데 우뚝 서서 대답했다. 총대가 터무니없이 긴 탓에 탄띠가 늘어져 볼썽사나웠다.

"아니, 이 녀석 보다 아비 쪽이 중요 인물이야. 저 새끼는 애국반장이었거든. 우리 인민위원회의 적이야. 반동 수괴의 한 사람인 게 틀림없어" 하고는 "어이, 당신은 따라와" 완장 찬 남자가 수갑을 주머니에서 끄집어 냈다.

"난 아무런 나쁜 짓도 하지 않았다. 범인도 아닌 사람을……"

이청인이 조금 성난 듯이 말하기 시작했지만,

"반동이니까 데리고 가"라고 완장 찬 남자가 말했다.

"가십시다. 도망가지도 숨지도 않을 테니, 수갑만큼은 좀 봐주시오."

이청인은 수갑을 뿌리치면서 걸어 나갔다.

그 뒤로 병사가 따라 나가면서 성일을 힐끔 노려보았다.

성일은 세 사람이 대문 밖으로 보이지 않게 될 때까지 정신을 잃은 것처럼 있었다. 이청인의 부인이 울음을 터트리며 달려들면서 "어떻게 되는 거죠?" 외쳤다.

그는 이청인을 위해 한 마디도 도와주는 말을 하지 않았던 자신이 부끄러웠다. 그렇지만, 새파랗게 질려 부들부들 떨고 있었기에 그는 부인에게 아무런 위로의 말도 할 수 없었다.

며칠이 지났다.

인민재판에 각 세대의 책임자는 출석해야 한다, 반동 이승만 정부의 끄나풀들을 우리 인민의 손으로 재판하고 처형하는 것이 우리 민주인민정부의 관례다, 라는 회람장이 돌았다.

성일은 전차병 사살 사건에 끌려 나가게 되지 않을까 수명이 줄어들 정도로 걱정하며 지냈지만, 다행히 그 사건은 진범이 붙잡혔는지 그걸로 끝이었고 그는 혐의는 받지 않았다. 그는 안심이 되어 인민재판에 나가 보리라는 마음이 생겼다. 지금까지 한국 정부하 행정 기관은 모조리 붕괴되었고, 새로운 조직이 급속히 만들어졌다. 그 행정 능력은 놀랄 정도로 조속하고 적확한 것이었다. 동에는 동회 대신 동 인민위원회가 생겨 위원장에는 사상범으로 서대문 형무소에 있었던 김종근이라는 사람이 취임했다. 위원도 모두 한국 정부하에서 백안시당하거나 북에서 온 사람이 선발되었다. 그 행정위원회가 내린 지령 제1호가 이 인민재판이었다.

성일은 누구를 어떻게 재판한다는 것인지 짐작이 가지 않았다. 검찰 기관이 진주하기 전까지 임시 조치라는 것은 대략 짐작이 갔지만, 무언가 무서운 일이 있을 것만 같아 조심조심 지정 장소에 나갔다. 성일이 갔을 때는 문과대학 교정에 많은 수의 인근 동민이 모여 있었고, 위원장 김종근이 높은 곳에 서서 연설을 하고 있었다.

"……그런데도 이 반동들은 우리 인민해방의 영웅들을 체포하고 투옥하며 생명을 빼앗았던 것이다. 괴뢰 우익 파쇼 이승만 정권의 주구가 되어 그 협력자였던 악질 반동들이야말로, 인민의 생활을 위험에 빠뜨리고 통일을 방해하고 민족을 멸망시키려는 우리 인민공화국의 원수라 하지 않을 수 없는 것이다……"

주먹을 쥐고 목소리가 갈라져 인후에서 피가 나오지 않을까 싶은 음성으로 크게 외치자, "옳소" 외치는 박수가 일어나 장내는 술렁거렸다. 그러나 성일은 정신을 차린 듯이 문득 장내의 사람들을 보았다. 박수치고 있는 사람은 몇 명에 지나지 않았고, 안면이 있는 동네 사람들은 이 새로운 집회 방식에 당혹스러워 하면서 무슨 일이 일어날까 마른 침을 삼키고 있다. 성일은 박수 치지 않은 것이 자기만은 아니었다고 안심하며 사람들 뒤로 숨어 숨을 죽였다.

위원장은 한층 더 소리를 높였다.

"자! 동무 여러분! 여기 이름 불리우는 자의 얼굴을 잘 보시오."

그러자 사람들의 머리가 맹렬히 요동치며 소곤소곤 술렁거렸다. 끌려올라 온 남자를 보고 성일은 아! 하고 어디선가 만난 적이 있다고 생각했다.

"이 새끼는 이름을 박삼의라고 하는데, 경찰 스파이다. 인민의 영웅을 다섯 명이나 밀고한 자다." 재판을 당하는 남자는 눈을 감고 얼굴은 흙빛이 되어 양손을 축 늘어뜨리고 있다. 그 먼지투성이 얼굴은 사각형의 종이처럼 평평하고, 린넨 양복은 커다란 어깨뼈로 떠받쳐져 있어 종이 호랑이張りこの虎[11]같이 허세를 부리고 있었다.

"그 죄상이야말로 실로 하늘과 땅이 모두 용서할 수 없는 것이다. 이 새끼는 총살형에 처할 것이다만, 이의는 없는가."

"찬성!", "찬성!" 장내의 여기저기에서 노기 띤 목소리가 울리고 박수 소리까지 났다.

"그러면, 이의는 없겠지?" 동 인민위원장의 좁다란 얼굴이 예리하게 군중을 노려보았다. 그러자 한 부인의 목소리가 "이의 없습니다. 저런 놈은 만번 죽여도 아깝지 않아" 하고 외쳤다.

사람들의 고개가 휙 그쪽을 향했다. 성일은 그 부인을 보았다. 붉은

---

11 고개가 움직이도록 만든 호랑이의 종이 세공(はりこ, 하리코)을 뜻한다. 하리코는 골에 종이를 여러 겹으로 바르고 말린 다음에 속의 골을 빼서 만든 종이 세공을 뜻한다.

사마귀가 있었다. 전차병에게 물을 떠다 준 그 부인이었다. 부인은 기세 좋게 끼어들어

"저 놈은 우리 집 양반을 경전京電[12]에서 쫓아낸 장본인이야. 파업에 참가한 종업원을 모조리 밀고하고 체포해 갔다구. 우리 집 양반 수명을 줄어들게 한 게 저놈이라구. 저 놈의 간을 씹어 먹어도 성이 안 찰 정도야!"

사납게 울부짖는 부인을, 피고가 단 위에서 지긋이 내려다보았다. 그 얼굴을 보고 성일은 문득 생각해냈다. 전쟁이 일어나던 날 아침, 역 앞에서 그를 입정 사납게 욕하던 경상도 억양의 남자였다. 유들유들한 어조로, 전쟁이 일어난 것도 모르고 멍청한 얼굴을 하고 있다고 했던 말을 떠올리자 성일은 조금 화가 났다.

그렇지만 단지 그것만으로 저 남자를 사형에 처하는 것에 찬성할 수는 없다. 부인이 떠드는 소리가 잦아들 때, 다음 피고가 끌려 올라갔다. 그 사람을 보자 성일은 앗 하고 소리를 지를 뻔 했다. 반장 이청인이 검은 알파카 양복 차림으로 위축된 얼굴을 한 채 재판하는 사람 옆에 서 있는 것이었다. 반동 협력자이면서 인민의 적, 이라는 위원장의 말에 성일은 적잖이 반발하는 기분이 되었다. 그날, 자신의 생명을 구해준 은인이며(그날 피의자로 구류된 많은 청년들이 총살되었다) 학생과 여자들뿐인 가족이라면서 특별히 사정을 봐주었던, 이해심 많았던 반장을 사형에 처해서는 결코 안된다, 마음속에서는 격하게 느꼈지만 눈 앞에서 재판은 정해진 틀에 따라 진행되었다. 먼젓번 방식에 따르자면, 총살형에

12 경성전기 : 1898년 1월에 미국인 H. 콜브란, H. B. 보스윅 두 사람이 서울에 한성전기회사(漢城電氣會社)를 세웠다. 1915년 경성전기주식회사로 이름을 바꾸었다. 해방 이후까지 계속 운영되다가 1961년에 이르러 조선전업과 경성전기, 남선전기 3사가 통합되어 한국전력주식회사로 통합되었다.

처해진다는 것을 알면서도 일언반구도 의견을 내지 못한 채 있었다.

"이 자를 총살형에 처한다. 이의 있는 자는 손을 들어라."

"찬성, 이의 없소!" 몇 사람의 청년이 외쳤다.

"이의 없습니다."

아까 그 부인도 흥분해 말했다. 성일은 이때다, 라고 생각했다. 찬성하지 않는다는 말 한마디를 진술하려고 했다. 그러나 입이 쇳덩어리처럼 굳고 무겁다.

"좋아, 찬성자는 손을 들어 주시오." 위원장이 큰 목소리로 말했다. 손이 여기저기서 올라갔다. 그러나 전원은 아니었다. 성일은 안심하고 여기서 다시 무슨 말인가 해야겠다고 생각해 이의를 제기하려고 했다.

"자네는 어느 쪽인가? 찬성하지 않는다면 그렇게 말해도 돼. 반동 패거리라면 틀림없이 이의가 있겠지?"

하고 면식이 없는 청년이 성일의 눈을 아이들이 눈싸움을 하듯이 눈 한 번 깜빡이지 않고 노려보았다. 성일의 눈동자가 조금이라도 흔들리면, "너는 반동이다"라고 소리칠 태세였다. 성일은 공포로 몸이 흠칫 굳었다. 대답을 망설이면 틀림없이 눈동자가 흔들리거나 눈을 감겠지. 그러면 이 남자는 여기에도 반동이 있다고 말할 테고 그럼 나는 어떤 일을 당할지 모르는 일이야, 생각했다.

"이의 없습니다." 성일은 대답했다.

"근데, 왜 손을 들지 않는 거지?"

"몰랐습니다." 성일은 이렇게 말하면서 손을 들었다. 그러자 옆에서 이 광경을 보고 있던 사람들이 그 청년이 알아차리지 못하게 가만히 손을 들었다.

"좋아. 전원 찬성. 악질 반동 두 명은 즉시 형을 집행한다. 여러분은 뒷산까지 반동을 연행해 주시오." 위원장이 말했다. 성일은 멍해졌다. 나는 저 사람의 은혜를 배신했다, 나는 비겁자다, 라는 참회로 자살하고 싶은 기분이 되었다. 핑핑 눈이 돌아 쓰러질 것 같았다.

"똑바로 하세요. 의심받으니까." 누군가가 그의 등을 받쳐 주었다. 봤더니 교회의 전도부인이었다. 신자 가정 방문을 차례로 돌 때 와서 때때로 저녁 식사를 같이 했던 적이 있는 부인은 "잠자코 따라가야 해요." 엄하게 말하면서 그의 허약한 마음을 격려했다.

'반동'은 도주할 염려가 전혀 없었지만, 손을 등 뒤로 돌려 묶인 채 앞뒤로는 따발총을 짊어진 병사가 감시하고 그 뒤를 동인민위원과 인민들이 행렬을 이루어 따라간다. 골목을 지나 언덕으로 음울한 얼굴로 힘도 없이 걸어가고 있는 사람들의 뒤에서 성일은 몇 번이나 도망가고 싶었지만, 반동이라 불릴 것이라는 두려움에 어떻게든 버티고 있었다.

전도부인이 한숨을 쉬며 중얼중얼 혼잣말로 우울해지는 자기 자신의 기분을 북돋우려는 듯이 "예수가 십자가를 짊어지고 골고다에 가실 때 광경이 떠오릅니다. 그때 마리아와 제자들이 어떤 기분이었을까 확실히 알 것 같아요"라고 말했다.

성일은 언덕으로 따라 올라가면, 이청인은 악질적인 반동이 아니라고 말해볼까 생각했다. 그러면 여기 있는 사람들은 양손을 들어 올리고 찬성할 거야, 확신이 들었다. 동민은 누구 하나 이청인에 대해 악감정을 가지고 있지 않다.

반장으로 추천한 것은 동네 사람들이었고, 한국 정부의 협력자가 된 책임은 동민들이 짊어지는 것이다. 동네 사람들은 그 사실을 잘 알고 있기 때문에 누군가가 발언을 한다면 인정해 줄 게 틀림없다.

그러나 언덕에 오르자 동인민위원장은 한층 더 살기등등하여 '반동'들을 세게 떠밀며 조금 높은 언덕으로 데리고 올라갔다. 거기만은 풀이 나있지 않았기 때문에, 낙타의 혹처럼 보이는 그 부분에 이청인과 또 한 사람이 세워졌다. 성일은 이청인의 짙은 콧수염이 시든 풀잎처럼 된 것을, 한학자와 같은 위엄 있는 얼굴이 순식간에 핏기가 가셔 흙빛이 되는 것을 보았다. 지금이다! 하고 불쑥 손을 올리려고 했다. 그때 인민위원장이 외쳤다. "반대편으로 향해라!" 두 사람은 천천히 방향을 바꿨다. 묶인 양손이 주름투성이가 된 상의 옷자락 위에 놓여 있다. 성일은 지금이다! 생각했다. 그러나 인민위원장이 갑자기 뒤돌아 성일을 노려보며 "반동의 최후는 이런 것이다!" 외쳤다. 그 선언에 성일은 기가 질려 겁이 나서 눈을 내리깔았다.

네 명의 병사가 횡렬로 늘어서서 조준을 했다. 인민위원장이 휙 하고 손을 흔들었다. 빵빵 하고 총이 울렸다. 두 사람은 털썩 쓰러졌다. 그런데 박삼의라는 남자가 벌떡 일어나 걷기 시작했다. "쏴라! 쏴! 계속 쏴라!" 여자의 금속성 목소리가 들려왔다. 총소리가 계속 울리고, 박은 머리부터 푹 풀숲에 고꾸라졌다. 그 반대편 삼각산의 바위투성이 봉우리가 뚜렷하게 푸른 하늘에 치솟아 있었다. 성일은 낯익은 그 산이 어쩐지 괴물 같은 느낌이 들어 기분이 매우 나빠지고 토할 것 같은 느낌이 들었다. 이청인이 쓰러져 있는 근처의 붉은 적토가 한층 더 붉게 보여 현기증이 날 뻔했다. 그러자 전도부인이 그의 팔을 잡아 몸을 지탱하며 군중이 뿔뿔이 달아나는 것을 보면서 "오오, 주여! 하늘에 계신 아버지"

하고 흐느꼈다. 늘어선 집들 사이로 들어가 "저 여자의 영혼은 구제될 수 없어요. 저런 일을 하고도 뱃속의 아기가 무사히 태어날 수 있을까요? 오오 하느님" 하고 말했다. 성일은 조금 전 여자의 금속성 목소리가 아직 귀에 남아 있었다. 탱크 옆에 나와 있던 여자의 모습도 확실히 보인다.

그러고 보니, 여자의 배가 조금 컸던 것 같은 생각이 든다. 임산부의 몸체나 엉덩이 모습의 변화를 알아차리기에는 성일은 너무 어렸지만, 쏴라 쏴 외치던 여자의 모습이 악마처럼 떠올랐다. 총에 맞아 턱 쓰러졌다 벌떡 일어났던 남자의 모습이 아른거려 또다시 기분이 나빠졌다. 토하기 위해 길가에 쭈그리고 앉았다.

〈3〉

어느 날, 성일은 폐렴에 걸린 어머니를 위해 단골 주치의 선생님을 맞이하러 동대문까지 갔다. 큰길에는 정치보위부원이 네거리마다 망을 보고 있었고, 권총과 소총, 따발총을 지닌 군인이 어슬렁어슬렁하고 있다. 성일은 몇 번이나 그 감시망에 걸려 엄격한 심문을 받았다.

"어머니가 폐렴에 걸리셔서요……" 그는 똑같은 대답을 하면서 몸수색을 당할 때마다 기가 눌려 죽을 것 같은 기분이 들었다. 그러나 고열의 어머니를 위해서라면, 그런 위험도 무릅쓰지 않을 수 없었다. 동대문 경찰서 근처에 갔을 때 그는 골목을 돌아가라는 말을 들었지만, 어쩌다 경찰서 건물 쪽을 바라보고는 앗 하고 두려움에 꼼짝 못한 채 서 있었다. 경관 제복을 입은 시체가 현관 앞부터 도로에 즐비하게 널려 있었다. 도망치려던 경관은 뒤에서 총격을 당했는가 하면 건물 안에서 나가려다 사격을 당해 몸이 위를 향한 채 쓰러져 있기도 하고, 바싹 배를 댄 채 엎드려 있거나 뼈가 부러져 있었다.

"뭘 보고 있나!"

그는 호통 치는 소리에 흠칫 놀라며 있는 힘껏 되돌아 작은 골목으로 들어갔다. 큰길에는 어떤 가게라도 문을 닫았고, 골목 뒤의 집들도 철통같이 문을 걸어 잠그고 있다. 길을 지나다니는 사람은 거의 없고, 점점 겁을 내면서 멀리 길을 돌아 병원에 도착했다. 그러나 현관으로 나온 의사가 "댁의 일이니 가드리고 싶지만, 혹시 잡혀가기라도 한다면 큰일이잖소? 그러니 약만 가지고 가시구려"라고 말했다. 성일은 그 말을 받아들이지 않을 수 없어 약을 지어 받아 귀로에 올랐다.

아무도 없는 거리를 집까지 혼자 걸어갈 생각을 하면 괴로웠다. 성동역 앞으로 가니 커다란 깃발이 걸려 있었다. 인민군 만세라고 쓰인 곳에는 시민들은 안심하고 생업에 종사하라는 글도 보였다. 조금 걸어가니 벽돌담에 벽보가 붙어 있다. 인민군은 수원을 함락시키고 남진 중이다, 또 다른 벽보에는 시민의 사유재산을 인정한다는 취지의 글이 쓰여 있었다.

성일은 이렇게 된 바에야 새로운 정부의 방식에 길들여지는 게 낫겠다는 생각이 들어 조금은 희망이 생겼다. 그러나 인민재판이나 좀 전의 경찰서 앞의 광경을 떠올리면 몸서리가 쳐졌다. 어떻게 하면 좋을까 알 수 없는 기분으로 집에 도착하자 그가 앉기가 무섭게 성비가 작은 목소리로 말했다. "동인민위원회에서 인원 등록서랑 보유미 신고서를 내라고 하던데" 하며 상을 찡그렸다. 그 얼굴에는 소녀의 천진난만함이 사라져 있었다.

"그럴 리가 없어." 성일은 커다란 소리로 대답했다.

"쉿! 순이가 듣고 있잖아." 성비는 부엌 쪽을 신경 쓰면서 "있는 그대로 등록하면, 나중에 분명 성가신 일이 생길거야. 오빠만은 빼고 하자."

성일은 누이동생의 속셈을 짐작할 수 없었다.

"그런 일은 안 하는 게 좋아. 내가 이 집에 살고 있는 건 인민위원회도 알고 있다구. "

"시골에 가서 없는 걸로 하면 되잖아."

"시골엔 못 가."

"벽장에 숨는 거야. 우리 집 벽장은 큰 데다가 가구가 가득 놓여 있잖아? 낮에만 거기 있으면 돼. 응 — 목사님도 국회의원 최 선생님도 벌써 그렇게 하셨대! 좀 전에 전도부인이 오셔서 말씀해주셨어."

어머니가 병실 쪽에서 "나도 그렇게 하는 게 좋을 것 같구나. 방금 꿈을 꿨는데, 성일이 네가 얼굴이 파랗게 질려서 누군가에게 끌려가길래 오싹 해서 눈이 떠졌구나" 떨리는 목소리로 말했다.

"아니, 그렇게는 못해. 나는 등록할 거야."

성일은 화가 났다. 얼마 안 있어 학교가 시작되고 수업을 들을 수 있을 것이다. 인민공화국이 됐으니 미국 유학은 갈 수 없겠지. 일껏 공을 들였던 영어가 소용없게 되어 유감스럽지만, 학교에 가지 않고 숨어 있는 일은 아무래도 할 수 없다. 성일의 단호한 결의를 보고, 성비도 굳이 말하지 않았다.

"그럼, 보유미만은 신고 안 할래. 며칠 분밖에 없다고 쓸 거야."

"그것도 안 돼. 발각되면 반동으로 몰리게 되잖아." 성일은 다시 반대했다.

"무엇보다, 순이가 알고 있는 데다가 조사하러 나오면 어떻게 할 건데"라고 말했다.

성비는 생각에 잠겼다. 오빠의 의견에 찬성할 작정이 아니라 무엇이 가장 영리한 방법일까 궁리하고 있는 것이었다. 생각 끝에

"그럼 반만 신고하자" 하고 말했다.

이틀쯤 지났을 때, 써낸 보유미를 가지러 왔다. 성비는 그것 보라는 듯이 오빠를 노려보고는 곳간에서 쌀 자루를 내왔다. 그로부터 며칠이 지나 동인민위원회 사무소 앞에서 쌀 배급을 하니 가지러 오라는 통지가 있었다. 성비는 순이에게 커다란 나무 그릇을 가지고 가게 했다. 공출한 쌀이 두 되 반 가득이었으니까 절반 가량은 되돌아 오겠지 생각했다.

그러나 해가 저물 때까지 기다려 맨 나중에 불린 순이는

"너희 집은 부르조아이니 배급은 없다"고 거절당했다면서 빈 나무 그릇을 툇마루에 놓았다.

"그래서 넌 잠자코 물러나 온 거니?" 성비는 매서운 어조로 말했다.

"어떻게 해 볼 도리가 없던 걸요. 가만 있었어요." 순이는 말대꾸를 했다. 정색을 한 얼굴이다.

"뭐! 너, 그걸로 됐다고 생각한 거니? 바보로구나."

"저는 바보예요. 그러니까 지금까지 하녀였지요."

"뭐……"

"하지만, 이제 하녀가 아니예요."

"그럼, 네가 하녀가 아니라면, 주인님이라도 된다는 거니?"

"주인님도 아니지만, 지금부터는 하녀라는 계급은 없어진다고, 인민 위원님이 말씀하셨어요."

깜짝 놀라 성비는 입도 벙긋하지 못했다. 순이는 아랑곳하지 않고

"저는 이 집에 사는 동거인인 것 같습니다. 이제까지처럼 노예처럼 부림을 당하지 않아도 된다고 들었습니다. 게다가…"

"입 닥쳐. 우리 집은 동거인을 둘 만큼 재산 있는 집이 아냐. 그렇다면 넌 나가줘야겠어. 아버지 돌아가시고 어머니 혼자 힘으로는 못 키우니까 하면서 하도 애원하니 맡아가지구, 이날까지 키워준 은혜를 갚는다는 게 이런 거니? 넌 부끄럽지도 않니?"

"은혜는 은혜라고 해도, 저도 그 은혜에 상당하는 노동을 했다고 위원님이…"

"시끄러워. 말끝마다 위원님 위원님이라니, 넌 오늘부터 그 위원님 집에 가려무나."

"……."

순이는 깜짝 놀라 고개를 떨어뜨리고 생각에 잠겼다. 자신이 지금 한 말이 위원에게 배운 그대로 말했던 것이라 해도, 어딘가 조금 미심쩍은 부분이 있었다. 결국 논리로는 성비에게 대항할 수 없다는 생각이 든 것이었다.

성일이 두 사람 사이에 끼어들어 순이를 타일러서 부엌 쪽으로 가게 했다. 화가 나서 부들부들 떨고 있는 누이동생에게 그는 겁쟁이 같은 목소리로 남은 쌀의 처분을 어떻게 할 거냐고 의논했다.

성비는 쌀 문제에 마음을 빼앗겨 순이의 일은 곧 잊어버렸다. 성비는 인민군의 수중에서 미곡 배급은 있을 수 없다는 것을 직감적으로 알아

차렸다. 쌀 생산이 적은 북한이기도 하고, 인민군이 남한을 전부 점령해서 곡창지대를 손에 넣는다고 해도 지금은 겨우 모내기가 막 시작된 때가 아닌가.

"술독에 넣어서 뒤뜰에다 파묻을까?"

이 궁리 저 궁리 끝에 성비가 말했다.

"곳간 속이 좋겠어."

"순이가 잠들고 나서가 좋아." 성비는 그렇게 말하고는 증오에 가득 찬 얼굴이 되었다.

"저 애는 머리가 어떻게 된 거야. 그렇게나 신앙이 독실하던 애가 말이지."

"무지해서 그런 거야. 요즘 매일 밤 이상하다 했어. 교회에 가서 기도드리고 오겠다고 말하고 집을 나가서는 인민위원회에 갔던 거야. 여성재교육인지 뭔지를 받고 있는 거라구."

"여성동맹에 들어간 거구나."

"그런 거 같아. 모든 여성은 여성동맹원이라나. 그래도, 누가 그런 신을 모독할 것 같은 곳에 간담." 성비는 뾰로통해하며 말했다.

성일은 순이의 마음에 일어난 변화를 생각했다. 순이는 배운 것을 앵무새처럼 그대로 옮겨 말한 것만은 아니었다. 순이는 새로운 이론에 공감했고, 억압되었던 무엇인가가 조금씩 대담하게 밖으로 나왔던 것이 틀림없다. 그러나 그녀 자신이 그것에 대해 망설이며 갈피를 잡지 못하고 있는 것이었다. 그런 상황이 성일에게도 영향을 주었고 앞으로의 몸가짐에 대해 생각하게 했다.

구덩이를 파는 일은 깊은 밤에 시작되었다. 곳간 안의 잡동사니들을 옮기고 축축한 표토를 벗겨낸 후, 괭이를 꽝 내리쳤을 때는 뭔가 해서는 안 될 커다란 범죄를 저지르고 있는 것 같은 죄의식이 들었다.

구덩이를 파는 일 따위 해본 적이 거의 없는 데다, 하물며 이런 밤중에 위정자의 눈을 속이기 위한 일을 해본 일이 없는 그로서는 괭이 소리에 흠칫 하고 심장이 오그라들 것만 같았다. 덥고 모기가 달라붙어 은닉 작업은 좀처럼 속도가 나지 않았다. 몇 시간이나 걸려서 겨우 일을 끝낸 그는 파초 아래 우물가에서 몸을 씻고 한숨 돌렸다.

혹시 순이가 깬 것은 아닌가 하고, 어머니 방과 사랑 사이에 있는 하녀 방에서 자고 있는 순이를 살펴보러 갔다. 어둠 속에 얼굴을 들이밀자 모기가 왱 하고 달아난다. 처녀의 체취가 코를 자극했다. 순이는 자신의 뺨을 찰싹 찰싹 때리고 삼베 홑겹 이불을 머리 끝까지 푹 뒤집어썼다. 그러나 곧 몸을 뒤척이더니 허리를 북북 긁었다.

순이는 아무래도 깊이 잠든 것 같았다. 성일은 안심하고 자기 방으로 가려다가 문득 낮에 성비와 말다툼을 벌였을 때의 순이를 떠올리고, 마음속에 사무치는 바가 있었다. 인권을 주장했던 순이는 잠옷도 모기장도 없이, 요라는 것은 이름뿐이고 형편없이 얇은 천 조각 위에서 모기와 벼룩과 싸우고 있다. 바로 옆 안방에서는 푸른 삼베 모기장 안에서 비단 요 위에 진짜 마 이불을 깔고 비단 이불을 배에 덮은 채 마카오 수입품인 서양 파자마 차림의 누이동생이 자고 있다. 그 모습과는 너무나도 차이가 나는 보잘 것 없는 모습이다. 누구 하나 마음 써주지 않고, 참다운 애정을 받지도 못하고 추석과 설날에 주인이 해주는 옷을 입고 한나절 종로에 구경하러 나가는 것을 일 년 중 최대의 낙으로 삼는다. 충무로나 남대문 거리, 극장이나 공원 같은 곳은 먼 나라와 같이 인연이 없는 장소이며, 쇼나 영화도 결국 미지의 나라의 꿈같은 이야기였다.

우연히 교회에 나가 성경을 배우고 맞춤법을 익히고 부활절이나 크리스마스 때 성경 연극을 보는 것이 유일한 기쁨이었다. 신자가 아닌 가정에 있는 하녀에 비하면, 최고로 혜택받고 대우받는 것이라는 말을 임시 고용된 세탁부에게서 듣고는 행복감에 잠긴다.

성일은 순이가 이 집에 맡겨져 오게 되었을 때 고아나 다름없는 처지를 동정해 적어도 야학에라도 보내자고 주장했다. 소학교를 우등한 성적으로 졸업하기도 했고, 이 아이가 얼마나 공부하고 싶어하고 성비를 선망하고 있는 것일까 자신의 일처럼 여겨 여학교 교과서나 소설 독본을 구해다 준 적도 있다.

그것을 기특한 일이라고 여겨 어머니나 일을 도와주시는 아주머니가 침이 마르도록 칭찬을 해주었다. 어느 날, 그 아주머니로부터 도련님은 순이를 좋아하시나봐요 하고 놀림을 당한 것이 부끄러워 그 이후로는 순이 일을 신경 쓰지 않게 되었다.

그랬던 순이가 성비와 논쟁을 벌인 당당한 태도에 성일은 깜짝 놀라기도 하고 기쁘기도 했지만, 재교육을 아직 받고 있는 중이라 성비에게 끽 소리도 못하고 기가 죽어 물러나는 양이 어딘지 모르게 가여웠다.

그렇지만 문득 인민군이 진주해오던 그날의, 갑작스러운 행동을 했던 순이를 생각하면 역시 마음 깊숙한 곳에 무엇인가 잠자고 있던 것은 아닌가 이해가 된다. 이렇게 참담하게 자는 모습처럼 순이는 학대받았던 일들을 참아내고 있지만, 문장을 읽을 수 있고 각성한 그녀의 마음에는 반발심이 잠자고 있었던 것이 틀림없다.

성경에 따르면, 천국에는 빈부의 차이가 없을 뿐만 아니라 부자가 천국에 가는 것은 낙타가 바늘 구멍을 통과하는 것보다 어렵다고 가르친다. 그러면서 현세에서는 빈민을 위해 조금도 힘을 쓰고 있지 않은 것을 의문으로 여기고 목사님에게 순이가 질문한 일은 교회에서도 유명하다. 평소 이렇게 은혜를 받지 못한 자신의 삶을 깊이 체념하면서도, 역시 불만스럽게 생각하고 그 불행한 느낌을 발산시킬 분출구를 그날의 인민군 진주에서 찾았던 것이 틀림없다. 그렇게 생각하며 서 있자니까

"오빠, 빨리 자." 성비가 맞은편 방에서 다그쳤다. 성일은 흠칫 정신이 들어 얼굴을 붉힌 채 자기 방으로 급히 들어갔다.

몇 시에 은닉미를 조사하러 나올지도 모르는 채, 성일은 거리에서 사람 소리가 들리거나 굳게 닫힌 대문 앞에서 발걸음 소리가 나도 흠칫 하고 놀라며 귀를 기울였다. 그렇게 며칠이 지났는데, 어느 날 대학에서 출두 통지서가 나왔다. 여성 재교육에 출석한 순이가 동인민위원으로부터 통지서를 전달해줄 것을 부탁받은 것이다. 성일은 공포에 떨며 지내던 수 주간의 우울한 공기가 순식간에 개이는 것을 느끼며, 새로운 빛을 가슴에 품고 대학으로 향했다. 인민 전차가 움직이며 다니고, 거리에는 사람들이 보이고 가게는 문을 열었으며 노점상들도 나와 있다. 어쨌든 시민들은 생활을 영위하기 시작했고, 신정부의 행정에 차차 익숙해졌다. 그러나 통행인의 대부분은 여자들과 아이들이고, 옷차림은 변변치 못한 것이었다. 얼굴에는 화장기가 없고, 머리는 흐뜨러져 어딘지 꾀죄죄했다. 어쩌다 마주치는 남자들은 노인이거나 부스스한 노동자 풍을 가장한 중년 남자들뿐이었다. 게다가 상점에는 물건들이 한 줄밖에 진열되어 있지 않아 쇼윈도는 텅텅 비어 있다. 노점에는 떡과 참외, 오이 같은 먹을거리뿐이어서 식생활의 궁핍함이 두드러지게 눈에

띄었다.

성일은 문득 자기 집의 곳간을 떠올리곤 꺼림칙한 생각이 들었다. 타는 듯한 햇볕을 쬐인 것 때문만은 아닐 테지만, 거리 전체는 회색 일색이었다. 시민들의 눈에는 공포와 불안이 가득했고 의심이 깊게 배어 있었다.

그가 시내 전차에서 내리자 돌연 싸이렌이 울려퍼졌다. 떡장수 아주머니는 목판을 내버려두고 달아나 버리고, 참외 장수 남자는 소쿠리를 넘어뜨리고 시냇물로 뛰어 들었다. 성일은 달려서 옆 골목으로 들어가 태평양전쟁 때 파놓은 지하 방공호를 발견하고 뛰어 들어갔다. 그러자 비행기의 폭음이 들려오고 B29가 한 대씩 상공에 나타나 폭탄을 떨어뜨리고 지나간다. B29의 뒤를 이어 그루만기[13]가 날아와 갑자기 저공비행을 하며 총으로 폭격을 시작했다. 그는 방공호 안으로 기어들어가 숨을 죽이고는 땅이 진동하는 소리에 귀를 기울였다. 주요 목표는 서울과 용산의 두 개역인 듯했는데, 남대문 거리나 충무로 근처부터 고사포의 대응 소리가 요란하다. 어마어마한 폭음이 연속해서 일어나고, 급강하하거나 선회하는 유엔 공군의 맹렬한 투쟁의 양상이 생생히 몸으로 전해져 공습이 끝날 무렵 그는 숨 쉴 기력조차 없었다.

갑자기 누군가가 방공호에 뛰어 들어왔다. 학생이었다. 뛰어 들어온 학생을 보고 성일은 "어?" 하고 외쳤다.

"어이! 김의석이 아니냐. 어찌 된 거야? 학교에 갔다 온 거야?"

---

13 그루만기 : 그루만(Grumman Aircraft Engineering Corporation) 사에서 만든 항공기. 그루만 사는 군 항공기와 민간 항공기를 모두 생산하는 미국의 항공기 생산업체로, 1929년 6월 르로이 그루만(Leroy Grumman)에 의해 설립되었고 20세기 항공 산업을 이끈 것으로 유명하다.

"기… 기다려봐. 숨 좀 돌리고 나서 얘기하자."

김의석은 두려움에 질려 얼굴이 새파래져 있었다. 가냘프고 신경질적인 그는 한숨 돌리더니 "그 이후로 어떻게 지냈어?" 하고 물었다.

"지독한 꼴을 당했지 뭐야." 성일은 오늘까지 자신이 체험했던 일을 남기지 않고 모조리 털어놓았다. 한 차례 입 밖에 내지 않고서는 견딜 수 없는 울적함이 가슴 속에 쌓여 있었던 때문이다. 그렇지만 은닉미의 일을 말해버리고 나서는 아차 싶어 의심이 부쩍 나기도 했다. 그러나 자신이 경솔하기는 했어도 서로 친한 사이인 데다 의석의 여동생 영자를 자신이 몰래 사랑하고 있다는 것을 의석이도 알고 있으니까, 성일은 이렇게 생각하면서 개의치 않고 이야기했다.

"그랬구나. 실은 나도 의용군에 하마터면 끌려갈 뻔해서 위험했었어. 그런데 네 작은아버지랑 영길이형은 어떻게 됐는지 들었어?"

"아니, 못 들었어."

"모르는구나? 네 작은아버지, 인민재판을 당하셨어."

"뭐라고?" 성일은 깜짝 놀라 김의석을 쳐다봤다.

"영길이 형은 네 작은아버지가 붙잡히기 전에 남쪽으로 도망갔다는데."

"……."

생각지도 못했던 일이라 성일은 입도 벙긋 못했다.

"오늘부턴 학교에 가지 않는 게 좋을 걸. 학생대회를 하고 나서 바로 그대로 의용군에 끌려간다고 하니. 야, 성일아. 나한테 좋은 생각이 있어. 우리 청년동맹에 들어가자. 그러면 의용군은 피할 수 있을 거야."

"생각해 볼게." 성일은 주의 깊게 친구의 얼굴을 바라보았다.

김의석은 전쟁에 끌려가 견뎌낼 수 있는 사람이 아니었다. 군대를 기피하기 위해서라면, 이 녀석은 어떤 짓이라도 할 터였다. 성일은 문득 사촌형인 영길이 이 녀석을 조심하는 편이 좋다고 말했던 것이 생각났다.

"영자 씨는?" 성일은 분위기를 바꾸려고 물었다.

"걔는 잘 있어. 네 얘기를 하면서 말이지." 의석은 한쪽 눈을 찡긋해 보였다.

그러자 방공호 밖에서 사람들 목소리가 들렸다.

"공습이 끝났군. 앞으로는 날마다 이럴 테지. 단파 라디오로 들었는데, 유엔군 반격이 시작된 것 같아. 무시무시한 폭격이 연일 계속되면 놈들도 버텨내지 못하겠지. 자, 몸 조심하라구. 안녕, 안녕." 아이들처럼 바이바이 손을 흔들며 그는 밖으로 나갔다.

더 이상 작은아버지의 가게에서 생활비가 나오지 않게 되었다. 후견인인 작은아버지는 성일의 재산을 관리하고 있었다. 그는 작은아버지가 총살당하는 순간을 상상하면 숨이 막혔다. 총탄에 맞아 벌떡 일어나 움직였던 박삼의, 실룩실룩 경련을 일으켰던 이청인이 죽어가는 모습이 떠오르면 견딜 수가 없었다.

작은아버지는 성일에게 잘해 주었다. 매월 예정된 금액 이외에도 용돈을 듬뿍 주시곤 했고, 어떤 무리한 청도 들어주셨다. 작은아버지는 식민지 총독부 시절에 경찰부장을 지냈기 때문에 해방 후 친일민족반역자법에 걸려 투옥된 적도 있었다. 그러나 반년 만에 석방되어 대통령 측근으로 솜씨 좋게 들어가 무역상이 되었다. 미국 원조 자금으로 물건을 대행해서 사들이는 매부대행買附代行이 된 최근에는 위세가 당당했다. 그러나 별반 반공운동을 하고 있었던 것도 아니고, 반동으로 특별히 미움을 살 만한 일도 하지 않았다.

작은아버지가 인민재판에 넘겨졌다고 한다면, 외국 바이어였기 때문이겠지, 그렇다면 '모두 당하게 되겠는 걸'. 생각에 잠겨서 떡 장사치들이 모여 있는 네거리 쪽으로 걸어가려 할 때였다. 갑자기

"남성 동무 동지" 하고 불러 세우는 목소리가 있다.

성일은 퍼뜩 정신이 되돌아왔다. 순식간에 달려온 여학생 같아 보이는 여자는 손에 메가폰을 들고 여성동맹원의 완장을 차고 있었다.

"벌써 의용군 지원을 하신 거예요?" 그 여자가 물었다. 성일은 확 얼굴이 붉어지며 "아뇨" 하고 대답했다.

"저런, 그러면 안돼죠. 자, 명부에 서명하시고 저쪽으로 함께 가실까요." 여자가 말했다.

테이블 옆의 청년이 성일을 노려보기라도 하는 것처럼 서 있다. 겨자색 제복을 입은 그 남자를 보고서 성일은 숨을 죽였다.

"다음 번에 하면 안될까요. 어머니가 아프셔서 제가 없으면 곤란합니다" 하고 대답했다.

"곤란할 것 없어요. 동무의 어머님은 국가가 돌보아 드릴 겁니다. 동무는 낙동강에서 피 흘리고 있는 우리 장정들에게 미안하지도 않으세요. 이제 조금만 더 하면 양키 무리들을 바다에 빠뜨려 버릴 수 있는 거예요. 자, 서명하세요." 여성동맹원의 결의는 확고했다. 성일의 옷소매를 붙들고는 테이블 쪽으로 끌고 간다. 이제 도망칠 방도는 없었다. 소매를 뿌리치고 도망칠까 생각한 순간, 겨자색 제복을 입은 남자의 허리에 권총이 매달려 있는 것이 보였다.

"여성 동무." 성일은 자못 친밀한 어조로 물었다. "조국 통일을 위해서

라면, 제 목숨을 바쳐도 좋습니다. 하지만 이대로 끌려가게 되면 어머니께서도 계속 궁금해 하실 테니까 일단 집으로 돌아가게 해주십시오."

"좋아요! 서명은 하세요. 주소를 속이면 큰일 날 줄 아세요." 여성동맹원은 성일의 소매를 놔주었다. 성일은 테이블 쪽으로 가서, 다른 여성동맹원들이 보는 앞에서 펜을 쥐고 명부에 이름을 적었다. 손이 떨려 혼이 났다.

성일은 단 하루의 유예를 얻었다. 내일이 되면 정치보위부원이나 누군가가 그를 데려가기 위해 올 것이다. 전장에 달려나가 양귀洋鬼[14]를 한반도에서 몰아내면, 전 한반도의 통일이 성취된다. 마음이 환해지는가? 그러나 그는 미국을 동경하고 있어 미국인을 양귀라고 생각하기는 싫었다. 마음이 환해지기는커녕 전장에 나간 자신을 상상하는 것만으로도 기절할 지경이다. '어떻게 하나? 어떻게 하면 좋을까?' 누군가에게 호소하지 않고는 못 견딜 것만 같았다.

사거리에는 메가폰으로 남성 동무들을 소리쳐 부르는 여성들이 삼삼오오로 나뉘어 의용군 지원을 독려하는 데 여념이 없다.

"남성 동무! 그런 건장한 몸을 하고서 의용군을 회피한다면 비겁합니다. 당신 같은 비협력자는 총살에 처해집니다." 커다란 몸집을 한 중년 남자를 붙잡고선 몰아붙이는 여성이 있다.

"여성 동무! 의용군 지원을 하라면 몇 번이라도 한단 말입니다. 자, 명부를 내놔요." 그는 그렇게 말하고는 반항과 조롱으로 되받아쳤다.

---

14 양귀(洋鬼) : 문자 그대로는 서양 귀신이라는 뜻이지만, 이 문맥에서는 유엔군을 낮추어 부르는 용어이다. 귀축미영(鬼畜米英)이라는 태평양전쟁 당시 일본의 슬로건 역시 귀신같고 짐승같은 미국과 영국이라는 뜻의 경멸적 용어였다. 서양과의 조우가 처음 시작되었을 때, 중국이나 조선에서도 서양을 양귀(洋鬼)나 혹은 양이(洋夷, 서양 오랑캐)로 인식했던 역사가 있다.

성일은 집으로 갔다. 대문을 열어주려고 나온 성비가 빗장을 풀며 "큰일 났어"라고 말한다.

성일은 가슴이 철렁하여

"어머니 상태가 나쁘신 거야?" 물었다.

"그런 게 아니구" 문을 열고 불쑥 나타난 성비의 얼굴은 흥분으로 새빨갛게 상기되어 있다.

"쌀 숨긴 게 들통났단 말이야"

"정말?"

"창을 들고 와서는 땅을 파헤쳐 찾아냈어. 마당도 부엌도 곳간도. 꼭 강도 같았어"

"그것만이라면 다행이겠지만" 하고 어머니가 툇마루로 나오셨다.

"빨리 들어오너라. 대문 걸어 닫고. 어떻게 된 일인지 이야기 좀 해보자."

병석에서 갓 일어난 어머니는 힘들어 하는 모습으로 간신히 앉아 있다. 흐트러진 머리카락이 누렇게 쪼그라든 얼굴 위에 늘어져 있었다. 성일은 어머니의 옆으로 갔다.

"영길이가 있는 거처를 모르냐면서, 내무서원도 찾아 왔었단다."

"아무리 모른다고 해도 들어주질 않던 걸. 오빠도 이제 곧 출두하라고 할 거래. 쌀 숨긴 일도 있고 오빠는 틀림없이 체포될 거야." 성비의 창백해진 조그마한 입술이 경련을 일으켰다.

성일은 툇마루에 걸터앉아 기둥에 등을 대면서 말했다.

"작은아버지도 인민재판에서 총살당하셨어."

"뭐라고!" 두 여자가 소리쳤다. 어머니의 얼굴색이 노래졌다가 잿빛으로 변했다. 성비는 입술을 떨면서 울기 시작했다.

"성일아! 넌 헛방[15]에 숨어야 겠다." 어머니가 핏발이 선 듯한 눈으로 결연하게 말하자

"순이를 어떻게든 하지 않으면 위험하다고". 성비가 절망스런 얼굴이 되었다.

"순이한테는 휴가를 줄 거야. 그 아이가 돌아오기 전에 준비하거라." 평정심을 잃은 사람처럼 되어가면서 어머니가 일어섰다. 비틀비틀 하며 넘어질 뻔 했지만, 장지를 붙잡고 성일을 기다렸다.

어머니가 거처하는 방과 주방 사이에 가구를 놓아두는 두 평정도 되는 방이 있었다. 궤짝이이며 책상이며 조상 전래의 물건들이 낡아빠져 이제 사용할 수 없게 된 채로, 빨랫감이나 누덕누덕 기운 옷 같은 못 쓰는 물건들과 한 데 섞여 가득 들어 있는 방이었다.

궤짝에는 놋그릇이며 제기며 촛대 같은 것들이 빽빽이 들어차 있었지만, 그걸 꺼내 다른 곳에 옮기고 여차할 때는 성일이 그 안으로 들어가기로 되었다. 가구들 사이 협소한 장소에서 사람들 눈을 피해 지내게 된 성일은 비좁아서 심장이 죄어드는 것 같았다. 곰팡이 냄새와 무더위에 후끈거려 숨은 지 십분도 지나지 않았는데, 신선한 공기가 마시고 싶어 견딜 수가 없어 밖으로 나갔다. 그러자 대문 두드리는 소리가 났다. 깜짝 놀란 성비가

"순이야. 빨리 숨어" 하고 성일을 헛방 안으로 밀어 넣고 문을 닫았다.

순이는 검정색 끝단을 넣은 짧은 치마 위에 겨자색 군복 상의를 입고 야무진 얼굴로 들어왔다.

---

15 헛방 : 그다지 중요하지 않은 허드레 세간을 넣어 두는 방.

"성비 동무에게 충고할 게 있어요. 그런 무서운 얼굴 하지 말고 들어 주세요. 저라고 해서 댁의 은덕을 잊었을 리가 없지 않겠어요. 오랫동안 신세진 일은 잘 알고 있습니다. 하지만 세상이 변했어요. 우리들 사이에선 이미 주종관계가 없어졌습니다. 지금까지 잘해 주신 은혜에 대한 보답으로 댁에 뭔가 해드리고 싶어서 이렇게 말씀드리는 거예요…… 네, 동무, 이 댁은 표적이 되어 있어요."

그러자 성비가 갑자기 소리쳤다.

"동무, 동무 부르지 말아줘! 넌 엄마한테도 그렇게 말하면서 반말 짓거리를 하지만, 나는 신물이 나서 못 참겠어."

"그런 말을 하다니, 억지예요. 그런 세상이 되어버리지 않았습니까. 동무처럼 세상 이치를 알 만한 사람이 언제까지 그런 마음으로 있을 건지 슬프네요. 다른 집이건 우리집이건 여성들은 낡은 관습을 벗어던지고 하녀든 뭐든 전체 여성이 사이좋게 나가 군복을 바느질하면서 봉사하고 있어요. 저뿐이에요. 예전 주인댁 아씨가 언제까지나 아씨 행세를 하는 일은. 그래서 정말 괴로워요" 하면서 순이는 억울하다는 얼굴이 되어 울기 시작했다.

"봐요, 당신 오빠는 체포될 거예요. 난 무서워요. 그분은 특별히 저를 동정해 주셨어요. 그분이 체포되는 것은 참을 수 없어요. 그러니, 지금이라도 늦지 않았으니 동무가 여성동맹에 들어가서 오빠가 청년동맹에 참가할 수 있도록 같이 힘써 봐요."

"순이 동무!"

성비는 순이의 말투를 흉내 내면서 비웃음 가득하며 말했다.

"호의는 고마워. 하지만 이미 늦었어. 오빠는 시골로 갔고, 난 내일부터 행상을 할 거야. 그렇게라도 하지 않으면, 모두 굶어죽을 거란 말이야. 병석에 누워계신 어머니한테는 변변히 약도 제대로 못 해 드리고, 우리 집은 완전히 몰락했다구. 그러니까 순이 동무! 너도 어디 다른 집으로 가줬으면 해."

"뭐라고요? 오빠가요?" 순이는 놀라 멍해졌지만, 왠지 안심이 되어 "저기, 좋은 일이 있어요. 군복 바느질을 같이 해요. 미싱은 있고, 그렇게 하면 분명 식량 배급을 탈 수 있을 거예요".

"싫어. 나는 행상을 할 거야."

"그런 일을, 동무가 할 수 있을 리가 없어요. 군복 바느질을 같이 해요."

이렇게 오고가는 두 사람의 대화를 어두운 헛방에서 들으면서, 성일은 무거운 머리를 감싸 쥐었다.

깊은 밤. 대문이 힘차게 울리고 빗장이 부서져 나갈 것 같은 소리가 들렸다.

"문 열어", "열지 못할까?"

몇 사람인가의 목소리가 울려 퍼지고 문을 밀었다. 삐걱삐걱하면서 문짝을 차기 시작한다. "오빠." 성비가 헛방에 뛰어 들어왔다. 캄캄한 어둠 속에서 성일을 손으로 더듬어 붙잡고, 궤짝문을 열어 그를 그 속으로 밀어 넣었다. 가로로 길고 폭이 좁은 입구로 간신히 안에 들어간 성일은 누이가 문을 닫고 자물쇠를 채우는 소리를 들었다. 백동으로 된 붕어 모양으로 생긴 커다란 자물쇠가 찰깍하고 소리를 냈다.

그는 몸을 새우처럼 구부리고 엎드려 있었다. 궤짝 안에 가득 들어찬 그의 육체가 가죽 주머니에 딱 끼워 맞춰진 것처럼 점점 더 답답하게 느껴지고, 궤짝 안의 썩어가는 공기는 자신이 내뱉는 숨으로 인해 시시각각 더러워지고 있었다.

순이가 대문을 열어주는 모양이었다. 달려들어 온 남자들에게 몇 번이나 자기 신분을 말하며 무마하려고 했다.

"여성 동무! 여기는 반동의 집이오. 동정은 금물이오." 남자가 말하는 것이 들려왔다. 성일은 순이가 상대방 말에 꼼짝 못하고 입을 다물어 버리는 모습을 상상했다. 부엌에서부터 헛간을 빙빙 둘러 본 남자들은 창으로 찔러보며 다니고 있다. 서재 쪽으로 간 남자들이 툇마루를 따라 안방 쪽으로 다가왔다. 모기장이 난폭하게 벗겨져 나갔다. 누이의 목소리가 들렸다.

"어머니가 아프세요." 남자들은 거기에는 대답하지 않고 헛방 문을 열었다. 흠칫 놀라 숨을 죽인 어머니와 누이의 모습이 상상되었다. 성일은 섬찟하여 머리털이 곤두서고, 정수리가 꼭 조이는 듯했다. 남자들의 구두 소리가 났다. 회중 전등 빛이 틈새로 흘러들어왔다. 남자들의 다리가 보였다. 삐걱삐걱하고 마루가 소리를 냈다.

"이 상자는 뭔가?"

"세탁물입니다." 어머니의 목소리가 떨렸다.

"열어."

상자 뚜껑은 사시코미[16]식으로 되어 있다. 뚜껑을 여는 소리가 났다. 쑥 하고 여는 소리로 봐서 누이라고 성일은 느꼈지만, 이 궤짝 안을 조사하면 그걸로 끝이었다.

16 사시코미[差し込み] : 찔러 넣어서 꽂음. 또는 그 도구.

"이건 앉은뱅이 책상인가."

군화가 책상을 걷어 차냈다. 책상이 넘어져 벼루집이 뒤집혔다. 전등빛이 궤짝의 정면을 향했다. 발소리가 궤짝 앞에서 딱 멈추었다.

"이건 뭐지?"

"족보라든가 고서 같은 것들, 겨울옷 같은 것들이 들어 있어요." 누이가 외쳤다. 긴장해 있었다.

성일은 신경이 날카로워지고 공포가 등줄기를 타고 흘렀다. 이젠 다 틀렸구나 생각했다.

"안 열리잖아. 어째서 자물쇠 따위가 걸려 있는 거야. 맞는 열쇠를 가지고 와." 흠칫 숨이 멎어 성일은 자기가 먼저 소리를 지를까 생각했다.

그러자 누이가 말했다.

"맞는 열쇠를 잃어버려서 저희들도 곤란해 하고 있어요." 자신만만한 목소리였지만,

"뭐라고? 그럼 부숴볼까?" 짤랑짤랑 소리를 내며 자물쇠를 비틀어 따려고 했다. 그러나 튼튼하게 만들어진 자물쇠는 손으로 비틀어 돌리는 정도로는 꼼짝도 하지 않았다.

"이봐, 동무! 창을 가져 와."

아이고, 예수님 어머니가 낮게 중얼거리는 것이 들렸다. 성일은 그 절망하는 어머니의 신음 소리를 듣고 정신이 아득해졌다. 그런데 순이의 목소리가 들렸다.

"동무, 그 궤짝 안은, 내일 제가 조사하고 보고하겠습니다."

"그렇군! 그러면 여성 동무! 자네가 일체 책임져야 하는 거요."

"책임지겠습니다."

"만약 반동이 이 안에 있는데도 보고하지 않는다면, 여성 동무도 교화장행이야."

"알겠습니다."

"좋아, 동무! 부탁한다."

성일은 푹 무너져 내릴 정도로 궤짝 바닥으로 찰싹 달라붙었다.

공포가 사라졌다. 긴장되어 있던 신경이 탁 풀어져 전신의 뼈가 녹을 것처럼 힘이 풀렸다. 이빨이 딱딱 떨리는 소리를 내고 심장 고동이 몹시 빨라지며 숨쉬기가 힘들어졌다. 하느님 감사합니다. 마음속으로부터 반복하면서 그렇게 심한 겁쟁이가 되어버린 자신을 부끄럽다고는 생각하지 않았다. 그는 떨면서 울고 있었다.

그런 흥분이 잠시 계속되며 진정이 되어 갈 무렵, 어깨와 무릎이 아프고 고여 있는 공기에 질식할 것 같아 힘들어지기 시작했다. 궤짝을 열러 와야 한다는 것은 성비가 충분히 잘 알고 있다. 그러나 어머니도 누이도 자는 척 하면서 순이가 잠드는 것을 기다리고 있는 것이다. 성일은 집안의 모든 사람이 두 귀를 쫑긋 세우고 있는 것 같은 생각이 들어 신음 소리를 죽이고 있었다. 이명 소리가 몇 백배나 확대되어 혈관을 흐르는 혈액의 소리를 세어가면서 그때가 오기를 기다려야 했다. 조금 전 공포의 절정에 있던 때는 시간이 정지해 있었다. 그러나 지금은 몇 백배로 잡아 당겨져 늘어난 것처럼 길고 영원하게 느껴졌다.

이윽고 성비가 발소리를 죽이며 다가왔다. 성일은 자물쇠가 딸깍 하는 음악적인 소리를 내는 것이 무섭도록 기다려졌다. 성비가 열쇠를 자물쇠 구멍에 집어넣어 힘을 주어 눌렀다. 그러자 자물쇠 안의 용수철이 튀어 올라 진동했다. 그러자 어머니가 괴롭게 기침을 콜록거리며 자물쇠 소리를 지웠다. 뚜껑이 열렸다. 순식간에 흘러 들어오는 공기에 달려들어 성일은 몇 번씩이나 가슴으로 공기를 빨아들였다.

성일이 궤짝에서 나오자 성비와 어머니가 그의 손에 매달려서 울었다. 그러나 훌쩍이며 우는 소리에 겁을 집어 먹어 두 사람은 손수건으로 자기 입을 막고 코를 풀었다.

부엌의 맨 꼭대기 천정 뒤 쪽에 나지막한 공간이 있었다. 무릎으로 걸어도 서까래에 머리가 부딪힐 정도로 비좁은 장소가 성일이 자신의 목숨을 맡긴 곳이었다. 주방에 있는 찻장 뒤편 근처에 벽지와 똑같은 종이를 바른 작은 문이 있어, 거기에서 3단 정도의 사다리 계단으로 출입하는 이 다락방은 잡동사니 도구 따위를 놔두는 용도로 사용해왔다. 세벌로 된 나무 그릇과 체, 햇빛 가리는 발, 화문석과 같은 물건들이 잡다하게 놓여 있는 틈새에서 성일은 앉지도 못하고, 모로 드러누워야 했다.

마루 판자는 한 치 정도 되는 두꺼운 판자였지만, 자다가 몸을 뒤척이기라도 하면 삐걱삐걱 소리가 나기 때문에 바로 밑에서 부엌일을 하고 있는 순이가 눈치 챌 수 있다는 것이 불안했다.

이렇게 순이와 숨바꼭질을 하면서 며칠인가 지나갔다.

성비는 순이를 쫓아내려고 자기가 부엌에 들어가고 빨래까지도 했다. 그런 이유로 먹는 것이 매일 나빠졌고 음식을 사다 먹기 시작했다. 시장에서도 쌀은 살 수 없었기 때문에 오이나 토마토와 같은 과일로 끼니를 때우는 때가 많아졌다.

들으라는 듯이 빈정거리는 성비에게 이런저런 심술 사나운 일을 당해도 순이는 집을 나가지 않았다.

"제가 없어지면, 이 댁이 어떤 꼴을 당하게 될지 생각해 보시는 게 좋을 거예요." 순이는 그렇게 말하면서 끝까지 버텼다.

그런데 순이가 있는 힘껏 보증했음에도 불구하고 밤이 되면 매일 가택 수사가 행해졌고 여기 부엌 천장 뒤도 수상하게 여겨진 적이 있었다. 그때 성일은 가슴이 졸아드는 것 같은 공포에 빠져 들었다.

한낮부터 해질녘에 걸쳐서 지붕이 타는 듯 달아오르고, 110도[17]의 뜨거운 열이 좁은 공간에 가득 찼다. 성일은 불에 볶이는 듯한 더위에 갈증이 나서 주전자의 물을 마셨다. 그러나 미지근한 목욕물 같은 물로는 갈증이 가시지 않았다.

마당에 나가 파초 잎 그늘 아래 시원한 우물 물을 배가 부르도록 마실 수 있다면 얼마나 좋을까 하는 공상을 하니 참을 수가 없어졌다.

마침 성비는 옷가지들을 들고 먹을 주식을 구하기 위해 물물교환 하러 시장에 나가고 없었다. 어머니는 우물가에서 현기증을 일으켜 쓰러질 지도 몰랐다. 다행히 순이가 작업 나갔다 돌아오기까지는 여유가 있겠지 싶어 자기가 내려가 바깥 공기를 쐬고, 물을 마시고 머리에 물을 끼얹고 벌컥벌컥 실컷 마시고 싶었다. 그는 대담한 기분이 되어 사다리까지 기어 가 주방으로 내려갔다. 주방의 공기가 그에게는 씻어놓은 것처럼 신선했다. 그런데 어머니가 누워 계시는 방에 이르러 밝은 광선을 본 순간, 비틀비틀 머리가 흔들거리고 눈이 부셔 쓰러졌다.

어머니가 기겁을 해서 그에게 쫓아와 등을 쓰다듬어 주신다. 야위어

17 화씨(F)를 말하는 것으로 보인다. 화씨 110도는 섭씨 43.3도에 해당한다.

가늘어진 어머니의 손가락이 그에게는 측은하게 느껴졌다. "괜찮아요" 그는 어머니를 안심시켰다. 그러자 그때 대문을 경쾌하게 두드리는 소리가 났다. 깜짝 놀라 가만히 귀를 기울이니, 어머니는 성비가 돌아온 거란다 말했다. 저런 식으로 힘 있게 두드리는 사람은 성비 말고는 없었다.

"순이는 아니야. 그 아이라면 두드리지 않고 흔들거든."

성일은 "자, 그럼 제가 열게요" 하며 일어섰다. 현기증이 가라앉아 마당으로 나가 보고 싶은 유혹을 참기 어려웠다.

그가 나가는 것을 말리며 "그래도 말을 걸어보자꾸나" 하고 어머니가 말했다. 상반신을 문턱 밖으로 내밀고는 "누구세요" 어머니가 물었다.

"접니다. 김의석이에요." 문 밖의 사람이 대답했다. 성일은 앗, 하고 얼어붙었다.

"급합니다. 제발 열어 주세요."

쫓겨서 도망 온 것이로구나 성일은 생각하고 맨발로 뛰어내려 대문 쪽으로 달려가 문을 열었다.

"아, 성일아, 있었구나!" 김의석이 소리 질렀다. 얼굴이 일그러지고 울상을 지을 듯이

"성일아! 미안하다. 사정은 나중에 이야기할게!" 외쳤다.

그러자 드문드문 흩어져 있던 일곱여 명 정도 제복과 사복 차림의 사람들이 들이닥쳤다. 살기등등하여 표정이 변한 남자들의 기세에 눌려 성일은 우두커니 서 있었다. 겨자색의 제복에 새빨간 장화를 신은 30세 정도의 남자가 어깨에 맨 권총을 오른손으로 쥐고 성일의 가슴을 향해 겨눴다. 성일은 즉시 양손을 들어 올렸다. 그러자 또 한사람의 완장을

찬 남자가 그 손을 잡아서 등 뒤로 돌려 묶었다. 성일은 자신이 이 남자들에게 대항할 뜻이 없다는 것을 알리고 싶었다. 딴 데를 보고 있는 김의석에게 뭔가 말을 하고 싶었지만 그것도 그만두었다.

카키색 옷을 입고 완장을 찬 김의석은 예수를 판 유다보다는 훨씬 양심적으로 풀 죽은 모습을 하고 있었다. 성일은 그 김의석의 마음이 이해되지 않는 것이 괴로웠다.

"걸어." 등을 떠밀리며 그는 걷기 시작했다. 맨발에 돌멩이가 사정없이 박혀왔다.

"먹게." 정치보위부원이 책상 위에 나란히 놓인 놋쇠 식기를 가리키며 말했다. 밥과 고깃국과 절임 반찬이다. 성일은 자기 손을 묶을 때 이 남자가 전신의 힘을 쏟아 부으며 난폭하게 대했던 것을 생각하면서 이 상황이 이해가 되지 않는다는 듯이 차려진 음식을 보고만 있었다.

"먹으라구." 정치보위부원이 다시 말했다.

성일은 "먹고 싶습니다만… 돈이……" 하고 말을 꺼냈다.

"돈, 돈이라구? 흐흐. 딱한 녀석이로군. 네 놈은 뼛속 골수까지 자본주의 근성이 배어들어 있구나. 우리 인민공화국에서는 처형장으로 가는 죄수에게 물건을 파는 습관 같은 건 없다구!"라며 소리쳤다.

성일은 커다란 목소리에 무서워하면서 밥을 먹기 시작했다. 보리죽만 먹었던 입에는 다시 없을 진수성찬이었다. 고깃국 안에 들어있는 고기 조각을 건져내 씹으면서 그는 어머니를 생각했다. 머리카락을 흐트러뜨린 채 통곡하고 있을 어머니에게 이 고깃국을 드시게 하고 싶었다.

성일이 식사를 하고 있는 동안 그 남자 앞에 다른 죄수가 끌려 나왔다. 어스름한 방안에는 그밖에도 몇몇 사람인지 죄수들이 있어 순번을 기다리고 있었다.

"이 새끼는 뭐냐?" 주심으로 보이는 정치보위부원은 부하와 죄수를 번갈아 보면서 물었다. 부하 청년이 서류를 내밀었다. 그것을 훑어보며 "네 놈은 인민 애국자를 여덟 명이나 체포해서 교수대로 보냈다지?" 소리 질렀다. 저음인데도 금이 간 종 같은 소리를 내는 사람으로, 성일은 음식이 목구멍으로 넘어가지를 않았다. 27세 정도 되는 눈이 날카로운 죄수는 자신은 일개 경찰관으로 상부의 지시로 체포 명령을 받아 범인을 연행했을 뿐 자신은 죄가 없다고 주장했다.

"범인이라고? 애국자를 범인이라고 하는 건 뭐냐!" 정치보위부원은 악, 하고 그 청년에게 덤벼들어 따귀를 때렸다. 흥분하여 사납게 날뛰며 발로 차고, 그래도 분이 풀리지 않는지 벽으로 뛰어가 가느다란 막대기 모양의 채찍을 떼어내 와서는 대한민국의 경찰관이었던 그 남자를 마구 때렸다. 비명을 지르면서 남자가 그 자리에서 졸도하자, 정치보위부원은 부하에게 명령을 내려 그 전직 대한민국 경찰관을 밖으로 끌고 나가게 했다.

그 다음번 죄수는 스물다섯 살가량의 우락부락한 얼굴을 한 청년이었다. 심문이 시작되었다. 청년은 주눅도 들지 않고 자기야말로 인민 애국청년이라고 말했다. 정치보위부원이 자백하지 않으면 이렇게 되는 거라며 따귀를 때렸다.

그러자 청년은 "저는 남로당 일을 열성으로 하고 있었습니다. 한국 정부에 체포되어 2년이나 감옥에 있던 사람입니다. 생활을 위해서 전향은 했지만, 마음으로부터 놈들에게 충성을 다한 적은 없습니다. 대한민국을 파괴하는 데 일조한 저를 때리는 법이 어디 있습니까? 인민공화국에서는 애국 청년의 전력은 문제 삼지 않는다는 말입니까?"라며 정치보위부원에게 대들었다. 체포되었다는 입장을 잊고 흥분하는 청년을 보고 성일은 겁이 나 움츠러들었다. 정치보위부원은 격노해서 입술이 새파래져 손발이 부들부들 떨렸다. 의자에서 일어나 청년의 얼굴에 번갈아 따귀를 갈기면서 "자수 기간이 지났는데도 자수하지 않고, 마루 밑에 숨어 있던 건 무슨 까닭이냐, 말해 봐" 하고 소리 질렀다.

"그건, 결국은 이런 꼴이 될 거라고 생각했기 때문입니다." 청년은 기죽지 않고 대답했다.

"뭐라고? 이 놈 정말 악질 반동이군. 좋아. 이리 와." 정치보위부원은 청년의 목덜미를 움켜쥐고 끌고 나갔다. 복도에 나간 지 잠시 지나자 비명이 들려왔다. 그 비명 뒤에 괴로워하는 신음 소리가 나면서 "인민공화국에서도 고문을 하는 거냐?", "비인도적이군" 하고 계속해서 외쳐댔다. 그러나 개구리를 짓밟는 듯한 소리가 나고서는 잠잠해졌다.

성일은 이마의 땀을 훔쳤다. 차가운 땀 방울이 등줄기로도 흘러 내렸다. 밥도 국도 목에 넘어가지 았았다. 나도 결국은 저 꼴을 당하게 되는 걸까. 그렇게 생각하니 살아있는 기분이 들지 않았다.

정치보위부원은 뜨거운 물을 뒤집어 쓴 것 같은 얼굴을 하고 돌아왔다. 책상 쪽으로 와서 일어선 채로 "다음" 하고 소리 질렀다.

중년의 여인이 조용히 책상 앞으로 왔다. 성일은 식기를 옆으로 옮겨놓고 몸을 움츠린 채 자신의 책상 앞에서 기다렸다.

"당신 남편은 국회의원이지?"

"네, 그렇습니다."

부인은 몸뻬 바지에 긴 상의를 걸친, 전시 복장을 하고 있었지만 기품 있는 얼굴을 하고 있었다.

"당신 남편이 어디 있는지 알고 싶소."

"전쟁이 나던 날, 경상도 쪽으로 유세를 가서 그 뒤로는 돌아오지 않았습니다."

"거짓말 하고 있군. 경기도 출신 의원이 뭐하러 경상도에 간다는 말인가?"

"친구들 응원차 갔어요."

"시치미 떼도 증거가 드러났어. 고문실에서 지독한 꼴 당하기 전에 자백하는 편이 좋아." 정치보위부원은 점점 말이 난폭해져갔다.

"어떤 처치도 달게 받겠습니다." 부인의 얼굴에서 핏기가 싹 가셨다. "저는 며칠 동안 아무것도 먹지 못했어요. 냄비하고 솥 행상을 하면서 가족 일곱 명을 부양하고 있습니다."

"좋아! 더 배가 고파봐야 자백을 하겠군." 정치보위부원은 부하를 불러 부인을 데리고 가라고 명령했다. 부인은 현기증이 나는지 비틀비틀하며 쓰러졌지만 간신히 일어서서 걸어 나갔다.

성일은 심문자의 얼굴을 쳐다보았다. 폭이 좁은 얼굴에 새빨갛게 달아오른 것이 몹시도 언짢아 보였다.

"자네는 —" 하고 성일의 책상 쪽으로 이동해 오면서 "기독교 신자로군. 거기다가 미국 유학 희망자라…… 어때. 미국이 우리나라를 위해 뭘 했는지 말해 봐. 썩어빠진 밀가루를 줘놓고선 은혜를 베푼 척 하질 않나 19세기 유물 같은 전차를 가지고 오질 않나. 그런 물건, 그놈들은 쓰레기통으로도 안 써. 왝왝 시끄러운 깜둥이 음악 아니면 허리통 흔들어 대는 댄스를 갖구 와선 우리 인민들 혼을 빼놓고, 우리 전래의 정신을 말살시켜 놈들의 물질 노예를 만들려고 하는 게 그렇게 고맙단 말이냐! 마카오 물자를 수입해서 사치를 조장하고, 우리나라의 자력 갱생을 훼방 놓고 있단 말이다. 우리나라가 양분되어 국내에서 전쟁을 하면 놈들 예상으로 2주일 안에 남북통일이 실현되는 것인데, 공연한 참견을 해서 폭탄 비를 떨어뜨리고 우리 국토를 황폐하게 만들고 있어. 불구대천의 적은 미국이라구. 이봐. 자네는 아직도 미국에 유학하고 싶나" 다그쳤다.

성일은 자신의 마음을 돌이켜봐도 미국에 유학가고 싶은 마음을 버릴 생각은 나지 않았다. 미국을 아무리 욕해도, 악마의 나라라는 말을 들어도 그렇다는 말이 나오질 않았다.

"입 다물고 있는 걸 보니, 자넨 뱃속 골수까지 노예 근성이 스며들어 있군. 미국 달러를 벌어서 화려한 옷을 입고 자동차 한 대라도 굴리면, 그게 인생 향락의 극치인가. 바보 녀석. 이봐. 왜 가만히 있는 거냐. 쌀을 숨겨둔 일에 대해선, 감상은 어떠신지" 하며 그가 책상을 두드렸기 때문에 성일은 혼비백산했다.

"어떠냐구. 말해 봐." 당장이라도 뺨을 때릴 듯이 커다란 손을 치켜올렸다.

"배급이 없으면 먹는 데 곤란한 일이 생기지 않을까 해서……" 성일은 열심으로 외쳤다.

"누가 배급을 주지 않는다고 말했나? 인민정부에 협력하지 않는 비애국자에게는 배급이 없어도, 애국자에게는 분명히 준다구. 이 부르조아 새끼야. 네 놈 숙부는 미국 달러를 횡령하질 않나, 원조 물자를 빼돌려서 재미를 보구 첩을 둘씩이나 두질 않나."

"작은아버지는 첩 따위 둔 일이 없습니다." 성일은 발끈해서 말했다. 그리고 나서는 아차 했다.

"거짓말! 일본 동경에 가보라구. 아카사카[18]에 요릿집을 차리고, 신주쿠에 캬바레도 있다구. 모두 첩이 운영하고 있지."

그런 일도 있었던가. 성일은 찍소리도 못하고 기가 질렸다. 기독교 신자로서 청교도처럼 품행이 훌륭했던 작은아버지가 그런 일을 했다고는 단 한 순간도 생각할 수 없지만, 죽은 사람은 말이 없으니 어떻게 해볼 수 있는 일도 아니다.

"네 놈은 솔직히 대답을 안 하고 있지만, 이것만은 어쨌든 입을 열게 해주지. 사촌 형 박영길이 어디 있는지 말해."

성일은 확신을 가지고 대답했다. "모릅니다."

"뭐라구? 박영길이 생판 남인 것 같은 얼굴을 잘도 하고 있군."

"사촌 형입니다. 그렇지만 어디 있는지는 모릅니다. 전쟁이 일어나던 날 만난 게 전부예요."

"이 새끼! 겉보기와 달리 고집불통이군. 김의석 동무 말도 있고 해서, 잘 봐 주었더니 버릇없이 기어오르는군. 좋아. 이리 와. 험한 꼴을 당하지 않으면 불지 않을 작정이군" 하고 일어나서는 나가라고 명령했다.

성일은 기가 죽고 공포가 엄습했다. 문을 열고 복도로 나갔다. 딱딱한 콘크리트를 밟으며 따라 나가니, 두꺼운 문이 열리고 그 안에 밀어 넣어졌다. 훅 피 냄새가 끼쳐오면서 주변이 보이지 않게 되었다.

---

18 아카사카[赤坂] : 일본 도쿄도 미나토[港]구에 있는 지명이다. 일본 국회의사당과 총리대사관저, 영빈관 등이 있으며, 번화가가 형성되어 있다.

그때 사이렌이 울리기 시작했다. 연속해서 윙윙 큰 소리로 울리는 사이렌에 깜짝 놀라 펄쩍 뛰어 올랐던 정치보위부원은 고압적인 태도에 어울리지 않게 당황하여 부산을 떨며 성일의 소매를 부여잡고 질질 끌고 간다. 전등이 찰칵 꺼지고 새까맣게 암흑이 된 복도를 얼마간 지나 계단을 내려갔다. 지하실 같은 곳에 성일을 던져 놓고 문 바깥에서 열쇠를 걸고는 어디론가 달려갔다.

성일은 차가운 콘크리트 위에 앉아 땅의 울림을 몸으로 느꼈다. 한강철교가 폭파되던 그날 밤의 공포와도 흡사한 불안을 느껴 흠칫흠칫 겁을 냈지만, 유엔군의 폭격 목표는 아무래도 시의 중심부인 듯하여 통쾌한 기분마저 들었다.

고문을 당하면 단번에 기절할 게 틀림없는 자기 자신 따위는 이제 어떻게 되어도 상관없다. 이제 이렇게 된 이상 결국은 이놈들 손에 걸려 죽는 게 틀림없다. 겨우 인생의 초입, 살아간다는 일의 재미를 이제 막 알게 되었는데 지금 죽는다는 것이 유감이지 않을 수 없었다. 그러나 운명이니 할 수 없지 않은가. 이렇게 생각하는 와중에 졸음이 와서 그는 꿈나라로 멀리 굻아 떨어져 갔다.

혼수상태에서 깨어났다. 어딘가에서 많이 본 듯한 얼굴이 성일을 내려다보며 웃었다. 성일은 벌떡 일어나,

"선생님, 대체 어떻게 된 거죠?" 하고 유 교수에게 달려들었다.

"김의석에게 유인당했지." 유 교수는 웃는 얼굴을 하고 대답했다

"저도 그래요." 성일은 억울한 듯이 눈물을 글썽거렸다.

대학교 내 직장조합이 생겨 학장이나 교수들을 제쳐 두고 이때까지

서기였던 남자가 위원장이 된 것이 유 교수는 불만이었다. 게다가 본 적도 없는 당원이 학내에 들어와서는 교수들을 지도하려고 했다. 학생들은 모이지 않고, 모이게 되면 의용군에 끌려갔기에 유 교수도 마루 밑에 숨었다. 일본 집이라 다다미 방 밑에 미일전쟁 당시 파두었던 구덩이가 있어 그 안에 들어가 있었다. 내무서원의 검색이 있을 때마다 유 교수는 발각될 뻔했지만, 호를 파냈던 흙이 그대로 두둑하게 올라와 있어 그 이면에 찰싹 달라붙어 무사할 수 있었다.

그런데 며칠 전에 김의석이 와서는, 서울을 탈출하려고 하는데 남쪽으로 떠나기 전 잠깐 선생님을 뵙고 싶다고 말하는 바람에 그만 마음을 놓고 밖으로 나갔다는 것이다. 그러자 내무서원이 우르르 들어왔다고 했다.

" 자네랑 나뿐만이 아니네. 학생들도 상당수 그 수법에 당했어. 모두 의용군에 끌려간 것 같네. 자네도 의용군으로 가겠다고 하면 용서받을 거야."

"의용군이 되기는 싫습니다. 전쟁이 무서워서만은 아니예요. 동포를 자기 손으로 죽이는 일 같은 건 도저히 못하겠어요."

"쉿! 교도관이 왔어."

인민군은 형무소를 교화장이라 부르고 간수는 교도라고 했다. 식사를 배급하러 와서 같은 방에 있는 열일곱 명분의 식사를 놔두고 갔다. 보리 주먹밥에 된장이 한 조각 얹혀 있었다. 먹으면서 유 교수가 같은 방에 있는 사람들의 신분을 가르쳐 주었다. 신문사 주필이었던 사람, 국회의원이었던 사람 등 상당한 신분의 사람들이 많았지만, 교도관의 입에 걸리면 어떤 사람이건 이 새끼였고, 그리고 반동이었다.

벽에 기대어 절망한 눈으로 천정을 바라보고 있는 청년이 있었다. 어제 고문실에 끌려가서 반항했던 청년으로, 줄곧 위를 응시하고 있었는데 느닷없이 큰 목소리로

"아아, 물이 마시고 싶다!" 소리 질렀다.

그러자 그 옆에 앉아 있던 흰 수염의 중늙은이가

"그런 말 하지 말게. 나까지 마시고 싶어지지 않나" 놀리듯이 말하면서 웃었다.

성일도 목이 몹시 말랐다. 우물에 가서 물을 마시려고 했으나 그러지 못했던 것이 생각나서 참을 수가 없었다.

해가 높이 뜨면서 실내 온도는 올라가고, 체온까지 한데 섞여 견디기 어려운 지경이 되었다. 어디선가 졸졸 하고 맑은 샘물이 흐르는 소리가 들렸다. 성일은 깜짝 놀라 소리 나는 쪽을 보았다. 아까 그 노인이 뒤를 향한 채로 무언가를 손으로 떠서 입으로 가져가고 있다. 성일과 눈이 마주치자

"하는 수가 있어야지" 하고 노인이 겸연쩍게 말했다.

"어떻습니까." 국회의원이 묻자 조금 괜찮아졌다는 대답이었다. 성일은 토가 나올 것 같아 다른 쪽을 향했다. 도저히 자신의 오줌을 마실 생각은 나지 않았다.

교도관이 나타나 성일이 불려나갔다. 어제와 똑같은 방에서 정치보위부원이 딱딱한 얼굴로 기다리고 있었다.

"박영길이 있는 데를 알려주면 석방시켜 주지"라고 말했다.

"정말로 모릅니다. 박영길이 그렇게 중요한 인물입니까?" 성일은 조금 대담한 기분이 되어 물었다.

“반동의 자식 놈은 끝까지 추적한다.” 정치보위부원은 대답했다.

“기어이 입을 열지 않는다면 하는 수 없지. 이리 와” 하며 일어섰다. 성일은 따라갔다. 어제와 똑같이 피 냄새가 나는 방이었다. 채찍이 몇 종류나 준비되어 있고, 고무 호스와 손톱을 빼는 도구들이 눈에 띄었다.

더러워진 나무 의자에 앉으라고 해서 성일은 앉았다.

“고문 도구로 자네를 괴롭히는 건 간단한 일이야. 김 동무가 또 와서는 간청을 하고 돌아갔어. 어때. 마음을 바꿔 우리 인민공화국을 위해 몸 바칠 생각은 없나?”

“저는 인민공화국에 협력하지 않을 뜻은 추호도 없습니다.”

“자넨 교활하군. 그런 말투부터가 돼먹지 않았어. 인민민주주의공화국은 한 사람이라도 더 많은 청년을 원하고 있지. 자네 같은 자는, 형무소에 두기보다 전장에 끌고 나가는 편이 효과가 빠를 거야. 어때, 여기 서명하겠어?”

성일은 불쑥 내밀어진 종이를 바라보았다. 의용군 지원서였다.

그는 펜을 빌려 서명했다.

“동무, 훌륭하군! 영웅적인 인민군 병사가 되는 건 내가 보증하지. 낙동강 전선은 동무들을 부르고 있네. 자, 가보게.” 커다란 손으로 악수를 청하였다. 성일은 그 손 위에 자기의 조그마한 손을 올려 놓았다. 열광적인 악수였지만, 꽉 쥐여진 탓에 손의 뼈가 으스러질 뻔했다. 성일은 간신히 손을 빼내었다.

〈4〉

낮에는 유엔 공군이 파상적인 공격을 퍼부어 시간 내내 집요하게 달라붙어 기총 소사를 한다. 성일 등의 신병으로 구성된 중대가 소나무 숲 속으로 기어들어가면, 적기는 소나무 숲을 겨냥해 폭탄을 떨어뜨리고 무엇 하나 남기지 않고 태워버린다. 그런 식으로, 행군 도중 굉장히 많은 사상자가 나왔기 때문에 야간에 한정해 진군하는 것이 습관이 되었다.

성일은 소총을 가지고 있었다. 서울에서 훈련을 받은 것은 불과 2주 동안이었는데, 이후에는 행군을 하면서 훈련을 받았다. 돌격과 등산, 암호나 그런 것들은 금세 기억했지만, 사격 훈련이 되면 아무리 해도 그의 탄은 표적을 맞히는 일이 없었다. 전우의 대부분이 각지의 학교에서 끌어 모은 학생으로 중학교 학생도 섞여 있었다.

전선에 떠밀려 나와 어느 정도로 도움이 될지도 알 수 없을 것 같은, 미덥지 않은 중대였다. 게다가 적개심이라고는 조금도 없는 군인들로서는 항전의식이 용솟음칠 리도 없었다. 그 점을 잘 알고 있는 중대장은 미군과 영국군과 같은 자본주의적 제국주의 국가는 일본을 발판으로 삼아 아시아를 식민지로 삼으려 꾀하고, 이승만 괴뢰 정권을 조종하고 있다, 조선이 38도선으로 양분되어 동포가 서로를 죽이고 내란이 증가하는 것은 녀석들이 바라는 바이다, 한국민이 하나가 되어 아시아가 단결하는 것은 저들이 가장 싫어하는 일이라고 말했다.

"양귀들이 쓸데없는 간섭을 하지 않으면, 이 싸움은 오래전에 끝났을 것이다. 국토가 황폐해지고 인민을 도탄에 빠지게 한 것은 그놈들이다.

3주 만에 남한 괴뢰군은 궤멸되고 이승만 정부는 자멸했다. 남한 천팔백만 인민은 해방되어 우리나라는 마땅히 통일되었을 터. 양귀의 개입이 우리 민족에게 영원한 원수가 아니면 달리 무엇일까!" 하고 외쳤다.

병사들은 박수를 치고 과연 그렇다고 했다. 그러나 성일과 같은 조가 된 이李라고 하는 학생은

"나랑 같이 아버지도 체포되셨어. 어느 날 밤 난 교화장에 들어오게 됐고, 그 길로 의용군 훈련소로 끌려왔지만 아버지는 아마도 총살당하셨을 거야. 아버지는 목사였거든". 작은 소리로 말하고는 살짝 한숨을 내쉬었다.

성일은 주간 사격 훈련을 하면서 자기가 쏜 총탄에 맞아 죽는 동포들을 상상하고는 침울해졌다. 피융 하며 튕겨나가는 소리를 들으면서 만약 이 총알이 자기 자신을 향해 날아온다면 어떻게 하나 하고 두려움에 떨었다.

그러나 이런 식의 감상적인 마음은 차차 엷어져 갔다. 야간의 맹훈련을 거듭한 행군은 그의 육체를 지칠 대로 지치게 했다. 급경사 언덕을 달려 올라가고 암벽을 내려가거나 하는 일, 유격대를 흉내 내어 돌격에 대비하는 훈련이 그의 섬세한 신경을 갈기갈기 찢었다. 적비행기의 급강하 폭격, 기총 소사를 당할 때마다 그는 괜한 생각을 하는 버릇이 없어지고 무감동해져갔다.

어느 날, 골짜기의 외딴 집에서 잠시 휴식을 취하고 있을 때였다. 빈 집이겠거니 생각했던 온돌방에서 할머니를 발견하고 깜짝 놀란 일이 있었다. 칠십이 가까운 노파로 베틀 다리 옆에 쭈그리고 앉아 한 손에는 물레를 들고 있었다.

그러나 회중전등으로 비추어 보니, 노파는 흰 자위를 드러낸 채 죽어 있었다. 썩는 냄새가 진동을 했다. 어떤 마을에서는 아기를 안은 젊은 여자의 시체를 보았고, 전부 타버려서 숯이 된 시체도 있었다. 어떤 산 속에서는 몸에 걸친 옷 외에는 아무것도 없이 피난을 나온 마을 사람을 만났는데, 다행히 전장에 휩쓸리지는 않았지만 먹을 것이 없어 굶어죽기 일보 직전인 경우도 있었다. 대전에서 김천을 지나 선산善山에 이르는 동안 격전의 흔적은 구석구석 미쳐 있다. 읍내와 마을은 타서 없어지고, 포탄으로 뚫려진 구멍들이 참혹했다. 논에는 잡초가 생겨나 있었다.

어느 고지에 도착했을 때 포탄이 윙윙거리며 튀어 올랐다. 성일은 나뒹굴며 정신이 아득해졌지만, 이윽고 흙먼지 속에서 다시 일어섰다. 대장이 자, 제일선이다, 똑바로 해 하고 질타했다.

평원 가운데를 낙동강이 흐르고 있었다. 모래 사장 가운데를 차고 깨끗한 물이 몇 줄기로 나뉘어 흐르고 있었고, 강기슭의 잔디가 불그스름해져 있었다. 능수버들과 포플라가 포음이 날 때마다 떨렸다. 강을 사이에 두고 대치해 있는 군대의 이쪽은 제3군단 제3사단 제8연대 소속으로 대대장은 이경일 소좌[19]였다. 이 부대는 조치원에서 유엔군의 반격을 물리치고 대전에서부터 남하했다. 선산군 평동平洞에 이르러 강을 건너 중지동中旨洞에 접근했는데, 반격을 당해 북혜동北惠洞으로 후퇴해 있었다.

성일은 살아남은 고참 병사의 입에서 왜관倭館[20]에 집결한 주력 50만

19 소좌 : 북한군의 좌급(佐級)의 맨 아래 계급. 우리나라의 소령(少領) 계급에 해당한다.

20 왜관(倭館) 전투 : 한국전쟁의 치열했던 전투 가운데 하나로 1950년 8월 경상북도 칠곡군 왜관읍에서 벌어진 전투이다. 이 전투는 크게 왜관-현풍 방면의 금무봉(錦舞峰)전투와 자고산(鷓鴣山) 일대에서 벌어진 전투로 나뉜다. 양측 모두의 병력 손실이 커진 상황에서 미군은 일본 요코

이 거의 궤멸되었다는 것, 이 부대도 마찬가지로 왜관 구원을 단념할 때까지 공격을 당해, 지금은 신병을 얻어 재편성되었다는 사실을 알게 되었다.

서울에서부터 기나긴 행군을 할 때, 인부의 등을 빌려 군미를 운반한다든지 야음을 이용한 작전 행동 같은 것으로 미루어 볼 때 전황이 불리해졌다는 사실은 성일도 느끼고 있었다.

폭격과 포탄 공격으로 온통 진흙 벽만 남은 마을에 진을 쳤을 때, 성일은 무너진 토담 뒤쪽과 지붕이 없는 진흙 벽 안에 시체들이 뒹굴거리고, 시체의 악취 속에서 왕 — 하고 날아오르는 똥파리 무리를 보았다. 시체의 복장은 가지각색으로 겨자색이며 카키색이 있는가 하면, 인민군과 한국 병사 중에는 유럽 인종도 섞여 있어 백병전의 흔적이 역력히 연상되었다. 그는 코를 감싸 쥐듯 한 채 병대가 보이는 곳으로 나가 엎드려 있었다. 도저히 전쟁 같은 것을 할 수 없는 자기 자신이 비참했다. 어떻게든 해서 포로가 될 수는 없는 것일까, 그는 저쪽의 적진을 희망을 가지고 바라보았다.

그러나 적진에서는 60밀리 대포를 맹렬하게 쏘아대고 75밀리 무반동포[21]가 이에 호응하며 윙윙 소리를 내고 있었다. 그 사이 기총이 끊임없

타[橫田]와 가데나[嘉手納] 기지에서 B29기 5개군 96대를 출격시켜 왜관 서북 지역에 400~900kg형 폭탄 약 900톤을 집중 투하하였다. 이와 같은 융단 폭격은 제2차세계대전 이후 최대 규모였다. 폭격으로 낙동강 대안에 있던 북한군 화력 지원부대는 궤멸되고, 탄약 등 각종 보급품과 유선이 모두 절단되었다.

21 무반동포(無反動砲) : 무반동포 또는 무반동총(無反動銃, recoilless rifle)는 총신(포신)의 반동을 없애기 위해 탄알(포탄)이 앞으로 나가는 힘과 화약에 의해 가스가 뒤로 나가는 힘이 같도록 설계한 총포를 말한다.

이 큰 소리로 울려대고 있는 식이어서 성일은 한 순간도 생각할 겨를 없이 머리 위에서 계속 윙윙대는 각종 포탄에 이미 넋을 잃고, 귀가 들리지 않은 채 정수리에 통증을 느꼈다. 그는 지면에 찰싹 달라붙어 포탄이 울릴 때마다 흠칫 하고 놀라 얼굴을 땅 속으로 처박았다.

쉴 새 없이 사격을 해대는 적진을 향해 양손을 들고 항복하는 일 따위는 꿈도 꾸지 못했다. 의용군 수용소에 들어가게 되었을 때부터 가지각색의 공포에 짓눌리면서도, 전선에 나가면 포로가 될 수 있다는 희망으로 자신의 생명을 이어 왔던 것이다.

진흙벽뿐인 폐허에 진을 친 이 소대는 적에게 소재가 알려지지 않도록 소리를 죽이고 야음을 기다리고 있었다. 타타타 하고 미싱 박는 소리보다 훨씬 높은 피융 피융 소리를 내며 이리저리 날아다니는 포탄이 아군의 진지에 떨어져 대지가 쿵쿵 흔들린다. 흙담이 와르르 무너진다. 언덕의 소나무 가지가 뚝 하고 부러져 흙 연기가 날아올랐다. 성일은 생각하기를 잊어버린 채 두려워할 틈도 없이 움츠리고 또 움츠려 간신히 숨을 쉬고 있었다.

그 머리 위로 적기가 나타났다. 동체가 두 개인, 이름을 알 수 없는 비행기의 어두컴컴한 그림자를 보고 깜짝 놀라 땅으로 기어든다. 얼굴을 지면에 처박고 있기를 한참, 폭발음 보다 먼저 그 자신이 땅위로 높이 솟아오르는 착각에 빠졌다. 그러나 땅울림으로 몸이 흔들려 목숨이 붙어 있다는 것을 알았다. 있는 힘을 다해 정신을 차려 주위를 둘러보니, 200야드 정도 떨어진 언덕의 소나무 숲 위로 뿔뿔이 흩어진 인민군 병사들이 춤추는 듯한 모습으로 여럿이 떨어져 내리는 것이 보였다.

깊은 밤이 되었다. 함경도 사투리를 쓰는 소대장이 강경한 어조로 명령을 내려 소대는 전진했다. 총검을 꽉 잡고 수류탄을 가슴에 품은 채 강가를 따라 한참을 앞으로 나갔다. 숲을 관통하여 산기슭에 이르렀다. 멀리서 보았을 때는 조금 높은 언덕 정도로밖에는 보이지 않았지만, 가슴이 철렁할 정도의 급경사를 올라갔다. 암석이 험악하게 튀어나온 봉우리를 지나야 했다. 전날 밤의 야습으로 빼앗았던 이 고지를 오늘 주간 전투에서 적이 다시 탈환했고, 이 고지를 점령하면 낙동강이 한 눈에 보이고 작전상 지극히 유리하다는 것을 소대장은 설명했다.

주간 작전에서 적은 비행기를 동원하고 로켓포와 박격포를 우세하게 구사하였던 까닭에 인민군은 적수가 되지 않았다. 기관총과 따발총, 소총으로는 적의 그러한 공세력에 당해낼 리가 없었다.

게다가 복수의 일념으로 날뛰는 한국군이 필사적으로 돌격을 감행해왔기 때문에 아군은 주간 공격을 경원시하고 야전에 중점을 둘 것이라 들었지만, 성일은 그저 한층 전전긍긍하며 자신의 총검이 상대의 배 한가운데 가서 콱 꽂히는 것을 생각하기만 해도 기분이 나빠졌다. 더욱이, 적이 던진 수류탄에 산산조각이 되어 버리는 자신의 모습 같은 것은 상상하는 것만으로도 부들부들 다리가 떨렸다.

그러나 다부진 체격의 소대장은 전쟁이 시작된 이래의 고참병이었고 돌격의 명인이었다. 군집해 있는 적 한가운데를 치고 들어가서 몇 번이나 살아 돌아온 경력이 말해주듯이, 조금도 동요하는 법이 없었다. 소대장에게도 한국병은 구 일본군에게 훈련되어 백병전에 뛰어난 군대였던 까닭에 자못 까다로운 상대였지만, 백인과 흑인 병사들이라면 모두들 겁쟁이로 그리 대단할 것이 없었다. 오늘 밤의 적은, 바로 그 흑인

병이 주력이기 때문에 조금도 두려워하지 말고 힘내라고 소대장은 차근차근 말했다. 그러나 훈련 중에 있는, 그것도 대부분 양가의 자제이고 학생 출신의 신병을 부하로 둔 소대장은 내심 불안하기 짝이 없는 모양이었다. 부하들을 격려하기 위해 그는 상대의 약점을 샅샅이 들추어냈다. 그러나 적도 상당한 수준이어서 최후의 한 순간까지 감연히 맞서 대항하여 끈덕지게 버티다가, 만일 자신들에게 승산이 있다고 판단되면 맹렬하게 나서서 죽자사자 추격해 올 것이라는 점도 그는 잘 알고 있었다. 게다가 낙동강 전선이 교착 상태에 빠지고 나서부터는 적은 아군의 인해전술에 맞서 몇 번이나 사지를 뚫고 탈출구를 열어왔다. 포위작전과 급습에 당황해 부산을 떨면서 재빨리 퇴군했던 초기에 비하면 적은 크게 달라져 있었다. 최후의 병사 한 명까지도 완강하게 버틸 것처럼 되어버린 지금 강제 징집된 아군 신병들의, 다방이나 영화관에 틀어박혀 지내는 듯한 각오로는 적에게 승리할 리가 없었다.

"동무! 전투 준비! 내가 수류탄을 던지면, 그걸 신호로 돌격하는 거다. 이 고지는 세 방향에서 포위되어 있다. 적은 강기슭을 향해 패주할 거다. 도망치는 적을 뒤쫓아 공격하고, 병사 한 명이라도 놓쳐선 안 된다. 동무들은 이게 최초의 전투지만, 최초라고 하는 것은 의외로 용맹스러워질 수 있는 법이다. 열심히 뛰어들면 반드시 위험한 사지를 돌파할 수 있을 거다. 자, 해치워라."

그 모습은 흡사 중학교의 교련 지휘관과도 같았다. 그러나 그렇게 소대장에게 들은 바가 성일의 가슴에 깊이 남았다. 더욱이 운수 좋게도 적이 보이지 않아 소대장이 수류탄을 던지자, 와 하고 함성을 지르며 공격 개시하는 것을 따라했다. 그러자 고지 위에서 기총이 울리기 시작하고 각종 총성이 섞여들며 산 전체는 금세 아수라장이 되었다. 성일은 이미 완전히 흥분하여 이성을 잃고 뭐가 뭔지 모르는 상태에서 어쨌든 무턱대고 으악 소리를 내지르며 아군의 뒤 쪽에 달라붙어 올라갔다.

그때 앞을 달리던 아군이 에잇 하고 적군과 맞부딪쳐 싸우고, 수류탄이 빗발치듯 날아오며 세차게 튀어 오른다. 성일은 자기 앞에 육척은 족히 됨 직한 큰 사나이가 나타나는 것을 보았고, 번쩍 하고 빛나는 것이 휙 귀를 스치듯 빠르게 지나갔다. 공포의 수준을 넘어 완전히 멍해졌다. 포플러 나무같이 호리호리한 적병의 배 한복판을 겨냥해 돌진, 총검을 찔러 넣었다. 반응이 있는 것인지 없는 것인지 적의 다리가 자신의 총에 걸려 한 바퀴 휙 돈다. 무심코 봤더니, 적은 얼굴도 손도 주위의 어둠과 같은 색이어서 분간하기 어려웠다. 그때 바로 적의 기총에서 아름다운 섬광이 튀어 오르며 마구 탄을 쏘아댄다. 총알이 피융피융 하고 흩날리고, 당했구나 하고 땅에 엎드렸더니 아군 쪽 한 병사가 그 기총에 달려들어 적병을 단숨에 해치우고 기총을 빼앗아 총구를 돌리고 마구 쏘아댔다. 성일은 거기에 기운을 얻어 수류탄을 입으로 끊어서는 던지고, 기합을 넣으면서 총검을 휘두른다. 사람인지 나무 줄기인지를 찔렀더니 뭔가 반응이 뭔가 있는가 싶더니 쿵 쓰러져 버렸다! 그러자 당장이라도 적의 칼끝이 푹 날라오는 게 아닐까 하는 찰나, 고지의 정상에서 만세 만세 하고 떨리는 목소리가 들렸다. 고지는 점령했고 전투는 끝난 것이었다. 적은 대포 다섯 문에 시체 이백 수십 구를 남겨놓고 도망쳐 버렸다. 아군의 사상자는 더 많았다. 여기저기에 시체가 뒹굴었고 부상당한 병사들이 신음하고 있었다.

성일이 소나무 뿌리에 몸을 던져 기진맥진하고 있으려니까

"박 동무! 무사해?" 외치며 구르듯이 달려 온 소년 병사를 보고 성일은 "아, 이 동무. 다행이다".

"주님이 도와주신거야. 나는 계속 기도만 하고 있었거든." 목사의 아들은 이가 와들와들 떨리도록 소리를 냈다. 오히려 행운이 두려웠던 그는 성일의 팔을 잡고 머리를 내맡기며 엉엉 울기 시작했다.

날이 밝았다. 적의 진지를 높은 곳에서 바라보았다. 낙동강이 평원을 두 개로 나누며 유유히 가로놓여 있었다. 버드나무와 포플러 잎이 노란 빛을 띠기 시작했고, 강물은 하늘과 같은 색깔로 맑아졌다. 아군은 이 강을 몇 번인가 건너 진군했다. 그러나 왜관의 인민군 주력부대에 대항하고 있는 적의 배후로 가서, 거기서 곧바로 대구로 돌격하는 작전은 매번 실패했다. 적의 가장 큰 약점이었던 이 전선에 워커 중장[22]은 해병대를 휘하의 전력으로 내세워 우수한 기동력을 충분하게 활용했고, 전선은 나날이 강화되어 갔다. 당장에라도 왜관의 인민군 주력은 궤멸 직전에 놓이는 듯 했다. 잔존해 있는 아군을 돕기 위해 이곳으로 적을 유인해야 했다.

성일은 맞은편 강가에 산개해 있는 적의 진지를 보고는, 그 진용의 견고함을 알 수 있었다. 강가의 수목들 사이로 유엔기와 태극기가 펄럭이고, 야포[23]가 쉴 새 없이 탄을 발사하고 있었다. 로켓포나 박격포[24]나

22 워커(Walton Harris Walker, 1889~1950) : 미국의 육군 군인. 제2차세계대전 종전 이후 주일(駐日) 8군 사령관이었으나 한국전쟁 발발 이후 한반도로 파견되었다. 낙동강 전선을 방어한 것으로 잘 알려져 있으며, 1950년 12월 훗날 육군 대장이 되는 아들인 샘 S. 워커 대위의 은성 무공훈장 수상을 축하해주기 위해 가던 중 의정부 남쪽의 양주군 노해면(현재 서울 도봉구)에서 교통 사고로 사망했다. 그의 죽음을 기려, 그의 이름이 붙여진 건물과 지역들이 현재에도 남아있다. 부경대의 워커하우스를 비롯한 대구의 캠프 워커, 서울시의 워커힐호텔 등이다.

할 것 없이 무진장한 포탄을 아낌없이 이편으로 쏘아 보낸다. 아군의 진지 쪽은 열에 하나도 대응하지 못했고, 인해전술은 적의 불바다 작전에 의해 침묵당하는 형국이었다.

태양이 동쪽 구름을 붉게 물들이며 얼굴을 내밀 무렵 적기가 모습을 나타냈다. 아군은 한 대도 없는 것에 비하면, 연달아 무수하게 날아올라 폭탄을 마치 자갈처럼 흘리고 간다. 진지는 바람에 날려가고 소나무는 뿌리부터 쓰러졌다. 병사들은 낙엽처럼 춤추듯 너울거리며 날아 올라갔다.

적의 전투기는 700미터까지 내려앉아 머리 위를 피—융 하고 날아가 버리고, 기총 공격을 퍼부어 시체가 여기저기 뒹굴었다.

성일은 산기슭에서부터 적이 공격을 시작해 오는 것을 보았다. 아군은 이미 반으로 줄었다. 총대에 매달려 있던 병사들도 쓰러져, 소대장이 경기관총을 휴대하고 마구 쏘아대고 있었다. 산기슭과 하늘, 강가의 야포 세 방향에서 맹렬하게 공격해오는 적의 공세를 버티어내기에는 아군의 화력이 터무니없이 열세였다. 성일은 폭탄으로 파여진 구멍에 기어들어가 머리 위쪽과 산기슭 쪽의 적을 경계하고 있었다. 거의 생각할 겨를이 없었던 것이 다행으로, 그는 단지 반사 작용에 의해 움직이고 있었다.

적이 바로 눈앞으로 육박해오고 있었다. 아군은 픽픽 쓰러졌다. 적이 우렁차게 울부짖으면서 돌격해왔다. 그때 소대장이 경기관총을 가지

---

23 야포 : 야전(野戰)에서 보병 지원용으로 쓰이는 구경 75~105mm의 캐넌포. 포병(砲兵)의 주력 화포이며 야전포라고도 불리운다.

24 박격포 : 보병이 가지고 다니는 근거리용 곡사포.

고 벌떡 일어나 마구 난사했다. 소대장의 머리 위로 적기가 느닷없이 나타났다. 휙 하고 돌진해오는 기총탄이 쏟아져 내린다. 그러자 소대장은 경기관총을 비행기 쪽으로 돌려 프로펠러를 겨냥해 사격했다. 성일은 앗 하고 숨을 들이쉰 채 지켜보았다. 적기는 날아가 버렸고, 소대장은 의연하게 선 채로 발치로 기어 다가오는 적병을 겨냥해 쏘았다.

성일은 폭풍으로 날아가 버릴 지경이 되어 넘어졌다가 일어섰다. 흑인 병사가 성일의 가슴을 겨냥해 수류탄을 던졌다. 그러자 소대장이 순식간에 그 흑인을 쏘았다. 성일은 소대장의 옆으로 달려가며 사격을 거들었다. 공포를 잊고 있었다. 그러자 언덕 맞은편에서 신호가 올라왔다. 퇴각이다, 하고 소대장이 말하면서 조금씩 뒤로 물러났다. 성일은 소대장 옆에 붙어 언덕의 경사면으로 달려 내려갔다. 기슭의 소나무 숲 안으로 들어가 퇴각하는 아군에 합류하고는 한시름 놓았다. 산간의 부락까지 물러난다면 더 마음이 놓일 것이라고, 흥분하여 이성을 잃었던 심신이 제자리로 돌아오려는 순간 고막이 찢어지고 몸이 공중으로 붕 떠 날아갔다. 성일은 의식을 잃었다.

눈이 떠졌다. 갈비뼈처럼 생긴 서까래가 보였다. 성일은 조금씩 정신을 차렸다. 나는 어디 있는 것인가, 누추한 집에 눕혀져 있다. 왜일까. 어깨와 허리에 경련이 일어났다. 그렇다면, 놈들에게 당했던 것인가? 산 위에서의 격렬했던 전투가 어렴풋이 떠올랐다. 그러자 옆에서 신음소리가 난다. 깜짝 놀라 보니, 붕대에 감싸인 피투성이 병사가 배에서부터 쥐어짜는 듯한 소리로 신음하고 있다. 성일은 벌떡 일어났다. 손발이 움직인다. 아무렇지도 않다.

대체 무슨 일이 일어났던 것일까?

"박 동무, 나는 허리 아래 하반신에 전혀 감각이 없어. 미안하지만, 어떤지 좀 봐줘." 모기가 우는 것 같은 목소리로 그 병사는 동정을 구걸했다. 그 목소리로 목사의 아들인 이씨 소년이라는 것을 알았다. 깜짝 놀라 옆으로 다가가

"이 동무! 어디서 당한 거야?" 물었다.

"기억이 나지 않지만, 어쨌든 산기슭까지는 무사했었어." 이씨 소년이 나직하게 말했다.

성일은 생각이 났다. 폭풍이 뚜렷하게 몸에 느껴진다. 폭탄 파편이 이씨 소년의 몸을 정통으로 관통했다. 급히 자신의 몸을 확인해 보았다. 얼굴이 두세 군데 따끔따끔할 뿐, 아무 데도 다친 데가 없다. 어쨌든 다행이라고 생각하면서 이씨 소년을 다시 한번 쳐다보았다. 머리부터 얼굴까지 그리고 양다리 모두 산더미 같은 붕대로 쌓여 있다. 다리가 크게 다쳐 덜렁덜렁한 상태였다.

성일은 연민의 감정에 휩싸여 있는 그대로 말할 수 없었다. 죽음이 임박했다는 것이 확실해 보였다.

"동무! 부탁이 있어." 이씨 소년이 성일을 응시했다. 성일은 눈을 떨구고 말을 기다렸다.

"아버지는 이미 총살당하셨어. 그래도 아마 어머닌 남동생, 여동생이랑 같이 나를 기다리고 계실거야. 박 동무가 서울에 돌아가게 되면, 어머니한테 전해드렸으면 하는 물건이 있어. 내가 어떻게 전사했는지 어머니한테 이야기 해드리면 고마울 거야" 하며 옷깃 속으로 핏기 없는 샛노란 손가락을 집어넣어 은으로 된 줄을 끄집어 냈다. 그 줄 끝에 십

자가가 매달려 있었다.

"수첩에 우리 집 주소를 적어두지 않을래."

성일은 십자가를 받아 허리 굽혀 절하고는 품에 넣고 수첩에 메모했다. 관훈동에 이 소년의 집이 있었다. 성일은 문득 김의석을 떠올렸다. 20번지밖에 차이가 나지 않으니 가까운 동네라면 이 소년을 밀고한 것도 김의석일지 몰랐다. 그러나 지금은 그런 일을 따지고 있을 겨를이 없다.

"응! 동무! 내 허리 밑부터 그 아래가 어떻게 됐는지 말해줘"라고 말했다. 숨은 거칠어지고 커질 뿐, 소년의 가슴은 큰 파도가 치는 것처럼 오르락내리락했다.

성일은 확인해 보는 시늉을 하면서 "뭐야, 괜찮네. 출혈이 심해서 그렇지" 하고 말했다.

"그런가! 웬일인지 정말로 졸려. 난 아무래도 죽을 거 같다는 생각이 들어. 동무! 기도할 수 있어?" 숨이 차 괴로워하며 말했다.

"할 수 있고 말고. 이래봬도 나도 신자라구."

"그렇구나." 소년은 눈을 반짝 빛내고는 헐떡거리며 말했다. "다행이야. 아무래도 그렇지 않을까 생각했지만, 섣불리 말할 수가 없어서 말이야. 그럼, 주님께 내 몸이 낫도록 기도해 줘. 한 번만이라도 어머니를 만나고 싶어. 어머니가 손수 만든 감주를 다시 한번 먹고 싶어. 어머니 오른쪽 눈 밑에 점이 있어. 첫눈에 보기에는 눈에 잘 띄지 않지만, 내 걱정으로 우시면 틀림없이 잘 보일거야. 자, 기도해 줘. 아냐. 어쩌면 난 살 수 없을 거야. 차라리 주님의 곁에 가게 해달라고, 그렇게 기도해 줄래?" 말을 끝내기도 전에 그는 잠이 들어 입을 다물었다.

“아냐. 괜찮대두. 나을 거야.” 성일은 눈을 감고 무릎을 꿇고 엎드려 기도를 올렸다. 마음을 담은 긴 기도였다. 기도를 마치고 아멘 하고 소리 내며 눈을 뜨니, 창백한 작은 얼굴이 고요히 천정을 향해 있고 눈은 반쯤 뜬 채 굳어져 있다. 성일은 눈에 손가락을 대어 살짝 아래로 감겨 주었다.

간호병이 와서 “어떻게 된 거지?” 물었다.

“이 동무는……” 천국으로, 하고 말을 꺼냈다가 흠칫 하고서 “죽었습니다.” 성일은 대답했다.

“양괴는 우리 애국자를 또 한 사람 줄게 했다. 박 동무는 이 동무의 몫까지 양괴 놈들에게 원한을 갚아주게. 그런데 박 동무의 상처는 어떤가?”

“저는 아무렇지도 않습니다.” 성일은 팔다리를 움직여 보였다.

“그런가. 자, 전선으로 복귀해주게.” 간호병이 말했다.

성일은 작은 문을 열고 마당으로 나갔다. 간호병이 소총을 가지고 왔다.

“먼저 나가게. 이 동무의 뒷처리를 하고 갈테니.” 간호병은 방으로 되돌아갔다.

성일은 도로에 나가 쓰러져가는 집 쪽을 뒤돌아보았다. 음식점의 간판이 벽으로 내려와 있었다. 마을로부터 국도로 나가는 중간에 있는 외딴 집이었다. 포성이 들리고 땅이 울렸다. 성일은 꼿꼿하게 걸어가고 있는 자신에 생각이 미쳤다. 포탄을 두려워하지 않게 된 것이었다.

전선은 이미 강변을 벗어나 산간 구릉 지대로 이동해 있었다. 낙동강을 적에게 빼앗기고 아군은 후퇴하고 있었다.

논에는 벼가 누렇게 익어가 금색으로 물결쳤다. 용수로 둑에 자라난 키 작은 나무의 잎이 시들어 외롭게 떨고 있다. 포탄이 지나가면 수목이 일제히 요란하게 수런거리기 시작하다 조금 지나면 고요해졌다. 토담벽과 초가지붕 마을이 앞에 보이는 쌍아산双兒山 산기슭에 있고, 멀리 있는 산들은 단풍이 들기 시작했다. 파랗게 맑게 갠 하늘에는 보기 드물게 적기가 보이지 않았다. 미국 비행기를 타고 미국에 유학을 가려고 했던 자신에게 저 미국 기계가 폭탄을 떠안기고, 폭풍에 실려 자신이 하늘로 쓸려 올라갔던 일이 야릇한 인연이라고 생각되었다.

노란 들판에서 살아 있는 것은 자기 혼자밖에 없다고 생각하니 감상적인 마음이 솟아올랐다. 논 주변에 들국화가 피어 있었다. 그는 들국화를 꺾어 다발을 만들었다. 이씨 소년의 머리맡에 두고 올까 생각했다. 그러나 간호병이 허락하지 않겠지. 그때 거기에 농촌 아낙의 시체가 보였다. 등에는 아기가 업혀 있다. 검은 줄이 아기의 다리를 죄고 있었다. 탄흔은 두 사람 등에 있었는데 피가 흘러 응결되었다. 성일은 줄을 풀어 아기를 어머니의 등에서 떼어 놓고, 큰길가에 눕혔다.

조금 물이 들기 시작한 잔디밭은 기분 좋게 보였고, 반듯이 눕혀진 모자는 즐거운 듯이 보였다. 성일은 거기에 떨어져 있던 꽃다발을 주워 모자의 머리맡에 놓고 떠났다.

마을에 가까워질수록 포탄 소리가 똑똑히 들렸다. 쌍아산 정상에 아군의 포좌砲座[25]가 있어 맹렬하게 탄을 쏘아대고 있었다.

성일은 그 산기슭을 빠져나가 마을 측면에 포진되어 있는 보병선에 가담했다. 마을은 산과 산 사이에 있었는데, 전방의 산으로부터 적들이 대응 사격을 하고 있었다. 마을은 지금까지 무사했었지만, 사격을 받아

---

25 포좌(砲座) : 대포를 올려 놓는 대.

지붕이 날라 가거나 사각으로 된 토담벽도 허물어진 빈약한 집들이 보였다. 빠지직 빠지직 연기를 토해내고 있는 지붕 맞은편에 허리가 휘어 꺾어진 포퓰라가 있었다.

적기가 나타났다. 산 위에서 고사포가 쏟아졌다. 성일은 폭탄이 떨어지는 것을 보지 않으려고 눈을 감았다. 그러나 적기는 전단을 떨어뜨리고 사라졌다. 종잇조각들이 어지럽게 춤추며 떨어져 내렸다. 소대장이 소리 질렀다. “주워선 안돼!”

성일의 머리에 팔랑 하고 떨어졌다. 전우들은 전단을 주워 찢어서 버렸다. 그 소동 속에서 아무도 성일을 보고 있지 않았다. 그는 날쌔게 삐라를 읽었다. “인천 상륙”, “서울 탈환 임박” 등이 쓰여 있었다. 그리고 이 삐라를 소지하고 투항하면 생명을 보증한다, 라고 쓰여 있었다. 성일은 재빨리 삐라를 주머니에 쑤셔 넣었다.

며칠 후 부대는 그 쌍아산 전선을 포기하고 북쪽으로 후퇴했다. 평원에서 산악 지대로 옮겨 보급을 기다렸다. 탄약이 부족하고 사기는 계속 꺾여갔다. 이동이 계속되는 중에 부대는 소대 단위로 분산되어 유격대로 전락했다. 어느 산 속에서, 소대장은 병사들을 원형으로 둘러 앉게 하고 김일성 장군의 노래와 애국가를 부르게 하면서 사기를 북돋았다.

소대장은 선창을 하고, 중간에 연설을 했다. 괴뢰 이승만. 미영 자본주의, 제국주의 침략. 말하는 내용은 정해져 있다. 그렇지만, 이 날 소대장의 말에는 마음을 울리는 것이 있었다.

“동무들은 서울 출신이 많아 경찰 신세를 진 일이 없어 모르겠지만, 나는 해방 후 북한이 싫어지고 서울을 동경해 삼팔선을 넘어온 일이 있다. 그때 이북에서 월남해 온 자는 셀 수 없이 많았다. 이북의 토지개혁으로 몰락한 지주 계급과 일제시대 친일파, 자유를 동경하는 자들이었다. 나는 그들과 달랐다. 나는 형이 서울에 살고 있었고, 어머니가 형을 만나고 싶어 했기 때문에 월남했다. 그런데 서울 사람들은 우리들을 월남자라 부르며 무시했다. 월남민들은 서북청년단을 만들어 여기에 대항했다. 그렇지만 평범한 수단으로는 인정받지 못했고, 서울의 좌익들은 월남자들을 싸잡아 반동이라고 지목했다. 그 대목에서 서북청년단은 김일성 장군에 대한 원한을 좌익 청년들을 상대로 보복했다. 이승만 정부 역시 서북청년단을 악용해 좌익 퇴치에 나서고 좌익들은 대개 지하로 숨었다. 그때 나는 생각했다. 이래도 좋은 건가? 동포가 서로를 죽이고서 나라가 태평하게 될 리가 없다. 형은 서북청년단과 이승만을 반대했다. 나도 그랬다. 이승만 정권은 서북청년단을 각 직장 조합에 잠입시켜 스파이로 만들고, 조합을 교란시켰다. 동향인 서북청년단의 반동성을 나는 똑똑히 보았다. 예를 들어, 경전 노조가 그랬다. 빨갱이 퇴치에 걸려들게 해서 한 사람도 남기지 않고 쫓아내고 서북청년단으로 노조를 점령했다. 형도 나도, 이 반동 사기 노조에 반대했다. 그런데 서북청년단은 경찰의 중요 지점을 장악하고 있어서 형을 빨갱이라고 체포했다. 나도 어머니도 붙잡혀 보복 고문을 당했다. 그래서 형도 죽고 어머니도 돌아가셨다." 소대장의 얼굴에 슬프고 분한 기운이 흘렀다.

"나는 탈옥해서 게릴라에 가담했다. 이 주변 산은 우리 집처럼 소상하게 알고 있다. 이승만 정부는 지난 겨울, 이 주변 마을을 전부 불태워 버렸다. 동무들은 모르겠지만, 봐둬라. 저기 산 기슭에 검은 바위가 많이 굴러다니는데, 작은 구멍이 있다. 저건 모두 아궁이의 흔적이다. 게릴라들에게 식량을 제공하니까 안 된다는 구실이다.

농민들은 집이 불에 타 땅을 버리고, 도회로 나가 걸식하게 되었다. 겨울 숙청은 혹독한 것이었다. 놈들은 외화를 착복하고, 좋은 입을 입고 포식하고 있다. 미국에서 온 원조 물자가 인민의 손에 몇 퍼센트나 건네진다고 생각하나. 정부 요인과 중간 착취자가 반 이상 착복하고, 바이어라 칭하는 자들이 동경에서 어떤 생활을 하고 있는지 동무들이여 똑똑히 기억해두게. 터키탕에 들어가 기생을 껴안고 수입물자로 편안하고 따스하게 지내고 있단 말이다. 난민이 거리에 넘치고 있는데도, 구하려고도 하지 않지. 좋나? 동무들. 나는 결코 좋아서 이 고생을 하는 게 아니다. 인민이 불쌍해서다. 이 나라를 올바른 사람의 손에 맡기고, 하루라도 빨리 인민의 생활을 안정시킬 열의에 불타고 있다. 아무리 하늘에 있는 아버지께 기도한다고 해도 악질 상인과 괴뢰 정권은 없어지지 않아. 인구의 90%를 차지하는 농민 노동자의 진짜 대표는 한 사람도 한국 국회에 가 있지 않은 게 아닌가. 담합하는 정치가들뿐인 한국이 인민의 적이라는 것을 동무들이여 깨닫기를. 2, 3주 안에 저 매국노들을 일소하고 우리나라는 낙토가 될 참이었는데 유감스럽다." 소대장의 눈에서 굵은 눈물이 흘러 내려 뚝뚝 떨어졌다.

성일은 바이어 운운하는 말이 나왔을 때 흠칫 놀라 고개를 떨어뜨렸다. 풀숲으로 눈을 내리깔고 생각에 잠겼다. 그의 작은아버지는 동경에서도 서울에서도 50년산 최신식 자동차를 굴리고 있었다. 돈암동 저택 이외에도 세검정 부근에 별장을 가지고 있었고, 성북동 계곡에 요릿집을 세워 경영하고 있다. 그런 것들은 인민과 아무런 관계도 없었다. 거기에 모여드는 놀고 먹는 무리들과 기생이나 허드렛일 하는 품팔이 일꾼들에게는 존재 가치가 있을지 몰라도, 가까이 사는 그 마을 사람들에게는 평생에 한번 엿볼 수도 구경할 수도 없는 아무 인연이 없는 존재였다.

사회주의 이론이라면 성일도 대략은 알고 있다. 자본가와 인민의 존재 방식을 오늘만큼 절실히 생각해 본 적은 없었다. 소대장의 이론은 진부하고 틀에 박힌 것이었다. 그러나 뭔가 다른 것이 있어 진정성이 느껴졌다. "목숨을 걸고 나는 싸운다. 목숨이 붙어 있는 한 싸운다." 호언하는 소대장은 훌륭하다. 경기관총을 품에 안고 벌떡 일어나 적기를 향해 마구 쏘아댔던 저 배짱에는 탄복하지 않을 수 없다.

그것뿐인가. 흑인 병사에게 죽을 뻔한 자신을 살려준 것도, 폭풍 속에 날아 올랐던 자신을 후방으로 옮겨준 것도 소대장이었다. 그는 소대장의 인정미에 끌렸다. 소대장이 말을 끝내자 병사들은 일제히 박수를 쳤다. 그 박수에는 공감이 깃들어 있었다. 서울 소시민의 자식들은 인민군 점령하의 불안과 생활고를 잊고, 소대장과 같은 마음으로 부산 앞바다까지 진격하지 못하는 것을 유감스러워했다.

소대장이 갑자기 노래를 부르기 시작했다. "원통하고 원통한 낙동강, 38선을 넘어 낙동강에 다가서, 조국 통일의 목전에서, 아아, 가는 길을 막는 너, 너의 이름 낙동강" 하는 즉흥적이면서도 비창한 가락이 병사들의 폐부에 스며들었다. 한 사람이 울자 두 사람이 머리를 숙이고 소대는 통곡했다.

"동무들! 울지 마라. 보급이 있는 한 우리들은 싸우는 거다. 인연도 연고도 없는 남의 나라를 침략하는 것이 유엔군의 취미는 아닐 것이다. 자, 대전을 향해 진군이다. 거기서 북상하는 적을 혼내주자." 소대장은 행군을 명령했다.

추풍령의 봉우리마다 단풍으로 물들고 있었다. 봉우리에서 계곡으로 간신히 달아난 소대는 어느 마을에 당도했다. 그러자 마을 사람들이 태극기를 높이 쳐들고 환영하러 나와 대한민국 만세를 합창했다.

소대장이 마을 사람들에게 말했다.

"어리석은 인민들. 우리들은 괴뢰군대 한국군이 아니다. 여러분 모두 그렇게나 한국군을 무서워 하지만, 우리들 인민군을 두려할 것은 없다."

그러자 마을 사람들은 당황해서 부산을 떨며 태극기를 잡아 뽑고 붉은 기를 게양하고서는 인민군 만세를 합창했다.

소대는 그 마을에서 묵고 가도록 되었지만 물을 긷고 장작 패는 일을 도우며 겨우 하룻밤을 지냈다. 일이 어떻게 되는 것일까 조마조마했던 성일은 소대장이 점점 좋아졌다.

"박 동무! 햇볕에 타서 까매졌군. 잠깐 사이에 전사다워졌어." 소대장은 성일의 어깨를 두드렸다.

성일은 자신이 이전부터 쭉 인민군이었던 것 같은 착각이 들어 불과 2개월 전의 자신을 생각해내기가 힘들었다.

유격대를 거느리고 옥천에서 추풍령으로 출몰한 경험이 있던 소대장은 좋은 길 안내자이기도 했지만, 신병들뿐인 소대로서는 결코 수월한 행군은 아니었다. "대전에 가면 우리 군의 주력이 기다리고 있다." 그렇게 격려를 받았지만 험준한 고개를 넘어 계곡을 건너는 것은 고통이었다.

추풍령을 넘어가자 황간黃澗[26]이었다. 국도를 행군하면 적기에 발견

26 황간(黃澗) : 충청북도 영동군 소재 황간면을 말한다.

되는 까닭에 영동까지 다시 산길 행군이었다. 그런데 옥천을 지나 어느 산간 마을로 들어갔을 때 한국군을 만나 저격을 당했다. 소대는 산 능선으로 도망쳤지만 소대장이 부상을 입었다.

"박 동무! 소대를 부탁하네." 소대장이 말했다.

"소대장님! 상처는 깊지 않습니다."

소대장은 다리에 부상을 입었다.

"아니야. 이제 걸을 수가 없는 걸. 우물쭈물하면 포로가 돼. 자, 빨리 가게. 저 능선을 가로지르면 대전이 보일거야." 담담하게 말하면서 그는 권총을 관자놀이에 대고 빵 하고 쏘았다. 단 한 발로 목숨을 끊고 소대장은 풀썩 앞으로 고꾸라졌다.

능선은 바위 투성이였다. 그 황량한 땅을 가로지르는 동안 적에게 저격당해 소대는 반으로 줄었다. 간신히 그 땅을 지나 산봉우리 쪽으로 올라 숲 속으로 뛰어들었을 때 매복해 있던 적병이 가는 길을 막았다. 이제 항복 이외 다른 길은 없었다.

'항복한다면 지금이다.' 성일은 순간 생각했다. 그러나 소대장이 스스로 목숨을 끊던 모습이 떠올라 그 생각을 떨쳐 버렸다. 그때 아군 병사 세 사람이 군집해 있는 한국 병사들 속으로 뛰어 들었지만, 상대가 안 된다는 것을 알아차리고 총을 내던지며 양 손을 들어올렸다.

그때 세 명이 손을 든 틈에 한국군 하나가 휙 총검을 밀어대며 찔러 죽였고, 다른 병사는 권총을 계속해서 쏘아댔다. 세 사람은 픽 쓰러졌다. 성일은 섬뜩해져서 항복할 생각이 사라지고 한국군이 몹시 증오스러웠다. "비열하다. 적진으로 쳐들어가자!" 성일은 정신없이 외치며 선두에 서서 적진을 향해 뛰어들었다. 아군 병사가 거기에 뒤이어서 권총으로 서로 총격을 가하고, 총검을 머리 위로 번쩍 쳐들며 난투를 벌였다. 한국병은 픽픽 쓰러지고 적의 포위가 뚫렸다. 성일 등은 빽빽한 숲 속으로 나아가 적의 추적을 교란시켰다. 산봉우리에서 평평한 곳으로 나와 고원에 도착했다. 바위 절벽 위에 집을 세운 흔치 않은 마을이 있었다. 논도 있고 밭도 펼쳐져 있어 평원에 온 듯한 착각이 일어났다. 험준한 산들이 그 고원의 뒤로 병풍처럼 서 있어 지금까지 보아 온 산간 마을과는 달랐다.

절벽 아래서 샘물을 마시고 꼬불꼬불한 비탈길을 올라 가장 큰 집으로 갔다. 토담벽 초가집이라고는 해도, 마당이 넓고 집의 형태가 훌륭했다. 육십 세가량의 노인이 고풍스러운 두건을 쓰고 나왔다.

"젊은 양반들은 인민군 복장을 하고 있는데 틀림이 없는가." 노인은 대단히 침착했다. "그렇습니다. 저희들은 인민군입니다." 행여 한국 쪽이 아닌가 하고 의심하면서 성일은 말했다.

"정말이군. 그렇다면 자, 들어오시게." 노인은 긴 담뱃대를 흔들며 앞장서서 안내했다. 성일 등은 본채 동쪽에 있는 별채 건물의 마굿간과 나란히 만들어진 온돌방으로 안내되었고, 다른 대원들은 노인의 지시로 다른 집으로 각각 분산되어 수용되었다.

온돌방 안은 따뜻해서 피로한 손과 발이 녹초가 되었다. 참기름 콩램프가 희미하게 빛을 던졌다. 노인이 들어왔다.

모두가 일어나 반듯하게 앉았다. 예의바르게 행동하지 않고서는 배길 수 없을 정도로 노인에게는 위엄이 있었다.

"자네들 인민군은, 나는 좋아하네. 작년 겨울에도 유격대가 왔었는데

하인처럼 부지런히 움직이고 유쾌한 자들이었지. 그런데, 한국군은 닭을 삶아 내놓으라는 둥 흰 쌀밥을 먹게 해달라는 둥 마치 화적떼들 같았지. 인민 유격대를 묵게 했다고 터무니없이 무리한 요구를 해대고는 마을을 태워 버리고 말았지. 그렇지만 산 부락민들은 몇 번이나 모조리 불탔어도 금세 집을 세운단 말이지. 돌과 진흙과 수수깡이 있으면 집은 세우거든. 지난 겨울 이 마을도 정부 명령으로 불태워지고 마을 사람들은 퇴거당했지. 그랬지만 다들 보시는 것처럼 훌륭하게 다시 세우지 않았는가. 백성들은 악정을 하는 정부는 신용하지 않아. 우리 선조는 이씨 조선에 항거해서 이 마을로 왔었지. 대대로 이 마을 사람들은 싸움에 져서 몸을 피하는 무사들을 소중하게 여기는 기풍이 있네. 자네들이 며칠 이곳에 머무르겠다면 목숨은 지켜드리지. 안심하고 쉬도록 하시게."

저녁상이 운반되었다. 고사리와 고비를 데치고 무엇인지 알 수 없는 나무 열매를 기름에 튀긴 것으로 몇 년만의 진수성찬 같았다. 성일은 너무 맛있어 입맛을 다셨다. 정신없이 먹는 모습을 한참 지켜보던 노인이 뭔가 끄덕이며 온돌방을 나가려고 할 때였다. 스물 너댓 되는 젊은이가 숨을 헐떡이며, 한국군 같아 보이는 자들이 마을 아래 도착해 언덕을 올라오고 있다는 것이었다. 확실히는 모르지만 모두 사오십 명 가량으로 맞은편 봉우리에서 봉화가 올랐기 때문에 알게 됐다고 보고하는 것이었다. 태고의 옛날로 거슬러 올라간 듯한 착각이 들었지만, 성일은 문득 그들이 오늘 낮에 싸운 적들이 틀림없으며 참 끈질기게도 쫓아왔구나 생각하고 증오의 감정을 느꼈다.

마을에 민폐를 끼치면 안 된다고 말하면서 준비를 하고, 전우들을 집

합해 산 정상을 향해 멀리 달아나기로 했다. 도중까지 안내해 준 젊은 이가 이 봉우리를 넘으면 대전으로 가는 큰길이 나온다고 했다. 거기는 아직 인민군 세력 범위니까 염려하지 말고 전진해도 좋다고 말했다. 작별의 인사를 하고, 죽자 사자 산을 올라 산봉우리 측면에 다다랐다. 그때 바로 아래 계곡 사이에서 시뻘겋게 타오르는 커다란 불길이 보였다. 그 불빛에 조금 전 헤어져서 온 마을의 집집들이 마치 히나단ひな段[27]의 진열대처럼 나란히 줄지어 서 있는 것이 보였다.

이미 상당히 불이 붙어 그 진홍빛 불길 아래로 갈팡질팡 도망가는 마을 사람들이 손에 잡힐 듯이 보였다. 그중에는 항복해서 한국군 앞에서 손을 들고 서 있는 이들도 있다. 그러자 한국군 병사가 총을 돌려 겨냥하고 쏘았다. 남녀노소할 것 없이 픽픽 쓰러졌다. 총성이 메아리가 되어 들려왔다. 불길이 솟아올라 참혹한 학살의 광경을 에워쌌다.

성일의 옆에 있던 병사가 분개해서 뛰어 내려가려고 했다. 모두 한바탕 교전을 하고 싶은 기분이었지만, 성일은 그것을 막으며 갈 길을 재촉했다.

새벽녘이 되어서 대전 시가에 도착했다. 시내는 아직 인민군의 수중에 있었지만, 추격자들은 시 남단에 진을 치고 있어 시가전은 한창이었다. 그러나 인민군 주력은 북방 쪽으로 철수하기 시작하고 약간의 병력만이 남아 유엔군을 견제하고 있었다. 성일 등은 교화장과 그 일대를

27 히나단[ひな段]: 일본에서는 3월 3일 감주, 떡, 복숭아꽃 등을 차려놓고 작은 인형들을 제단에 장식하여 여자아이의 행복을 비는 히나마츠리[ひな祭り]라는 행사가 있다. 히나단이란 히나마츠리에 사용되는 인형 등 여러가지 물건을 차려놓는, 계단식으로 된 진열단을 말한다.

수비하라는 명령을 받고 소총탄 보급을 받았다. 그런 다음 시 외곽에 있는 교화장에 부랴부랴 달려갔더니, 교도관들이 "반동분자들이 반란을 일으켰다. 섬멸하라"라고 명령했다. 성일은 부하를 데리고 철문을 기어들어 벽돌담 안쪽으로 들어갔다. 그러자 차 돌리는 곳車回し[28]에서부터 본관 현관 앞에 걸쳐 죄수들의 시체가 온통 굴러다니고 있는 것이 보였다. 일부 죄수가 탈옥을 기도해 교도관들과 일전을 벌였던 것이다. 성일 등은 본관 측면으로부터 방사상으로 세워진 옥사 건물의 뒤편을 따라 갔다. 옥사 내에서 총성이 쉴 새 없이 났고 단말마의 비명이 새어 나왔다. 성일은 자신이 수용된 적이 있는 서대문 형무소를 언뜻 떠올렸지만 감상에 젖어 있을 틈은 없었다. "총알 있나?" 교도관이 텅 빈 자기 총의 약실을 열어 보여주며 물었다. 성일은 20발씩 새로 보급된 것을 보여주었다.

"저기에 일렬로 서 있는 반동 한 명 한 명에게 한 발씩 쏘는 거다. 총알을 헛되이 쓰지 말아!" 교도관은 흥분해서 붉어진 눈을 하고 있었다.

성일 등 다섯 사람은 횡렬로 나란히 서서 기다렸다. 그러자 그 옥사의 중간 측면 쪽 문이 열리고, 양복과 한복의 죄수복 등 갖가지 복장을 한 죄수들이 양손을 머리 위에 깍지를 끼고 일렬 종대가 되어 나왔다.

신사풍의 중년 남자와 농부, 장인, 청년 등 그 행렬은 끝도 없이 문 안쪽으로 이어졌다. 세일러 복을 이은 여학생이 세 사람 연이어 나오더니, 그 뒤로는 감색 치마를 입은 부인이 나왔다. 성일은 여동생과 어머니를 떠올렸다. 그 네 명의 여자들이 어떤 기분일까 생각하니 견딜 수

28 구루마 마와시[車廻し]: 현관 등의 앞에 자동차를 돌려 나갈 있도록 만든 원형이나 타원형의 정원. 잔디나 나무 등을 심어놓는 것이 보통이다.

없는 느낌이 들었다. 그러나 그는 마음을 강철같이 먹고 서 있었다. 선두에 섰던 신사복을 입은 남자가 우물가까지 와서 멈추어 섰다. 교도관이 사격을 하라고 신호를 보냈다. 성일이 가장 먼저 쏘아야 하는 차례였다. 그는 눈을 감고 쏘았다. 신사는 우물 속으로 사라졌다. 일곱 명의 병사가 순번대로 각기 표적물을 향해 쏘아 명중시켰다. 빵빵 하고 총성이 울릴 때마다 한 사람씩 우물 안으로 사라졌다. 폭이 넓고 두레박이 달린 우물은 몇 사람이라도 사람을 집어 삼킬 듯 했다.

다시 성일의 차례가 되었다. 짧게 자른 머리를 한 남자가 그의 표적이 되었다. 그 남자가 무서운 눈초리로 성일을 바라보았다. 성일은 쏘았다. 성일의 세 번째 사격 순번에 걸린 것은 세라복의 여학생이었다. 소녀는 앞으로 나가 우물가에 와서는 무릎을 꿇고 하늘을 우러러 보며 하늘에 계신 우리 아버지… 하고 기도를 시작했다. 성일은 손이 떨려 방아쇠를 당길 수가 없었다. 교도관이 왜 쏘지 않느냐며 화를 냈다. 방아쇠를 당겨 총탄이 발사될 때 성일은 몸이 꺼질 듯한 느낌이 들었다. 쳐다보니 소녀는 풀썩 앞으로 기우뚱하게 쓰러져 몸을 실룩실룩 움직였다. 교도관이 가서 소녀의 목덜미를 잡아다 우물 속으로 내팽개쳤다.

고운 옷을 입은 부인은 아이의 이름을 부르며 통곡하고 우물 속으로 사라졌다. 장인은 백 번 다시 태어나 너희들의 생간을 씹어 먹겠다고 부르짖었다. 승려 풍의 남자는 너희들은 귀신이나 짐승으로 다시 태어날 거라고 저주를 퍼부었다. 학생인 듯한 청년은 너희 인민군의 정체를 알았다, 언젠가 징벌을 받을 날이 올 거라고 연설을 하는 도중에 우물 속으로 떨어졌다.

죄수들은 쉴 새 없이 나타나 탄환이 떨어지고 우물도 넘쳐 났다. 교도관들은 총대로 죄수의 머리를 마구 쳐서 참살했다.

더 이상 도저히 보고 있기 어려운 광경이었다. 그때 포탄이 윙윙 소리를 내며 날아와 벽돌담에 명중했다. 벽이 부서지고 커다란 구멍이 뚫렸다. 그 구멍으로 죄수들이 우르르 올리며 도망쳤다. 교도관들은 소리를 지르며 뒤쫓았고, 성일 등도 그 뒤를 따랐다.

시가전을 포기하고 패주하는 부대를 만나 성일 등은 거기에 가담했다. 기총탄이 그들을 따라왔고 적기가 급강하하여 폭격해왔다. 성일은 집 뒤쪽에 엎드려 목숨을 건졌고, 살아남은 병사들과 함께 달렸다.

〈5〉

성일은 먹지도 마시지도 않은 채 패주를 계속했다. 서울가도를 따라 유엔군 주력 부대가 급진격을 계속해, 서울과 인천에서 남하하는 부대와 만나게 되었다. 성일 등은 중부를 벗어나 원주 방면으로 빠져나갈 길을 발견했다. 한국군 주력 부대는 동해안과 중부를 담당하고 있었고, 이 방면의 진격 역시 쾌속으로 이루어져 무제한 작전을 수행하며 38선에 계속 가까워지고 있었다. 인민군 부대는 이북으로의 탈출을 초조하게 서둘렀다. 양평揚平에서 한국군 유격대를 만나 인민군 패전부대는 뿔뿔이 흩어지게 되었다.

얼마 전 한국군 패전 부대와 경찰관이 인민군의 눈을 피해 이 지역에 잠복해 있었는데, 지하 조직을 만들어 연락하며 유격전을 전개하고 있었던 것이다. 그러다 유엔군 인천 상륙과 수도 탈환 소식에 용기를 얻고, 우익청년들이 가세하여 갑자기 규모가 부풀어 독자 행동을 취한 것이었다.

인민군의 압박하에서 90일간 지독한 꼴을 당하다가 겨우 해방된 그들은 복수심에 불타오르고 있었다. 인민군을 섬멸하는 것은 바로 이때다 하고 패잔병 사냥을 전개하고 있는 중이었다.

성일은 발에 부상을 입어 아군 일행을 완전히 놓치고 이 유격대에 몇 겹으로 포위되었지만, 야음을 틈타 이탈하여 민가에 숨었다. 노파가 혼자서 집을 지키고 있었다. 어둠 속에서 치맛자락을 머리에 뒤집어쓰고 떨고 있었지만, 성일이 말을 걸자 사람이 곁에 있으니 마음이 든든하다고 말하며

"전쟁은 아직도 하고 있는 겐가?" 물었다.

"벌써 끝났습니다." 성일은 대답했다.

"그렇구나! 그러면 이제 먹을 것 걱정은 안 해도 좋다는 거로군. 자, 이거 좀 들어요."

하며 거기 있던 바구니 안에서 옥수수 한 개를 꺼내 던져 주었다. 성일은 그것을 주워 갉아 먹으며 뭔가 따뜻함을 느끼고는 기쁜 마음이 들었다. 그리고 문득 어머니와 여동생을 떠올리며 집에 돌아가고 싶은 생각이 났다.

무심코 벽에 손을 대니 농부의 작업복이 걸려 있었다. 성일은 나쁜 짓이라는 것을 알면서도, 군복을 벗어 작업복으로 갈아입었다. 노트는 찢어서 버리고 목에 걸고 있던 십자가는 그대로 놔두었다. 군화도 찢어져 구멍이 뚫려 있었기 때문에 총과 함께 봉당[29]에 버렸다. 밖은 바람이 차가웠다. 방향을 정해 서북 쪽으로 걸었더니 선로를 발견했다. 그는

선로를 따라 앞으로 나가면서 어쩌면 새벽녘까지는 청량리로 돌아갈 수 있을지 모른다고 생각했다. 집의 대문이 보인다. 문 안으로 들어 온 그를 보고 어머니는 얼마나 기뻐하실까.

내일이 되면 만사가 끝나 버릴 것이다. 시민들은 원래 생활로 돌아가고 그는 미국으로 출발할 수 있을지도 모른다.

문득 대전에서 그가 했던 일들이 떠올랐다. 낙담하여 멈추어 서서 하늘을 향해 용서를 구했다. 주여! 저는 사람을 죽였습니다. 죄 없는 선량한 시민을 살육한 것입니다. 부디, 부디 이 사람의 죄를 용서하여 주소서. 아아! 영원히 사라지지 않고 용서받을 수 없는 오점이 마음에 단단히 들러붙고 말았다.

그때, "누구냐?" 찢는 듯한 목소리가 났다. 회중 전등이 확 그를 비추었고 그는 빛 속에서 체포되었다. 성일은 손을 들고 상대의 태도를 기다렸다.

성일이 끌려간 곳은 한국군 유격대의 불심 심문소였다. 램프로 불을 밝혀 엷은 어둠이 깔려 있는 방에 심판자가 책상에 앉아 있고, 그 앞에 붙잡혀 온 자들이 줄 지어 있었다.

"거짓말 마라! 그 복장을 하고서 인민군이 아니라고 말할 수 있나?" 심판자가 주위에 있던 동료에게 데리고 가라고 지시했다. 성일은 붙잡혀온 사람들이 차례차례로 심판을 받고 마당으로 끌려 나가는 것을 보았다. 작업복을 입은 사람은 성일 혼자뿐이었는데, 나머지는 전부 인민군 아니면 유엔군의 복장을 하고 있었다.

---

29 봉당 : 주택 내부에서 마루를 깔지 않은 흙바닥으로 된 공간. 토방이라고도 한다.

“저는 제8군 직속 한국군입니다.” 유엔군복을 입은 자가 말했다.

“제8군 어느 부대인가?” 유엔군복의 병사는 대답이 궁해졌다.

“거짓말해도 금방 안다구. 제8군이 지금 이런 곳에서 멍하니 있을 거라고 생각하나?”

성일의 앞에 있던 인원 수는 부쩍부쩍 줄어 갔다. 그의 뒤에 끌려 온 패잔병이 어떻게 되는 걸까요, 흠칫흠칫 겁을 내며 물었다. 키가 큰 남자로 아주 겁이 많은 눈을 하고 있었다.

“글쎄……” 끌려가는 사람들의 운명은 성일이라고 알 수 없는 것이었다. 그때 소총 소리가 났다. 연속해서 발포하는 소리가 나고 단말마의 비명소리마저 들린다. 붙잡혀 온 사람들이 갑자기 동요했다.

성일은 발끈해서 소리쳤다.

“당신들은 한국군 정규군도 아닌데 처형할 권리가 있습니까?”

그러자 유격대원이 와서 성일을 끌고 갔다. 성일은 심판자가 일어나 자신에게 덤벼들며 다가오는 것을 보았다.

“넌 뭐냐?” 심판자가 다그쳤다. 성일은 순간적으로 대답했다.

“저는 지지난 달 서울을 탈출해서 원주에 숨어 있었습니다. 원주에는 조부가 계십니다. 서울로 돌아가는 중이었습니다.”

“그래서, 네가 인민군 편을 드는 이유는 뭐냐?”

“편을 드는 게 아닙니다. 당신들은 인민군에게 지독한 꼴을 당했지요? 놈들의 부당한 처사를 흉내 낸다면 한심한 것 아닙니까.” 성일은 당당하게 말했다.

“이봐! 들어봐! 우리들 부모 형제는 인민군 손에 살해당했어. 죄 없는 양민을 구덩이에 생매장했단 말이다. 인민군 놈들은 귀축같은 자들이다. 귀축을 살려두면 인류에 해를 끼칠 뿐이야. 놈들 손에 살해당한 사람들의 원한을 풀어주는 거지. 넌, 정규군이 아닌 우리들에게 인민군 패잔병들을 재판할 권한이 없다고 말하지만, 우리 유격대는 확실하게 군과 연락하고 있다."

"포로로 삼지 않고 총살한다는 것은 부당해요. 한국은 법치국가가 아닙니까. 이제 곧 문제가 될 거요." 성일은 자신의 전력을 완전히 잊고 있었다.

"넌 다분히 빨갱이 소질이 있군. 좋다. 너한테 인민군의 귀축 행위가 어떤 것인지 보여주지."

성일은 유격대원 두 사람에게 연행되어 밖으로 나갔다. 반으로 이지러진 달이 떠 있었다. 주변이 잘 보였는데, 평원부터 구릉지대가 계속 펼쳐져 있었다. 오른쪽에 낯익은 산이 보였다. 삼각산의 측면이었다. 서울의 외곽일지도 몰랐다. 그때 앞쪽의 주위보다 좀 높고 평평한 땅에서부터 시체의 악취가 풍겨왔다. 커다란 지하 방공호 같은 것과 뭔가 규칙적으로 줄지어 눕혀 놓은 것이 보였다. 가까이 가보니 함께 쓰러져 있는 송장들이 확실하게 보였다.

"알았나? 부인네들과 소녀들도 있지. 기독교 신자도 있고. 인민군에게 협력하지 않았다는 이유로 저 지하 방공호에 감금하고 서울에서 패해 도망갈 때는 호 입구에서 기총 소사를 퍼붓고 입구를 막아버렸단 말이다. 이래도 넌 인민군을 인간이라고 생각하는 거냐?"

성일은 대전에서의 일을 떠올리고는 대답이 나오지를 않았다. 나도 귀축이다! 그는 고개를 떨어뜨렸다.

문득 맨 앞줄에 있는 시체에 눈이 가 멈추었다. 갑자기 가슴이 덜컹

하여 옆으로 다가가서 얼굴을 보았다. 썩어 문드러져 원형이 남아 있지 않았다. 입고 있는 옷이 전에 본 기억이 났다. 흰색 마 저고리와 검정색 서지 치마. 성비의 평상복이다. 눈앞이 캄캄해졌지만, 확인해보기 전에는 하면서 치마 끈을 더듬었다. 은 십자가를 치마 고름 쪽에 체인을 휘감아 끼워두는 것이 성비의 버릇이었다. 감촉이 느껴졌다. 달빛에 비추어 보니 둔하게 빛나고 있는 십자가. 성일은 현기증을 느끼며 의식을 잃고 그 자리에 쓰러졌다.

성일은 석방되지 않았다. 그가 벗어서 버린 군복과 군화가 발견되었기 때문이다. 그는 자신의 것이 아니라고 완강하게 버텼다. 그러나 군사 재판에 회부되어 키 큰 남자와 다른 다섯 명의 포로와 함께 서울로 연행되었다. 두 시간 정도 걸려 청량리에 도착했다. 자기 집을 바로 저기에 두고 들르지 못하고 지나가는 자신의 신세가 지금처럼 비통하게 생각된 적은 없었다. 성비의 유해를 장사지낸 어머니는 그 비탄의 와중에서 자식의 생사를 염려하며 바짝 여위어 가고 계실 테지.

문과대학에도 역에도 태극기가 펄럭이고 있었다. 거리는 완전히 밝아져서 시민들은 생기를 되찾고 있다. 전재를 입은 건물이나 부서진 건물의 뒷처리 정리 작업이 진척되어, 여름 무렵 공포에 떨며 싸우던 그 때와는 완전히 달라져 있었다. 자유는 좋구나 하고 가슴 깊이 느꼈지만, 그 자유를 성일만은 잃어버렸다.

붙잡힌 몸이 된 성일을 사람들은 증오의 눈초리로 보고 지나갔다. 버스도 전차도 운행되고, 창에서 머리를 내밀고 욕설을 퍼붓는 사람도 있었다. 누구 한 사람 성일의 편을 들어 도와주려는 사람은 없었다.

영창에 집어넣어졌다. 함께 연행되어 온 사람들은 각각 다른 방에 수감되었다. 평상복을 입은 입은 사람, 인민군 군복이나 한국군 병사의 복장을 한 사람, 유엔이라는 금문자 마크가 새겨진 상의만을 입고 있는 사람 등 가지각색의 복장들을 하고 있었다. 성일은 그 사람들의 눈빛으로 탈주병인지 패잔병인지 스파이인지 알 것 같다는 생각이 들었다.

하루에 한 번, 철조망을 빙 둘러친 광장에 나가 한 시간 남짓 운동을 하는 것이 성일에게는 유일한 낙이었다. 그는 철조망 쪽으로 보이는 시가를 바라보며 길 가는 사람들을 관찰하고 자유롭게 된 자신을 상상하며 즐거운 한 때를 보냈다. 그는 자신의 결백을 증언해 줄 사람으로 김의석과 박영길의 이름을 댔다. 그러나 김의석은 인민군을 뒤따라 북으로 도망쳤고, 박영길의 소식 역시 모른다고 말하는 것이었다.

같은 방에 있는 사람들은 매일 몇 명씩 줄어들었다. 이름이 불려 나간 것을 끝으로 돌아오지 않았기 때문에 포로 캠프로 이송되었다고들 말하기도 하고, 총살되었다고 말하는 사람들도 있었다. 성일은 대전에서의 일이 발각되지는 않을까 하는 걱정으로 몸도 마음도 여윌 것 같은 생각이 들었다. 어느 날, 성일은 열 명가량의 사람들과 함께 얼굴이 검은 한국병에게 불려나갔다. 평소 때의 운동 시간과는 달리, 한국 병사는 철조망 밖으로 데리고 나가 잠자코 걸어갔다. 불길한 생각이 마음속에 퍼뜩 들며 그는 있을 수 있는 모든 일을 공상하면서 걸어갔다. 번화한 거리를 피해 변두리의 지저분한 곳을 우회하며 이끌려가면서 성일은 그 어깨 폭이 넓은 병사의 어깨 위에 얹힌 소총을 바라보았다.

이윽고 집들이 늘어서 있는 곳이 끝나고 언덕을 올라갔다. 그 맞은편으로 삼각산이 보인다. 성일은 깜짝 놀라 그곳의 낙타 혹 같은 언덕을 보았다. 인민재판을 해서 이청인 등이 처형당했던 그 장소에 어째서 데리고 온 것일까.

'우리들을 여기서 처형할 작정인지 몰라'라고 생각하자 그는 마음이 죄어들었다. 언덕을 넘으면 자신의 집은 금방이다. 일부러 이곳을 선택한 한국군이 그는 증오스러웠다. 언덕 위에 왔다. 자루가 짧은 삽과 괭이가 있고, 헌병이 몇 명 그 주변을 걸으며 돌고 있었다.

"이봐, 여기에 구멍을 파라구." 한국군 병사가 명령했다. 모두 수갑이 끌러졌고, 도구를 집어들었다. 구멍은 세 척 폭으로 가로로 길게 파는 것이었다. 성일은 구멍을 파는 동안 슬픔이 조금씩 사라져 갔다. 죽음은 목전까지 닥쳐왔다. 더 이상 어떻게 아등바등해봤자 소용없는 일이다. 구멍이 완성되었다.

모양 좋은 사각으로 자른 듯이 만들어져 열 명을 한꺼번에 집어넣어도 여유가 있을 것이다.

"이리 와서 쉬도록." 한국군 병사가 말했다. 성일은 도구를 구멍 옆에 놔두고 조금 떨어진 곳에 가서 쭈그리고 앉았다. 한국군 병사가 모두의 뒤를 돌면서 총을 겨누며 감시했다. 걸어 돌아다니던 헌병이 언덕 위를 바라보며, 왔다라고 말했다.

성인은 흠칫하며 그쪽으로 눈을 주었다. 병사 열 명이 언덕을 올라왔다. '드디어 왔구나.' 성일은 생각했다. 병사들이 한 걸음 한 걸음 다가올 때마다 수명이 오그라들었다. 지휘관이 호령을 붙였다. 병사들이 멈추었다. 구멍에서 5미터 떨어진 장소였다.

성일은 이제나 저제나 하고 기다렸다. 눈길을 떨어뜨린 채 길게 뻗친 석양의 그림자를 가만히 바라보고 있다. '어머니, 저는 여기 있어요!' 그렇게 큰 목소리로 울부짖으면 아마 들리겠지?

그때 갑자기 언덕 아래서 일렬로 올라오고 있는 사람들이 보였다. 부인과 소녀도 섞여 있다. 일곱 명 가량의 남녀 앞을 병사가 감시하고 있고 훨씬 뒤쪽에 장교도 두 명 있다.

성일은 안도했다. 내가 아니었다고 생각하니 부들부들 무릎이 떨렸다. 그는 연행되어 온 일곱 명의 남녀가 구멍 앞에 세워지는 것도 눈에 들어오지 않을 정도로 와들와들 떨고 있었다.

위엄 있게 서 있던 장교가 일곱 명 앞에, 구멍으로부터 거리를 둔 채 서서 무언가를 소리 내어 읽었다. 읽기가 끝나자 서류를 둥글게 말아,

"마지막으로 남기고 싶은 말이 있으면 해도 좋다"라고 일곱 명에게 말했다. 그러자 작업복을 입은 남자가 손을 들었다. 장교가 발언을 허락했다.

"한 말씀 여쭙겠습니다. 부탁입니다. 오늘 하루만 유예를 해주시면, 틀림없이 제 무죄가 증명될 겁니다. 그 증거 물건을 내일 아침까지 제 처가 가지고 오도록 준비가 되어 있으니, 아무쪼록 제발……" 하며 무릎을 꿇고 손을 맞대고 빌면서 부르짖었다.

장교가 뭐라고도 대답을 하지 않자 비통한 음성으로 통곡하기 시작했다. 그러자 옆에 있던 부인이 갑자기 소리치기 시작했다.

"마지막으로 한 말씀 부탁드립니다. 저는 이제 와서 면죄를 바라지는 않습니다. 인민군 군복을 바느질했고, 인민재판에도 입회했습니다. 잘못했다고 생각합니다. 그렇지만, 저로서는 남편의 원한은 풀고 싶고……"

"이제 됐다." 장교가 말했다.

"그러면, 부탁, 부탁의 말씀을 드립니다. 저는 지지난 달 아기를 낳았

습니다. 남자아이입니다. 그 애 위에 세 살과 다섯 살 난 아이가 있는데, 모두 남자아이입니다. 제가 죽으면 그 세 아이는 고아가 됩니다. 아이들에게 무슨 죄가 있습니까. 부디, 나라에서 거두어 길러주세요. 제발, 부디, 그것만은……"

성일은 여자의 뺨에 있는 붉은 사마귀를 보았다. "쏴라, 쏴! 쏴라!" 하고 외치던 모습이 떠올랐다. 전차병에게 물을 퍼주고 나가 만세를 부르던 그 여자! 성일은 이상하게도 그 여자에게 아무런 연민을 느끼지 못하는 자신을 발견했다. 그러자 장교가 그 여자 옆에서 머리를 숙이고 있는 겨자색 복장을 한 소녀에게 말했다.

"순이는 뭔가 할 말이 없나?"

성일은 앗, 하고 일어섰다. 순이의 이름을 부르려고 했다. 그러나 뒤에 있던 한국 병사가 성일의 등에 총을 겨누며 앉게 했다.

"아무것도 드릴 말씀이 없습니다." 순이는 고개를 수그린 채 대답했다.

"너를 도와주지 못한 나를 원망하는 건 아니겠지?" 장교가 말했다. 성일은 깜짝 놀라 그 장교를 쳐다보았다. 영길이었다. 성일은 순간 가슴이 뛰었다. 그렇지만 무엇을 어떻게 말하면 좋단 말인가.

순이가 단호하게 그 말에 대답했다. "고맙습니다. 하지만, 저는 인민공화국하에서 무척 즐거웠습니다. 다시 원래의 생활로 돌아가는 것이라면, 죽는 것도 고통이 아닙니다."

장교가 휙 뒤를 돌아보았다. "좋아." 하사관에게 명령했다. 하사관이 병사의 옆으로 나서서 호령했다. 성일은 순이를 보고 있었다. 한 마디라도 말을 걸고 싶었다. 그러나 순이의 기분을 어지럽혀서는 안 된다는 생각이 들었다. 순이는 당당한 마음으로 죽어가는 것이다. 붉은 점이 난 여자는 신이시여, 하느님이시여 하며 떠들었고 중년의 남자가 에효 에효 소리지르는 가운데 순이만은 꿋꿋하게 흔들림 없는 얼굴로 서 있었다.

발포가 되었다. 일곱 명은 탁 쓰러졌다. 연속해서 총이 울렸다. 일곱 명은 완전히 숨이 끊어져서 고요해졌다. 감시병이 성일 등에게 묻으라고 명령했다. 성일이 일어서서 죽은 사람들 쪽으로 갈 때 장교와 얼굴이 마주쳤다.

"형." 성일이 말했다.

"뭐?" 영길은 의아스러운 눈을 했다.

"성일이예요."

"뭐라고?" 성큼성큼 옆으로 다가와서는 "엇, 어떻게 된 거야?" 하고 놀랐다.

"나중에 말할게요"라고 말하며 순이 옆으로 갔다.

성일은 순이를 안아 일으켜 가만히 구멍 속으로 넣었다. 따뜻한 체온이 그의 손에 남아 있어 전신이 녹아드는 것처럼 힘이 빠졌다. 가슴이 먹먹해서 숨쉬기가 어려울 지경이었지만, 구멍 속으로 떨어진 순이의 얼굴에는 고심이 없었다. 그는 흙을 떠서 순이 위에 떨어뜨렸다. 순이는 발부터 점점 위쪽으로 보이지 않게 되었다. 겨자색 제복을 입은, 가슴 쪽 포켓트 근처가 부드럽게 부풀어 있는, 희고 갸름한 얼굴이 마지막으로 남았다. 최후의 흙을 던지고서, 성일은 갑자기 변했던 그때의 순이를 떠올렸다. 순이로서는 이것이 어쩔 수 없는 최후라고 생각했다.

다음 날, 성일은 심문실로 불려갔다. 담당관 옆에 영길이 서 있었다. 성일이 들어가자 영길이 말을 걸었다.

"상황이 좋지 않아. 지금 당장 어떻게 해볼 수 있지가 않아."

성일은 잠자코 있었다.

"네가 의용군을 지원했다는 증거가 나오고 있어서 난처한 상황이야."

성일은 꾹 참으면서 대답했다.

"나에 대해선 형님이 잘 알고 있지 않아요? 그래도 안 되는 건가요?"

"법치국가의 고충이라고나 할까. 넌 아무래도 캠프[30]에 수용되지 않을까 싶어."

성일은 입술을 악물었다. 초조해서 견딜 수가 없었다.

"캠프에 가더라도 반년만 참고 견디면 될 거야. 그동안 어떻게든 해 볼게." 영길이 위로했다.

며칠이 지나 영길이 면회를 왔다. "민사재판이라면 재판을 바로 받을 가능성이 있는데 어떻게 할래?"라고 말했다.

"캠프에 가게 되면 반년 만에 나오지 못할 것 같아. 전쟁이 끝날 때까지 포로는 풀어주지 않겠지? 나는 하루라도 빨리 미국에 가고 싶어."

"그 기분은 알겠지만 민사재판에 넘겨지면, 부역죄 법에 걸릴 수가 있거든."

"부역죄?"

"인민군에게 협력했던 사람들을 그렇게 불러."

"의용군에 강제 징용되었다는 건, 증인이 있으면 되겠지?"

"응, 그래. 힘써 볼게."

성일은 민사재판에 넘겨져 서대문 형무소에 들어갔다. 형식적인 재

30 포로수용소를 말함.

판이어서 시말서 한 통으로 간단하게 용서받을 수 있으면 좋겠다고 기대했지만, 증인 소환 신문이 필요하다고 했다. 성일은 문득 유 교수를 떠올렸다.

그러나 유 교수는 서울 해방 직전에 북한으로 납치되었던 것이다. 납치된 문화인과 정치가는 여럿 있었다.

공판 날짜가 왔다. 성일의 어머니와 영길이 증인대에 서고 성일의 무죄를 증명하였다. 변호사의 변론도 끝나고 재판장이 무죄 선고를 하면 되는 대목에서 혼자 방청석에 와 있던 사람이 반증을 제기하겠다고 청했다. 몇 사람 없는 방청석에서 그 사람은 안색이 변해서는 성일을 매섭게 노려보았다.

성일은 그 불그스름한 얼굴의 남자를 전연 알지 못했다. 남한테서 원한을 산 기억이 없는 듯 했기에 비교적 평온하게 있었다. 그러나 수속이 끝나고 며칠이 지나 그 남자가 증인대에 섰을 때, 불그스름한 얼굴의 그 남자는 미워 못 견디겠다는 듯이 성일을 노려보면서 집요한 태도로 지껄이기 시작했다.

"저는 일개 상인일 뿐입니다만. 인민군을 나쁘게 말했다고 체포되어 대전 형무소에 있었습니다……"

성일은 앗, 하고 숨이 막혔다.

"저뿐만이 아니라 제 조카딸도 같은 형무소에 수용되어 있었고, 저 잔학 행위가 일어났던 날이 되었던 것입니다. 저희들은 감방에서 불려 나왔습니다. 도살자들은 뒷마당에서 기다리고 있었습니다. 저는 열의 뒤쪽에 있었고, 조카딸은 앞에 있었습니다. 제 조카딸을 죽인 자야말로 바로 이 병사였습니다. 무릎을 꿇고 기도를 올리는 소녀를, 이 자는 무자비하게 사살했습니다. 저는 범인을 찾아내야 할 것 같았습니다. 수용소라는 수용소는 모두 찾으러 다녔습니다. 이 자가 범인이라고 증인이 되어 줄 사람은 일곱 명 정도 있습니다. 그날 함께 도망쳤던 사람들과는 연락이 닿으니까, 이런 귀축을 무죄로 한다는 것은 용서할 수 없는 일입니다. 저는 다시 이 자를 살인죄로 고발하겠습니다."

성일은 어머니가 정신을 잃고 쓰러지는 것을 보았다. 그는 잠시 정신이 아득해졌지만, 어쩐지 격분이 가슴 속에 가득 차올랐다. 그것은 그를 고발하겠다고 말하는 사람을 향한 것이 아니었다. 그는 싸워야지 하는 결심이 생겼다. 그가 범했던 죄는 결코 그의 책임이 아니라는 신념이 생긴 것이다.

재판은 오래 걸렸고 겨울을 맞이했다. 미국 유학은 허사가 되었고, 청춘은 아낌없이 빠른 걸음으로 가버리는 듯했다. 그렇게 자칫하면 절망하기 쉬운 자신을 그는 계속 격려했다. 인간이 죽는다는 것은 이유가 없다. 얼마나 많은 인간들이 죽임을 당해야 했던가. 그는 반년 전의 일을 회상했다. 그 원인은 모두 인간이 만들어 낸 것이 아닌가. 거기에 저항하는 일에서 인간의 선의를 찾아내지 않아야 한다, 그런 것들을 생각하게 되었다. 그러나 유엔군이 압록강변에 육박하고 전쟁은 끝나는가 했더니, 중공이 돌연 개입해 왔다. 그리고 전쟁은 다시 불타올라 공산군의 반격은 맹렬해졌다.

성일은 새로운 절망을 느꼈다. 전쟁은 무한히 계속되는 것 같았고, 서광은 나타날 것 같지도 않다. 그렇게 철창에서 하늘을 바라보며 허무 그 자체가 되어가는 자신의 눈에, 하염없이 내려 쏟아지는 함박눈이 비쳐졌다. 마치 전란 바로 그것인 양 눈 조각은 어지럽게 날아다녔다.

제2부

피난민

〈1〉

눈은 끝도 없이 계속 내렸다. 철창에 남아 있던 눈이 부스러져 바람과 함께 몰려든다. 성일은 언 몸을 한 장의 모포로 감싸고 널빤지를 깐 마루에 점점이 흩어지는 눈 조각을 바라보고 있었다. 솜처럼 떨어진 눈은 보고 있는 동안 얼음 꽃이 되어 더러운 얼룩 투성이인 마루에 아름다운 모양을 그렸다. 그것은 가장 멀리 떨어진 구석에 웅크리고 있던 성일의 마음에 가까스로 이어지는 희망을 끌어올린다. 차가운 한기와 독방의 고독, 그리고 절망과 싸워나가면서 자칫하면 몸 안의 의지가 녹아 없어지게 되는 것을, 그는 누구를 위해 죽임을 당해야 하는가 생각하면서 분노를 느낀다. 그러면 그 의지가 되돌아오는 것이었다.

멀리서 사람들이 웅성거리는 소리가 들려왔다. 어제부터 계속 들려오는 이 소요는 저 서울에서의 마지막 날을 연상시켰다. 시민들은 차가운 바람과 눈에 부딪치면서 남으로 남으로 멀리 달아나고 있는 것일까. 성일은 문득 여름의 그날 밤을 떠올렸다. 한강, 그리고 밀고 당기며 법석을 떠는 사람들을. 나룻배가 전복되어 단말마의 비명이 강 수면을 꿰뚫는다. 그때 하늘이 두 조각으로 갈라지며, 거대한 섬광 한가운데 솟아오르는 철교의 파편. "어머니!" 성일은 어머니를 안고 있다. 우르르 들이닥치는 군중들에게 짓밟힐 지경으로, 누이가 두 사람을 잡아 끌며 달아난다. 성비의 흥분하던 모습이 똑똑히 마음속에 떠올랐다. 그러자 그 모습이 고요해지면서 짓물러서 드러누운 시체가 된다. 성일은 그 환상을 털어버리려고 눈을 떴다. 바람과 함께 날아들어 오는 눈을 보았다.

그러자 갑자기 통로 쪽에서 울부짖는 소리가 났다.

"나는 무죄야! 부역죄라니 대체 뭐냐구. 내가 부역죄라면 너희들은 전부 부역자란 말이다. 대한민국 따위, 망해 버려!"

성일은 벌떡 일어나 철창 쪽으로 가서, 엿보는 구멍으로 그 신참 죄수를 보았다. 스물다섯 살 정도의, 얼굴이 쟁반같이 둥글다. 핏기가 없고 원한이 눈 깊숙히 들러붙어 타오르고 있다.

한국군 하복 상의는 구깃구깃하고, 여위고 가는 다리에 바지도 착 달라붙어 있다. 죄수의 등을 치고 지나가는 간수를 보고, 성일은 기운이 없구나 생각했다.

'우리들을 중공군에게 넘길 작정인가, 아니면 다시 남쪽으로 연행할 겨를이 없으니 총살하면 어떻게 한다?' 성일은 모포를 어깨부터 뒤집어 쓰고 방 안을 돌며 걸었다. 공포로 한기는 잊었지만 죄어치는 느낌으로 심장은 아팠다.

'틀림없이 죽일 거야. 죽이지 않을 리가 없어' 생각하다가도 '법치 국가가 그런 일을 할 리가 없지 않은가' 자위하는가 하면 '패전은 인간을 짐승으로 만든다' 등등 심연으로 떨어져 나가는 듯한 절망에 눈앞이 캄캄해진다.

"면회다." 간수의 목소리가 났다.

"예?" 뛸 듯이 기뻐하면서 내다보는 구멍으로 굵은 눈썹을 한 간수 앞에 달려들었다.

"어머니신가요?" 하고 물었다.

"아니, 박 대위님이야." 간수는 서쪽 지방 사투리로 말했다.

"이 간수님! 어머니는 왜 면회 와주시지 않는 걸까요?"

"박 대위님께 물어 봐." 간수는 열쇠 구멍에 열쇠를 집어넣기 위해 허리를 구부렸다.

'어머니가 아직 서울에 계시다면, 중공군의 포로가 되어 욕을 당하셨을거야.' 성일은 있는 일 없는 일 공상하며 숨이 막힌다.

"이 간수님! 간수님 가족들은 어떻게 되셨나요?" 문을 열어 준 간수에게 물었다.

"이틀 전에 피난시켰지. 자, 빨리 나가게. 박 대위님이 서두르고 계셔."

"그럼, 간수님은 계속 여기에?" 성일은 슬며시 상대를 탐색해 보았다.

"있을 수 없지 않겠나."

"그러면, 어떻게 하시나요?" 성일은 통로로 나갔다. 긴장으로 등줄기에 전율이 흘렀다.

"면회를 서두르고 계셔." 간수는 성일의 등을 가볍게 쳤다. 성일은 어떤 예감이 들었다.

면회실에 나가면서 사촌 형이 뭔가 힌트를 줄 거라고 생각하자 밝은 빛이 비쳐 왔다. 두꺼운 나무 문을 열고 철망 앞으로 나아가자, 맞은편

쪽의 나무 벤치에 앉아 있던 영길이 벌떡 일어섰다.

"작별 인사를 하려고 왔어. 나, 전선으로 나간다. 중공군이 춘천을 함락시키고 곧장 남하 중인 데다가 제8군은 총 퇴각했어. 제10군단이랑 수도 방위사단은 함흥 전선에서 포위돼서 퇴로는 없어……" 매우 흥분해서 계속 지껄이는 것을

"난 어떻게 되는 거야? 죄수들은 총살인가?" 성일이 소리쳐서 영길은 그제야 정신이 들었다. 그 둥글둥글한 큰 눈을 크게 뜨고

"넌 한국을 모욕할 작정이냐? 한국은 법치국가야. 괴뢰군이 한 것 같은 짓은 하지 않아"라고 큰 소리로 나무라며 대꾸했다.

"그러면, 우리들은 어떻게 되는 거지?"

"포로들은 전부 남쪽으로 수송 중이야. 죄수들도 수송되겠지."

성일은 철망에 흔들흔들 어지러운 머리를 기댔다. '어쨌든, 잘 됐다. 난 죽임을 당하지 않고 어떻게든 될 거야.' 그러나 다른 생각이 언뜻 마음을 스치고 지나갔다. '그런 걸 믿을 수가 있을까! 거추장스러운 것들은 모두 총살이야.' 이런 의구심을 입증하기라도 하듯이

"군대가 후방 전진하기 때문에 차량이 극도로 부족해. 너희들은 아마 도보로 갈 거야." 영길이 말했다. '역시 그렇구나. 우리들은 당할 거야.' 의심 가득한 눈으로 영길을 바라보았다.

"중공군의 진격이 그렇게 빠르다면, 괴뢰군들은 후퇴할 틈이 없지 않아?"

"그런 건 몰라." 영길은 성급하게 말했다. "국민방위군이라는 걸 편성 중이야. 18세 이상 남자는 강제 편입 원칙이지만 지원자가 속속 나오고 있어. 죄수들 중에 신원 증명이 가능한 자들에 한해서, 거기에 편입시키면 어떨까 하는 목소리가 있어. 널 거기에 넣어뒀어. 만약 허락이 떨

어지면 그대로 해줘. 이미 늦었는지도 모르지만."

그때 군중들의 떠들썩한 소리가 들려왔다. 성일은 문득 어머니를 떠올렸다.

"어머니는 어떻게 하고 계신지 몰라?"

"마지막으로 뵌 게 일주일 전이었을 거야. 작은 어머니 뵈러 갈 시간은 없어" 하고 손목시계를 봤다. "자, 그렇게 해줘. 살아 있다면 서로 만날 수 있겠지. 몸 조심해라." 한번 흘낏 눈길을 주고 영길은 몹시 서두르며 문을 열고 밖으로 사라졌다.

성일은 정신을 잃은 것처럼 서 있었다. 무너져 내리는 여러 가지 생각들 한가운데서 어머니의 얼굴이 똑똑히 보였다.

'어머닌 날 기다리고 계실거야.' 자기 집이 보인다. 온돌방에서 쓸쓸히 자신을 기다리고 있는 어머니 곁으로 달려가고 싶은 충동으로 미칠 것만 같았다.

감방으로 돌려보내져 그 미칠 듯한 기분을 가라앉히기라도 하듯이 그는 창살 아래 섰다. 눈이 춤추듯 내려앉고 그의 얼굴에 날린다. 창틀 밖에서는 눈발이 서로 밀고 밀리면서 지나친다.

'이 눈은 우리 집 마당에도 내려 쌓인다.' 그 눈을 부러워하기라도 하듯 계속 바라보고 있던 그는 발작적으로 걷기 시작했다. 감방 구석에서 구석으로 보폭을 넓게 해 난폭하게 계속 걷는다. 그때, 출입구 문 바로 아래서 뭉쳐진 종이쪽지가 발치에 채였다.

그는 흠칫 놀라 엿보는 구멍으로 통로 쪽을 보고, 간수가 멍청하게 무슨 일인지 골똘히 생각에 잠긴 것을 확인하고는, 재빨리 그 종이쪽지를 주워들어 급히 읽었다.

우리들은 총살이다, 지금 와서는 이미 늦었다

성일은 숨을 죽였다. 광장으로 끌려 나가는 자신이 보인다. 사살자가 총을 준비하고 기다리고 있다. 겨눈다. 빵. 모든 것이 끝이다. 눈앞이 아찔하고 다리가 휘청거려 벽에 기대어 무너지듯이 널빤지 위로 쓰러졌다.

지난 여름, 이 같은 장소에서 몇 천 명인가 되는 반동 분자가 처형되었다. 삼 개월 후에 동일한 피의 숙청이 반복된다. 이렇게 단군의 자손이자 백의민족의 숫자가 줄어든다.

이윽고 성일은 눈을 떴다. '믿고 싶지 않아!' 종이쪽지를 던져 넣은 사람이 누군지는 짐작이 간다. 옆방의 젊은 남자로, 몇 번이나 벽을 두드리며 모르스 신호를 이쪽으로 보내왔다. 성일은 그 신호를 한 자도 판독할 수가 없었다. 해석할 수 없다는 신호로, 무턱대고 벽을 두들기는 것으로 대답했지만 옆방의 남자는 질리지도 않고 두들겨 왔다.

그는 어디선가에서 정보를 입수했고, 그것을 성일에게 알려주고 싶은데 방법이 없다는 식의 분위기였다. 성일은 다시 한번 종이쪽지를 펼쳐 옆방 남자의 마음을 알아내려고 했다.

그러자 바로 그때 벽에서 소리가 들렸다. 벽에 찰싹 붙어 벽에서 들리는 속삭이는 듯한 작은 소리를 들으려고 했다. 그러나 하나의 음도 판별하지 못하는 것이 조바심이 났다. 성일은 난폭하게 두들기는 것으로 답했다. 상대는 침묵했다. '어쩌자는 거야. 이제 어떻게 해 볼 수도 없잖아.' 그는 화가 났다.

며칠이 지났다. 통로에서 소리가 났다. 성일은 벌떡 일어섰다. 간수가 열쇠를 문 구멍으로 집어 넣었다. 성일은 숨을 죽였다.

"수송이 시작됐어. 큰 방으로 나와요." 이씨 성의 간수는 온화하게 말했다. 성일은 밖으로 나가서

"여기" 하고 양손을 내밀었다.

"수갑은 안 채워. 우리는 북한 괴뢰군이 한 것처럼 철사로 손목을 묶는 일 따위는 하지 않아." 간수는 말을 남기고 옆방으로 갔다.

성일은 모포만을 가지고 통로로 나갔다. 양측 방에서 나온 죄수들이 가득 중앙에 있는 큰 방으로 모여 있었다.

거기서는 팔자 방향으로 방사상으로 이어진 감방이 한눈에 보였다. 성일과 같이 뒤에서 들어 온 죄수들이 따로 줄을 섰다. 성일은 맨 앞에 섰다.

'총살하려는 모양은 아닌 것 같다.' 성일은 죄수들을 감시하는 간수들을 바라보며 그렇게 판단했다. 그때 바로 뒤쪽에서

"여기서는 죽이지 않아. 어딘가 먼 곳으로 끌고 가는 거야". 그 사람의 숨이 목덜미에 끼쳐왔다.

"뭐라고?" 성일은 뒤를 돌아보았다. 엿보는 구멍으로 슬쩍 본 적이 있는 옆방 사람이 거기에 있었다. 얼굴빛이 노랗고 야위었지만, 생각했던 것보다 젊은 남자였다. 눈동자가 조금 초점이 맞지 않아서 세정신이 아닌가 싶었지만, 어쩌면 이 남자가 말하는 대로일지도 모른다는 생각이 들었다.

"자네! 큰길로 나가면 탈주하자구. 누군가가 신호를 보낼 거야. 그때 자네도 도망쳐. 나를 따라오면 괜찮을 거야." 그 남자가 말했다.

그때 간수장이 돌연 커다란 목소리로 호령을 했다. 성일은 흠칫 놀라 그 엄격한 얼굴을 바라보았다.

"수송 지휘관의 명령을 거역하면 즉시 총살이다. 어느 방면까지 도보로 가서, 거기서부터 목적지까지는 트럭으로 간다."

성일은 간수장의 그 말에 안심했다. 남쪽으로 이동한다면 기회는 있다. 그 기회를 기다리자는 결심이 섰다.

그런데 뒤에 서 있던 옆방 남자가 소곤거렸다.

"신호를 하는 건 저 사람이야."

성일은 그쪽을 돌아보았다. 대한민국, 망해 버려 소리 지르며 지나가던 어깨가 넓은 남자였다. 엄격해 보이는 눈을 하고 간수들을 노려보고 있다. 그 남자 옆에 이 간수가 방한 복장을 갖추어 입고 한 손에는 권총을 쥔 채 조금의 빈틈도 없이 대기하고 있다.

성일은 다시 어머니를 떠올렸다. '중공군이 온다. 서울에 어머니를 놔둘 수는 없어.' 오랫동안 지나支那 군인의 야만 행위만을 들어온 그는 그들이 수도를 황폐하게 만들 것을 상상하고 증오심이 불타올랐다. 그는 순간적으로 탈주를 결심했다. 그러자 그 동으로 만든 불상 같은 얼굴을 한 죄수에게 매달리고 싶은 기분이 들어 거기 있는 간수들에게 격한 적개심을 품었다.

입구의 문이 열리고 성일은 제일 먼저 마당으로 나갔다. 눈이 흩날리며 얼굴에 불어 닥치고, 날카롭게 찌르는 듯한 바람이 코에 닿았다. 죄수용 짚신을 신은 발이 잘려 나가는 것처럼 아팠다. 차 돌리는 곳에 있는 나무들에 핀 눈꽃 아래, 저격병처럼 총을 겨누고 있던 병사가 휙 성일의 옆으로 달라붙어 함께 나란히 걷기 시작했다. 성일은 뜻밖에 전개된 이 새로운 사실에 마음을 빼앗겨 조금 의지가 꺾였다. 그러나 되어가는 대로 맡겨두고, 걷는 수밖에 없었다.

큰길로 나가 얼마 지나자 우르르 밀려오는 군중과 만났다. 흰색 옷을 입은 동포들의 모습은 눈과 분간이 잘 되지 않았다. 맞은편에서 쇄도하는 그들을 눈사태인가 오인할 지경이었다. 시민들 가운데 최하층인 그들은 넝마 꾸러미를 머리에 얹고, 등에는 끈으로 동여매고 추격자가 바로 뒤에서 들이닥치기라도 하는 것처럼 숨을 헐떡이며 온다. 성일 일행과 반대편으로 도망가는 시민들의 발은 혼란스럽고 이성을 잃은 상태였다. 성일은 흰 색 일색인 시가와 갑자기 나타난 군중에게 기가 질린 채 자신이 서울 시내에 있다는 사실을 완전히 잊어버렸다.

군중들의 최초의 파도가 덮치듯이 죄수들을 삼켰다. 간수가 군중들에게 욕설을 퍼부으면서 길을 비키라고 하며 애를 썼다. 성일은 앞뒤가 막혀 오도 가도 못하는 상황이었고, 뒤에 계속되는 죄수들의 열은 흐트러졌다. 성일의 옆에 있는 군인이 뒤를 향한 채 총부리를 비스듬하게 해서 쏘았다. 그러자 성일은 우르르 밀리면서 앞으로 고꾸라져 피난민의 발에 밟혔다. 그 순간 도망 쳐, 하는 생각이 마음속에 번쩍했다. 누군가 성일의 소매를 잡아채어 끌었다. 성일은 군중 속에 뒤섞였다. 총성이 계속 울렸지만, 군중의 노호와 비명 속으로 사라졌다. 그는 열심히 군중들을 헤치며 달렸다.

얼마 지나지 않아 그는 알지 못하는 골목의 낮은 처마 밑에서 뻗어 있었다. 숨이 차고 손발이 솜처럼 피곤해 힘이 없었다. 그는 심장이 터져 버릴 것 같이 괴로웠다.

"다행이다!" 옆에 있는 사람이 말했다. 성일은 그 사람을 쳐다 볼 힘도 없었다. 얼굴에 떨어진 눈이 녹아 주르르 물방울이 되는 것이 기분 좋았다.

"이봐, 어떻게 된 거야? 못 움직이겠어?" 그렇게 말하는 그 사람도 눈 위에 드러누워 있는 것 같았다.

"응, 움직일 수가 없어." 성일은 대답했다.

"말을 하는 걸 보니 괜찮군. 목이 마르면 눈을 먹어."

성일이 똑바로 누워 그을음으로 더러워진 처마를 보았다. 갑작스레 자신의 집이 그리워지고 어머니가 생각났다. 그때 군중의 떠들썩한 소리가 들려왔다. 좀 전의 떠들썩함과는 다르다는 생각이 들어 '수도는 점령된 것일까?' 생각이 들었다.

공산군이 입성했을지도 몰랐다. 이러고 있을 때가 아니다. 어머니를 구하러 가자.

손으로 눈을 집어 뭉쳐서 입으로 가져갔다. 눈은 입 속에서 서서히 녹았다. 아무 맛이 없는 물이 조금은 목을 적셔주었다.

"성일이었군? 자네 이름은!"

"뭐?" 성일은 그 사람을 보았다. 상체를 일으켜 자신을 바라보고 있는 갸름한 얼굴은 전혀 알지 못하는 사람이었다.

"잊었나봐? 애국반장 이청인을 알지?"

"알고 말고." 성일은 일어났다.

"난 이청인의 먼 친척이야. 무전국에 다니는 이영철이라고 해. 네 어머님한테 신세를 진 적이 있어. 폐병으로 절망하던 때, 네 어머님이 친척 바이어 분한테 나누어 받았다는 신약을 주셨거든. 그때 난 이청인 씨 집에 있었어. 이청인 씨 부인은 나한테 숙모가 되지. 병이 나아서 인사 드리러 갔을 때 자넨 서재에 있었어. 나로서는 아주 잘 기억하고 있지. 그런 너를 형무소에서 보았을 때 진짜 놀랐어. 넌 어째서 거기에 갇혀 있었던 거야?"

"그런 얘기는 나중에 하고. 이제 어떻게 할 셈이지?"

"그건 지금 생각 중이야. 난 어떻게든 해서 탈주하고 싶었을 뿐이야. 이제 총살만큼은 면했어. 난 9월에 북한 군대가 하는 짓을 봤어. 한국군이라 해도, 어느 쪽이든 똑같지."

"그런 건 아무래도 좋아." 성일은 9월의 일은 떠올리는 것도 싫었다.

"넌 어디로 갈 작정이야?"

"고향으로 가려고. 우리 시골은 부여扶餘야."

"자, 그럼. 잘 가. 난 집으로 가야 해." 성일은 일어섰다. 소매가 뜯어지고, 어깨가 따끔따끔했다.

"나도 숙모 집으로 갈까. 다른 옷으로 갈아입고 출발해야지." 영철은 일어서서 바지에 묻은 눈을 털어냈다.

골목은 좁고 기척 없이 고요해서 사람의 모습은 전혀 보이지 않았다.

대문은 굳게 닫혀 있고 빗장이 걸려 있는 데다 밖에서 판자를 곱셈(가위표) 표시로 못 박아 두었다. 성일은 골목의 양측에 빽빽이 들어찬 낮은 기와 지붕 아래를 빠져 나가면서, 자기를 손꼽아 기다리고 자기를 보면 뛸 듯이 기뻐할 어머니를 생각했다. 한시라도 빨리 집에 도착하고 싶다는 충동에 사로잡혔다. 자기 뒤에 영철이 따라오고 있다는 것을 잊고 골목을 빠져 나가 큰길로 나갔다. 그곳은 광화문 거리였는데 한강을 목표로 빠져 나가는 피난민들과 마주쳤다. 시민들의 피난이 어째서 또다시, 이렇게 아무 준비가 되어 있지 않은 와중에 이루어지는지 알 수 없다는 생각이 들었다. 그때와는 사정이 달라서, 중공군의 진격이 시작되고 나서 한 달도 더 여유가 있지 않았는가.

감방에 있을 때는 이 간수로부터 중공군이 침입했다는 것을 들었지만, 압록강변에 유엔기를 꽂았던 제8군의 패퇴에 대해서는 그는 들은 바가 없었다. 리지웨이[1] 신 사령관이 수도를 어이없이 허망하게 내버려두고, 지나치게 신속한 퇴군을 개시한 것도 알지 못했다. 시민들에게 피난 명령이 내려진 것은 바로 며칠 전의 일이었다. 정부 기관도 또 다시 그때처럼 똑같이 허둥거리며 서둘러 부산으로 멀리 달아나는 와중이었다. 그의 눈앞에 펼쳐진 광경은 여름과 겨울이라는 계절의 차이가 있을 뿐, 무리지어 가는 피난민들의 모습은 변한 것이 없었다. 신경이 약해진 그는 바로 그때로 되돌아간 것만 같은 착각에 빠졌지만, 문득 정신을 차리고 탈옥수인 자신에게 추격자의 손이 뻗쳐 오지는 않을까 가슴을 졸였다.

긴 종로 거리를 지나 동대문이 보이는 부근에 이르니, 역시 피난민의 모습은 줄어들었다. 거기서부터 집까지는 꼬박 달리면 30분은 걸렸다. 동상에 걸린 발은 눈을 밟고도 이제 더 이상 차가움을 느끼지 못했다.

---

1 리지웨이(Matthew Bunker Ridgway, 1895~1993) : 미국의 육군 군인. 6·25 전쟁이 한창이던 1950년 교통사고로 사망한 미8군사령관 월튼 워커 중장의 후임으로 6·25 전쟁에 참전하였다. 1951년 4월에 상관 맥아더가 트루먼 대통령에 의해 해임되자, 대장으로 승진한다. 리지웨이는 맥아더의 뒤를 이어 제2대 유엔군 사령관 및 미 극동군 사령관, 그리고 제2대 GHQ(일본 점령 연합군 최고사령부) 최고사령관 자리에 올라 연합군 점령하의 일본을 통치하면서 한반도의 유엔군을 지휘하게 된다.

이윽고 집 앞에 이르러 소용돌이 무늬가 있는 문에 바싹 몸을 다가붙여 양손바닥으로 문을 두드리면서 "어머니, 저예요. 성일이예요!" 하고 외쳤다. 그 목소리는 죄어들어 있어, 어머니를 찾는 아기의 목소리와도 같은 초조함과 절박함이 있었다. 손바닥을 다칠 만큼 헛되이 문짝만 울려댈 뿐, 안에서는 아무런 반응도 없어 초조해졌다. 그러다 영철이 이르는 대로 그는 담을 뛰어 넘었다.

눈이 마당의 나무들을 감싸고, 쥐죽은 듯 고요해진 방들이 아무런 감상도 없이 그를 맞이했다. 어떤 방도 모두 못을 박아두었고, 어머니가 거처하시던 방문에는 튼튼한 주머니 모양의 자물쇠가 하나 걸려 있었다. '어머니는 피난 가셨구나.' 그는 마루에 몸을 던지고 절망에 빠져 들었다. 그때 다듬이 방망이 하나가 구석에 뒹굴고 있는 것이 보이자 그것을 주워 자물쇠를 부수었다.

온돌에 따스한 온기가 느껴졌다. 언 발을 아랫목 쪽으로 가까이 대고 뻗으니, 어머니가 혹시 돌아오시지는 않을까 착각이 들었다.

온돌에 남아 있는 이 온기는 오늘 아침 무렵까지 불을 땐 증거다. 그는 조금은 침착함을 되찾았고 어머니를 기다리기로 했다. 그런 다음 벽장을 열어 거기에 깔끔하게 정리되어 있는 이불을 꺼내 몸에 덮고 누웠다. 피로가 밀려와서 그는 잠이 들었고 혼수 상태에 빠졌다.

12월 4일 북경방송은

"미국 제1해병사단의 섬멸은 이제 시간 문제가 되었다"라고 방송했다.

이보다 먼저 미군 제10병단 휘하에 들어간 미국 해병대는 원산에서 함흥 지구로 진격해 장진호[2]를 통해 산악 지대에 도달하여 중요 시설을 점령했다. 다시 승승장구 북진하여 압록강변에 유엔기를 꽂았다.

여기에 호응하여 함흥에서 동쪽, 동북지방으로 파죽지세의 진격을 하고 있던 한국 수도 방위사단은 백두산을 바로 눈앞에 두고 한반도 통일 달성의 감격에 젖어 태극기를 번쩍 쳐들고 만세를 연호했다.

이렇게 해서, 6월 25일 새벽의 전쟁 개시 후 불과 반년 만에 이제 전란은 종결되는 것으로 보였다. 크리스마스 이브는 일본에서, 라며 유엔군은 대담하게도 군대에 산개散開[3] 명령을 내렸고, 병사들은 사방에서 국경으로 밀려들었다. 후방에 남아 있던 게릴라를 완전히 무시했고, 압록강변에 대기하고 있던 중공군 주력 30개 사단도 알아차리지 못하는 식이었다.

그런데 돌연 그중공군 주력이 강을 건너 먼저 제8군의 전진부대를 공격했다. 10월 14일 밤이었다.[4] 전법을 염두에 두지 않고 허술하게 산개

---

2 장진호(長津湖) : 유엔군과 중공군 모두에게 격전이었던 장진호 전투를 가리킨다. 장진호 전투는 한국전쟁 중인 1950년 겨울11월 26일부터 12월 11일까지 진행되었다. 미국 제1해병사단은 함경남도 개마고원의 장진호에서 조선민주주의인민공화국의 임시 수도인 강계를 점령하려다 오히려 장진호 근처의 산 속 곳곳에 숨어있는 중국인민지원군(중공군) 제9병단(7개 사단 병력, 12만 명 규모)에 포위되어 전멸 위기를 겪다가 가까스로 후퇴하게 된다. 미군 전사(戰史)에 "역사상 가장 고전했던 전투"로 기록되어 있다. 승승장구 북진하던 미 해병1사단은 이 전투로 인해 후퇴를 시작했고 이 후퇴는 흥남철수와 1·4후퇴로 이어진다. 그러나 중공군 측의 피해도 실은 적지 않았다. 한국 측 시각에서 보자면, 미 해병1사단의 이 퇴각작전은 밀려오는 중공군을 저지함으로써 한국군과 유엔군, 피란민 등 20만 명이 남쪽으로 철수할수 있었다. 또한 서부전선의 미 8군이 중공군을 방어하는 것을 가능하게 했다. 장진호 전투로 인해 중공군의 함흥 지역 진출은 2주간 지연됐고 중공군 7개 사단은 큰 타격을 입었다.

3 산개(散開) : 전투에서 적의 포화로부터의 피해를 줄이기 위하여 밀집하고 있던 병사들이 각기 일정한 거리를 두고 흩어짐, 또는 그와 같이 흩어진 대형. 소개.

4 중공군의 본격적인 한국전쟁 참전은 중국인민지원군이 한반도 서북쪽의 압록강을 건너면서부터 시작된다. 장혁주가 여기서 특정한 10월 14일은 중공군이 도강한 것으로 알려진 1950년 10월 19일과는 5일 차이가 난다. 압록강을 건너 남쪽으로 전진하던 중공군이 내륙인 개마고원에

작전을 편 유엔군은 이 강대한 적에 조우하자 반격을 시도할 겨를도 없이 뿔뿔이 흩어져 달아났다. 제8군은 청천강 변에서 간신히 재편성에 착수했고, 한국수도방위사단은 원산 쪽으로 급히 후퇴했다. 미국 해병사단은 장진호 주변에서 완전 포위되어 꼼짝도 하지 못하는 상태에 놓였다. 지휘관 레이 머레이[5] 중령은 북경 방송이 있던 새벽에 "우리들은 후방으로 전진한다"라는 비장한 전진 명령을 내겼다. 그런 다음, 꼬박 오일 간의 격전 끝에 가까스로 적의 포위망을 뚫는 길을 찾아냈다. 유담리柳潭里에서 흥남 해안까지의 탈출은 불패를 자랑하는 미국 해병대로서는 참으로 죽음의 행진이었다. 각 연대는 지리멸렬해지고 얼마 되지 않는 생존자를 규합하여 '전멸부대'라 칭하는 연대를 재편성했다는 것을 봐도 알 수 있다. 이 대대가 섬멸을 면했던 것은 중공군이 포위망을 축소하는 것에 정신이 팔려 미군의 탈출구에 전력을 쏟아 붓지 못했기 때문이었다. 12월 10일, 해병대는 안전지대에 도달했다.

이렇게 해서, 제10병단과 한국수도방위사단은 흥남 앞바다에서 함정에 수용되어 남한으로 계속 수송되었다. 제8군은 궤주 상태에서 전열을 회복하며 재편성을 계속하여 남하했지만, 사령관 워커 중장을 잃었다. 전 세계는 이 유엔군의 실패에 비난을 퍼부었다. 서울을 사수하는 것으로 보였던 리지웨이 사령관은 돌연 예정을 변경해서 서울을 포기하는 것으로 결정했다. 군단은 후방인 원주로 집결하라는 명령받았고, 노호와 같은 후퇴를 계속했다.

서 유엔군과 벌인 싸움이 바로 장진호 전투다.

5 레이먼드 머레이(Raymond Murray) : 한국전쟁 당시 장진호 전투에서 해병 5연대의 중령이었다.

이러한 사실을 모르는 서울 시민은 수도 사수를 선언했던 정부를 고스란히 믿고 있는 상황이었다. 지난 여름, 시민들에게 철수할 겨를도 주지 않고 수원으로 도주한 정부의 불신 행위를 잊을 리는 없었지만, 이번에는 유엔군의 위력을 과신했기 때문이었다.

그런데 12월도 끝날 무렵, 궁지에 몰린 정부는 시민들에게 총 철수 명령을 내렸다. 보통 때 같으면 제야의 종소리를 편안하게 온돌방에서 따뜻하게 들었을 테지만, 공산군 습격의 소식과 함께 "야수 같은 오랑캐 병사들이 오면, 백의민족의 신성한 피는 더러워진다. 그러니까 지금 즉시 피난하라." 라디오에서 부추기는 말에 사로잡혀 시민들은 우르르 밀려 나가 산사태와 같은 커다란 무리가 되어 눈 속 행군을 하게 된 것이다. 시민들의 마음속에서는 지난 여름 공산군의 악행이 가지가지 떠올랐다. 그중에서도 특히 저 무자비한 인민재판과 밀고 제도, 주식 배급의 엄중한 통제, 그리고 배급을 받기 위해서 했던 일이 "북한 괴뢰군에 협력한 죄"가 되어 형장의 이슬로 사라진 친구와 지인의 일들이 번개처럼 스쳐가면서, 따뜻한 자기 집과 재산 일체를 버리고 간신히 도망쳐 나오는 것이었다. 아직 본 적이 없는 중공군의 야만행위라는 것은 상상에 머물 뿐이었지만, 같은 민족이고 동포인 북한군조차 그런 짓을 해치웠으니 하물며 어떤 혈통인지 알 수도 없는 중국 오랑캐 병사가 무슨 짓을 저지를지 알 수 없다는 공포감. 만주로 이민 간 백의민족에게 사십 년에 걸쳐 위해를 가했다는 만주군의 이야기. 예를 들어 한인부락에 틈입한 중국 병사는 예외 없이 부녀자를 강간하고 닭, 돼지와 같은 가축들을 함부로 잡아먹는다는 것이다. 중국 병사는 괴이한 버릇이 있어 군영 내에서 취침할 때는 알몸뚱이가 되어 한국인들로부터 징발한 이불을 다시마 말이처럼 둘둘 휘감아 잔다. 후퇴할 때는 집을 불사르고 마을 사람들을 총검으로 찔러 죽이며 쾌재를 부른다든지 하는 것들이었다. 그런 실례들은 만보산 사건이 일어났던 때나 만주사변 당시 마점산馬占山[6] 부하들의 야만 행위에 명백히 드러난다는, 이런 식의 소문이 오랜 세월에 걸쳐 한국인들의 마음속에 침투해 있었다. 그런 까닭에, 그 불안과 공포가 재산과 물욕으로 이어지는 집착심을 벗어던지고 포기하게 만드는 것이었다.

성일은 꿈을 꾸고 있다. 꿈속에서의 계절은 봄이었다. 봄날 새벽의 잠은 좀처럼 깨기 어렵다는 것을 어렴풋이 느끼면서 자고 있다.

안채에서는 하이킹 준비로 도시락 반찬을 만드느라 분주하다. 도마 위에서는 고기 조각을 잘게 써는 부엌칼 소리가 기총 소리처럼 울려오고 있어서 눈을 떠야지 생각하면 뜰 수 있는데도, 조금이라도 더 많이 자고 싶다. 말하자면, 봄잠을 탐하고 있는 것이다. 어젯밤에는 창경원에서 밤 벚꽃을 구경했다. 그 일은 사실 어머니와 성비에게는 비밀이다. 비밀이 된 것은 〈카르멘〉 구경을 데리고 가달라는 누이를 제쳐 놓고 영자와 그 영화를 보러 가서는, 돌아오는 길에 창경원에 들렀던 까닭이었다. 호오가 분명한 성비는 영자를 싫어해서 영자 이야기만 꺼내도 예쁜 눈썹을 곤두세우고 화를 내곤 했다. 영자는 안티 크리스찬인데다 부잣집 딸이었고, 피아니스트로 다니는 여학교에서 으뜸가는 인기인이었다. 성비는 영자를 질투하고 있었는데, 무엇이든지 자기가 여왕

6 마점산 : 중국의 군인. 헤이룽장성(黑龍江省) 주석(主席)을 지냈다. 만주사변이 일어나자 헤이룽장성 성장(省長) 겸 군정부 총장(軍政部總長)을 지냈다. 제2차세계대전 후 군사위원이 되었다.

이 아니면 직성이 풀리지 않는 성비에게 영자는 강적이었다. 영자를 싫어하기 시작한 데는 그밖에도 여러 가지 사연이 있다. 성비는 그리스도교의 가르침을 따르는 신자인지라 자신의 질투가 추하다는 사실을 자각하고 억누를 수 있었다. 그런데 영자의 오빠인 의석이 성비에게 러브레터를 보낸 일이 있고 나서, 질투는 증오로 변했다. 성비는 그런 자유연애를 소름 끼칠 정도로 싫어해서, 여자처럼 곱게 꾸미고 다니는 의석이 하는 일이라면 뭐든지 질색을 했다. "오빠가 어째서 김의석 같은 사람하고 친구인지 모르겠어." 혐오를 견디기 어렵다는 얼굴로 말할 정도였기 때문에 "이런 지저분한 편지로 내 마음을 낚을 수 있다고 생각했단 말이지. 나는 그런 상스러운 여자가 아니에요" 하고 그 편지를 영자에게 내동댕이치듯 돌려주었던 것이다. 그 이후, 성비는 영자에게 말도 하지 않았다. 영자는 오빠의 일까지 책임질 수는 없다며 성일에게 푸념을 늘어놓았다. 성일은 영자를 동정해서 누이의 일을 사과하고 기분을 맞춰주기 위해 영화 구경이나 종로 산책에 불러내곤 했다. 그러는 가운데, 영자를 좋아하게 되어버려 성일은 이 일을 누이가 눈치 채게 되면 야단났다고 조마조마해하는 중이다. 그러니까 괜히 일찍 일어나서, 밤에 놀러 나갔던 일을 성비가 꼬치꼬치 캐묻도록 해서는 안 된다. 그때 성비가 어머니에게 이렇게 말하는 것이 들린다. "어머니, 세검정 방면은 오늘 굉장히 복잡할지도 몰라요. 오빠 깨워서 빨리 같이 나가요. 고기조림만 하면 다 끝나요." 그러자 어머니가 대답한다. "순이 보고 깨우라고 해. 성일이는 순이가 깨워야 하거든."

"정말 그래. 오빠는 말이야. 순이를 좋아하나 봐." 성일은 심장이 꽉 졸아들었다. 뭐라 말할 수 없는 이상한 기분이다. 치욕과 같은, 급소를 찔려 겸연쩍은 그런 기분. 순이를 사랑스럽게 여기는 마음도 있지만, 하녀 따위에게 마음을 쏟는 자신의 품위 없음이 견딜 수 없었다. 실로, 복잡하다.

그런 꿈을 꾸었다. 말하자면 꿈속의 꿈이라는 이중 꿈을 꾼 것이다. 자신이 꿈을 꾸고 있다는 사실도 왠지 모르게 느껴지면서 유쾌한 기분으로 자고 있으려니, 누군가 쿵쿵 시끄럽게 문을 두드리고 있다. 깜짝 눈이 떠졌다. 단번에 현실로 밀어 뜨려져 누이도 순이도 어머니도 아무도 없는 방을 둘러보았다. 포도 모양의 천정 벽지가 깜깜한 가운데 희미하게 보이는 것 같았다. 지난 날 자신의 집이 누렸던 행복이 순간 무너지고, 쥐어뜯는 듯한 고통이 와르르 가슴 속을 엄습해온다. 누군가 문짝을 거칠게 두들겨 대고 있다. 삐걱삐걱 흔들린다. 성일은 벌떡 일어났다. 그렇다면, 추격자인가? 잡으러 온 저 사람이 간수가 아니라 북한 병사일 수도 있고, 중공군일지도 모른다는 생각에 온몸의 털이 곤두섰다. 그러나 문득 "어머니라면?" 하는 헛된 기대에 이끌려, 그는 장지를 열고 "누구요?" 하고 물었다. "나야. 영철이. 어떻게 된 거야? 빨리 서두르지 않으면, 시간에 댈 수 없어. 피난민들이 속속 나가고 있어. 이봐. 저 포성이 안 들려?" 급하게 말하는 그 목소리에 성일은 맥이 탁 풀리며, 자신이 지금 예사롭지 않은 사태에 직면해 있다는 것을 깨달았다. 그때 방에서 마루로 통하는 네 쪽 칸막이 문도 그렇고 헛방 쪽의 칸막이도 그렇고 두꺼운 한지로 발라져 있는데, 보통 하는 대로 종이 한 장으로 바르는 방식이 아니라 이중 삼중으로 풀을 처덕처덕 발라 놓은 것을 보았다. 어머니가 이것저것 사전에 피난 준비를 해놓은 것이었다. 순간적으로 모든 것을 깨달은 성일은 잽싸게 도망칠 준비를 시작했다.

덮고 있던 이불을 작게 개고, 벽장 속을 손으로 더듬었다. 커다란 보따리가 나왔다. 풀어보니 검정 서지 바지와 모직 점퍼였다. 평상복으로 사용하던 것들이다. 그 옷들과 함께 외투와 방한모, 신발까지 준비되어 있다. 성일은 사태를 이해했다. 겨울 초입에 어머니가 이 물건들을 차입하려고 오셨던 것을 감방 관리가 거절해서 돌려보낸 것이다.

그 이야기를 이 간수로부터 들어 알고 있었다. 거절당하고 위축되어서 돌아가는 어머니의 모습이 보인다. 성일의 가슴이 어머니에 대한 그리움으로 바짝바짝 애가 탄다. 그 괴로움을 견디지 못하고 그는 깊은 한숨을 내쉬었다. 그는 겨우 옷을 갖춰 입기 시작했다.

"이봐, 시가전이야. 갈 거야, 안 갈 거야?" 문 밖에서는 안달이 나 있다. 그때 기관총과 박격포의 굉음이 들려오고, 낮게 하늘을 날아가는 비행기로 귀청이 떨어져 나갈 것만 같다.

성일은 열려져 있는 보자기에 이불을 싸고, 거기에 있던 물건들을 손에 집히는 대로 차례로 안으로 쑤셔 넣고는 밖으로 나왔다. 부서진 주머니 모양의 자물쇠를 고리쇠에 걸고서 이걸로는 허술하리라 뒷일이 걱정이 되었다. 그러나 재촉하는 영철과 급박하게 쫓아오는 전투 소리에 완전히 흥분해 그는 몹시 서두르며 문 쪽으로 달려갔다.

문 앞에서 문득 집 쪽을 뒤돌아보니, 자신의 신상에 닥친 불행에 차가운 한기를 느꼈다. 그는 현기증이 나서 눈 위에 엉덩방아를 찧고는 통곡할 뻔 했다. 그러나 "뭘 하고 있는 거야" 하며 담장 위로 상반신을 내밀어 자신의 손을 내어주는 영철의 얼굴을 보고는, 마음을 고쳐먹고 일어섰다.

〈2〉

성일은 영철도 검은 옷을 입은 몸차림을 하고 있는 것을 보았다. 검은 바지와 깃을 세운 상의의 위에서부터 조선식 두건을 덮어 쓰고 있다. 그 옷은 이청인이 도로 청소 주간에 같은 반 마을 사람들을 지휘하던 그런 때에 잘 입고 나온 것이었다. 검정색 무릎 각반도 본 기억이 있다. 두건만은 이청인 부인의 것이다. 이청인의 집도 물론 텅텅 비어 있었다. 그 후 이씨 집의 변천이라든가 이영철이라는 청년이 어째서 자신에게 친절하게 대해주는지에 관해 잠시 의심을 품었지만, 지금은 그런 문제들을 이야기할 여유가 없었다.

눈은 북풍으로 펄럭이는 가운데 큰 소리를 내며 두 사람을 덮쳤다. 골목에서 큰길로 나가니, 전쟁은 바로 그리로 쫓아오는 듯이 보였다. 두 사람은 튕겨 내던져진 것처럼 달리기 시작했다. 행선지는 쌓인 눈의 밝은 빛 덕분에 확인할 수 있었다. 시가는 흰색 일색으로 덮여서 예전 전재의 흔적은 감추어져 있었지만, 한강 쪽 방향은 알고 있었다. 낮은 2층 건물이 늘어선 사이에 띄엄띄엄 고층 건축이 나타났다. 여름의 시가전이 그렇게까지 혹독하지는 않았던 것인가. 종로 거리도 을지로도 그 주변의 고층 건축물은 형태가 있었다. 그러나 그것은 눈으로 아름답게 덮여 있는 데서 오는 착각이었다. 어떤 건물도 안은 텅 빈 동굴이었던 것이다.

이번의 전투로 그 잔해는 일층 더 파괴될 것이었다. 두 사람이 남대문 쪽에 가까워졌을 때부터, 좌우 전후로부터 끓어오르듯이 피난민이 나타났다. 그런데 남대문에서 의주로義州路로 갈라지는 넓은 가도는 각종 차량이 질주하고 있어 통행금지가 되어 있었다. "도로는 안 되오. 피난민들은 샛길을 지나가시오!" 한국군 헌병이 사거리에 서서 목소리를 짜내고 있었다. 목이 쉬어서 히스테릭했다. 발끈하게 되면, 무슨 짓을 할지 몰랐다. 권총을 냅다 쏠 기세였다. 그는 피난민 정리로 지칠 대로 지쳐 있는 것이다. 그렇게 소리 지르고 있는 헌병의 바로 뒤까지 밀려서 나간 성일은 트럭과 쓰리쿼터, 지프가 마치 체인처럼 줄줄이 달려가는 것을 쌓인 눈의 밝은 빛 아래 보았다. 어떤 차에도 군인들이 빽빽이 들어차, 자리에 탈 수 없는 군인들은 가장자리에 달라붙어 있었는데 당장이라도 떨어질 것만 같았다. 그렇게 군인들이 한데 몰려있는 차가 네 줄 다섯 줄로 길 가득히 퍼져 질풍을 남기고 돌진해 달린다. 전차가 왔다. 총신이 꺾이고, 호랑이 얼굴을 그린 차체의 앞이마에 커다란 구멍이 생겨 거기로 군인들의 얼굴이 보인다. 전투 차량 뒤에는 포차를 끄는 쓰리 쿼터가 돌진해 왔다. 포신은 날라가고 작은 차바퀴가 날 듯이 뛰어오르며 끌려간다.

피난민들이 인도로 떠밀렸는데 거기 인도로 돌진해온 지프에 치일 뻔 했다. 여기저기서 외치고 있는 헌병이 피난민들 가운데 뛰어들어, 발로 차고 때리거나 권총을 휘두르거나 했다. 그러나 넘쳐나는 난민은 성일을 밀어뜨리며 와르르 밀어닥쳤다. 성일은 넘어져 사람들 발에 밟혔다. 영철이 손을 빌려주어 일으켜 준다. 두 사람은 달려 나가 해일과 같은 난민 속으로 파묻혔다.

그 인파의 물결은 한강 변에서 산개 명령을 받기나 한 것처럼 일순 옆으로 퍼져 눈이 쌓인 강 위로 허물어졌다. 그 눈 밑에는 한 자 남짓한 두꺼운 얼음이 있었다. 운 좋게도, 신은 난민들을 도와주시는 것이었다.

익사의 두려움도 없이, 바로 등 뒤로 쫓아오는 전쟁을 떼어놓은 채 메뚜기의 거대한 무리처럼 난민들은 사박사박 소리를 내가며 길이 전혀 없는 설원을 걸어 나갔다.

드넓은 강 위에는 상류 쪽에서부터 하류까지 쭉 조망이 가능한 범위에서는 사람들로 가득 메워져 있었다. 얼음이 찌—익 하고 소리를 냈지만, 용케도 수만 킬로의 무게를 버텨냈다. 강을 다 건너간 사람들은 강변 위쪽으로 나가기 위해 둑에 매달렸다. 서빙고 부근에서부터 몰려든 성일의 근처 피난민들은 잠실 쪽으로 통하는 마을길을 찾아내려고 북적거리는가 하면, 서로 포개어져 벼랑에서 굴러 떨어지기도 했다. 그 짧은 둑을 기어 올라가는데 성일은 몇 번이나 무너져 내리는 눈에 떠밀려 아래로 떨어졌다. 떨어지는 순간에 그는 정신없이 누군가의 발을 붙잡았다. 아기를 업은 여자가 위를 향한 채 넘어져, 눈 속으로 쑥 빠져들었다. 여자는 아이고! 살려줘요 하는 금속성의 소리를 지른다. 깜짝 놀라 제정신이 든 성일은 그 여자의 손을 잡아 눈 속에서 끌어냈다. 여자의 등에 업힌 갓난아기의 조그마한 얼굴이 눈투성이가 되어 도깨비 같은 꼴을 하고 있었다. 성일은 아기의 얼굴에서 눈을 털어주었다. 눈과 콧구멍에 가득 찬 눈을 들추어내니, 귀엽고 포동포동한 얼굴이 나타났다. 하지만 아기는 숨을 빨아들이면서, 태어났을 때의 저 들숨으로 응애 응애 하고 울었다. "한 명 더 있어요. 눈 속에서 파서 꺼내요." 여자가 매몰차게 성일에게 지시했다. 성일은 죄스러운 기분이 되어 여자에게 사과하고 싶었다. 그러나 어디에 한 사람이 더 있는지 찾는 데 열중했다. "저기 눈 속이에요. 내 짐도 찾아요." 성일이 조개 구덩이 같은 곳에 고개를 숙이고 손을 쑤셔 넣으니 밑에서 작은 손이 성일의 손을 붙들었다.

꺼내 놓으니 다섯 살 정도 되는 여자아이로 삼각 두건을 쓰고 있었다. 몹시 겁을 먹고는 어머니의 손에 매달리며 야단스럽게 울어 제꼈다. 여자는 계속해서 내 짐, 내 짐 울부짖으며 서 있었다. 성일은 필사적으로 뛰어다녀 보따리를 찾아냈다. 여자도 자기 힘으로 꾸러미가 큰 짐을 주워 하나는 머리에 얹고 하나는 겨드랑이에 낀 채, 다른 손으로 여자아이의 손을 끌고는 연신 사과를 하는 성일에게는 대꾸도 하지 않고 둑에 매달렸다.

그러나 아무리 발버둥쳐도 눈과 함께 무너져 떨어진다. 그러는 사이에도 다른 피난민들은 속속 밀어닥쳐 벼랑으로 올라가 앞질러 간다. 여자도 성일도 초조했다. 난민들의 뒤에서 중공군이 쫓아오는 것 같은 공포에 빠져들었다. 성일은 여자에게 손을 빌려주었다. 여자아이를 안아 올려 벼랑 위로 올리고 여자의 엉덩이에 손을 대고 밀어 주었다. 잔뜩 껴입은 위에 솜이 들어간 두루마기까지 입은 여자는 눈사람처럼 굵어서 백 관貫[7]은 족히 될 것 같은 무게였고, 아기는 계속 울어댔다. 여자는 괴팍스럽게 아기를 흔들어댄다. 그리고 나서 "빨리 안 오면 놔두고 간다" 하고 여자아이를 내버려두고 걸어갔다. 성일은 등에 진 이불 꾸러미를 풀어 먼저 둑 위에 올려놓은 후 뛰어올라 위로 나갔다

"이봐, 어떻게 된 거야." 멀리서 영철이 맞으러 와주었다. 새까만 그의 모습은 하얀색 일색인 가운데 인상적이었다. 동쪽 하늘에서 빛이 비쳤다. 새벽이었다. 눈보라는 조금 잦아들었고, 바람도 으르렁거리지 않

7 관(貫) : 무게의 단위. 한 관은 한 근의 열 배로 3.75kg에 해당한다. 여기서 백 관은 과장된 의미로 쓰였다. 참고로, 한 근은 고기나 한약재의 무게를 잴 때는 600g에 해당하고, 과일이나 채소 따위의 무게를 잴 때는 한 관의 10분의 1로 375g에 해당한다.

게 되었다. 그 가운데 피난민들은 해일과 같은 형태를 유지한 채 앞으로 계속 전진해나간다. 논밭도 촌락도 계곡도 산도 그 해일에 삼켜져 버린다. 산의 나무는 눈 밑에 파묻혀 있기 때문에 해일과 같은 행진을 막을 수가 없었다. 문득 성일은 산등성이에서부터 계곡에 걸쳐 사람들이 빼곡히 퍼져 넘어가고 있는 것을 보고, 뭔가 장엄하다는 생각이 강하게 들었다. 동행하는 사람들이 이렇게 많다는 사실에 잠시 안심했지만, 후방 전진에 광분하고 있는 군대에게 국도를 빼앗기고 샛길은 눈 때문에 보이지 않는 상황에서 들로 산으로, 산으로 계곡으로 흩어져 행진을 하고 있는 것이 이상하게 보인다. 그러자 피로로 쓰러지는 사람이 나타나기 시작했다.

이윽고 날이 밝고 낮이 되었다. 내리는 눈과 함께 땅거미가 질 무렵, 성일은 어느 산등성이에서 숨도 곧 끊어질 듯이, 등에 진 이불째 위를 향하고 쓰러져 있다. 굶주려 있다. 목은 눈으로 축였지만, 텅 빈 위장은 자기 위벽을 헤적거리는 통에 쓰라린다. 성일은 축 늘어진 손발을 던져 눈 위에서 쭉 편다.

"이제 곧 군郡 경계야. 그런데 어딘가에서 철도 선로를 만날 수 있지 않을까. 방향을 바꾸면 어때?" 영철은 성일의 곁에 엉덩이를 내려놓으며 산기슭 쪽을 바라보았다. 사람들이 맹렬하게 두 사람의 곁을 지나쳐 간다. 아이를 데리고 가던 사람이 눈 속에 발을 빠뜨려 걷지 못하는 아이를 혼내고 있다.

성일은 구름을 바라보았다. 그 구름층 속에서 비행기의 굉음이 새어 나온다. 그 소리를 찾기라도 하는 듯이 가만히 귀를 기울인다. 구름 층은 두터웠다. 그 비행기의 소리와 뒤이어 계속해서 밀어닥치는 피난민의 소음은 대조적이다. 그는 고개를 들었다. 발 밑 바로 아래에서 바로 아래 골짜기까지 땅이 보이지 않을 정도로 피난민이 꿈틀거리고 있다. 그쪽 방향을 보고 있던 영철이 외쳤다. “이봐, 저기에 도로가 있어. 우리도 저 길로 가볼까?”

골짜기 아래로부터 곧바로 이쪽으로 흩어져서 온 피난민들과 우측편 골짜기로 흘러들어간 쪽 두 편이 있다. 맞은편에서 산을 내려온 군중은 그 골짜기에 이르자 자연스럽게 두 개 방향으로 나뉜다. 눈을 밟는 소리와 서로 부르는 소리가 가을바람 소리 같았다. 성일은 드러누운 채로 그 소리를 슬프다고 느꼈다. 그러자 그때 슈루 슈루 공기가 타는 듯한 소리가 나 문득 정신을 차린 순간, 골짜기 아래서 눈보라가 우웃하고 불어 올랐다. 땅울림이 일어나고, 충격을 받아 세차게 튕겨 올랐다. 그때 하늘로부터 네 발을 펼친 괴물이 맹렬하게 내려오고 있다. 그것을 의식한 것은 처음 순간 뿐 연달아 소리가 울려 퍼지고 바람이 치켜 불었다. 땅이 진동하여 의식은 혼란스럽고 무슨 일이 일어난 것인지 알 수 없게 되어 버렸다.

얼마 안 있어 그가 정신을 차려 주위를 둘러보았을 때는 그 주변 일대 산 기슭과 골짜기에 사체가 여기저기 굴러다니고 있었다. 그리고 채 목숨이 끊어지지 않은 사람들이 신음 소리를 내고 있었지만, 땅거미에 삼켜져 이윽고 고요하게 되었다. 성일은 자신이 완전히 다른 산에 온 것 같은 착각이 들었다. 산의 모습이 변했던 것이다. 그는 걷기 시작했다. 그러자 언덕 사이로 나있는 길에서 차량이 길게 줄을 지어 심하게 혼잡하다는 것을 알아차릴 수 있었다.

바람이 멈추더니 정적을 가르고 그 차량들의 바퀴 소리가 들려왔다. 그때 조금씩 흩어지기 시작한 피난민들이 그의 곁을 지나갔다. 사람들의 눈은 핏발이 서 있는 것 같았고 걸음걸이가 이상했다. 다섯 살쯤 되는 아이의 손을 잡아 끌던 남자가 넘어진 아이의 손을 와락 끌어당겼다. 아이가 소리를 지른다. 남자는 아이를 몹시 꾸짖는다. 그러자 그때 "앗, 아니다. 우리 집 애가 아냐" 하며 벌린 입을 다물지 못했다. 그 아이의 손을 휙 뿌리치고는 온 방향으로 부산을 떨며 간다. 그러자 아이도 "엄마, 없어" 울면서 외치더니 남자가 달려 간 쪽으로 좇아간다. 성일은 문득 생각이 나서 영철을 찾았다. 그러나 성일은 혼자 오도카니 새하얀 젖가슴과 같은 언덕에 서서, 땅거미가 빠른 속도로 골짜기에서부터 기어오르는 것을 보았다.

완전히 어두워지기 전에 산기슭 마을에 가닿아 지붕 밑에서라도 밤을 새워야겠다는 생각이 들어 그는 걷기 시작했다. 등에 진 짐은 동여맨 채였기 때문에 그의 손발은 자유롭게 쓸 수 있는 상태였다. 그 기쁨으로 발걸음이 흔들렸다. 그를 전후해서 너덧 명의 사람그림자가 산을 내려왔다. 앞서거니 뒤서거니 하면서 사람들의 모습은 한 순간도 끊어지지 않아 거리 한가운데 있는 것 같이 붐볐지만, 그는 고독을 느꼈다. 그는 영철을 몹시 그리워했다. 소나무 가지가 자꾸 울어대서 그도 울고 싶은 생각이 들었다. 그렇지만 같이 걸어가고 있는 사람들은 말을 섞을 여유도 없어 보였다. 그때 오른쪽의 움푹하게 팬 땅에서 피리를 부는 듯한 소리가 났다. 그것은 숨이 막히고, 경련이 일어나고, 듣는 쪽에서 가슴이 답답해지는 소리였다. 성일은 그쪽으로 발걸음을 향했다. 눈이 어둠을 비쳐주었는데도 그는 발이 걸려 몇 번인가 넘어졌다.

거무스름한 뭉치가 소나무 그루터기에 놓여 있었다. 피리 소리를 닮은 그 소리는 아기의 울음소리라는 것을 깨닫고 본능적으로 그 뭉치로부터 물러섰다. 그러나 몇 걸음도 가지 않은 사이에 버려진 아기다, 뭐든 해야 한다는 생각이 먼저 그에게 들었다. 그는 아기 옆으로 가까이 다가갔다. 둘둘 말린 이불 위에 각각 홍색과 청색 줄 무늬 모양의 포대기와 비단으로 된 업는 끈까지 함께 들어 있었다. 작은 얼굴이 안에 토끼털을 댄 삼각 두건 밑으로 엿보였다.

어두운 눈에도 귀여운 얼굴이라는 것을 알 수 있었다. 아기는 운다기보다는 얼어붙은 손을 입에 넣고 빠는 채로, 피 ― 피 하는 대나무 피리 같은 소리를 내고 있었다. "이제 얼지 않을 거야." 그는 그것을 자신이 납득할 때까지 확실하게 해두려고 아기 얼굴 곁에 자신의 코를 가까이 댔다. 뜨거운 숨이 아기의 얼굴에 닿는 것을 느끼고는, 아기의 피리 소리가 홍가 홍가 하는 어리광 섞인 소리로 바뀌었다. 오는 게 늦었네, 라는 저 아기의 언어에 기뻐하며 아기의 두 손을 펄럭펄럭 흔들어 주었다. 성일은 자기의 뺨을 아기에게 갖다 댔다. 뺨의 열은 얼음 같이 차가운 아기의 뺨으로 계속 흘러가 작은 세포는 급속도로 되살아났다.

"데리고 가줄게." 성일은 아기의 이불째 안아 올렸다. 아기는 성일의 볼살을 빨기 시작했다. 맹렬한 힘이 그 조그마한 혀로 모아져, 성일은 뺨의 살이 찢어져 피가 나올 지경이었다. 느릿느릿 걸어가는 그를 많은 사람들이 앞질렀다. 그는 발 밑에 눈길이 미치지 못해 눈 속에 빠졌다가 무릎으로 일어났다. 그때 일단의 사람들이 우르르 달려온 뒤에서 남자아이가 어정어정 걸어왔다. 무서워요 하고 소리쳤다. 그 아이는 성일의 외투 끝에 매달리며 쫓아 왔다. 성일은

"무슨 일이니?" 물었다.

"아빠가 없어요." 아이는 울기 시작했다. 그러자 그 아이의 울음소리에 이끌려서인지, 어둠 속에서 다른 아이가 또 달려들었다. 여자아이였다. "이리 오렴" 성일은 상냥하게 말했다. 여자아이는 아기의 포대기 자락에 매달려 걷기 시작했다.

산기슭으로 내려갔다. 인가는 없었다. 그의 뒤에서 쫓아오는 사람들은 끊이지 않았다. 짐 없이 홀가분하게 가는 사람도 있었지만, 모두 몹시 지쳐 있었다. 보따리를 몇 개나 등에 진 남자에게 말을 걸었다.

"혹시 뭔가 먹을 게 있으면 좀 나눠 주세요"

"아뇨. 미안하오. 나도 아무것도 없어서."

그 남자는 등에도 머리에도 어깨에도, 이용 가능한 곳이라면 한 군데도 놔두지 않고 짐을 몸에 붙이고 있었다. 성일에게 무슨 일이라도 당하지 않을까 불안한 듯이 서둘러 지나가 버린다. 아이를 두 명 데리고 있는 부인이 성일을 앞질러 갔다.

"아주머니! 이 아이들에게 뭔가 좀 주세요."

"뭐라고요?" 하고 돌아봤지만 그 여자는 몸을 떨면서 뛰어가 버렸다. 그 여자의 아이가 넘어져서 울었다. "실컷 울려무나. 놔두고 갈 테니까." 여자는 매몰차게 말했다.

성일은 모두가 미쳐가고 있다고 생각했다. 미치지 않은 것은 나뿐이다, 그렇게 생각해봐도 배는 비어있고, 양손은 마비되었다. 아기가 조금씩 기운을 되찾아 꺄꺄 울고, 남자아이는 더 걷지 못하게되자 칭얼거리기 시작했다.

어두워 발밑이 안 보이게 되고 동서남북의 방위를 식별할 수도 없었다.

"네 엄마의 마음을 알겠구나."

그는 계속 울어대는 아기를 눈 위에 놓았다. 버리고 가자는 생각이 들었다. '나 살기도 힘든데.' 그렇게 생각했지만, 누군가에게 들킨 것 같은 기분이 들어 "이 아이들을 위해서, 너를 버리는 거란다"라고 변명을 했다. 남자아이는 눈 위에 아무렇게나 드러누워 새근새근 숨소리를 내고 있다. 여자아이는 성일의 소매에 꽉 매달려 계속 지켜보았다. 절대로 버려지지 않을 테야 경계하고 있다. "이대로라면 이 아이는 얼어 죽을 거야." 성일은 자고 있는 남자아이를 보았다. 그리고 그것을 구실로 해서 아기를 버리려 한다는 것을 자기 자신도 알고 있었다.

알고 있다는 사실만큼은 무시하고서, "신이시여, 제가 할 수 있는 방법을 내려주소서." 그 방법은 이미 결정되어 있었음에도 불구하고 그는 기도했다. "아가야. 널 여기에 두고 간다. 도중에 마음이 변한 네 어머니가 널 찾으러 올지도 모르니까"라고 말하며 여자아이를 보았다. 여자아이는 다만 계속 성일을 지켜보았다. 성일이 달아나면 큰일이야 하고 고양이같이 약은 표정이 되어 있었다.

아기를 휘감아 싼 포대기를 바로 하고 외풍이 들어오지 않도록 해서, 그 위에 이불로 감싸고 업는 끈을 한층 단단하게 죄었다. 아기를 아래로 내려놓았을 때, 눈보라가 소리를 냈다. 바람이 휘융 하고 불어와서 좀 전에 아이가 버려졌던 움푹 패인 땅보다 상태가 좋지 않은 장소라는 사실에 조금 자책감이 들었다. 손을 떼니 아기는 꺄앙 하고 울었다. 팔다리가 와들와들 떨리는 것이 아기는 자신의 울음소리에 숨이 막혔다. 새파랗게 된 아기 얼굴이 보이는 것만 같았다. 성일은 남자아이를 안고 달리기 시작했다. 여자아이가 으앙 하고 매달려와 다리에 휘감겼다.

성일은 아기의 우는 소리가 언제까지나 그를 쫓아오는 것 같았다. 누군가의 손이 그의 옷깃을 움켜쥔 것만 느낌이 들어 오싹 몸서리를 쳤다. 달리게 되자 여자아이가 끼약 하고 달려들었다.

지면이 하얗게 부풀어 오른 곳이 지붕이고 돌담도 보였다. 인가를 발견한 것이다. 안으로 들어갔지만, 방 안은 먼저 온 사람들로 꽉 차 있다. 부엌에도 창고에도 사람들이 빼곡하게 들어차 있다. 성일은 자포자기의 심정이 되어 자는 사람들을 깨우며 먹을 것을 간청했지만, 어떤 사람도 눈을 감고 석불처럼 움직이지 않았다. 성일은 지쳐서 잠이 왔다. 그는 두 아이를 양쪽 겨드랑이에 끼고 볏짚을 베개 삼아 잠에 빠져 들었다. 소 냄새가 났다. 그 냄새에 이끌려 눈깜박할 사이 깊은 잠에 빠졌다.

〈3〉

이대로 죽어버리는 것은 아닌가 문득 생각했지만 등에 짊어졌던 이불을 배 위에 두른 것이 고작으로, 동사할망정 기분 좋은 잠이 그를 붙잡고 놓아주지 않았다. 이윽고 날이 밝아 새벽의 눈구름이 걷히고 태양이 그의 얼굴을 정면으로 비추었다. 그는 진흙탕에서 기어나오는 듯한 노력을 꿈속에서 하면서 잠에서 깨어났다.

그는 안도하여 깊은 숨을 쉬었다. 아이들이 한창 울고 있었다. 보니까 지난 밤 같이 왔던 여자아이와 남자아이가 그의 양 옆에 하나씩 나뉘어 앉아서 남자아이는 엄마를 부르고, 여자아이는 배고픔을 호소하고 있었다.

주위에는 아무도 없었다. 일어나서 정신을 차려보니, 자신의 이불도 없어졌다. 먹을 것 따위가 물론 있을 리가 없다고 생각하면서도 안채에 들어가 보았다. 그러나 항아리도, 궤짝도, 쌀섬도 마구 뒤적거려져 있어 텅 빈 속을 드러내 보이고 있었다. 이 집 주인이 그렇게 한 것인지 지난 밤 묵었던 피난민들의 소행인지 따져 묻는 것은 소용없는 일이었다. 성일은 낮은 지붕으로 손을 뻗어 눈을 움켜 쥐고, 둥글게 해서 입에 넣었다. 배가 노골적으로 소리를 내서 굶주림이 한층 더 심해졌다. 병아리처럼 그를 지켜보고 있는 두 명의 어린아이들에게 눈을 먹이고 출발했다. 아침 해는 다시 구름에 가려져 하늘은 잔뜩 구름이 끼어 있었다. 담 밖으로 나오니 바람이 눈 표면에 잔물결을 그리며 날아와 눈가루로 뺨을 세게 때렸다. 복잡한 기복이 있는 구릉지대에서 움푹 패인 땅의 도로 비슷한 곳까지 내려오니, 피난민들이 나타나 또다시 사람의 바다가 되었다. 그러나 어제와 같이 맹렬하게 걸어가는 사람은 적었고, 힘이 빠져 논두렁에 뻗어 있는 노인, 다리를 쭉 뻗고 방심한 얼굴로 멍하니 지나가는 사람들을 보고 있는 여자도 있었다. 남자아이가 계속 넘어졌다. 야단을 치니, 동그란 눈에 공포를 가득 담고서 성일을 보았다. 그 포동포동한 볼에서 문득 산에 버리고 온 아기가 보였다. 응애응애 하고 작은 손을 허공에서 흔들고 있다. 견딜 수가 없었다. 남자아이의 손을 잡아 당겼지만, 아이의 다리가 움직이지 않았다. 작은 가죽 신발의 등이 거의 터져 있어, 살펴보니 발이 동상으로 복어처럼 부어올라 있었다. 성일은 그 아이를 업었다. 여자아이는 성일의 소맷부리에 꼭 매달려 다부지게도 달라붙어 따라 왔다. 따라오지 않으면 놔두고 가버리자! 그리고 나서 남자아이도 어딘가에서 혼잡한 틈에 버리고 갈까 계속 생각했다. 아이의 무게를 견디기 어렵게 된 자신의 팔이 어이가 없었다. 그때 사람들을 밀어 제치다시피 해서 거슬러 달려오는 여자가 있었다. 지나쳐 가는 사람마다 붙잡고 우리 애를 보지 못했느냐고 물었다. 약간 실성해 있어 사람들이 자기 아이를 모르는 것을 납득하지 못했다.

그 여자가 성일을 보더니 앗 하고 달려들어 뭐라든가 분명하게 아이의 이름을 불렀다. 성일은 살았구나 하는 생각에 등에 업었던 아이를 내려놓았다. 그러나 두 아이 모두 여자를 의심스럽게 바라보고 여자는 남자아이의 얼굴을 샅샅이 조사하듯 바라보았지만, 아니야 하며 달려가버렸다.

성일은 낙담하여 힘이 빠져 거기에 털썩 엉덩방아를 찧었다. 바로 그때, 퓽퓽 하고 대기가 소리를 냈다. 장대한 눈보라가 솟아오르고 대지가 요동쳤다. 성일은 눈 밑에 파묻혔다. 포탄의 윙윙대는 소리는 한 번에 수십 개씩 무더기로 퍼져 대지를 뒤흔들었다. 하나의 포탄 무더기가 도착하면, 초 간격을 두고 다른 포탄 무더기가 도착한다. 그것을 몇십 회라고 할 것 없이 반복했다. 꼬박 하루 동안이나 계속되었던 것은 아닐까 싶을 정도로 긴 시간이 소요되었다. 눈을 떠보니, 지구는 이미 없어졌을 거라는 생각이 들었다. 성일은 자신의 손과 발이 따로따로가 되어 바람에 솟아오를 것만 같은 느낌이었지만, 희한하게도 자신은 아까의 눈 밑 구덩이 안에 있었다.

이윽고 정적이 찾아왔다. 땅울림은 완전히 멈췄다. 조심조심 눈 속에서 나왔다. 여자아이가 그의 겨드랑이에서 나타났다. 숨을 죽이고 찰싹 달라붙어 있었다. 남자아이가 있었다. 그러나 얼굴을 위를 향한 채 내던져져 있었다. 조금 멀리에는 커다란 둔덕인지 구멍인지가 마구 생겨나 있어 새하얀 눈 위에 붉은 흙이 내려앉아 있어 지저분했다. 정신을 차려보니 사람의 시체가, 꺾여져 어지럽게 흩어진 소나무와 마치 경쟁이라도 하듯 여기저기 널려 있었다. 비록 삼 개월이라도 전장 체험이 있는 자신을 떠올려 상황 판단을 해보았지만, 눈 위로는 비행기의 소리는 전혀 없었다. 포탄 무더기는 생각지 못한 어딘가로부터 날라온 것이다. 그는 머리를 짜보았지만, 함포사격[8]이라는 것에 생각이 미치지는 못했다.

시체 몇몇이 벌떡 일어나 걷기 시작하더니 휘청휘청 앞으로 나아갔다. 그러나 픽 쓰러지는 것을 보고 성일은 자신도 그렇게 되는 것은 아닐까 불안해져 일어서서 걸어보았다. 팔다리에 아무 문제도 없다.

"아……" 하느님 하고 말하고 싶었지만 그 하느님이 왜 자신만을 살려주었는지 조금 의문스러웠다.

여자아이가 겁에 질려 소리치는 통에 많이 생각할 겨를도 없이 걷기 시작했다. 얼마를 가다가 문득 남자아이 생각이 나 되돌아갔다. 코를 만져보니 차가웠다. 심장도 고동을 멈추었고, 편안하게 잠들어 있다. 그는 아이의 몸 위에 눈을 끼얹어 주고는 여자아이의 손을 끌고 앞으로 나가기를 계속했다.

시체 중에는 아직 희미하게 눈을 뜨고 있거나 끙끙 소리를 내거나 살

8 함포사격 : 일반적으로는 함포에 의한 육상사격의 경우를 가리킨다. 함포사격은 폭격과는 달리 수정(修正) 사격이 가능하므로 명중률이 높고 빠른 포구(砲口) 속도와 고도의 사격지속률로 인해 파괴효과가 크다. 또한 모든 종류의 탄환을 표적의 성질에 따라 선택해서 발사할 수 있을 뿐만 아니라, 언제 사격이 끝날지 예측하기가 어려우므로 적에게 주는 심리적 효과도 크다.

려달라고 성일에게 말을 붙여오는 경우가 있었다. 그는 자신이 취해 마땅한 어떤 방법이 없는 것이 한탄스러웠지만, 고통을 호소하며 단말마의 외침을 질러대는 조난자들을 잊어버리기로 했다. 자신의 굶주림이 고통스러웠다. 그때 그는 어떤 생각이 들어 시체 옆으로 가 먹을 것이 있나 찾아보았다. 눈 구덩이에서 조개를 줍듯이 꾸러미를 발견했다. 떡이었다. 탄성을 질렀다. 짐승이 울부짖는 듯한 소리였다. 그는 허겁지겁 그 가루떡을 먹었다. 여자아이도 성일에게 지지 않고 자기가 알아서 먹었다.

그럭저럭 살 것 같았다. 둘러보니, 바로 옆에 시체가 실눈을 뜨고 성일을 바라보고 있다. 새하얀 두건 밑으로 긴 머리카락이 흐트러져 있었다. 여자였다. 등 쪽의 눈이 검게 더럽혀져 있다. 피가 얼어붙어 있었다.

잠시 후 시체의 들판을 빠져 나왔다. 밤이 되었다. 빈집을 발견하고서 묵었다. 다음 날은 화창하게 태양이 빛나 눈이 아플 지경이었다. 바람은 여전히 강하게 불어 줄곧 눈을 낚아채며 휘날리게 하고 있었다. 어느 산기슭에서 철도 선로를 발견했다. 피난민들이 홍수처럼 선로 위에 모여서 왁자지껄한 행군이 계속되었다. 길 끝에 낙오자들이 아무렇게나 누워 뒹굴었고, 부모에게 버려진 많은 수의 아이들이 애원하는 눈을 하고 성일의 뒤를 바싹 따랐다. 신경쓰지 않고 내버려 두어도 아이들은 성일의 뒤를 좇아 왔다. 그의 주변은 눈사람처럼 부풀어 올랐다. 어떤 아이는 떨어져 나가는가 하면 어떤 아이는 앞서 나가고, 또 어떤 아이는 끈질기게 매달렸다. 가지고 있던 떡은 다 떨어지고 일행 일곱 명에게 배고픔이 닥쳐왔다. 아이들이 배고픔을 호소하며 못 걷겠다고 울기 시작하자 그는 모두를 내팽개치고 싶었다. 해가 저물어 시가지에 도착했을 무렵, 그는 자기도 모르게 고함을 쳤다.

"시끄러! 왜 내 뒤만 쫓아오는 거야. 다 뒈져 버려!"

그는 흠칫 하고 자신의 목소리에 귀를 귀울였다. 이렇게 저열한 말은 일찍이 써 본 적이 없었다. 큰 아이는 미안하다는 듯이 고개를 떨어뜨렸고, 작은 아이는 얼굴을 일그러뜨리며 금방이라도 울 것 같다. 여자아이는 입술을 깨물었다.

"어떻게 해야 할 지 전혀 모르겠어." 성일은 자신의 마음을 쥐어뜯었다. 땅거미가 무정하게도 닥쳐오고 차가운 바람은 힘차게 불어온다. 성일은 앞이 깜깜해져 거기 벽돌담에 기댔다.

그때 "어머, 얘들아. 자, 자, 모두 안으로 들어오렴." 부인의 목소리가 났다.

"아니!" 성일은 자신의 눈을 의심했다. 자신의 몸을 꼬집고는 꿈에서 깨어났으면 생각했다. 노랗고 약간 지친 듯한 얼굴. 둥근 뺨과 커다란 눈이 깜짝 놀라며

"이런! 성일 씨 아냐!"

"전도부인!"

두 사람은 달려들어 양손으로 양손을 서로 맞잡았다. 전도부인의 가느다란 손가락이 성일의 손가락 안에서 죄어들었다. 그래도 여전히 충분하지 않다는 듯이 그는 손가락에 힘을 주었다. 몹시 감동하면 말도 나오지 않는다고 했다. 숨 쉬는 것도 잊고서 손을 잡고 서로 바라보았다. 성일은 어머니를 마주친 것과 같은 착각이 들었고, 전도부인은 할 말이 너무나도 많아서 가슴이 터질 것 같았다. 무엇보다도 전쟁 통에

기이하게도 만났다는 것이 신의 기적이라고밖에 생각되지 않아 마음속으로 몇 만 번이나 거듭 감사를 해도 모자라는 기분. 따라온 아이들은 반짝반짝 눈을 빛내며 두 사람을 쳐다보았다. 무슨 일이 일어난 것인가 의아하게 여겼다.

"자, 어쨌든 안으로 들어갑시다." 이윽고 정신이 돌아온 전도부인은 성일의 손을 잡은 채 문 안으로 이끌었다. 어째서 전도부인이 이 집에 있는 것일까. 언뜻 보니 복도에는 유리로 된 문이 있고, 현관의 디딤돌은 적색 벽돌과 콘크리트로 모양 좋게 생겼다. 란마欄間[9]에는 대모갑[10] 모양을 새겨 놓아 가난한 전도부인이 살기에는 너무 훌륭한 집이다.

더욱 더 놀라운 것은 그 기역자 건물의 방방마다 네 살에서 다섯 살 정도의 어린 아이들이 가득 차 있다는 것, 아기들이 꺄아 꺄아 울고 있고 그 아기들을 열두세 살에서 열너덧 살 가량의 아이들이 안고 있다는 점이었다. 그러나 모두 핏기가 없고, 시든 꽃잎처럼 생기가 없었다.

고아들 가운데 앉을 틈을 발견하고, 전도부인은 성일의 손을 잡으면서 말문을 열었다.

"두 번 다시 서울을 빼앗기는 일 따위 생각도 못했지만, 어쩔 수가 없네요. 이번에는 꼭 미리 피난을 가기로 어머님과 저는 이야기가 되어 있었어요. 그렇지만 막상 피난을 가려고 하니 어머님은 성일 씨가 걱정되어서 발이 안 떨어졌죠. 어머님은 저 혼자만이라도 가라고 권유하셨

9 란마(欄間) : 문 · 미닫이 위와 천장 사이에 통풍과 채광을 위하여 가로로 길게 짠 창(交窓) 따위를 붙여 놓은 부분.

10 대모갑 : 바다거북의 하나인 대모(玳瑁)의 등과 배를 싸고 있는 껍데기의 휘어진 각질판을 가공한 장식재료를 말한다.

지만, 그 후로 저는 어머님이랑 줄곧 함께 지내왔는걸요. 그리고 그 은혜를 생각하더라도 어머님을 두고서 저 혼자만 어떻게! 그 와중에도 중공군은 서울에 가까이 닥쳐왔지요. 어머님은 초조해서 몇 번이나 형무소로 발걸음을 하셨어요. 죄수들이 끔찍한 꼴을 당할 거라는 흉흉한 소문이 돌았죠. 만약 그렇게 되면 자식의 주검과 함께, 저랑 같이 어머님은 남아 있기로 결심하셨던 거예요. 그런데, 형님 되시는 분한테서 연락이 왔어요. 죄수들이 이동할지도 모른다는 것이어서 어머님이랑 저는 성일 씨와 같은 길로 남하하자고 만반의 준비를 해두고 서대문 쪽으로 나갔던 거예요."

"저는 탈출했었어요!" 성일이 외쳤다.

"그랬더군요. 저희들도 바로 그 난리통에 휘말렸어요. 어머님이랑 저는 군중들 발에 짓밟히고 완전히 정신이 혼미해져서 피난민들과 같이 눈 위에 쓰러졌어요. 하느님의 도움인지 한강 철교 바로 코앞에서, 아는 미국 선교사 분을 만나 수원까지 지프를 얻어 탔지요. 그리고 이 마을까지 걸어오는 도중에, 버려진 아이들과 미아들이 이리저리 헤매고 있지 않겠어요."

"저는 아무래도 참고 있을 수가 없어서, 여기서 이렇게 어린 아이들을 돌보는 일을 시작하게 되었답니다. 어머님은 대전인가 대구인가 형무소까지 가셔서 성일 씨의 안부를 확인하시겠다고 혼자서 여행을 계속하고 계셔요. 여기 계셨다면 이렇게 만나실 수가 있었을 것을……"

원통한 듯이 입술을 깨무는 전도부인의 얼굴을 흠칫 피하면서, 성일은 가슴이 꽉 막히고 정신이 아득해지는 것만 같았다.

"어머닌 가다가 쓰러지실 거예요." 성일의 비통한 얼굴을 보고,

"아니에요. 운이 좋았어요. 여기서 수송열차가 두 대 떠났어요. 그 첫 번째 열차에 타셨으니까 벌써 대전이나 대구에 도착하시지 않았을까요". 전도부인은 성일의 수척해진 얼굴을 보았다. 머리가 약간 어떻게 된 것은 아닌가 생각될 정도의 눈동자를 보고 부인은 깜짝 놀라 있는 힘껏 위로의 말을 건넸다.

"저, 그러면 저는 가보겠습니다. 저 아이들을 부탁드려요." 성일은 일어섰다.

"밤길을 걸어 다니면 안돼요. 동사라도 하게 되면 오히려 어머님을 슬프게 하는 일이잖아요! 서둘러도, 갈 수 없는 때는 갈 수 없는 거니까 오늘 밤은 여기서 몸을 쉬세요." 전도부인은 성일의 손을 붙잡고 극구 만류했다.

경부 가도를 따라 남하할 예정이었지만, 성일은 산중에서 길을 잃고 서울과 인천, 수원을 잇는 삼각지대의 중간에서 남쪽으로 걷게 되었다. 그리고 수원 도로를 우회해서 오산烏山[11]까지 무사히 멀리 갔다. 경부 본선의 선로 위는, 그 길을 끼고 남하하는 국도의 경우와 마찬가지로 소위 후방 전진하는 군대로 가득 찼다. 각종 차량은 말할 것도 없고, 도보 군인들까지도 추격하는 중공군 탐색 부대의 촉수가 멀리 미치지 않는 곳으로 이동하고 있었다. 낙동강 전선까지 적이 또다시 단숨에 후퇴하는 것은 아닌가, 중공군 린뱌오林彪[12] 장군이 의심할 정도였다.

11 오산(烏山) : 경기도 오산시를 말한다. 성일이 어떻게 해서 전도부인이 고아들을 데리고 있는 오산까지 오게 되었는지를 설명하는 부분이다.

12 린뱌오[林彪, 1907~1971] : 중국공산당 지도자. 중화인민공화국 개국 원수 중 한 사람. 홍군, 팔로군 등을 지도한 군사 전문가로 특히 핑싱관 전투에서 일본군을 물리치고, 국공내전에서 국민

피난민은 국도와 선로 위에 눈사람처럼 계속 부풀어 올랐지만, 춘천에서 원주를 잇는 중부 전선에도 여기에 뒤질세라 난민의 이동이 있었다. 그 가운데는 멀리 국경 부근에서 온 사람도 있어, 유엔군과 앞을 다투어 남으로 남으로 멀리 달아나 온 것이었다. 대부분이 농민들뿐인 북한의 난민들은 북한의 인민공화국이 시행한 토지개혁으로 깨달은 것이, 지주라는 개인의 노예에서 국가의 노예가 되어 버렸다는 것뿐이라고 호언장담하고 있었다. 사분의 일 현물세가 징수되고 나면 사분의 삼은 그들 손에 남아야 하는데, 사실은 겨울을 맞이한 11월에 이미 주식을 거의 다 먹어치웠다는 것이다. 그러니까 그쪽에 잔류하게 되면 결국은 굶어 죽게 되어 있기 때문에, 중공 오랑캐들의 채찍 아래 고생하느니 백의민족이 많이 모여 있는 남한으로 먼 길을 찾아온 것이라고 설명했다. 여기에 비하면, 38선 이남의 피난민들에게는 그런 번잡한 이유는 없었다. 그렇지만 유엔군 진지가 후방으로 철수하고, 자신들의 마을이 전장이 되면 내리 퍼붓는 비처럼 쏟아지는 폭탄을 피할 길이 없는 데다가 자칫 잘못하면 또 '부역자'가 될 염려가 있었다. 그렇기 때문에 쌀 항아리와 씨종자를 땅 속에 묻고는 자기 집에 대한 미련을 떨쳐 버리고 도망쳐 왔다는 것이었다. 연일 희망 없는 행군을 계속 하고 있는 와중에 한반도 너비 가득 퍼진 저 엄청난 수의 피난민들은 혹한과 피로로 쓰러지고, 많은 이들이 포탄에 희생되어 그 숫자가 줄어들었다.

당을 격파하며 중화인민공화국을 수립했다. 문화대혁명 당시 마오쩌둥의 사상을 지지하고 홍위병을 총지휘하며 그의 후계자로 주목받았다. 그러나 린뱌오가 군부의 지지를 바탕으로 세력을 확대하자 위기감을 느낀 마오쩌둥은 그를 견제했다. 마오쩌둥이 자신을 제거할 기미를 보이자 그는 마오쩌둥 암살을 시도했으나 실패했다. 중국을 탈출하여 소련으로 망명하던 중 몽골 상공에서 비행기 추락으로 사망한 것으로 알려졌다. 그의 죽음은 많은 의문을 낳았으며 이후 그는 당적에서 삭제되고 덩샤오핑의 집권기에도 복권되지 않았다.

그리고 이 피난민들 외에 포로와 일반 죄수 행렬이 있었다. 죄수들 대부분은 북한에서 연행되어 온 '부역자'들이었다. 그들은 근대 문화의 혜택에 익숙해 있기 때문에 맨발로 야산에서 설중 행군을 하는 것에는 적합하지 않아 행군 도중 눈에 파묻혀 사라져가는 원인과 결과가 되었다. 여름에는 수만 명의 '반동'이 북한으로 납치되는 도중에 쓰러졌지만, 지금은 다시 이 '부역자'들의 눈더미였다. 내전이 어떠한 것인지 남김없이 알아버린 채 죽어가는 영혼들은 사람들에게 무언가 호소하고 싶어 하는 듯 했다.

여기에 한 무리 더해, 앞서 말했던 사람들과는 별도로 대략 오십만 명의 장정이 설중 행군을 하고 있었다. 그들을 '국민방위군國民防衛軍'이라고 부른다. 공산군 점령 지역에 군대에 갈 수 있는 적격자들을 남겨두는 일은 공산군을 유리하게 하는 일이 된다.

지난 여름 북한군 당국이 강행한 '의용군 모집'에 비추어 보면 명백한 일이다. 그러니까 한국 측은 18세에서 45세까지의 전 장정에게 '국민방위군' 참가를 명령했던 것이다. 적격자는 속속 국민방위군으로 모여들었다. 자유 의지로 집합한 청장년은 지난 여름 의용군 징집에 대한 증오와 공포에서, 혹은 어차피 또다시 피난 행군을 해야 하는 것이라면 군인 자격으로 조금이라도 더 편하게 라는 속셈에서였다. 인적 자원을 적에게 건네주지 않는 동시에 이쪽의 보충병으로 마련한다는, 일석이조를 노렸던 것이다.

그런데 그들 장정은 군복은커녕 군량미 급여도 없이 대부분 도보로 이송되었다. 퇴각이 한창인 데다 위급한 상황에 대처하지 못했을 것이라 선의로 해석하고, 장정들은 일반 피난민들과 전적으로 동일한 상태에서 행군을 계속했다. 기력이 다한 그들은 눈 속에 몸을 던지며 죽어갔다.

성일은 지금 자유로운 피난민의 한 사람이었다. 전도부인이 이야기를 계속하던 곁에서 그는 드러누워 잠들어 버렸다. 온돌은 차가워져 얼음장 같았지만, 거기 깔려진 기름종이의 냄새에 집 생각이 났다. 따뜻하게 위로해주는 전도부인의 숨결에서 어머니를 그리워하며, 파김치가 된 그의 육체는 급격하게 혼수 상태로 빠져들어갔다.

눈이 떠졌다. 홀연히, 많은 어린 아이들과 아기들의 울음소리가 그를 덮쳤다. 배고프고 추워서 어린아이들은 초췌했고, 불안한 눈으로 성일을 바라보았다. 눈이 뜨여진 것을 분명하게 불행이라고 느끼면서, 전도부인을 찾았다. 열세 살가량 된 아이가 "아주머닌 구걸하러 나가셨어요"라고 말했다.

"구걸?" 성일은 둥근 얼굴의 영리해 보이는 눈을 한 그 아이를 바라보았다.

"군인들에게 먹을 것을 구하러 가셨어요."

성일은 그 아이에게 길 안내를 하게 해서 밖으로 나가기로 했다.

그러자 어린 아이들이 성일에게 다가와 울었다. 그러나 그는 아이들을 뿌리치고 밖으로 나갔다. 전부도인이 발견한 그 집은 상당한 부자가 살았던 것으로 보였다. 장독대에는 간장과 된장을 가득 담아 둔 큰 항아리가 일고여덟 개 말끔하게 늘어서 있었다. 전도부인은 그것을 무단으로 사용하고 있었지만, 하느님의 아이들을 부양하고 있기에 죄의식을 느끼지는 않았다.

도로에 나가보니 그쪽은 의외로 초라한 집들 뿐으로, 문을 닫아 건 빈집이 되어 있었다. 담배 가게와 막과자[13] 가게, 음식점이 드문드문 그 사이에 자리잡고 있었다. 그쪽을 지나오니, 후퇴하는 군대 차량의 땅울림이 들려왔다. 도로 한 가득 넘쳐흐르는 차와 병사들 사이로 피난민이 보였다.

전도부인은 도로 옆에서 유엔군 병사에게 계속해서 무언가를 외치고 있었다. 성일은 가슴이 메었다. 서투른 말씨로, "오 — 펀orphan, 고아, 오 — 펀" 하고 외치는 부인의 말은 유엔군 병사의 마음에 가닿기 어려웠다. 성일은 부인의 옆에 서서, 부인이 미아가 된 어린 아이들을 돌보고 있다는 것을 영어로 외쳤다. 우리도 아무것도 가지고 있지 않은 걸 하고 어깨를 으쓱하고 지나가는 병사들이 대부분인 와중에, 커다란 감동을 보이면서 부족한 식량 가운데서 휴대 음식 류의 먹을 것을 꺼내어 주는 병사도 있다.

"저 아이들을 부양하는 건 보통 노력으로는 안되겠어요." 성일은 전도부인이 들고 있는 주머니가 거의 비어 있는 것을 보고 말했다.

"저는 할 수 있는 만큼은 해보려구요. 힘이 다해 목숨이 다할 때까지요. 하느님은 반드시 기적을 내려 주시겠죠."

기적이라는 단어가 이때처럼 공허하게 들린 적은 없었다.

"자, 그럼 저는 가보겠습니다." 성일은 '기적'에 반발이라도 하듯이 말했다.

"그러실래요. 어머님을 찾으려면 교회를 찾아가 보세요. 믿는 사람

---

13 막과자 : 맛이나 재료, 모양 따위에 신경 쓰지 않고 마구 만들어 질이 별로 좋지 않은 과자.

은 신의 손에 매달리는 수밖에 없지요."

"안녕히 계세요." 성일은 부인의 곁을 떠날 때 고독감이 마구 밀려와 눈물이 났다.

"조금 가져 가세요." 부인은 다가와서 한 주먹 정도 되는 딱딱한 빵을 쥐어 주었다. 사양하는 성일에게 억지로 받게 하고는 "아, 그래 그래. 저 아이를 데려가 주세요. 부탁드릴게요."

"네?" 성일은 놀라서 아이를 바라보았다.

"얘 아버지는 대구에 계세요. 공무원인데 전임된 지 얼마 안 되었을 때 이 소동이 난 거죠. 애 어머닌 도중에 돌아가셨으니, 성일 씨가 데리고 가주신다면 애 아버지가 얼마나 기뻐하시겠어요?"

성일은 이기심과 싸웠다. 그는 절대로 미아가 된 아이들을 데리고 다니지 말아야겠다고 막 결심한 상태였다. 그러나 부인은 그 아이에게도 딱딱한 빵을 나누어 주고는 "형 귀찮게 하지 말고 똑똑히 걸어가는 거예요" 하며 두건을 똑바로 고쳐 씌워주는가 하면, 목도리를 매주거나 하고 있었다.

"아주머니! 정말 감사했습니다. 아버지랑 같이 꼭 인사드리러 올게요." 그 아이는 조숙한 태도로 그런 인사의 말을 했다. 그 모습을 보고 있는 사이에, 성일은 아이를 데리고 갈 마음이 나서 이리와 하고 말했다. 그 아이는 따라왔다.

〈4〉

문득 정신을 차려보니 성일의 주위에는 피난민뿐으로, 군인들의 모습은 완전히 사라져 있었다. 차량들도 딱 멈추어 있다. 피난민들만이 꾸불꾸불 도로를 사용하고 있었다. 군인과 차량들에 계속 길을 양보하면서 걸었던 때와 비교하면, 정말 한가롭게 보였다. 눈은 사람들 발길에 밟혀 다져졌고, 꽁꽁 얼어붙어 포장 노면처럼 굳어졌다.

성일은 군대가 후퇴를 중단한 지점에서 적과 결전을 벌일 준비를 하고 있는 것이라고 생각했다. 우물쭈물하다가는 전장에 휘말려 들어간다. 그는 발걸음을 빨리 했다. 그러나 아이가 절름거리면서 배에 쥐가 났다고 고통을 호소했다. 성일은 속도를 줄여 아이와 나란히 걸었다. 지팡이를 짚은 노파가 동행이 되어 총각, 잘 좀 부탁해요 라고 말했다. 성일은 기운이 빠졌다.

낮이 지나 해질 무렵이 되었을 때, 돌연 앞쪽에서 북상해 오는 지프차와 우연히 마주쳤다. 그 뒤로 군인을 가득 태운 쓰리 쿼터가 줄을 이었고, 전투차가 굉음을 내며 다가왔다. 선두에 선 지프차의 한국군 헌병이 피난민들에게 호통을 치며 길을 열라고 했다. 성일은 아이의 손을 잡고, 논으로 비켜 철도 선로 쪽으로 갔다. 피난민들이 줄지어 성일의 뒤를 좇았기 때문에 선로는 가득 차게 되었다. 그러나 이쪽도 북상하는 군용 열차에 길을 빼앗겼다. 두 개 쌍이 있는 선로는 열차가 사용하고 있어서, 피난민들은 선로 양측으로 내려가서 걸어야 했다.

몇 개인가 역을 통과했다. 완전히 어두워져서 다다른 곳에 계속 남하해 온 피난민 열차가 한 대 정차해 있었다. 성일은 기적이라고 생각하며 앗, 하고 열차를 향해 달려들었다. 다른 피난민들과 경쟁하여 달려가면서, "이봐! 빨리! 저 기차에 타면 걷지 않아도 돼" 하며 아이를 내팽개치고 가버릴 법한 기세로 성일은 달렸다. 모두 무서운 낯빛을 하고 있었다.

그러나 어느 칸이든 안 돼, 안 돼 하고 소리쳤다. 지붕에도 사람이 가득 차 있어 기어올라가도 앉을 수가 없고, "차버릴 거야" 하고 욕설이 나왔다. 그러나 피난민들은 맹렬하게 열차 차량에 발붙일 곳을 찾아 지붕 위로 오르려고 했다. 위에 있는 사람은 발로 올라오는 손을 밟아 누르고 밀어 떨어뜨린다. 차량 안에서는 입구와 창을 밀어내고, 밖에 있는 사람은 막대기로 두드려 깨기 시작한다. 성난 목소리와 욕하는 소리가 교차하며 백병전白兵戰[14]과 같은 소동이 되었다.

성일은 그런 소동의 한가운데를 기어 나와 앞에 있는 한 개 무개화차에 달려들었다. 사람이 콩나물처럼 차량 안에 꽉꽉 들어차 잠입할 틈은 없었다.

"기관차 연통 옆이 비어 있어." 위에 있는 사람이 성일의 머리를 누르며 말했다. 성일은 기관차 방향으로 갔다. 그러나 차바퀴 덮개 위까지 사람이 매달려 있어, 이미 '입추의 여지'도 없다는 것을 깨달았다. 성일은 단념했다. 기관차 옆에 몸을 던졌다. 피로가 와르르 몰려온다. 철도의 침목 위에 아무렇게나 드러눕고 싶었다.

기관수는 없고, 화부가 우두커니 꺼져가는 불 아궁이를 보고 있었다. 그 지붕 위의 좁은 장소에 진을 친 사람 하나가 성일에게 말을 걸었다.

---

14 백병전(白兵戰) : 칼, 총검 등을 휘두르며 양편이 뒤섞여서 싸우는 접근전을 말함. 육탄전과 유사.

"자네! 걸어가는 게 유리할 거야. 이 열차는 언제 움직일지 모르거든. 군용열차가 이렇게 자주 오면, 우리들이 나갈 선로가 없으니까. 가면 멈추고, 다시 한번 가면 오도 가도 못하는 식이야. 이 역에 와서 꼬박 삼 일 째 움직이지 않고 있다네. 자네, 걸어가는 편이 얼마나 편한지 모르는군. 나흘이면 사백리는 거뜬히 걸을 수 있지."

그때 기적 소리가 울리고, 돌진해 오는 기관차의 헤드라이트가 보였다. 성일이 선로에서 물러날 새도 없이 그 열차가 통과해 지나갔다. 바주카bazooka포[15] 와 박격포, 지프를 실은 것 같은 짐작이 들었다.

성일은 자기 소매에 찰 달라붙은 아이에게 생각이 미치자 기관실 지붕의 남자에게 말을 걸었다.

"혼자 계시다면, 제발 이 아이를 좀 태워 주세요."

그러자 위의 남자가 고함을 치며 답했다.

"농담하지 마. 여기도 세 명이 있어!"

어둠 사이로 보았다. 과연 작은 그림자가 둘 더 있었다. 아이들이었다. 성일은 불쾌해졌다. 그런 품위 없는 말은 어시장에라도 가지 않는 한 들을 수 없는 것이었지만, 그보다 인간이 오로지 자기 이익만을 위해 바득바득 기를 쓰는 것이 혐오스러웠다.

그는 아이의 손을 잡아 끌고 뒤쪽으로 되돌아갔다. 그러자 누군가 성일의 어깨를 두드렸다. 깜짝 놀라 돌아보니, 방한모를 쓴 남자가 "자네, 천 냥을 내게나. 그러면 자리를 양보해 주지"라고 말했다. "천 냥을?" 성일은 어리둥절했다.

15 바주카포(bazooka) : 대전차 로켓포.

"천 냥이면 싼 거지. 좋은 자리야. 그 아이하고 충분히 두 사람은 앉을 수 있네."

"당신은요?"

"나는 걸어가고."

"어디죠?"

"저기야!"

가리키는 곳은 두 번째 차량의 객차 지붕 위였다. 마음이 흔들렸다. 그러나 어떤 생각이 미치자 낙담했다. 돈이 없었다. 그것을 알아채고는 "그 외투는 어때?" 하고 남자가 말했다.

성일은 한데서 비바람에 노출되는 지붕 위를 보았다. 외투 없이 와들와들 떠는 자신이 보인다.

"마음에 안 들거든 그만두고! 아무도 부탁하는 건 아냐."

"그럼, 이걸."

성일은 순간적으로 결심이 섰다. 외투를 벗으니, 그 남자는 빼앗기라도 하듯 외투를 잡아채어 가버렸다.

그 지붕에는 이십 여명 가량의 남녀가 이불에 몸을 감싸고 서로 기대어 있었다. 성일은 데리고 있는 아이와 맨 끝의 좁은 공간에 엉덩이를 붙이고 웅크렸다. 기차가 움직여도 떨어지지 않도록 지붕 끝을 발로 힘껏 버텼다. 그러나 발판으로 삼기에는 정말로 불안했기 때문에 다리에 집중시킨 힘이 스르르 빠져버렸다.

다른 사람이 하는 것을 보고 배워, 데리고 있는 아이를 가까이 당겨 안고 등을 맞댄 사람에게 기대어 조용히 있었다. 한기가 발끝부터 스며들어와 몸의 중심이 고드름처럼 얼었다. 그는 외투를 넘겨준 것을 후회했다. 그렇지만 마음속에 지도를 떠올려 기나긴 도보 행진 생각을 하면, 역시 이쪽이 낫다고 다시 생각했다.

아래쪽에서는 피난민들의 언쟁이 계속되고 있었다. 창문으로 차내에 비집고 들어가려는가 하면 하면, 그것을 물리치려고 해서 입정 사나운 욕설 주고받기가 한도 끝도 없이 계속된다. 짐승이 된 사람들! 피난민들은 자신의 생존밖에는 생각할 수 없다. 추하다고 생각할 여유가 성일에게는 있었다.

그러나 성일은 추위로 감각을 잃어가는 몸을 의식하고 동사를 두려워했다. 만약 데리고 온 아이가 없었다면 자신은 걷고 있지 않았을까 하고 이기심이 속삭였다. 외투가 마음에 아른거려 어쩔 수가 없다. 그러자 문득 많은 미아들을 품어 안고, 군인들에게 구걸을 하고 있는 전도부인이 떠올랐다. 그는 이기심을 부끄럽게 여겼다.

"추워, 엄마", "집에 가자 —" 여기저기서 아이들이 울었다. 듣고 있을 수가 없었다. 그는 슬퍼져서 아이들과 함께 울고 싶어졌다. 성일은 외로웠다. 어머니가 그리웠다.

어느새 성일은 의식을 잃었다. 잠이 든 것인지 몸이 얼어붙은 것인지 알 수 없는 상태였다. 손발을 찌르는 듯한 아픔이 사라지고, 그 대신 근질근질하고 게다가 무감각한 육체가 어쩐지 유쾌한 수면을 바라고 있었다. 차바퀴의 소음이 먼저 귀에 들리고, 다음에는 격렬하게 흔들리는 차체의 동요를 느꼈다. 끝으로 밀려나 당장이라도 밑으로 흔들려 떨어질 것 같은 몸의 위치를 보았다. 깜짝 놀라 정신을 차리고 안전한 장소 쪽으로 기어갔다. 그때, 무언가가 질질 끄는 듯한 소리를 내며 밑으로 사라졌다. 끼악 하는 여자의 비명이 레일 위에 떨어지고는 일순 멀리 사라져갔다. 지붕 위에는 그만큼 공간이 넓어져 있고, 그 모자 삼인이 있던 쪽으로 옮겨 가니 옆에 있는 남자가 꾸벅꾸벅 졸고 있었다. 그때 진행 방향 쪽 산에 검고 커다란 동굴. 성일은 앗, 하고 동행한 아이와 함께 엎드렸다. 연기가 머리부터 덮어 씌워져 숨을 쉴 수가 없었다. 진흙 속에 얼굴을 쑤셔 넣는 듯이 숨쉬기 힘든 시간이 지나가고, 밤 공기 속에 해방되어 안심하고 얼굴을 드니, 거기 있던 중년 남자의 모습이 사라졌다. 성일은 죽음이 구석구석에서 엎드려 기다리고 있는 것을 보고 공포에 떨었다.

그런 가운데 날이 밝았지만, 열차는 아직 작은 역에서 오도 가도 못하는 상태였다. 기관차가 다른 군용열차를 끌고 나가 그 열차를 북쪽으로 운반해 놓고 돌아올 때까지 열두 시간 정도 대기하는 것이었다. 그 사이 새로운 피난민들이 덮쳤다. 밤이 되어 열차가 움직였다. 그렇게 길을 가는 도중에 많은 시체들을 선로 위에 던져 나가면서 삼일째에 대전에 도착하게 되었다. 부산까지 여정의 거의 반쯤 온 셈이었다. 널찍한 역 구내를 멀리서 바라보니, 가려진 것 없이 그대로 드러난 플랫폼에 들이비치는 밝은 햇살이 보였다. 얼어붙어 죽어가는 생명이 살고 싶다고 꿈틀거렸다. 성일은 기대했다. 열차가 멈추어 서면 저기 플랫폼에 내려 손과 발을 비비고, 걸어 다니며 육체에 온기를 부여할 것이었다. 배고픔보다 한기 쪽이 당면한 적이다.

그때 갑자기 플랫폼에 나란히 열을 지어 있는 헌병이 보였다. 그러자 선로 위에도 군인들이 일렬로 늘어서 있다. 막 들어오려는 열차를 협공

하려는 듯한 모양새였다. 성일은 예감했다. 흉보다. 스르르 잡아당기는 듯 다가오는 플랫폼. 그러자 저 많은 헌병들로부터 도망치고 싶다고 생각했다. 그러나 열차가 정차하는 것을 기다리지 못하고 헌병들은 차 안의 난민들에게 플랫폼으로 내리라고 명령했다. 성일은 움직이지 않았다. 선로 쪽에 있던 군인이 호통을 쳤다. 그는 승강구 위로 가서 내렸다. 헌병이 그 다리를 끌어당겨 내렸다. 성일은 헌병 앞에 섰다.

"너는 저쪽이다." 얼굴이 사각형인 그 헌병이 뚫어져라 성일을 보면서 명령했다.

"저기에 동행하고 있는 아이가 있습니다." 성일은 지붕 위에서 입도 뻥긋 못하고 있는 아이를 가리켰다.

"상관없어. 저쪽으로 가서 줄을 서라." 헌병은 가차없었다. 성일은 헌병이 턱으로 가리킨 쪽을 바라보았다. 피난민들은 두 부류로 나뉘어 줄을 서고 있었다.

여자와 아이들뿐인 줄과 남자들뿐인 줄. 성일이 남자 줄에 가니 다른 헌병이 점퍼 차림의 성일을 흘깃 보더니, 이 사람은 대기소로 데려가라고 젊은 군인에게 명령했다. 군인은 잽싸게 옆으로 다가와 성일을 끌고 갔다. 성일은 무슨 일이 일어났는지 짐작이 가지 않았다. 새로운 운명을 어서 만났으면 하는 기분과 같았다. 그때, 울면서 소리치며 쫓아오던 아이가 "형" 하고 눈물을 가득 담은 채 "우리 형이에요. 정말로 우리 형이에요" 하고 군인에게 애원했다. 그 한결같은 아이의 모습에 성일은 감동했다. 자신이 이제까지 얼마나 이 아이를 거추장스럽게 느꼈는지 생각했다. "괜찮아." 성일은 아이의 어깨를 두드려 주고는 "이제 금방이야. 대구에 도착할 때까지 기운 내는 거야"라고 말했다.

"형 가는 곳에 나도 따라 갈래요." 결의의 빛이 소년의 얼굴에 떠올랐다.

"고마워. 하지만 기차 옆에 붙어 있는 게 좋을 거야. 이 기차를 놓치면 큰일이니까"라고 말하며 성일은 입술을 깨물었다.

"형! 이거 가져 가." 아이는 외투 주머니에서 다섯 개쯤 되는 건빵을 꺼냈다. 하루에 세 개씩으로 참으면서 남겨 놓은 것이다.

"형은 괜찮아." 성일이 말했다.

"뭐하고 있는 거야." 군인이 쿡쿡 찔렀다. 아이가 손에 든 것을 성일의 주머니에 쑤셔 넣으며 "형, 안녕" 하고 눈물에 목이 메었다. 성일은 확 끌려 걸어가면서 손을 흔들고 작별했다.

최초로 보았던 네모난 얼굴의 헌병이 성일을 심문했다. 성명 주소를 격식대로 묻고 나서

"지난 여름에는 뭘 하고 있었지?"

성일은 순간적으로 생각해내어

"다락방에 있었습니다"라고 대답했다.

"그리고 나서는?"

"……." 성일은 말문이 막혔다.

"수도 탈환 후에는 뭘 했지?"

성일의 마음속에는 서대문 형무소밖에 없었다.

"자넨 부역자인 게로군?" 헌병의 작은 눈이 음험하게 빛나며, 지그시 성일의 얼굴 표정에서 무언가를 읽어 내려고 했다.

성일은 반쯤 체념했지만, 갑자기 생각이 떠올라

"병 요양을 하고 있었습니다. 폐가 나빠져서……"

"그런 핑계는 진부하군. 하도 들어서 지겨워." 헌병은 야유조로 "거짓말은 들키는 법이야. 앞뒤가 안 맞게 되거든" 하고 말했다.

성일은 있는 그대로 이야기를 해버려야지, 하고 의지가 무너졌다. 그때 헌병이 히죽 웃으며

"무서워 할 것 없어. 자네가 유격대[16]인지 아닌지 밝히면 되니까. 놈들은 피난민이 되어가지고 꽤 들어와 있지".

성일은 안심했다. 마음이 놓였다.

"그렇다면 괜찮습니다. 저는 고산대학 학생이고 사촌 형은 국군 정보장교입니다." 이렇게 말하면 곧 석방될 거라 기뻐했는데

"정보 장교든 참모든 문제가 되지 않아. 사령관 친척이라고 말하는 자가 포로들 중에 얼마든지 있다구." 핫핫하 하고 호탕하게 웃는 헌병을 성일은 정나미가 떨어지듯이 바라보았다.

슬픈 민족의 모습이 홀끗 그의 마음에 비쳐졌기 때문이다. 그 슬픔에 몸을 맡기면서

"믿어주시지 않는다면 할 수 없지요."

그러자 헌병이 발끈하며

"어째서 이맘때 어슬렁어슬렁 피난 온 건지 말해 보라구. 서울에 남아서 놈들에게 협력하고 싶지 않아서? 그렇다 쳐도 너무 늦어. 이봐, 뭐라고 말 안 할 거야? 자넬 유격대라고 해버리는 건 세 살 먹은 어린애 팔을 비트는 것 같은 일이야. 자, 보라구."

헌병은 턱으로 유리창을 가리켰다. 널빤지와 함석 부분이 많아 겨우

16 여기서 유격대란 후방에 남은 '빨치산(partisan)'을 가리킨다.

한 장으로 된 유리창을 통해 밖을 바라본 성일은 몸이 얼어붙고 얼굴이 창백해졌다. 전투모와 조선 두건 아래 긴 머리카락이 비어져 나오고, 면이 들어간 갈색 옷은 너덜너덜해져 빈혈로 비틀비틀거리는 열 다섯 명 남짓의 젊은이들이 광장을 가로지르며 간다. 한국군 병사가 전후좌우 곁에 붙어서 게릴라병과 마찬가지로 보조를 맞추고 있는 것이 매우 인상적이었다.

"전쟁에서 항복한 자는 포로지. 그러나 저놈들은 집요하게 후방을 교란시켜 왔으니 극악한 악질분자들이지"라고 말하는 헌병을 성일은 돌아보았다.

"자네는 그 복장이면 남북 어느 쪽인지 분간이 안 가지만, 일반 시민이 아니라는 것만은 확실해. 판단하기 힘든데." 헌병은 뜻밖에 소박하게 말했다.

그런데 성일은 거기에 걸려들었다. 자신의 신분을 확실하게 해서는 큰일이라 생각하고

"저는 정말로 병이 났었습니다. 사촌 형을 전장으로 보내고, 대구로 피난 가신 어머니가 계신 곳에 가던 중이었습니다". 될 수 있는 대로 힘을 주어 커다란 목소리로 말했다.

그러자 헌병은 조금은 믿는다는 분위기였지만,

"좋아! 그렇다면 말이 되지만, 어째서 자넨 국민방위군에 들어가지 않은 거지. 자네 또래는 아까 기차에는 한 명도 없어. 있는 사람은 모두 빨치산이었다구".

성일은 말문이 막혀 눈을 떨어뜨렸다.

"자, 그걸로 알겠군. 자넨 국민방위군에서 도망쳐 나온 거야. 자넬 어

떻게 처리할지 정해져서 본관도 마음이 편해지는군. 공연한 살생은 하고 싶지 않으니까. 민주주의자는 이렇게 말할 때가 제일 괴로워. 죽일까 살릴까 고민되는 때는 말이지. 이봐, 따라와."

〈5〉

일개 중대 정도의 시민병 가운데 성일은 집어넣어졌다. 국민방위군이라는 위엄 있는 이름에도 불구하고, 거기에 있는 시민 장정들은 각각 제 나름의 평상복 차림이었고, 대포 한 대도 없어 피난민과 조금도 다름이 없다. 연령도 가지각색으로, 아버지와 아들 정도 차이가 나는 자들끼리 키 순으로 정렬해서 보조를 맞추고 있다. 반장의 지휘로 각 그룹으로 나뉘어 소학생 수준의 행진을 하면서, 성일은 비참한 나머지 눈물이 새어나와 보조 맞추는 것이 흐트러졌다. 그때 그것을 재빨리 발견한 정식 군인이 왈칵 달려들어 성일을 억지로 끌어내어 걷어찼다. 비틀비틀거리며 성일은 심한 배고픔을 느꼈다. 시민군에 투입되고 나서, 꼬박 하루 동안 그는 급식을 얻어먹을 수가 없었다. "자네는 학교 때 교련도 안 배웠나?" 꾸지람을 듣고는 "죄송합니다. 제대로 하겠습니다" 하며 용서를 비는 수밖에 없었다.

교련이 끝나자 일등 상사인 현역 하사관이 중대 앞에 서서 지시를 내렸다. 그와 다섯 명의 부하가 이 중대를 관리하고 있다.

"제군은 국토방위의 중대한 임무를 담당하고 있다. 적 중공 오랑캐들 오십만 대군이 우리 금수강산에 침입한 이래, 이천만 동포는 도탄의 고통을 맛보고 있다. 아무리 증오해도 성에 차지 않는 원수다. 이 대적을 맞아 우리 국군을 주력으로 하는 유엔군은 지금 모 방면에서 필사의 방위전을 전개 중이다.

이 전쟁에 패하면 우리 남반부 국토는 적에게 유린당할 수밖에 없다. 지금이야말로 민족흥망의 중대한 시기이다. 이 방위전에서 승리한 우리 편은 공세로 전환하여 멀리까지 적을 쫓아 백두산 정상에 태극기를 나부끼게 할 것이다. 승운을 우리 편이 쥐느냐 마느냐는 것은 오로지 전선 장병의 충용에 기대하는 수밖에 없다. 그러나 후방 교란을 기도하고 집요하게 유격전을 전개 중인 빨치산 역시 우습게 볼 수 없다. 이렇게 되면 전선은 복잡미묘하게 되어 어지럽고, 제일선은 도처에 있다고 해야 한다. 여기에 제군 국민방위대의 존재 이유가 있다. 유격대의 준동에 대비하는 한편, 전선의 보충을 위해 맹훈련을 실시하고자 한다. 다만, 유감스러운 것은 피복 및 그외 배급을 할 수 없다는 것이다. 이 상황은 다만 지금 전선이 정리 중이고 군당국도 정부도 남쪽으로 이동 중이라 기능을 발휘하는 데 이르지 못했기 때문이다. 남쪽 모 기지에 도착하는 날에는 제군에게 충분한 배급이 내려질 테니, 제군은 곤란을 참아내기를 본관은 희망하는 바이다."

"에, 그러면 오늘은 지금부터 출발해서 도보로 추풍령을 넘어 김천까지 간다. 그리고 나서 이후에는 기차 혹은 트럭이 제군들을 수송할 계획이다. 식량은 각자 소지하고 있는 것으로 급한 대로 해결하고, 군인답게 일반 피난민에게 부끄럽지 않은 행동을 했으면 한다. 우리 지휘관들도 물론 도보로 간다. 알았나?"

"……." 피난민 이상으로 굶주려 있는 시민병들은 얼어서 수축된 손발을 소매 안에 집어넣고서 흐리멍덩한 눈으로 지휘관을 보고 있을 따름이다.

"알았나?" 지휘관은 화를 내며 고함을 쳤다. "알았으면, 대한민국 만세 —"

나이 먹은 시민병이 드문드문 손을 들어 올려 따라 불렀다. 실로 기운 없는 목소리였는데, 그 목소리와 함께 발산되는 에너지조차 아까워하는 기색이다. 지휘관은 노발대발 화를 내며 부하 장병을 시켜 시민병들을 큰 소리로 꾸짖었다. 공포에 들볶여 국민방위중대는 일제히 만세를 불렀다.

그래서 휴식 시간이 주어지고 여장을 정리하라는 명령이 내려졌다. 성일은 몸에 걸친 옷밖에는 짐이 없었지만, 가장 나중에 바라크 안으로 들어갔다.

전재를 입은 학교 교사를 수리한 집이다. 왔을 때는 알아차리지 못했지만, 다른 반 속에서 예전에 본 적이 있는 얼굴을 발견했다. 그쪽에서도 역시 성일을 알아차린 것으로 보이는데 때때로 이쪽을 훔쳐보고 있다. 륙색을 등에 지고 얼굴을 바깥쪽으로 향하는 그에게

"야아! 영철아!" 말을 걸면서 뛰어가니

"쉿!" 영철은 겁을 내며 "들키면 재미없어. 나중에 만나자" 하며 밖으로 나갔다.

성일은 자신의 반으로 돌아오는 것을 잊어버리고 영철의 뒷모습을 보고 있었다. 어디서 무엇 때문에 그와 헤어지게 되었는지 확실히 기억이 나지 않았다. 그때 일이 머나먼 옛날 일처럼 흐릿해져 버렸다.

갑자기 누군가가 옆으로 왔다. 병사였다. 깜짝 놀라 자기 반 사람들

의 뒤를 쫓아가니,

"자네, 저 녀석하고 아는 사이인가" 하고 물었다. 의혹이 병사의 얼굴에 눈에 어려 있었다.

"아뇨, 사람을 잘못 봤습니다." 성일은 대답하고서는 그 자리를 피했다.

마당에 정렬이 되어 있었다. 성일은 줄의 마지막 꼬리에 달라붙었다. 줄이 움직이기 시작했다.

시가지는 성한 데가 없을 정도로 파괴되어 온전한 집은 거의 눈에 띄질 않았다. 불탄 흔적은 깨끗하게 정리되어 구석구석 청소가 되어 있었지만, 비애감을 자아냈다. 시민들은 이미 없고, 교외로 나갔을 때 낮은 초가 지붕 밑에서 노인과 어린아이들이 조심조심 얼굴을 내비쳤다. 자신들인지 그들인지 어느 쪽인가가 망령이 아닐까 하는 착각이 일어났다. 얼어붙은 눈 위를 계속 미끄러지며 걸어가는 자신들이 어떻게 될는지 그 운명이 대단히 기묘하게 보였다. 이제부터 앞으로 어디서, 어떤 운명으로 끝을 맺게 될까 알지 못한다. 예사롭지 않은 불행에 빠진 것이다. 지난 날, 그가 이와 똑같은 코스를 이렇다 할 작정도 없이 그 장소 그때뿐이라는 의식으로 거꾸로 북상해서 가던 것을 완전히 잊어버리고, 지금은 위장의 허기와 한기에 정신을 빼앗기며 버텨내려 하고 있다.

정오쯤 꽤 커다란 마을을 통과해서 해질 무렵에는 파괴를 면한 어느 마을에 이르렀다. 주민은 반쯤 남아 있었다.

길 가운데쯤에는 심지어 콘크리트로 된 근대풍 건물도 있다. 그 그늘에 앉아서 먹을 것을 팔고 있는 노파가 있었다. 시민병들은 앞을 다퉈 셈을 치르고 먹을 것을 사서는, 빰이 터지도록 음식을 입 속으로 던져 넣었다. 소지하고 있던 옷가지와 교환한 것이다. 그러나 성일에게는 교환할 만한 어떤 것도 없었다. 겹쳐 입고 있던 옷을 벗으니, 그 밑으로 형무소에서 입고 있던 카키색 하복이 나타난다. 그는 주머니를 뒤져 한 개 딱딱한 빵을 발견하고는 씹었다. 그 빵을 건네 준 아이의 얼굴이 떠오른다. 호의가 이빨에 스며들어 눈물이 날 것만 같았다.

야음에 가려져 있던 산구릉이 전방을 가로막아 행군을 방해했다. 지휘관은 다섯 채의 빈집에 중대를 분산 수용했다. 성일은 곰팡이 냄새가 나는 온돌에 몸을 뉘였다. 바람을 맞지 않는 것만으로도 따뜻한 기운이 들어 마음을 놓을 수 있었다.

그때 성일과 같은 조인 사십 세가량의 남자가 마루 쪽에서 성일을 부르며 애원하는 듯한 목소리로 말했다.

"미안한데, 구두를 좀 벗으려고 하는데 도와줘."

성일은 나가서 그 남자가 열심히 잡아당기고 있는 단화에 손을 댔다. 물기를 잔뜩 머금고 꽁꽁 얼어붙은 그 낡은 구두는 성일의 손에서 미끄러질 뿐 벗겨지지 않았다. 쌓인 눈의 밝은 빛을 통해 보니, 성일은 그 남자의 발이 부어서 굉장히 부풀어 올라있다는 사실을 발견했다.

"아저씨, 안되겠어요."

"어제 저녁에는 벗고 잤는데, 안 되는 건가." 의외로 신경 쓰지 않는 듯한 말투였지만, 왠지 애처로왔다.

"……."

성일은 구두에서 손을 뗐다.

"서울을 출발할 때는 아무렇지도 않았는데 말이지. 할 수 없으니 잘라 버릴까." 남자는 그렇게 말하면서 껄껄 웃고는

"아, 고마워. 신은 채로 자볼까. 훔쳐 갈 염려도 없고, 안심하고 잘 수

있을 거야"라며 기어서 온돌 방 안으로 들어갔다. 새까만 어둠이 남자를 완전히 집어 삼켰다.

그때 누군가가 그의 어깨를 두드렸다. 돌아봤더니 거기 영철이 있었다.

"저기까지 좀 와줘. 헛간이 있어. 나뭇잎이 쌓여져 있어. 차가운 온돌보다는 낫겠지." 속삭이면서 안내를 맡아 나섰다. 낮은 초가지붕 옆을 빠져나가니 퇴비를 쌓아두는 헛간과 나란히 서 있는 헛간이 있었다. 안으로 들어가 거기 쌓여 있는 짚단을 무너뜨리고 숨었다. 성일은 영철을 따라서 잠자리를 만들고 몸을 뉘였다. "자, 먹으렴."

영철이 뭔가를 주었다. 조로 만든 떡이었다. 딱딱했지만 씹는 순간마저 아까울 정도로 재빨리 삼켰다. 위장이 그것을 탐욕스럽게 빨아들여 버린다. 두 개 세 개 계속해서 먹고는

"그 뒤로 어떻게 됐던 거야?" 물었다. 영철이 간단하게 설명했다.

"난 눈 위에 내동댕이쳐졌어. 정신을 차리고는 너를 찾아봤지만 네가 없었어. 그래서 골짜기 길을 나와 피난길에 올랐지. 어느 날 국도를 찾았어." 영철은 동쪽으로, 성일은 서쪽 해안 근처로 도망쳤던 것이다.

"그 뒤로 무지 고생해서 대전에 왔지. 호남선 쪽으로 벗어나서 걷고 있었는데, 헌병한테 체포됐어. 사흘만 지나면 형 동생들이랑 만날 수 있었는데 안타까웠지. 네가 잡혀 왔을 때 난 금방 알아봤어. 넌 죽은 사람처럼 뒤숭숭하고 싫다는 얼굴을 하고 있었지. 정말로! 너, 우리들 전력이 드러나면 위험하니까 사람들 앞에서는 말하지 않는 것으로 하자."

"응."

"나뿐만이 아냐. 너도 위험하잖아. 언젠가 털어놓을까 생각한 일이지만, 지금 얘기할게. 난 전신 기사야. 무전기도 만들 줄 알아. 그러니

까 6 · 25 때는 북한군에 자수했고, 그들은 좋을 대로 나를 활용했지. 비협력자는 반동이니까 지독한 꼴을 당하는 모양이었지만, 나는 직장 배급도 있고 대우가 좋았어. 인민정부가 기술자를 소중히 여긴다고 하는 거, 그건 진짜야. 질서가 잡혀있는 데다가 명령 계통이 단일하니까, 사무 능률이 정말 좋지.

한국 정부 시절에 5일 걸렸던 일은 하루면 끝나지. 무엇보다 공무원이 청렴한 것은 놀라 마땅해. 뇌물 따위 전혀 없거든. 한국 정부는 어때. 난 6 · 25 이전에는 전화국에 있었어. 바이어가 도쿄 전화를 특약하러 오면 말이지. 될 수 있는 대로 좋은 조건에서 전화를 사용하고 싶으니까 말단 쪽에서부터 차례로 위쪽으로, 아니, 바이어들은 부자니까 처음부터 국장을 매수해서 순서대로 아래로 이익이 돌아가지. 그걸 하지 않으면 괴롭히거든. 난 부수입이 꽤 있었어. 하나를 보면 열을 알 수 있는 그런 식이지. 한국 정부가 하는 방식이 민주주의라면 난 민주주의가 싫다. 인민군이 패퇴할 때 같이 따라갔더라면 좋았을 것을. 그런데 한 가지 미련이 있었어. 창피스러운 이야기지만, 털어 놓을게. 한국 정부에 봉사한다고 하면, 나 정도의 기술자들은 상당한 지위를 얻을 수가 있어. 인민 정부는 당원을 제 일로 치고 우리 같은 한국 출신자들은 여간해선 신용하지 않고 감시를 붙이거든. 그런 점이 싫어서, 한국 정부 당시의 자유가 그리웠어. 한 가지 더 있어. 시골에 애인이 있거든. 그녀를 한번 보고 싶었어. 물론 어머니도. 그래서 남아 있다가 9 · 28 때 한국군 입성을 만세로 맞았던 거야. 그랬더니 어떻게 됐어. 너도 목격했을 거라고 생각해. 미군이랑 영국군이 보다 못해 개입하고 나서니까 한국군이 그나마 자제하게 된 거야. 국회가 문제 삼아 부역자법이라는 걸 만들었지. 그리고 자수제도라는 게 생겼지. 너 기억하고 있지? 6·25때 인민군이 시행했던 자수 제도. 그 포고를 인민군이 배신하고 자수한 사람한테 지독한 꼴을 당하게 했던 게 인민정부의 커다란 실책이었다면, 이승만 정부의 이 자수제도는 죄가 없다고 해도 좋아. 그렇기는 해도, 나는 중죄인이 되었어. 기쁜 나머지, 빨갱이들에게 협력했던 걸 정직하게 말해버렸으니까 좋지 않았던 거야. 정직한 사람은 손해를 보는 거지."

그때 돌연 아주 가까이서 소리가 났다.

"그렇고말고. 정직한 사람은 어처구니없는 꼴을 당하지."

성일도 영철도 으헉 소리를 내며 벌떡 일어나 불시에 나타난 적을 향해 자세를 가다듬었다. 찾아내서 목을 조를 작정이었다. 누가 있을 리가 없는 이 곳에 언제 어디서부터 스파이가 들어온 것일까. 성일은 생각했다.

"놀랄 것 없어. 소동을 부리면 들키게 돼. 옆으로 누워. 빨리 옆으로 누워. 내가 숨어 있는 집에 뛰어든 건 너희들이라구. 난 네 의견에 완전 동감이다. 자, 침착하라구. 들어보지 않을래."

소리는 짚 맞은편에서 새어 나왔고 온화했다.

"이 자식아, 나와."

영철이 여전히 경계하면서 말했다. 당장이라도 덤벼들 기세였다.

"내가 나가는 것 보다 너희들이 들어와. 여기 오면 이불이 있어. 볏짚 쌓아 놓은 옆에 빈 공간이 있어."

영철은 그 빈틈을 발견하고 안으로 손을 더듬어 돌진했다. 성일은 그 뒤를 따라 볏짚 뒤편으로 나가니 잡동사니가 산처럼 쌓여있는 좁은 공간에 사람 그림자가 있었다. 그 사람은 자, 동지들, 악수하지 하고 말했다.

목소리로 삼십이 넘은 남자라는 것을 알았지만, 손이 보이지 않았다. 더듬어 찾으니 그 손이 성일의 손을 쥐고 맹렬하게 흔들었다. 손바닥은 의외로 부드럽고 그 악수에는 친근한 감정이 담겨 있었다. 영철은 경계를 늦추고 남자와 함께 이불을 둘러썼다.

"좀 전의 이야기지만, 내 경우를 간단히 말해볼게." 남자는 말했다.

"먼저 통성명을 하는 게 예의지. 성은 안安이고, 직업은 교원, 6·25 때는 안성소학교 교장이었어. 그때의 나는 일개 이상주의자였어. 우리 국토에 문화의 꽃이 피어 신라나 백제와 같은 황금시대가 오기를 꿈꾸며 즐거워했지. 그런 목표를 세우고 교육에 열정을 쏟은 거야. 말하자면, 한 사람의 평범한 선생님이었다 하는 말씀. 근데 인민군 남침이 시작되어서 서울도 수원도 눈 깜빡할 사이에 함락되어서, 안성에 머물렀어. 마을의 최고 지도자 중 한 사람으로서 마을 사람들을 내팽개치고 도망가는 건 비겁하다고 난 판단했지. 읍장과 상의했어. 그러니까 인민군의 환심을 사서, 마을 사람들의 생명과 재산을 보호한다는 생각이었어. 마을 사람들은 어떻게든 잘 부탁한다고 말해 줬지.

그런데 경찰서장이 이걸 듣고는 나랑 읍장을 체포한 거야. 서장은 홍경위라고 하는 월남한 사람이었어. 인민공화국에서 추방당한 저쪽 자본가인지 친일 행위 반역자인데, 그 사람들은 남으로 38선을 넘어왔을 때 이미 반공 귀신이 된 거잖아? 그 사람들은 남쪽으로 와서 극우 단체를 만들고, 대부분의 경찰 기관을 장악해 버렸어. 이승만은 빨갱이를 증오한 나머지 이들 월남자들에게 경찰권을 쥐어 주었던 거야. 그들은 지나친 신임을 받은 거지. 이게 과오가 되었어. 조금이라도 진보적인 말을 하거나 사회주의를 말해도 빨갱이라고 단정하는 거야. 빨갱이라는 말을 듣는다는 건 다시 말해 사형이라는 뜻이야. 자네 두 사람은 서울 사람처럼 보이는데, 지방 경관의 월권 행위는 눈 뜨고 볼 수 없을 정도였지. 내가 가르친 제자들도 몇 사람인가 희생자가 나왔어. 난 그 가족들에게 가해지는 압박을 보고 있기 어려웠지. 도 경찰로 있는 옛날 동창이 있었기 때문에 홍 경위의 월권 행위를 이야기한 적이 있었어. 시골에서는 읍장과 교장과 서장이 제일 높은 사람이거든. 연회 석상 같은 데서는 읍장이 상석에 그 다음이 교장, 그리고 그 다음이 서장 이런 순서야. 그런데 홍 서장은 자기가 제일 상석에 앉지 않으면 직성이 안 풀려. 제일 높은 사람은 나다 하는 태도 말이야. 한 예를 들자면 그런 거야. 그 사람과 나는 서로 으르렁거리는 사이였어. 아니, 내 쪽에서 보자면 상대를 무시하고 있었지. 그게 또 저쪽 마음에 들지 않고 그런 감정의 승강이가 있는 터에 인민군을 환영해 맞아들이자는 상담, 정말 상담일 뿐 아직 실행한다고 말한 것도 아닌데 그 자는 반정부 반군 음모라고 하면서 읍장과 나를 체포했어. 그 자리에서 총살이라고 협박했지만, 고위층에 내 친한 친구가 있어 그렇게는 되지 않았지. 대전으로 연행되었어. 재판이다 뭐다 하고 있을 때 인민군이 입성했고. 선생님들은 도망갔고, 나랑 읍장은 인민군 손으로 해방되었지. 그런데, 그때부터 곤란하게 된 거야. 나는 자네(영철을 향해)처럼 공산 정치의 찬미자가 될 수 없었어. 나는 교육자로서 확실히 말하지만, 유물교육은 좋지 않다고 생각해. 스탈린 사진을 교실에 걸어두는 것도 유쾌하지 않았어. 조그만 아이들한테 억지로 공산주의를 주입시키는 방식, 그건 인간에게서 정신을 말살시키고 짐승으로 만드는 거야.

나는 종교 없이는 살아갈 수 없어. 저 유물론이든 무엇이든 계급투쟁으로 연결시키는 견강부회는 좋지 않아. 그렇게 생각했어." 목소리가 어느새 높아져 흥분해 상기되었다. 그 자신도 거기에 생각이 미치자 소곤소곤하는 목소리로 톤을 낮추었다.

"청년을 의용군에 강제징집시키고 농민에게서 식량을 거둬들이자 불만의 목소리는 높아져갔고 비협조적이 되었지. 그때, 인민군이 어떤 짓을 했는지 자네들에게 보여주고 싶어. 내가 가르쳤던 제자 한 사람은 반동분자라고 해서 총살됐어. 9월이 되어 패색이 완연해졌을 때는 그 몸부림이란 봐줄 수가 없었지. 유엔군이 왔을 때, 우리들은 솔직히 말해서 안도했어. 그렇지만 다시 교단에 설 마음은 나지 않았지. 그렇다는 건 한국 쪽도 역시 싫어졌기 때문이야. 아까 말했던 홍서장이 돌아와서 부역자 죽이기가 시작됐지. 나는 서울로 도망쳤어. 더 이상 아무런 희망도 없었어. 그래서 세탁소를 차려 생활을 시작했을 즈음, 다시 여기서 소동이 나서 국민방위군에 강제 편입되었어. 그래서 지금 이렇게 도살장으로 끌려가는 거야. 응, 자네. 장직한 사람은 손해를 본단 말이지. 그게 진리야. 양심을 속여 북한이든 한국이든 어느 한쪽으로 치우쳤으면 좋았을 텐데. 그게 안되는 게 양심이지. 하지만 그 양심에 의지하다가는 언젠가는 망하지. 난 지금 어느 쪽으로 기울 것인가 끊임없이 생각하고 있어. 어느 쪽을 따라야 할지 나도 모르겠어. 하지만 이것만큼은 말할 수 있어. 눈앞의 사실에 눈을 돌리라구. 그리고 부정을 보라구 말야."

"부정?" 영철이 물었다.

"부정이 있어. 자네들은 중간에 들어와서 알아차리지 못했을지 모르지만, 이 국민방위군 뒤에는 커다란 부정이 있어. 자네들은 대장들이 뭘 먹고 있는지 봤나?"

"……."

"놈들은 급여가 상당해. 우리들 몫을 가로채고 있어. 놈들 몫은 그 윗놈들이 가로채고, 그 윗놈들은 다시 그 윗놈들이……. 고구마 넝쿨식으로 자세히 조사하면 바로 정통으로 사령관에게 부정이 있어. 오십만 국민방위군 예산은 백억으론 되지 않아. 그 예산을 사령관은 정직하게 쓰고 있는 걸까. 우리들은 피난민보다 못한 이 꼴로 굶주려 가며 도보 행군을 하고 있지."

성일이 무언가 입을 열자, 안이 그것을 가로막았다.

"자네는 군 당국의 거처가 정해지지 않았으니까, 라고 말하고 싶은 거지? 후퇴 소동으로 세세한 데까지 손이 못 미쳐서 라는 식으로 말하면 안 되는 거지. 놈들은 훨씬 전에 대구에 본거지를 마련하고 트럭에 뭐든 가지고 있다구. 피복 같은 건 부산에는 충분할 만큼 있어. 우리들의 선발대는 벌써 대구에 도착했어. 반수는 도중에서 죽거나 하고 있지. 목적지에 도달했을 때 자넨 이 말을 확실히 깨닫게 될 거야."

"쉿!" 영철이 안의 입을 막았다. 발소리가 가까운 곳에서 멈추자 귀를 기울였다. 작은 소리도 내지 않으려고, 세 사람은 숨을 죽였다. 가만히 있으면 쓸데없이 움직이고 싶어지는 것이지만, 성일은 체온이 이불 밑에서 축적되어 발이 따뜻해져서 근질근질 가렵고 아프면서 가렵고 어떻게 해봐도 참을 수가 없었다. 냅다 때리고 꼬집어 올리고 싶은 것을 참자니 숨이 끊어질 것 같았다.

발소리가 나더니 점점 멀어져 갔다.

"나도 봤어. 그 일등 상사인 젊은 녀석은 미국제 통조림을 배낭에 가득 넣어두고 있어. 낮에 영동永同에서 떡을 옷가지랑 바꾸었더니 녀석도 땅콩 캔을 교환하고 있는 거야. 우리 병사들은 짐꾼 마냥 놈들 식량을 등에 지고 있다구."

성일은 혼란스러웠다. 북이든 남이든 어느 한 쪽에 붙지 않는 자는 자멸한다. 그러나 갈피를 못 잡는 마음은 심연으로 떨어지고 목표가 서질 않았다. 그는 자신의 우유부단함을 미워하는 마음조차 생기지 않았다. 그것이 비통했다. 그렇지만 그 괴로움은 발에서부터 허벅지로 기어 올라오는 육체의 고통에 밀려 쫓겨났다. 그는 자신의 발이 동료의 발처럼 되는 것은 아닐까 하는 불안에 괴로워하며 좀처럼 잠을 이루지 못했다.

날이 밝아오자 행군이 시작되었다. 성일은 동상에 걸린 동료와 열의 맨 끝에서 걷고 있었다. 동료의 발은 구두 가죽을 찢고 튀어 나올 정도로 나무통처럼 부풀어 올랐다. 그래서 한 발 옮겨 놓으면 멈춰 서서 괴로운 듯이 신음했다. 발이 땅에 달라붙어 버린다. 영차영차 하고 구령을 붙이며 엉거주춤한 자세가 되어 겨우 발을 앞으로 내민다.

"내 하반신은 상반신한테 이혼장을 내던진 모양이야." 사십 세 가량의 남자는 눈썹 사이에 주름을 지으며 아야 아야 아파하는 와중에도 농담을 던졌다.

"제 어깨에 기대세요. 그래 가지고선 아무래도 걸을 수 없어요."

성일은 동정하며 자신의 어깨를 바싹 옆으로 댔다.

"고맙네. 전우란 좋은 건가봐. 전우의 애정이라는 거, 질투가 난다고 해서 하필이면 발이란 녀석 부풀어 오를 필요는 없는 건데."

성일은 상대의 체중으로 비틀거렸다. 게다가 심한 악취가 났다.

"으아앗. 이런 허리로는 제 구실을 못하겠는 걸. 아마 나이 먹은 창녀라면 허리를 너무 많이 썼네요 말하겠지."

성일에게는 그 말이 통하지 않았다. 무겁고 냄새가 나는 몸을 겨우 떠받치며 걸어가고 있자니, 피난민이 점점 그들을 앞질러 갔다. 훨씬 앞 쪽 길 모퉁이에서 지휘관이 호통을 쳤다. 그러자 남자가

"학생, 인과라는 건 무서운 것인가 봐" 하고 느긋하게 말했다.

"인과!"

"내가 무슨 직업을 가졌었는지 아나?"

성일은 사십 세 남자의 얼굴을 쳐다보았다. 보라색 가루 물감을 뿌려 놓은 듯이 창백하다.

"모르겠는데요."

"인력거꾼이야. 이래봬도, 시민운동회에 나가면 어찌된 일인지 마라톤에서 나를 이기는 사람은 없었어. 열여섯 살 때부터 아버지 뒤를 쫓아서 25년간 발로 먹고 살았거든. 25년간 한 가지 일을 한다는 건, 여간해선 할 수 없는 일이지. 택시 녀석들과 경쟁해도 난 그만두지 않았지. 인민군이 왔을 때, 그런 노예 일은 멈추라며 인력거를 징수해갔지만, 내가 할 수 있는 일이 없었어. 할 수 없이 짐수레를 끌게 됐지. 바리케이드 제작에서 모래 운반할 때는 쓸모가 있었어. 그런 까닭에 내 발이란 녀석을 좀 혹사시켰는데, 발이란 녀석 원한을 품고 드디어 말하기를 이제부터는 네가 날 떠맡으란 말야! 그런 사정으로 이렇게 된 거라고, 난 보고 있지." 성일은 웃음을 터뜨렸다. 비틀거리며 길 끝에 넘어졌다.

"딱 좋은데. 잠깐 한숨 돌리자."

인력거꾼은 막다른 벼랑 위에 아무렇게나 드러누웠다. 성일은 그의 옆에서 잠깐 쉬었다. 봉우리들이 은색으로 빛나고, 날카롭게 빛을 반사

해 두 사람을 비추었다.

"훌륭한 조망 아닌가. 눈 쌓인 추풍령을 본다니 지나친 행운인걸. 그러니까 이런 몸이 되어서, 부처님 은혜를 좀 줄인다는 거지. 아쉽군."

근처의 봉우리들은 그 흰 옷 차림을 아주 뽐내고 있는 것처럼 보였다. 아득히 멀리 저편 봉우리들 중에서 한층 더 앞으로 튀어 나와 있는 곳에 한 개의 산 봉우리가 있다. 기슭에 엷은 구름이 가로 길게 뻗쳐 있는 것이 한층 신비로와서, 천상 세계의 일부분을 느닷없이 슬쩍 비쳐 주는 듯한 느낌이었다. 눈을 뒤집어 쓰고 있어서일까 산 그 자체가 맑고 투명하게 빛나고 있다. 반짝반짝 빛나는 그 모습이란 마치 수정이 군집해 있는 것만 같았고, 다각형의 모든 면을 드러내고 있었다. 성일은 자신이 현재 놓여 있는 위치를 완전히 잊은 채 바라보고 있었다.

알지 못하는 사이에 움직여 넓어진 듯한 구름이 그 숭고한 자태를 흰색 치맛자락에 숨겨버린 것만 같았다. 설령 그것이 신기루나 어떤 환영이라 할지라도 볼품없는 현실을 한 순간이라도 망각할 수 있게 해준 것만으로 성일은 감사한 마음이 들었다.

"전우! 우리도 점심 먹을까. 저쪽에서도 휴식 시간이 시작된 모양이니까."

말은 밝고 쾌활했지만, 목소리는 고열에 떨렸다. 성일은 남자가 가리키는 쪽을 바라보았다. 앞뒤에서 감시받으면서 시민병들이 벼랑 위에서 제각각의 자세로 쉬고 있었다.

"점심이라고 하면 호사스럽지만, 저기 다섯 명 이외 선량한 시민들은 눈 녹은 물로 위장을 속이고 있어! 그런데, 전우! 이 꾸러미를 등에서 좀 내려주게."

성일은 푸른색 무명 보자기를 남자의 등에서 떼어 냈다. 안에는 속옷이며 점퍼며 양말 등이 주의 깊게 개어져 있고, 흰색 자루 가득 무엇인가가 넣어져 부풀어 올라 있다.

"그 자루를 여기로 꺼내주게. 그 안에 미숫가루가 두 되 정도 있어. 먼 옛날 우리들 선조는 전쟁 피난 식량으로 이걸 발명했지. 아버지 할아버지 삼대에 전쟁다운 전쟁도 없었지만, 그게 우리 세대에 소용이 된다는 것이 기가 막히는 군. 전우, 풀러 주게."

성일은 꾸러미를 열어 짙은 갈색 가루를 꺼내 단내를 맡았다. 입에 침이 고였다.

"그걸 세 숟가락만 입에 넣고. 저기 깨끗한 눈으로 녹여내는 게 좋아. 그리고 나서 저기 어린 소나무 쪽으로 가서 소나무야 미안하지만 네 껍질을 벗겨 낼게, 절하고 나서 껍질을 벗겨오지 않겠나."

성일은 남자의 입에 놋쇠 숟가락으로 가루를 떠먹이고는 더렵혀지지 않은 청결한 눈을 움켜쥐고 왔다. 그리고 나서 자신도 가루를 입에 머금고 눈을 베어 먹었다. 식도도 위장도 독립한 생물처럼 분주하게 활동을 시작했다.

성일은 소나무 옆에 기대어 가지를 부러뜨려 껍질을 벗겨냈다. 사내가 표피를 벗겨 안쪽의 반들반들한 부분을 입에 넣고 씹었다. 성일은 그것을 따라했다. 씁쓸한 즙이 입에 고였다.

"이 즙이 요즘 말로 하면 비타민 C라는 것이지. 옛날 사람들은 소나무 껍질하고 가루만 있어도, 몇 년이라도 버티고 살 수가 있었지. 그렇게 어떤 책에 쓰여 있는 모양이야."

능숙한 말에도 불구하고 남자의 얼굴은 점점 더 보랏빛이 되어가고,

눈은 흐리멍덩해졌다.

"하지만, 나는 이제 손 쓰기엔 너무 늦은 것 같아. 다리부터 위쪽이, 이것 봐. 이렇게 됐지, 열이 굉장해. 단독丹毒[17] 증세야." 이렇게 말하며 큰 숨을 내쉬다가 돌연 얼굴을 위로 향한 채 쓰러졌다.

"이 와중에 말해두지만, 저 꾸러미는 자네에게 주겠네. 미숫가루는 물론 자네 거야. 자네 친절은 저 세상에서도 잊지 않겠네. 저 옷가지들은 말이야. 가족들 이름이 쓰여 있는 종이가 들어있으니까, 어딘가에서 만나게 되거든 전해주게. 찾지 못하면 저것도 자네 거야. 학생, 잘 있게. 자네한테 행운이 있기를. 그리고 전쟁을 좋아하는 인간들이 하루라도 빨리 없어지기를……" 말하면서 손을 내밀었다. 썩은 색깔이 변해 있었다. 악취가 훅 코를 찔렀다. 그러나 성일은 그 손을 잡고, 남자의 얼굴을 바라보았다.

"마누라랑 애들이 보고 싶어. 이런 데서 길에 쓰러져 죽을 줄은 생각 못했어. 아무리 인력거꾼이라 해도 말이지."

굵은 눈물 한 방울이 그의 볼을 주르르 흘러 떨어졌다.

낙오자가 잇달아 생겨났다. 추풍령을 넘어 김천에 다다랐을 때는 중대가 반으로 줄어 있었다. 거기서부터 기차에 탈 수 있을 것이라는 기대도 어긋나서 대구까지 걸어가는 중에 또다시 다수의 희생자가 나왔고, 대구까지는 선발대의 생존자와 합류해서 마지막 지점까지 행진이 계속되었다.

17 단독(丹毒) : 피부의 헌 데나 다친 곳으로 세균이 들어가서 열이 높아지고 얼굴이 붉어지며 붓게 되어 부기(浮氣), 동통을 일으키는 전염병.

대구의 정차장에 도착했을 때 성일은 역사 안팎에 흘러넘치는 피난민들을 보았다. 플랫폼도 사무실도 대합실도 지붕이 달린 곳은 말할 것도 없이, 역 앞의 광장부터 큰길 한 가득 사람들이 들어차 있었다. 서로 체온을 필요로 하고 있어서, 뒷사람은 앞사람의 등에 머리를 기대고 오른쪽 사람은 왼쪽 사람에 몸을 의지하며 등을 맞대고 있다. 남자도 여자도 아이들도 얼어붙은 공기와 싸우고 있었다.

저 푸른 하늘 아래 한 줌의 장소도 피난민들에게 있어서는 거주권을 주장해 마땅한 소중한 장소였다. 잠깐이라도 자리를 벗어났다가는 거처를 빼앗았다고 싸움이 시작되곤 했다.

그들은 주택가로 가서 셋방을 달라고 강하게 요구하며 다녔다. 마을 사람들은 피난민들을 동정하는 마음은 있었지만, 막상 이렇게 되고 보니 어디서 굴러먹던 사람인지 알지도 못한 채 귀에 설은 경기 북부 사투리를 쓰는 다른 풍속의 사람들과 같이 살 마음까지는 들지 않았다. 그래서 무슨 연줄이나 연고 있는 자들만 들여보내고, 대문을 굳게 걸어 잠그고는 불러도 두드려도 응답도 하지 않는 상태였다. 그런 까닭에 격앙된 피난민들은 대문을 때려 부수고 안으로 밀고 들어갔다. 방이 비어 있든 아니든 아랑곳하지 않고 자리를 잡고 앉아 따뜻한 온돌을 점거해 버렸다. 그것을 완력으로 쫓아버리려고 하면, 이 집은 빨갱이라는 한마디로 모 관청에 신고하고 그에 따라 그 집 주인은 간단히 처벌되어버리는 것이었다.

정부가 옮아간 부산에서도 똑같은 사태가 전개되었다. 초량, 부산진, 부산본역과 시내의 주요한 정차장 내외는 수백만의 피난민이 속속 밀어닥쳐 평상시 삼십 만 시민의 집들에 빈틈없이 들어차도 여전히 이백만은 갈 데가 없어 정차장 앞 광장에 눌러 앉을 수밖에 없었다. 정부는 공무원 자신이 집을 찾기에 광분하고 있어, 사무는 공백 상태가 되었고 피난민 구호에는 손길이 미치지 않았다. 그런 이유로 피난민들은 폭동을 일으키다시피 해서 완력으로 방을 발견했다. 부산시가 포화 상태라는 것을 알게 되자 동래나 구포 등 근교 도시로 우르르 몰려가고, 항구 밖 섬들로 흘러 들어간다.

성일은 대구를 들르지 않고 그대로 지나 남쪽으로 간다는 것을 알게 되었을 때, 어머니의 행방을 찾기 위해 부대를 탈출할 계획을 세웠다. 그러나 마치 죄수처럼 엄중하게 감시당하고 있어 낙오해서 죽지 않는 이상 부대에서 이탈하는 일은 가능하지 않았다.

"우리는 말만 그럴싸하지 죄수들이야. 이봐. 대구에는 국민방위대 사령부가 있어. 뭔가 해주고 싶은 마음이라면 어떻게든 됐을 거야. 보라구. 이 맨발 부대를. 놈들은 우리가 동상에 걸려 픽픽 쓰러지는 게 원래 희망이거든. 인민군한테 뺏기지 않고 있으면 그걸로 족한 거야." 전직 소학교 교장인 안은 날카로운 말로 비판을 퍼부었다.

그러나 지금은 가는 데까지 가보는 수밖에 없었다. 소수 인솔병에게 맞서는 일도 가능하지 않다. 대원들은 병들고 굶주리고 생존할 힘마저 소진했다.

낙오자들의 많은 수는 산중에 남겨졌다. 뜻하지 않게 대열에서 이탈하여 아이구 비명을 지르며 쓰러졌고 대부분 그것으로 끝이었다. 배를 움켜쥐고 고통을 호소해도 구호해 줄 사람은 나타나지 않은 채 숨이 끊어졌다. 성일은 인력거꾼이 준 피난 식량 덕에 그런 모진 행군을 견뎌

냈다. 인력거꾼의 가족과는 도저히 만날 수 없다는 것을 알았기 때문에 옷가지와 교환해서 먹을 것을 구했다.

그러나 서리 맞은 발과 피로한 몸이 그의 정신을 몽롱하게 했다. 도중에 보았던 엄청나게 많은 희생자들도 위협이 되지 않았다. 새로운 사자가 이전 희생자의 기억을 쫓아내는 식이었다. 드디어 종착점에 도착한 것 같았다. 낡은 건물에 먼저 도착한 사람들이 몇천 명인가 수용되어 있었다. 성일이 대충 본 바로는 그 인원의 삼분의 이는 마땅히 치료가 필요한 환자들이었다. 피부색이 풀빛이 된 사람은 손을 쓰기에는 늦었고, 노랗게 부어오른 발을 내어 놓고 있는 이들은 절단이 필요한 사람들이었다. 그러나 약품은 전혀 없었다. 신음하는 환자를 돕는 가장 좋은 방법은 그의 죽음을 앞당겨 주는 것이었다. "아파 아파" 하고 아기처럼 큰 소리로 질러대는 비명은 옆에서 듣고 있는 것만으로도 바싹바싹 말라가는 듯한 느낌이었다.

반이 다시 조직되었다. 환자들을 일괄해서 마루방 위에 나란히 세우고, 팔다리를 움직일 수 있는 사람이 그 시중을 들게 하는 짜임새가 되었다. 음식물이라고 칭하는 것이 하루에 두 번 건네졌다. 보리와 우유가루를 반반씩 섞어, 큰 솥에서 끓인 오트밀[18] 같은 음식이었다.

"이건 말이야, 자네. CAC 원조[19] 물자의 일부라네. 이런 걸로 얼버무릴 수 있는 거냐 말이지." 안이 말했다. 영철은 몹시 못마땅한 얼굴로

18 오트밀(oat meal) : 귀리를 볶은 다음 거칠게 부수거나 납작하게 누른 식품, 또는 이것으로 죽처럼 조리한 음식.

19 CAC 원조 : 국제기독교봉사단(Church World Service), 아메리칸프랜드봉사단 (American Friends Service), 천주교봉사단(Catholic Relief Service) 세 단체에 의한 물자원조를 말한다. 이 세 단체의 첫머리자를 따서 CAC물자라 했다. 제2차세계대전 후의 혼란기에 우리나라를 비롯해 전쟁 피해에 대해 생활필수 물자를 원조했다.

잠자코 있었다. 뭔가 꿍꿍이속이 있는 듯 했다.

그곳은 뭔가 노무자용으로 세워진 건물로 바람에 덜커덕거리고 지붕의 함석판이 시끄러운 소리를 계속 냈다. 빈틈으로 돌풍이 거세게 들어와 환자들을 얼게 만들었다.

건물 뒤로 나가면 낭떠러지에서 바다를 조망할 수 있고 시가지의 일부가 보였다. 피난해 온 서울 사람들 손으로 경영되는 캬바레에서 레코드 소리가 들렸다. 구슬픈 우수의 감정이 가득 차올랐다. 그 레코드에는 비극과 에그조틱한 감정이 있었다. 그 레코드가 있는 곳에서라면 남자가 여자를 껴안고 춤을 추는 정경을 볼 수 있다는 사실이 신기했다. 전쟁이 가장 비참하고 추한 모습으로 이곳에 존재한다는 사실을 번화가에서는 전혀 알아차리지 못했다. 거기는 마산시에 속해 있었다.

어느 날 영철이 와서 성일을 불러내었다.

"반장 중에서 뜻있는 사람을 모아 은밀하게 의논하고 싶은 일이 있어." 영철의 반에는 환자가 스무 명 정도 있었다. 그 환자들의 머리맡에서 성일 일행을 앞에 두고 영철이 말했다.

"우린 죽을 날을 기다리고 있어. 이런 바보 같은 짓은 없다. 여기엔 부정이 있어. 이 부정에 져도 좋은 거야, 어떤 거야?"

"난 이렇게 생각해. 중환자를 제외하고, 모두 탈출하는 거야. 감시병을 때려 죽이고 도망가면 돼." 안이었다. 그의 얼굴에는 회의가 사라져 있었다.

"그게 좋겠군. 우린 모두 놈들 총포에 맞아 쓰러질 거야." 환자 가운데 한 사람이 벌떡 머리를 세우고 외쳤다.

"대한민국 따위! 쳇, 대한망국이다!"

정부를 저주하는 말들이 난무했다.

“서울에 남아 있었더라면 좋았을 텐데. 공산당 놈들이라도 설마 이런 꼴을 당하게 하진 않을거야.”

성일은 망설였다. 그 저주를 반박할 어떤 이유도 없었지만, 어찌된 일일까 부화뇌동도 할 수 없었다.

그때 구석에 있던 환자가 벌떡 일어나 뭔가 소리쳤다. 얼굴은 종이처럼 하얬다. 가슴은 나무 판자처럼 얇아져 있었다. 심한 기침이 계속해서 났기 때문에 말도 쉽게 나오지 않았다. 성일은 그 환자가 자신과 비슷할 정도로 젊다는 것을 알아차렸다. 그는 그 환자의 옆으로 다가가 등을 가볍게 문질러 주었다.

“고마워. 물 좀 줘.” 환자는 흘끗 성일을 보았다. 성일은 물을 담아 와서 마시게 했다. 맛있다는 듯 마시고서는

“넌 학생이었지?” 물었다.

“응.” 성일은 학생이라고 불리는 것이 창피했다.

“실은 나도 학생이야. 신의주대학에 다녔어.” 환자는 헐떡거리면서 말했다.

“신의주?” 성일은 눈을 크게 떴다.

“응! 넌 신의주 학생사건을 기억하는구나?”

“기억하고 있지.” 성일은 대답했다. 그 당시 신문 보도가 생각났다. 신의주 학생 3백 명이 김일성 정권에 반대하여 데모를 했고, 시청을 습격하고 돌을 던졌다. 군대가 데모대를 사격해서 학생들이 사망했다. 이유는 북한 정권이 소련의 식민지화를 기획하고 있는 데 반대해서 민족 본래의 정신과 이익을 수호하기 위해 행한 일이었다.

"난 그중에 살아남은 생존자야. 감옥에 갇혔다가 탈옥해서 월남하는 데 2년 걸렸어. 38선 건넌 이야기는 소설이지만, 언젠가 말하지. 넌, 한국을 인정하지 않는 거야?"

그러자 영철이

"너희들 사사로운 이야기는 그만 둬. 우리가 어떻게 할까 의논하고 있는 중이잖아. 난 서두르고 있다구" 하면서 다소 긴장한 빛을 띠었다.

"반장! 자넨 다분히 빨간물이 들었지만, 북한을 몰라서 그러는 거라구." 학생이 말했다.

"빨간물이 들었다면, 밀고하지 그래."

"밀고라니, 천박한 말 하지 마. 남북 어느 쪽이든 양쪽을 알고 있는 사람이 아니면 발언 자격이 없어."

"남북 어느 쪽인가를 말하고 있는 게 아냐. 우리들은 매일 죽어나가고 있고 절멸 중이야. 어떻게 하면 살아남을까 하는 문제라구. 넌 그런 꼴을 당하고도 대한민국 편을 드는 거냐?"

"나도 실은 화가 난다구. 정부를 증오하고 있어. 국민방위군 사령관을 고발해버리고 싶어. 아! 그래. 고발하는 거야. 폭동을 일으키면 우리들은 지게 돼 있어. 정상적인 수단으로 싸워야 해."

"이봐요 학생! 이론만 내세우는 이야기는 그만 둬. 어떻게 하면 좋을까 결론만 말하라구." 조바심이 나는 듯 안이 말했다.

"저만 탈출시켜 주세요."

"널?"

"그래요. 여기에 있어도 어차피 죽게 될 텐데요. 부산에 갈 때까지 버티고 살아 있으면 돼요. 실은 친척 중에 국회의원이 있어요. 방위대 진상을 국회에서 다루도록 할게요."

"무슨 말을 하는 거야. 국회가 문제 삼을 때쯤 되면, 우리는 백골이 되어있을 거라구." 영철이 될 대로 되라는 듯이 말했다.

성일이 끼어들었다. "난 이 사람 말에 찬성이야."

"고마워. 난 반드시 할 거야. 조완趙完, 이게 내 이름이야. 잊지 말아줘." 조완은 야윈 손으로 성일의 손을 쥐고 흔들었다.

조趙는 구멍이 난 폐를 부여안듯이 해서 울타리를 넘어 나갔다. 수용소에 있는, 시체와 다름없는 삼천 명의 목숨이 붙어 있는 이들은 이 청년이 무사히 부산에 도착하기를 빌었고, 그 반향이 나타나기를 기다렸다.

이 무렵, 공산군 주력 부대는 승승장구하여 인해전술을 계속 과시하면서 한반도를 남하했다. 린뱌오 장군은 북한군 6개 대대를 선봉으로 하여 중공군 7개 사단 21만의 주력으로 12월 5일에는 춘천을 함락시키고, 중부전선을 곧장 진격해서 원주에 머물고 있었다. 여기를 물리치면 동서 양 전선의 훨씬 북쪽에 뒤떨어져 있는 유엔군을 포위 섬멸하고, 경상도 중앙을 관통해서 부산으로 가는 최단거리를 공격할 수 있기 때문이었다. 전멸하는 한국 부대의 충원을 위해 한국군 당국은 병사 모집에 혈안이 되었지만, 그렇다고는 해도 국민방위대에는 손을 대지 못했다. 국민방위대 내에서 생긴 부정부패 사건을 은폐하기 위해 환자들뿐인 방위대의 해산 시기를 기다리고 있었던 것이다.

운이 좋았던 것일까! 1월 8일부터 시작된 원주 공방전에서 린뱌오 장군은 다시 일어나지 못할 만큼 완패했다. 그는 5일간의 격전에서 주력부대의 반 이상을 잃어 수세에 몰리지 않을 수 없었다. 중공군은 유엔군 진지로 맨손으로 몰려 들었다. 그들은 총에 맞으면 쥚어지고 온 모래 주머니째 쓰러져 철조망 아래 거대한 사람의 울타리를 만들었다. 처음부터 죽을 작정으로 찾아오는 이 자살 전법! 이 동양식 특공 전법을 아무리 해도 이해할 수 없는 구미병사들은 적의 사체가 철조망 높이로 쌓아 올려지고, 때를 맞춰 총을 손에 든 공산군 병사가 밀어닥치는 것을 보고는 공포와 혐오를 느꼈다. 그러나 포위되면 후퇴하는 것을 당연하다고 받아들이던 유엔군 병사도 거듭되는 인해전술에 익숙해져서 진지를 사수하며 잘 싸웠다.

원주 전투에서 공을 세운 것은 프랑스, 네덜란드, 미국 3개국 부대를 주력으로 하는 제2사단이었다. 그들은 영하 25도의 기온과 1피트의 쌓인 눈을 이겨내 가며 공중폭격 및 포격과 삼위일체가 되어 온 힘을 다해 싸웠고, 반격하는 북진의 길을 열었던 것이다. 이즈음, 유엔공군은 작렬폭탄을 공산군의 머리 위로 비처럼 퍼붓고, 지상군은 박격포와 야포,[20] 무반동총, 기총으로 마구 쏘아댔다. 어떤 진지에서는 야포 60문으로 여섯 시간 동안 도합 오천 발을 공산군 진지에 퍼부었다. 이렇게 해서, 유엔군은 2월 14일에는 서울 교외에 바싹 다가갔고 이틀 후에는 수도를 탈환하고 삼팔도선을 향해 끈덕지게 진격해갔다.

여기서 국민방위군의 존재는 완전히 무의미해져서 해산을 선고받았다.

상태가 중한 환자들은 누운 채로 정부를 저주하고, 비교적 기거의 자유가 있는 환자들은 물건들을 집어 창문으로 던졌다. 그러나 그 저주의

20 야포 : 대포의 일종으로, 상대적으로 가벼워 야전군과 함께 이동할 수 있는 대포를 말한다.

목소리는 새되고 높은 것이어서, 무엇을 말하고 있는지 알아들을 수가 없었다. 이 반항이 조직적이 되면 폭력화했을 것이지만, 당국은 그 지도자가 될 가능성이 있는 자들을 그 전날 이미 수용소로부터 나가게 했다.

성일은 안과 영철 등 질긴 악운으로 이어진 패들과 함께 불려나가 시내 병원으로 끌려가서 신체검사를 받았다. 의사는 동상에 걸린 발가락에 약을 발라주고, 전투를 감당해낼 수 있다고 증명했기 때문에 그들은 군복을 얻어 입고 트럭에 태워졌다. 2개 분대 정도의 인원이었다.

성일은 자신의 손에 쥐어진 소총과 배 둘레에 매인 탄대를 이상하다는 듯이 바라보았다. 소총을 쥐고 있는 것은 자신이 아니고, 소총이 자신을 붙잡고 있는 것이었다. 지난 여름, 자신이 인민군 병사로 몇 개인가 소전투를 뚫고 살아 돌아온 경험이 있다는 것을 떠올리고는 기묘한 착각에 빠졌다. 강렬한 사건들이 연달아 일어났던 탓에 그의 신경은 정상적인 상태에서 멀어져 있었고, 살아 있다는 의식만 간신히 지니고 있는 듯했다.

어제까지 성일이 돌보던 반원에게 오트밀을 가져다 주고, 중증환자의 입에 오트밀을 먹여주던 자신의 모습만은 뚜렷이 떠오른다. 영양실조가 일으키는 다양한 병들이 반원들의 육체를 좀먹었다. 침식당하지 않은 세포가 살아 있어 거기에서만 피가 뿜어져 나왔다. 그들은 고통을 호소하고, 신음하고, 병을 저주했다. 문득 정신을 차리고 아내와 아이들의 이름을 부르며 "피난민 생활을 어떻게 해서 벗어날까?" 눈물을 흘리며 성일에게 말을 걸었다. 가족과 소식이 끊긴 그들은 어느 별 아래 있을 처자의 기억 속 모습을 좇으면서 숨을 헐떡였다.

〈6〉

트럭이 마을을 통과할 때 성일은 거기에 전쟁에 파괴되지 않은 생활이 있는 것을 보고 감격했다. 그들을 태운 트럭은 어딘가 남부 지방 쪽으로 나아갔다.

영철은 다리를 아무렇게나 뻗고 졸고 있었고, 안은 소총을 붙잡고 명상을 하고 있었다. 다른 병사들은 멍하니 전방을 보고 있다.

"자네! 우리들은 새로운 악운에 직면해 있다네. 어떻게 한다지?" 말을 걸어온 것은 안이었다.

"모르겠습니다. 전 어머니 생각을 하고 있었어요."

"저런! 자네 어린애로군."

"네, 어린애 맞습니다."

"화났어? 자넨 순진해서 좋아. 저기, 자네. 자네한테만 말해두겠네만, 난 망설이고 있어. 38선을 돌파할까 어쩔까 하고 말이야."

"38선?"

"하하! 자넨 정말 어린애야. 삼팔선은 가는 곳마다 있다구. 자, 봐. 저기 산등성이에도……"

그렇게 말한 순간이었다. 왼쪽으로 좇아오는 산등성이에서 불꽃이 흩어지고 총성이 들려왔다. 트럭에 맞은 탄이 세게 튀었다. 분대장은 순식간에 총을 쥐고, 부하들에게 응전을 명령했다. 발사했다. 트럭 왼쪽으로 달라붙어 보충병들이 미친 듯이 발사하기 시작했다. 총 다루는 방법을 몰라서인지 쏠 의지가 없는 것인지 안은 아련히 산등성이쪽을 바라보았다. 제자들에게 눈싸움을 하라고 말해두고, 눈덩어리가 빗발치며 난무하는 가운데서 싱글벙글하고 있는 선생님의 침착함이 거기 있었다. 그러나 성일은 총을 쥐고 쏘지 않고는 있을 수가 없었다. 트럭은 미친 듯이 튀어올라 질주하여 게릴라의 총탄이 날아오는 범위 밖으로 멀어져 갔다.

성일은 뒤쪽으로 사라진 그 산등성이를 바라보았다. 바윗덩어리가 지저분하게 군집해 있는 지반에 잔설이 꾀죄죄한 색을 하고 굳어 있다. 발포는 여전히 계속되면서 성일 일행을 해치우지 못한 것을 원통해 하고 있는 듯했다. 거기 사람들에게는 집요한 복수의 일념이 응어리져 굳어 있다. 공격의 정신은 격렬했다. 이쪽 편에 전혀 살의를 가지지 않은 사람이 있다는 것을 상대 쪽에서는 아랑곳하지 않는다. 상대 쪽에서도 살의가 없는 사격수가 있었을지도 몰랐다. 혼란스럽다. 성일은 생각이 어지러웠다. 모순투성이의 현실이다. 모순이 잇달아서 일어난다. 그게 전쟁이라는 것일까?

'모두 미쳐 있어.' 성일은 생각했다.

전쟁을 일으키는 것이 이익이라고 생각하는 자도, 아무런 급여도 주지 않았던 방위군 사령관도 미쳤다.

굶주림과 추위에서 살아남은 자신들도 미치지 않았다고 보증할 수 없다. 그런 자신들에게 싸울 의지라곤 전혀 없는데, 산꼭대기에서 갑자기 총탄을 쏘아왔다. 그리고 자신도 맞받아 쏘았다. '정상적인 마음을 가진 사람은 한 사람도 없어.' 그는 거듭 생각했다. 그러자 이제 안전 지대에 들어왔는데도 한층 더 상궤를 벗어난 시속 90마일[21]의 속도로 계

21 약 145km.

속 달리는 트럭도 이상했다. 얼굴에 독기를 품은 분대장이 "네놈들은 모조리 사격이 글러먹었어. 자, 사격훈련이다"라며 연습을 시작하는 것도 비상식적이었다.

트럭은 어느 시장 가운데를 달려서 빠져 나간다. 음식점에서 중년의 남자가 한가하게 탁주를 마시고 있었고, 가건물로 지은 가게에서는 추잉껌이나 납작한 초콜렛, 땅콩 통조림을 늘어놓고 여자가 멍하니 이쪽을 보고 있었다. 그런데 트럭에서 미친 듯이 탄환이 튀어나오자, 끼악 하고 외치며 여자가 나뒹굴 듯 튀어 나왔다. 도망갈 데를 모르고, 사람 죽이네 소리를 지르며 트럭 쪽으로 다가왔다. 성일은 자신의 마음을 굳혔다. 확실하게 해야 한다, 정신줄을 놓아서는 안된다고 생각했다. 트럭은 좁은 산간으로 들어갔다. 산의 한쪽 편은 맑게 흐르는 물에 닿아 있고 부처의 얼굴을 한 바위가 시냇물에 우뚝 서 있었다. 얼음 밑으로 작은 폭포가 떨어지고 있었다. 양측의 산 중턱에는 붉은 소나무가 빽빽하게 들어차 있었고, 단풍나무가 거기에 이웃하여 산을 메우고 있었다. 민둥산이 많은 남쪽에서는 보기 드문 밀림으로, 진행 방향으로는 깎아지른 듯한 봉우리가 나타났다. 험준한 산과 가파른 고개로 트럭은 안겨 들어갔다.

"알았다. 지리산이야." 안이 별안간 속삭였다. 그때 분대장이 갑자기 호통을 쳤다.

"너희들은 소대 본부에 도착하면 영창에 처넣을 테다!"

안은 소심해져서 총을 쥐고 사격 자세를 취했다. 자기 제자 정도의 젊은 분대장에게 호통을 당하고 몹시 기가 죽은 그의 마음속에는 털어놓을 수 없는 비밀이 있었다. 부역자인 그가 사회로 돌아갈 수 있는 날은 언제가 될까. 인재가 모자라는 이 나라에서 그는 귀중한 보물 같은 사람인데도 말이다.

이윽고 트럭은 작은 마을에 도착했다. 성일 일행은 트럭에서 내려져 꼬불꼬불한 비탈길을 올라갔다. 산등성이에는 어스름한 저녁의 어둠이 깔려 있었고, 빽빽한 숲 속에서 밤새가 울기 시작했다.

그곳은 지리산 산줄기의 허리 부분, 백운산白雲山[22]이 멀리 바라다 보이는 산 귀퉁이였다. 백두산에서 시작되는 장백산맥은 반도 동쪽의 등뼈인 태백산맥으로 이어진다. 동해안에서 급격히 서쪽으로 꺾어져 반도 남쪽의 중앙부에서 분수령을 만든다. 경상도와 충청도의 경계가 되어 그 옛날 신라국과 백제국의 국경이었던 이 산맥이야말로 남쪽에서 쑥 내민 끝인 지리산과 백두산을 직접 연결하는 대동맥이면서 북한측 유격대의 간선도로가 되었다. 이곳에 들어박힌 붉은 빨치산은 서쪽으로 내려가 호남으로 위엄을 떨쳤고, 동쪽으로 나와 한국(정부)의 멱살에 비수를 들이댔다. 지난 가을, 38도선 이북을 석권한 유엔군의 빈틈을 타 빨치산은 이 산줄기와 인접지대를 점령했다. 한국 정부의 위엄이 미치는 지역이라고 한다면 낙동강 주위의 평원과 호남평야를 주요 부분으로 하고, 나머지는 철도 연선과 도시가 된다. 다시 말해, 점과 선과 평원 뿐으로, 면적의 대부분을 차지하는 산악지대는 조선인민공화국의 세력 범위인 셈이다.

그런 까닭에 양 군 접경 지역 마을 민심의 귀추가 어디로 가느냐에 따라 그 지역이 한국인지 인민공화국인지 결정된다. 접경 지역 주민이야

---

22 백운산 : 전라남도 광양시에 있는 산으로 소백산맥의 고봉으로 꼽힌다. 전라남도에서 지리산 노고단 다음으로 높으며 섬진강 하류를 사이에 두고 지리산과 남북으로 마주보고 있다.

말로 생과 사의 선상을 방황하는 애처로운 민족에 다름 아니었다.

골짜기로 전진하기를 약 한 시간, 좁은 밤 하늘에 반짝거리는 북두칠성을 올려다 보면서 골짜기 안쪽으로 꼭대기까지 오르니, 고원이 펼쳐져 있었다. 오십호 정도의 마을이 보였다. 개가 짖고 아기가 울고, 저녁밥을 준비하는 아궁이의 불빛이 빨갛게 새어나왔다.

마을의 중앙부, 주위보다 높은 평지에 세워진 커다란 초가집 앞에서 분대는 소대장 앞에 정렬했다. 대장인 소위는 분대장의 도착 인사를 들으면서 슬쩍 신병들을 구석구석 훑어보았다. 초저녁 어스름 가운데, 어깨가 축 처지고 허리가 꺾여 보기만 해도 근성이라고는 없어 보이는 보충병들에 어이가 없었다. 불평을 쏟을 곳이 없어 "이런 놈들이 쓸 만한 물건이 될까. 다친 병사들을 보충병으로 넘겨주다니 미친놈들이야" 하고 소위는 상관을 욕했다. 그 화풀이를 자신들에게 쏟아내기 시작할 것 같아서 보충병들은 숨을 죽였다.

"너희들은 공산당 놈들 사격 훈련 목표에 딱 제격이야. 저승 갈 선물로 오늘 저녁은 진수성찬을 대접해주지. 따뜻한 온돌도 있기는 있지만 천만의 말씀, 푹 주무세요라고는 말 못하겠다. 이 산애송이들은 심야 방문을 좋아하는 데다가, 화적 혈통을 이어받아 불 지르는 솜씨 하난 끝내줘서 골치 아프거든. 분대장! 자네는 이 녀석들 배불리 먹이고 그때까지 휴식을 취하도록 하게." 신경이 곤두서있을 뿐만 아니라 이 대장의 머리는 오래전에 정상이 아니게 되었다고 성일은 생각했다.

과연 온돌은 따뜻했다. 장작이 있는 세계란 공상에나 나올 법한 것이었지만, 성일이 화상을 입을 정도로 뜨거운 온돌 위에 길게길게 다리를 뻗으니 뼈와 관절에 얼어붙었던 것이 풀렸다. 팔다리가 노곤해져서 기분이 좋았다. 단지 동상을 입어 반쯤 썩어간 발가락이 아프고 가려운 것이 괴로웠다.

저녁밥이 날라져 왔다. 하얀 김 아래서 고기국 냄새가 물씬 풍겨왔다. 밥은 옥수수와 보리였지만 밥알을 씹는 맛이 반가웠다. 숟가락으로 고깃국을 입에 쓸어 넣듯이 먹자니, 물컹하고 녹는 듯한 고기 조각이 이빨에 씹혔다. 그런데 약간 끈적하고 묘한 냄새가 났다. 소고기도 아니고 닭고기도 아닌 그 고기의 정체는 알 수 없었지만 이와 비슷한 식사를 한 적도 있었다고 먼 옛날 일을 떠올리고 있자니, 영철이 씹고 있던 고기 조각을 퉤 하고 뱉어냈다.

"뭔가 했더니 개고기야. 나는 이거 못 먹어. 토한단 말씀이야."

그러자 안이 "호강에 겨운 소리 하지 말고 먹어 둬" 하고 게걸스럽게 먹어댔다.

성일은 안을 따라 고기 국물을 먹어치우고 김치로 속을 가셔냈다. 마늘이 개고기 냄새를 상쇄시켰다.

배가 불러오자 잠이 왔다. 온 전신이 영원의 휴식을 탐하고 뇌수가 기능을 멈추었다. 그대로 숨이 끊어져도 성일은 자신이 죽는다는 의식조차 가지지 못했으리라.

문득 그는 정신이 들었다. 잠이 완전히 깨기 전, 낮은 음성으로 서로 주고받는 이야기가 귀를 먼저 깨운 것이었다. 코고는 소리가 맹렬하게 울리고 캄캄한 실내는 잠들어 있었다. 그러나 그 가운데 단 두 사람, 음계가 다른 음성이 뒤섞이고 있다. 그 어조는 뜻하지 않게 의견이 일치해서 공감하며 기뻐하는 분위기였다.

"아니, 학교 교장 선생님이셨다가 보충병이라니……" 남도 사투리였지만 비교적 표준어를 잘 알고 있었다.

"그런 이유로, 전 바깥세상으로는 돌아갈 수가 없고 갈 곳도 없습니다. 자수해 나가는 것도 우스운 일이구요." 이 목소리는 안이었다.

"그런 일은 흔히 있어요. 이 산중에서도 같은 고민이거든요."

"과연 그렇군요. 그런데 댁들 식량은?"

"없습니다. 저희들은 쌀겨와 밀기울을 먹고 있어요. 사람이 되어가지고 소가 먹을 식량을 먹다니, 짐승들이 비웃겠습니다."

성일은 자신들이 먹었던 저녁식사가 마을 사람들의 희생으로 성립되었다는 사실이 씁쓸하게 생각되었다.

"하긴, 소는 완전히 먹어치워 버렸고 닭도 씨가 말라 버렸어요. 입에 안 맞으셨겠지만, 개가 몇 마리 남아 있답니다. 대장님은 고기가 없으면 심기가 편치 않으셔서 개가 다 떨어지면 어쩌나 벌써부터 골치가 아픕니다."

"그거 큰일이군. 인민군이 오면 오는 거고……"

"딱히 인민군을 편드는 것은 아닙니다만, 그 사람들은 절대로 맛있는 것을 내놓으라고 보채거나 하지 않습니다."

"우리들이 먹는 것과 똑같은 걸 주어도 괜찮다면서 쌀겨 떡을 기쁘게 먹어주는 걸요. 물 긷고 장작 패는 것도 도와주고, 온돌이 모자랄 때는 헛간에서라도 잡니다. 그런데 국군이 온 날에는 그렇게는 안 되죠. 큰 소리로 말할 수는 없지만서두……" 소곤소곤 하는 목소리로 "젊은 부인이나 딸내미들은 국군이 오면 동굴에 숨겨둡니다. 할머니나 환자만 마을에 남아 있으니까 대장은 게릴라들과 내통한다고 협박을 하고 말이죠……"

"정말, 그건 큰일인데." 안이 동정의 마음을 누를 길 없다는 어조로 말했다.

"내통이라는 말이 나왔습니다만, 이 마을은 작년 여름부터만 해도 서른 여덟 번 인민군에게 점령되었어요. 상대는 무기를 갖고 있지요. 인민군이 승리를 얻었을 때는 네, 그렇습니까 하면서 시키는 대로 했답니다. 전국을 해방시키고 인민을 행복하게 하다고 하면, 저희들은 믿지 않을 도리가 없거든요. 실은, 어느 쪽이든 괜찮단 말입니다. 농사 지어 먹고 살수 있다면 그만이니까요. 그때 국군이 공격해 왔습니다. 인민군은 마을을 희생시켜서는 안 된다며, 반드시 멀리 나가 싸워줬습니다. 국군이 이겨서 들어오니, 아, 큰일입니다. 네놈들은 내통 행위를 했지, 하고 말씀하십니다. 우린 수명이 줄어들 것 같습니다. 있는 모든 식량을 모아서 대접을 하고, 두 번 세 번 사과를 하면서 앞으로는 절대로 빨갱이 짓은 하지 않겠습니다 각서를 쓰는 겁니다. 이번 대장님은 어찌나 성격이 급하고 화를 잘 내시는지 저희들은 조마조마합니다. 벌써 세 번이나 각서를 제출했으니, 이 다음에 인민군에게 점령된다면 저희들은 어쩌면 좋을지 모르겠습니다. 아니, 아주 난감하게 될 겁니다."

"인민군이 올 때는, 내통이라도"

"큰일 날 말씀을…… 그런 일이 어떻게?" 마을 사람은 두려움에 떨며 부정했다.

"사실은, 인민군 쪽이 좋은 거죠?

"당치 않아요. 여긴 남한 땅입니다. 남한 사람은 역시 남한 정부와 사이좋게 해나가고 싶은 거죠. 그러니까, 국군에게 부탁이 있습니다. 인민군한테 지지 말아달라는 겁니다. 국군이 져서 물러나고 우릴 내팽개쳐 놓았다가, 다시 올 때는 인민군에게 편의를 제공했다고 협박할 겁니다. 그런 터무니없는 이야기는 없어요. 우린 인민군 대장에게도 말해주었죠. 온 이상은 지지 마시오. 질 정도라면 아예 오지 말았으면 한다고, 다시 또 오면 난감하다고, 제발 오지 말라고…"

총성이 났다. 나팔 소리가 조바심을 내며 쥐어뜯는 것 같았다. 성일은 벌떡 일어나 옷을 갖춰 입은 후 총을 쥐고 뛰어나갔다. 분대는 제각각 광장으로 모여들었고, 소대는 산봉우리 쪽으로 응전하면서 접근해 갔다.

불꽃이 깜박깜박하고 어둠의 장막을 색칠했다. 그 조촐한 섬광은 증오도 적의도 지니지 않았지만, 귀를 스치듯 지나가는 금속성의 울림에는 굉장한 살의가 담겨 있었다. 성일은 그 울림에 굴복하여 반격을 잊었다. 그러나 보이지 않는 적을 죽이겠다는 의사는 전혀 없었지만, 저 살기등등한 적의 탄환은 증오스러웠기에 그는 총을 마구 쏘아댔다. 뭐니 뭐니 해도, 성일은 전투 경험이 있었기 때문에 적의 탄환이 오는 방향을 착각하지는 않았지만, 분대의 전우들은 아직 피난민의 티를 벗지 못했다. 무턱대고 마구 총을 쏘아댈 뿐이었다.

"목표는 여기다. 뭘 정신 못 차리고 있는 거야." 분대장의 목소리였다.

적은 경기관총을 두 대 가지고 있었고, 따발총과 소총으로 하는 조준은 정확했다. 피난민 병사가 아이고 하며 보통 시민에게 어울리는 비명을 지르며 쓰러졌다. 분대장은 한 덩어리가 되고 싶어하는 겁 많은 피난민 병사들을 향해 소리를 쥐어짜며 꾸짖었다. 병사들이 일정한 간격으로 흩어지도록 하느라 그는 애를 썼다.

그러나 아무리 해도 소용없는 일이어서, 남의 뒤로 뒤로 도망쳐 다니느라 앞으로 나오려고 하지 않는다. 분대장은 이런 어설픈 부하들을 둔 것에 울분을 풀길이 없었다. 그는 마주한 적보다 아군 부하들이 증오스러워 이들을 베어버리고 싶은 충동에 사로잡혔다. 그는 끊임없이 부하들을 질타하며 자신의 뒤에 붙어 다니는 병사에게 짜증을 내고는 총검으로 푹 찔러버리고 말았다. 그때, 함성이 울리며 적이 아군 쪽으로 쳐들어왔다.

분대장은 수류탄을 던졌다. 그 섬광으로 세 명의 적이 쓰러지는 것을 성일은 보았다. 그는 앞도 뒤도 돌아보지 않고 후퇴했다. 형태상으로는 쫓는 자와 쫓기는 자의 구별이 확실했지만, 그의 마음속에는 적도 아군도 없었고 마치 쫓는 쪽에 자신이 있는 것과 같은 착각이 일어나곤 했다. 인민군 병사였던 그가 군집해 있는 한국군 병사들을 베면서 혈로를 뚫었던 과거의 사실과 혼선이 된 탓이었다.

"이봐, 동무" 하고 쫓아오는 병사에게 말을 걸고 싶어서 못 견딜 지경이었다. 그리고 나서 문득 총에 맞으면 큰일이라는 생각이 들어 필사적으로 이탈하려고 애썼다. 얼마큼의 시간을 어떻게 달렸을까 기억이 없다. 이윽고 새벽녘에 원색의 강렬한 색채가 나타나고 시냇물이 흐르는 소리가 들려올 때, 그는 바위 그늘에서 일어났다. 그러자 거기에 안이 있었고, 영철이 화난 것 같은 얼굴을 하고 앉아 있었다. 거기 있는 두 사람을 보고 성일은 깜짝 놀랐다. 그 두 사람이 거기에 있는 것은 불가해한 일로, 자신도 인민군 속에 있는 것이 아닐까 착각이 들 정도였다. 그는 그 두 사람이 어젯밤 이후의 치열한 전투에 뒤섞여 당연히 인민군 쪽으로 도망갔을 것이라는 생각을 가지고 있었던 것 같다. 어째서 가지 않았던 거야? 물어보려고 했다. 갑자기 분대장의 피곤해서 약간 일그러진 얼굴이 자기 앞에 나타났다.

"산기슭 마을로 집합이다." 분대장이 말했다.

성일은 문득 소대장이 생각났다. 몹시 화를 냈고 있을 소대장의 모습이 보이는 듯했다. 나무 그늘에서 한 사람, 바위 사이에서 두 사람 해서 나타난 것은 모두 여섯 사람이었다.

"살아 있었구나?"

성일이 말을 걸어도 영철은 뒤도 돌아보지 않았다. 무엇이 그의 마음속에 있는지 알 수 없는 얼굴이었다. 성일에 대해 그가 품었던 친절한 마음은 지금은 그림자도 찾을 수 없다. 학교 선생님이 영철을 대신해서 말을 걸었다.

"전투란 건 제법 재밌어."

그는 10년 이상 나이를 먹은 사람으로 50세 정도로 보였다. 그런 농담도 그의 공포를 속일 수는 없었다.

기슭에 있는 마을에서 소대장이 장승처럼 우뚝 버티고 서서 기다리고 있었다. 분대가 그의 앞에 정렬하자 느닷없이 호통을 쳤다.

"책임은 너희들에게 있다. 너희 분대에 내통자가 있어. 책임 규명을 할 테니 그렇게 알도록!"

질타를 당한 것은 분대장이었다. 분대장의 얼굴에 벌컥 하고 불길이 올랐다. 폭발할 것 같은 분노를 병사들에게 쏟아 붓고, 죽여버리고 싶다고 생각했다.

패전의 책임을 소대장은 지고 싶지 않았다. 그는 실패를 거듭했다. 작년 여름 안강安康 전투[23]에서 절대 사수를 명령받았던 진지를 포기하고 후방으로 물러나 한 계급 강등되었다. 게릴라 토벌 쪽으로 보내진 이후에도 공적이 없었다. 마흔 번인가의 전투에서 서른여덟 번이나 졌다. 그가 산중턱 마을을 점령할 수 있었던 것은 겨우 다섯 번이었다. 결사대를 마구 투입한 나머지 부하 병력 삼분의 일을 잃었던 적도 있다. 병력의 손상이 너무 컸다. 더 이상의 보충병은 없다고 명령받았지만, 수차례 끈덕지게 요청한 결과 피난민병을 할당받았던 것이다. 분대장은 자신에게 책임이 전가되어서는 곤란했으므로

"전투 의지가 전혀 없었던 거지. 너희들 중에 빨갱이가 있어"라고 말을 꺼냈다. 그리고나서 한 사람 한 사람 집 안으로 불러들여 엄중한 심문을 개시했다. 그는 권총을 들이대며 협박하면서 병사들의 전력을 꼬치꼬치 캐물었다. 성일은 국민방위대에 붙잡혔을 당시 대답한 것과 앞뒤를 맞추느라 애를 썼다.

"네가 빨갱이가 아니라는 건 네 얼굴만 봐도 알겠다. 하지만 네 친구 녀석들 중에 누가 수상한지 네 녀석은 알고 있어. 말해 봐."

"모릅니다." 성일은 눈빛을 읽히지 않으려고 노력했다.

"거짓말. 넌 안과 친하지. 그 녀석 전력은 뭐지?"

"모릅니다."

"말했잖아?"

분대장은 권총으로 성일의 얼굴을 후려갈겼다.

"넌 알고 있어. 오는 내내 이야기하고 있었잖아!"

---

23 안강(安康) 전투 : 국군 수도사단이 1950년 8월 9일부터 9월 14일까지 안강 · 포항 · 경주 일대에서 북한군 제12사단의 남진을 저지한 방어전투. 이 전투로 북한군 제12사단은 낙동강 전선의 동부지역 돌파작전에 실패하였고, 국군 제1군단은 기계와 포항 지역 북방으로 후퇴한 적을 추격해 다음 단계의 반격작전으로 이행하였다.

"사격 방법을 가르쳐 주었습니다."

성일에게는 거짓말 하는 자신을 정당화할 이유가 있었다. 테러리스트에게 대항하기 위해서는 거짓말 이외에 방법이 없다.

"사격 방법? 넌 어째서 사격하는 법을 잘 아는 거냐?"

"잘 안다고는 할 수 없습니다." 말문이 막혔지만, "학교에서 배웠습니다".

"거짓말이야! 네가 다닌 학교는 문과야. 교련 따위 없다구."

"……."

"그것 봐! 금방 들통나잖아."

"그렇지만, 안이라는 사람과는 오는 도중에 알게 되었습니다. 어떤 사람인지 모릅니다."

"흠. 보기와 다르게 고집이 세군. 자, 하나는 져주지. 이영철은 어떤 녀석이냐?"

"전신국 직원이었던 것 같습니다."

"전신 기술자인가?"

"그런 것 같습니다."

"좋아. 이영철을 불러라." 성일은 집 밖으로 나왔다. 영철을 부르자 다가왔다. 주의를 주려고 했지만, 분대장이 거기 와 있었다.

성일은 영철이 어떤 식으로 대답할까 불안에 빠져들었다. 온돌방 안에서 분대장이 소리를 지르고 후려치는 소리가 났다. 성일은 우정을 배신한 것이 아닐까 자신을 질책했다.

안이 옆으로 왔다. "자넨, 내 이야기를 한 건 아니겠지."

"안 했습니다." 성일은 의심 많은 안을 경멸했다.

안이 불려가고 영철이 나왔다. 성일은 다가가 말했다. 영철은 화가 나서 대답하지 않았다. 성일은 견디지 못하고 말했다.

"네 과거를 얘기해 버려서 미안하다."

"총살하겠다는데, 증거가 없어. 마을 이장이 수상하다고 말하고 있어. 그 이장과 짜고, 인민군을 꾀어 들였다고 말하는데, 이장과 만나고 난 뒤에 흑백이 가려지겠지. 낮부터 마을을 되찾을 모양이야."

성일은 어젯밤 일이 생각났다.

저녁 무렵 마을을 탈환했다. 인민군은 작은 전투 끝에 맥없이 산으로 틀어박혔다.

광장에서 병력 점검이 있었다. 거기에 흰 두루마기를 입은 사람이 나타났는데, 손을 비비며 소대장에게 축하 인사인지 변명인지 연신 머리를 숙이며 굽신거렸다.

"정보를 알고 있으면서 왜 말하지 않았나!" 소대장이 고함을 쳤다. 거무스름한 얼굴이 추하게 일그러졌다.

"당치 않은 말씀을 하십니다. 늘 그렇듯이 정보 같은 게……" 성일은 그 목소리를 들은 기억이 났다.

"거짓말. 어째서 병사들 있는 곳에 이야기하러 간 거지?"

"예?" 이장은 흠칫 하더니

"그런 일은 절대로 없습니다" 하고 강하게 부정했다.

그러자 분대장이

"안, 앞으로 나와".

안은 한 발 앞으로 나왔다. 이장의 얼굴에서 핏기가 확 가셨다.

"그것 봐!" 소대장이 외쳤다.

"이야기하러 왔었습니다. 하지만, 인민군과는 아무런 관계도 없습니다." 이장은 창백하게 질렸다.

"조건이 있다. 지금부터는 너희들도 비전투원으로 놔두지 않겠다. 병사들과 함께 싸우는 거다." 이장은 몸을 떨었다. 당황해서 제정신이 아니었다.

야습은 심야에 시작되었다. 마을 사람들은 모조리 인민군 쪽에 붙었고 빨치산은 아군의 암호를 사용했다. 혼전이었다.

소대장은 마을을 포기하고 일시 후퇴했지만, 그의 분노는 절정에 달했다. 마을 사람들의 배신에 그는 피가 거꾸로 치솟는 듯 흥분했다.

후퇴한 것처럼 꾸민 뒤 소대는 빈틈없이 마을을 포위하고 새벽에 기습을 감행했다. 마을은 탈환되었다. 마을 사람들은 미처 도망가지 못하고 집안에서 버텼다. 인민군의 역습을 기다렸던 것이다.

"마을을 불 태워!"

소대장은 명령했고, 자신도 불을 지르며 마을을 돌았다.

초가집뿐인 마을은 순식간에 불바다가 되었고, 바람을 불러들여 소리를 내며 한창 타올랐다. 비명을 지르며 여자 하나가 나왔다. 소대장은 쏴라 하고 명령했다. 여자가 쓰러졌다. 노인이 아이 손을 끌고 나타났지만, 탄환이 노인의 몸을 벌집 쑤시듯 했다. 마을은 완전히 포위되어 있어서, 마을 사람들은 한 사람 한 사람 붙잡혀 총에 맞았다.

불의 기세가 한층 더 타올라 강한 바람에 불길이 세차게 불어치더니 산 쪽으로 불이 옮겨 붙었다. 활엽수들 속으로 화염이 돌진했다. 포위하고 있던 병사가 불길을 피해 바람 부는 쪽으로 왔다. 소대장은 미친 듯이 고함을 쳤지만 불이 훨씬 무서웠다.

"마을 사람들은 전멸이야." 영철이 부르짖었다.

"저기를 통해서 도망칠 수 있어." 안이 타오르는 산 쪽을 바라보았다. 불꽃에 펄럭이고 있어 안의 얼굴이 타고 있는 듯했다. 검은 연기가 분대가 있는 쪽으로 흘러 왔다. 병사들의 모습이 보이지 않게 되자, 분대장이 소리쳤다. "후퇴, 후퇴!"

성일은 누군가에게 소매를 붙잡혀 검은 연기 속으로 뛰어들었다. 그를 잡아 끌었던 것은 안이었다. 불똥을 뒤집어쓰고 있어 자기 몸이 타는 줄 알았다.

마을을 가로질러 봉우리 밑으로 나왔다.

"이 아이는 살아 있어." 영철이었다. 아이를 거두어 업고 달렸다. 불꽃이 세 사람을 확 비추었다. 탄환이 날아왔다.

이윽고 세 사람은 바위 그늘로 도망쳤다. 벌거벗은 산으로는 불길이 쫓아오지 않았다. 성일은 총을 꽉 붙들고 있는 자신을 보았다. 영철은 눈을 주워 아이에게 핥게 했다. 안은 불 쪽을 보고 있었다. 검은 연기가 기다란 손을 늘이며 흘러오고 있었다.

"백색 테러야." 안이 말했다.

"민주주의라더니, 흥." 영철이 아이의 등을 살펴보았다. 피가 나고 있었다.

"이 아이 살 수 있을 것 같아?" 안이 물었다.

"살리고 싶어. 이 아이는 테러를 증명할 수 있겠지."

"우린 결심이 서서 홀가분해졌어. 소대장에게 고마울 정도야."

성일은 몹시 망설였다.

"가자. 쫓아 올 것 같으니까."

안이 일어서고 영철은 아이를 업었다. 성일이 말했다.

"나는 가지 않을 거야."

뭐라고? 두 사람이 돌아다보았다.

"넌, 그러니까 오해받는 거야."

"난, 이 나라를 더 알고 싶어. 두 사람은 이 나라를 충분히 지켜봐서 알고 있어. 하지만 난, 두 사람이 말하는 대로 진짜 어린애니까."

"부패는 남아돌 정도로 보지 않았어? 부르조아 민주주의는 글렀어." 영철이 열성적인 어조로 말했다.

"하지만, 북으로 가게 되면 발전이 없어. 다 정해져 있으니까."

"바보 같은 소리!" 영철이 화를 냈다.

"그쪽 나름대로 발전은 있지." 안이 말했다. 자신은 없어보였다.

"난 이 나라에서 싸우고 싶어. 여기서는 투쟁하는 게 가능하지만, 북으로 가면 그럴 수 없어." 성일은 주장했다.

"넌 좌익인 줄 알았는데." 영철이 쓸쓸한 듯이 말했다. "형무소에서 봤을 때는 그렇게 생각했어."

"난 아무 주의자도 아니었어. 영문학으로 먹고살고 싶다는 막연한 바람밖에 없었어." 영철이 포기하고 걷기 시작했다.

"자네 기분은 나도 알 것 같아. 선택할 자유는 자네에게 있는 거니까. 나는 운명이라고 느껴. 갈 곳이 없는 거잖아. 하지만 북으로 가면, 어쨌든 받아들여 줄 거라는 희망이 있어. 나는 이 나라에 절망했어. 이걸 처음부터 다시 바로잡는 건, 정말이지……"

"……." 성일은 이 말은 진리라고 생각했다.

"잘 가게, 박 군."

"안녕히 가세요. 또 언젠가는……" 성일은 서서 작별을 고했다.

두 사람은 산 속 계곡 위에 걸린 다리를 오르기 시작했다. 성일은 바위 그늘에 숨어 있었다. 두 사람이 가는 곳을 끝까지 지켜볼 것처럼 서 있었다. 그때 두 사람이 오르던 다리 쪽에서 함성 소리가 들렸다. 성일은 흠칫 하고 엎드려 그쪽을 바라보았다. 벌거벗은 산을 빠져나가 소나무 숲에 다다랐을 때, 두 사람은 열다섯 명가량의 군인들에게 둘러싸였다. 성일은 안 일행이 붙잡혔다는 놀라움에 몸이 움츠러 들었다. 한국측 군대가 아니기를 빌었다. 그는 두 사람이 무사히 인민군 쪽으로 갈 수 있기를 바랐다.

영철은 아이를 땅 위에 내려놓았고, 안은 총을 던졌다. 네 개 손이 양팔 가득 높이 들어올려졌다. 그런 그들에게 병사들이 달려들어 신체검사를 했다. 뭔가 심문하는 모습이었다. 성일은 침착한 마음을 되찾았다. 거기 군인들의 옷은 본 기억이 있다. 겨자색에 빨간 긴 장화를 신은 사람이 두 명 있다. 인민군이었다. 그는 안심하고 상황을 지켜보았다.

심문은 간단하게 끝났다. 안은 총을 주워 들었고, 영철은 다시 아이를 업고 걷기 시작했다. 병사들이 그들을 감싸듯이 해서 뒤따라갔다.

성일은 몇 번인가 이봐, 기다려 하는 소리가 목구멍까지 나왔다. 저기에도 동포가 있다, 모두 우리 편이 아닌가. 지나간 날들의 모든 일을 잊고서 그는 그런 욕구를 느꼈다.

유격대원들 쪽으로 산불의 연기가 뒤덮였다. 분노로 그들은 초조했지만, 새로 생긴 동지 두 사람으로 참고 있는 듯 했다. 바람에 실려 노랫소리가 흘러 왔다. 후미의 병사가 부르고 있었다.

달 하나 태양 하나 사랑도 하나 고국에 바친 마음도 하나. 모두 형제 피도 하나 하물며 조국이 두 개일까.

성일은 놀랐다. 저 노래는 서울에서 들은 적이 있다. 한국 측에서 부른 것과 똑같은 노래를 인민군이 부른다. 이상한 일은 아니다. 그러나 그 점이 이중으로 감동을 불러일으켰다. 그는 입술을 깨물며 인민군이 안 일행을 데리고 숲 속으로 사라지는 모습을 지켜보았다.

감상적인 마음이 사라졌다. 검은 연기가 바람과 함께 엄습해 왔다. 불이 방향을 바꾸어, 이쪽으로 다가온다. 주홍빛 화염이 바다처럼 넓어져서 나무들을 핥고 있다. 그는 그 불길에 쫓겨 달렸다. 산등성이를 동쪽으로 달려 어느 봉우리에 이르렀다. 검은 연기가 멀리까지 하늘을 태우고 있었다. 눈 밑에 마을을 보았다. 그 마을을 포위한 것처럼 강이 산기슭을 씻어내며 원형을 그리고 있었다. 문득, 성일은 자신이 자유의 몸이 된 것을 깨달았다. 그는 감동했다. 두 번 다시 자유를 잃어버리지 말자는 생각에 몸이 떨렸다. 그는 마을로 가고 싶다고 생각하며 일어나 올라갔다. 손으로 총을 잡았다. 그는 증오를 느끼며 총을 내던졌다. 되도록 멀리. 총은 바위 모서리에 튀어 되돌아와 골짜기 아래로 사라졌다. 그는 꼬불꼬불한 비탈길을 내려 갔다.

제3부

절망의 저편

〈1〉

“아래 위 다 신품이에요. 한 벌에 사만오천 환 어떠세요? 자, 사세요.” 여자는 한 벌씩 착착 개어 왼쪽 팔에 얹어 놓은 데서, 한 벌만을 꺼내어 성일의 앞에 들이대었다.

“저기요, 사만 오천환은 아주 싼 거라구요. 나 같으면 5만 환에서 단 돈 한 푼도 안 깎아 줄 걸요.” 다른 여자가 옆에서 말했다.

“그렇죠. 모자도 끼워서 드릴 테니 사세요.” 앞의 여자가 말했다. 가무잡잡한 얼굴이 거의 울상이 되어 일그러졌다. 유엔군의 작업 모자를 전투복 위에 올려 놓았다.

성일은 여자들로부터 도망치고 싶어도, 그 골목을 가득이 메우고 있는 장사치들에게 끼어 옴짝달싹도 할 수 없는 상태였다. 뒤에서 밀어 조금 앞으로 움직이는 바람에 두 여자 사이에 낀 것이, 서로 꼭 끌어안고 있는 것 같은 꼴이 되었다. 달콤새콤한 여자의 체취가 풍겨서 성일은 숨이 막힐 것 같았다.

“저기, 그런 복장을 하고 있으면 도망병으로 보여요. 빨리 이 옷을 사서 갈아 입으세요."

그의 어깨에 얼굴이 꽉 눌려 가무잡잡한 얼굴의 여자가 거북하다는 듯이 뒷사람을 엉덩이로 강하게 밀어내면서 속삭였다. 성일은 흠칫 놀랐다. 너무 바싹 달라붙어 있은 나머지 두 여자에게 자기 얼굴에 드러난 놀라움을 들키지 않고 넘어간 것이 다행이었다.

"진짜라니까요! 도망병은 유엔군 작업복을 입는 게 그저 제일이예요. 위조 증명서까지 가지고 있으면 안전하다구요." 약간 더 젊은 여자가 교활하게 속삭였다.

"난 도망병 아니예요. 제대했단 말이예요. 부상당해서 이제 군대에 쓸모 있는 사람은 아니예요."

성일은 아야 하고 소리칠 정도로 등을 쿡 찔려서 고개만 돌려보았다. 낡은 구두를 몇 켤레씩이나 끈에 매어 머리에서 가슴까지 늘어뜨리고 있는 남자였다.

"이봐요. 거기 표지판처럼 우뚝 서 있지 좀 말아요. 가든지 뒤로 물러나든지 어떻게 좀 해요. 광장을 자기가 다 산 것도 아니면서, 좀 뻔뻔하군 그래. 자네는."

성일은 어깨에 힘을 주어 사람들을 밀어 헤쳐 간신히 여자들로부터 벗어날 수 있었다.

"안경이요, 안경. 먼지막이 바람막이 안경!" 비행안경과 색안경 등 대여섯 개를 양 손에 들고 코 위에 하나, 눈에 하나, 이마에 하나를 걸고, 사다리에 안경을 걸어둔 우스꽝스러운 꼴을 한 사내가 성일과 여자들 사이를 뚫고 들어왔다. 성일은 그 안경장사가 만들어 놓은 틈으로 들어갔다.

"야, 자네. 마침 잘 됐네. 자넨 행운아야. 오늘 아침 배로 막 도착한 마카오 물건이야. 어때, 이 노타이 셔츠. 4월 지나가면 5월인데, 5월 지나가면 여름이야. 그런 추레한 꼴로는 간만에 보는 미남자가 쓸모없지 않겠어" 하면서 새하얗고 눈이 번쩍 뜨일 것 같은, 구김새 하나 없는 노타이 셔츠를 성일의 얼굴에 들이밀었다.

"사고 싶네요." 성일은 자기도 모르게 속내를 말해버렸지만, 깜짝 놀라

"그런 새 물건 말고, 헌 옷을 사고 싶은데요. 실은, 이것하고 교환해서……".

"교환해서? 그 점퍼랑 바꾸자고?" 상대는 경멸하는 눈으로 빤히 성일의 점퍼를 바라보았다. 성일은 겸연쩍은 듯이 멍하니 얼굴을 붉히고서 "그러니까, 그렇게 좋은 물건하고 바꾸려는 게 아니라고 말하는 거잖아요. 헌옷이라도 괜찮아요. 헌옷 파는 데를 찾고 있단 말이예요".

"이봐. 자네 그 점퍼는 순모 같은데?" 손가락으로 만지더니, 상대는 조금 마음이 변했다.

"그래요. 낙타 털이예요. 이래봬도……" 성일은 숙부를 언뜻 떠올렸다.

"과연! 좋겠는데. 흥정을 해볼까."

붉은 얼굴의, 알콜 중독같이 보이는 코를 한 중년의 남자가 성일의 팔을 붙잡고 척척 끌어당겨 길을 간다. 골목을 따라 나가는 것이 아니라, 바로 거기 가건물 점포들이 나란히 서 있는 쪽으로 가로질러 돌파해서 간다. 팔뚝으로 사람들의 가슴팍을 밀어제치며 어깨로 밀고 머리로 헤치고 들어갔다. 성일이 사람들에게 가로막혀 뒤처지게 되면, 범인을 붙잡은 경관처럼 무서운 기세로

"젊은이, 깡다구 없이 여기는 못 지나간다구!" 호통을 쳤다. 밀침을

당한 여자와 담배 파는 아이들이 "미친 놈", "역병 걸려 뒈져라", "씨팔" 등의 욕을 퍼부었다.

"자, 여기까지 오면 이제 안심이야." 가건물 뒤쪽, 바로 거기에 고깃국물을 파는 가게가 있었는데 두 사람이 서 있을 틈새가 있었다. 거기에 온 것만으로도, 광장의 물건 파는 소리를 방관할 수 있었다.

"저기 흥정 말인데, 얼른 끝내버리자구. 한 장으로 교환하는 거 어때." 남자가 손가락을 한 개 내밀었다.

"한 장이라구요?" 성일은 가슴이 울렁거렸다. 아무래도 그런 돈을 받을 만한 물건이 아니다.

"만 원이야. 좋은 가격 아닌가."

"아무래도, 그런 돈은 좀……"

"불만인가? 자네, 얼굴 생긴 것하고는 달리 욕심쟁이로군. 하긴, 억만장자 마나님도 행상을 하는 게 요즘 세상이니까. 자네도 어느 댁 도련님인지는 모르겠네만, 고생 깨나 한 얼굴 아닌가. 좋아. 내가 졌다. 한 장 반으로 할까?"

"네? 만 오천 환이요? 아무래도, 그런……" 성일은 머리가 이상해질 것 같았다. 그런 돈이 있으면, 저기 소고깃국을 파는 가게에서 배가 터지도록 먹고 싶다.

"이봐! 자네는 이 마카오 물자 값어치를 모르는 것 같구먼. 미국 원조물자 따위 문제도 아냐. 이 노타이 셔츠 한 장 손에 넣기 위해서라면, 목숨도 버리겠다고 할 사람들이 얼마든지 있다구. 그런 낡아빠진 점퍼쯤이 뭐라구. 세탁해서 겨울철 기다릴 것 같은 느긋한 녀석이 있을 거라고 생각하나? 응? 내일을 모르는 게 인생 아니겠나. 싫으면 관 둬. 부탁은 안 해."

성일은 어안이 벙벙했다. 굶주린 배 때문에 피곤해서 아까부터 이명이 들려왔다. 남자의 말도 반 정도밖에 알아듣지 못했다.

"욕심쟁이! 좋아. 2만이야. 이런 젠장. 낙타가 아니었으면, 누가 이런 거금을 쓸까."

보니까 남자는 양복 안주머니에서 지폐 뭉치를 꺼내서 초록빛이 도는 천환 지폐를 스무 장 세고, 노타이 셔츠를 한 장 될 수 있는 대로 질이 떨어지는 것을 골라 덧붙이며 내밀면서 말하기를

"냉큼 벗게. 이 이상 욕심을 낸다면, 정말로 그만둘 거야".

성일은 당황하여 허둥지둥하면서 점퍼를 벗었다. 그러자 그것을 휙 낚아채고는

"때 묻은 속옷 아닌가. 이봐, 그것도 순모인가?"

성일의 속옷은 더러워질 대로 더러워져, 때가 땀에 쩌든 것만 같은 옷이었다.

"잠깐. 사는 김에 그 속옷도 같이 사주지. 난 아무래도 사람이 너무 좋아서 탈이야. 이런 자유시장에서 일할 사람이 아니라는 거, 이럴 때 알게 되거든."

힘껏 당겨 거기 판잣집 안으로 들어갔다. 비좁은 토방에 붙박이로 만든 진흙 아궁이 위에는 커다란 냄비가 걸려 있고, 정체를 알 수 없는 고기 조각이 보글보글 끓고 있었다. 뜨거운 김에 가득 끼어있는 마늘과 고추 냄새가 코를 확 찔러와 성일의 위장이 급격하게 눈을 떴고, 맹렬하게 소화 작용을 시작했다. 그런 위장이 눈에 보이는 것 같은 생각이 들어 성일은 자신이 몹시 비참하게 느껴졌다.

배가 부르니 저절로 눈꺼풀이 맞붙으며 잠이 쏟아졌다. 판자벽에 기대어 남자의 이야기에 귀를 기울이는 척 하며 무거워지는 눈꺼풀에 힘을 줘서 부릅뜨고 있으려고 했다. 그러나 어느새 눈꺼풀이 아래로 내려오면서 그르렁 코를 골고, 그 굉장한 소리에 눈이 떠진다. 코를 골아 본 일이 없는 성일이었는데, 그 자는 얼굴은 마치 소녀처럼 천진스럽거나 해서 그의 어머니가 자랑삼아 말했던 바로 그것이었다. 그러나 쇠버짐 투성이의 몹시 야윈 얼굴을 하고 농가 머슴꾼처럼 꾸밈없이 코를 골고 있는 그에게 갑자기 상인은 이 곳 한국 임시 수도 부산의 안팎 속사정을 들려주었다.

피난 중이던 겨울에 있었던 이야기가 계기가 되어 남자는 장사도 잊어버렸다. 방을 찾는 게 얼마나 힘들었던지 "부산 것들은 같은 동포라고 생각 안 해" 하면서 부산 사람들이 얼마나 박정한지에 대해 한바탕 이야기를 했다. 동래온천 가까이에 "방을 강제로 빼앗아" 살고 있고, 아내와 아이 넷을 발견하기까지의 이야기를 길다랗게 말했지만, 성일은 단 10분만이라도 좋으니 누워 자고 싶다고 바라고 있었다.

작은 밥상을 가운데 두고 두 남자가 책상 다리를 하고 마주 앉으면 거의 빈 공간이 없을 정도여서, 성일은 머리 무게 때문에 옆으로 구를 뻔하면서 겨우겨우 버티고 있었다.

그런데 어림짐작을 한 남자가

"알았다. 자넨 국민방위군 생존자지?" 하면서 또다시 말을 걸었다. 성일은 눈이 번쩍 뜨이는 것 같았다. '국민방위군'이라는 단어가 악령처럼 울려온다.

"그랬습니다. 지독한 고생을 했어요." 성일은 처량하게 들리는 자신의 목소리를 느꼈다.

"가여운 일이군. 거기서 죽은 장정이 몇 만인 것 같은데, 난 진짜 운이 좋았지. 나이를 속여서 액운을 피할 수 있었지."

"……." 성일은 이제는 그런 이야기에도 흥미가 없었다. 다시 졸릴 뿐이었다.

"그런데, 자네는 갈 데가 있어?" 사내가 동정하는 빛을 띠었다.

"없습니다." 성일은 왠지 동정받는 게 싫다는 생각이 들었다.

"아무도 의지할 데 없다는 건 이상한데." 남자의 눈이 의심으로 빛났다.

"어머니가 한 분 계시기는 한데……"

"계신 곳을 모른다는 건가?"

"그렇습니다."

"그런가! 흔히 있는 이야기지. 정말로."

사내는 지나치게 동정하다가 귀찮은 일을 짊어져서는 안 된다고 생각했는지

"뭐, 정신 똑바로 차리시게. 애써 전쟁에서 살아 남았으니 말이야. 언제 전쟁이 끝날지 모르고, 앞으로 또 얼마나 사람이 죽어날지 모르겠지만, 어쨌든 살아남은 사람들이 승리하는 거니까. 자, 잘 있게. 나는 이제 슬슬 움직이지 않으면, 오늘 저녁 식량을 살 수가 없다네. 수중에 있는 돈은 자네에게 거의 다 줬으니까 말이야."
하고 말하면서 성일에게서 벗겨 낸 속옷 하의와 점퍼를 하나로 뭉뚱그리고는, 다섯 벌 정도 되는 노타이 셔츠를 소중하게 품에 안고 나갔다.

사내가 봉당에서 계산 해주시게 말하는 소리를 들으면서 성일은 벽에 머리를 기대고 잠에 곯아 떨어져 코를 골기 시작했다.

〈2〉

그때 산 위에서 본 마을은 닷새마다 시장이 서는 시골 마을이었다. 그는 봉우리를 따라서 산 기슭으로 내려와 몇 개 작은 마을을 지났지만, 어디도 빈 집 뿐으로 사람은 살고 있지 않았다. 평원으로 들어가는 입구에 해당하는 산기슭 마을 사람들은 자진해서 집을 비우고 시장으로 소개疏開[1]하고 있었다. 성일이 시장이 있는 마을에 이르렀을 때, 초저녁 어스름 가운데서 누구냐고 묻는 소리를 들었다. 그는 경계를 서는 파수병이 누군가 통행인을 붙들어 놓고는 호된 질타를 하는 것을 보고 겨우 안심하여 가슴을 쓸어내렸다. 그러나 더 이상 그 마을에 들어가려는 마음은 나지 않았다. 그는 마을을 우회하여 시내를 건너고 산을 넘어, 새벽 무렵 다른 마을 근처에 도착했다. 완전히 날이 밝아올 때까지 봉분[2]을 한 무덤이 몇 백 개인가 모여있는 공동묘지에서 잠을 잤다. 통행인이 길에 나타나는 것을 보고, 아무렇지도 않은 척하면서 마을로 들어갔다.

그러나 마을 입구에 있는 다리 기슭에 있던 경비병이 통행인을 엄중하게 조사하는 것을 보고 다시 되돌아와서 산길을 찾아 나섰던 것이다.

산청읍[3]에서 진주시에 도착해 마산을 지나 부산에 올 때까지 거의 한 달 정도의 날짜가 소요되었다. 부산 근처의 험준한 산들에는 요소 요소마다 토치카[4]가 지어져 물샐 틈 없는 경비를 하고 있었지만, 구포龜浦[5]에

1 소개(疏開) : 공습이나 화재 따위에 대비하여 한곳에 집중되어 있는 주민이나 시설물을 분산함.
2 봉분(封墳) : 흙을 둥글게 쌓아 올려서 무덤을 만듦. 또는 그 무덤.
3 산청읍 : 지금의 산청군을 말한다. 경상남도의 서북부에 위치하여 동부는 합천군과 의령군에, 서부는 함양군과 하동군에, 남부는 진주시에, 북부는 거창군에 각각 인접해 있다.
4 토치카(tochka) : 러시아어. 두꺼운 철근 콘크리트와 같은 것으로 공고하게 지어진 방어용 구축물.
5 구포(龜浦) : 부산 북구의 낙동강변에 위치해 있다. 본래 동래군의 구포읍으로 출발했지만, 현

서부터 여기는 대낮이 되면 홍수와 같은 인파로 검문소의 헌병도 수많은 군중을 다루는 데 지쳐 나가떨어지는 형편이었다. 성일은 훨씬 전에 군복을 벗어 던지고 그 아래 입고 있던 점퍼 차림이 되어 있었지만, 그의 나이와 모습으로 보면 한 눈에 게릴라로 보였다. 그는 임기응변을 발휘하여 떡 장수 여자의 아기를 안고 친밀한 투로 말을 하면서 헌병 앞을 지나갔다. 헌병은 흘끗 날카로운 눈길을 던졌지만, 마침 운 좋게도 부서진 탱크가 거기 네거리에 막 접어드는 참이었다. 길 한가득 눈사태같이 밀어닥치는 군중들 때문에 선 채로 오도가도 못하게 된 데 정신이 팔린 나머지, 헌병은 뭐라 소리치면서 그쪽으로 달려갔다.

부산 한가운데로 들어가 버리면, 이미 이곳 현지 사람이었다. 넓은 길에서부터 차로 쪽으로 빠져나가 떡장수 여자의 뒤에 바싹 붙어서 간 곳이 이른바 자유시장이었다.

"여보세요. 눈 좀 뜨시겠어요? 서두르지 않으면 이제 슬슬 통행금지 시간이 돼요." 국밥집 주인 아주머니가 다급하게 성일을 흔들어 깨웠다. 곤하게 지쳐 새우처럼 둥글게 웅크린 채 푹 잠이 든 성일을 억지로 일으키고는

"우리 자는 방을 차지해 버리면, 우리들은 어디서 자라는 거예요?"

성일은 잠에서 깼다. 여우상의 얼굴을 한 여자를 멍하니 바라보고 있는 사이에 자신이 생판 모르는 남의 방에 들어와 있다는 것을 깨달았다. 줄곧 노숙만 해오던 그는 볼품없는 작은 방이기는 하지만, 그 판자

재는 부산시의 확대 과정에서 시역으로 편입되었다.

벽에 스며들어 있는 담배 연기와 더러워진 체취 그리고 다른 여러 가지 악취에 신경이 편안해진 것이었다.

"총각 가는 데가 어디죠? 도중에 비상선非常線[6]에 걸리면 험한 꼴을 당할 텐데." 여자가 다시 한번 성일에게 주의를 불러 일으켰다.

성일은 불안해졌다. 붙잡혔다가는 큰일이라고, 서둘러서 구두를 신고 정리가 된 봉당으로 내려가 나가는 문을 찾았다. 여자가 판자문을 열고 성일을 밖으로 밀어내더니 급하게 문을 닫고 빗장을 걸었다.

차가운 공기가 목덜미에서부터 일시에 몰려들었다. 희미하고 차가운 4월 밤하늘에 걸려 있는 보름달이 몰인정하게 그를 내려다보고 있었다. 광장은 텅 비고 조용해서, 낮 동안의 그 혼잡함은 마치 거짓말 같았다. 흩어진 종이 부스러기가 바람에 춤추며, 물건 파는 떠들썩한 소리를 숨기고 있었다.

성일은 달빛 가운데서 나타난 사람 그림자가 몹시 서두르면서 행선지로 가는 것을 보고, 자신도 어딘가로 급하게 가야겠다고 스스로에게 말했다. 이제 졸리지 않았다. 단지 경계선에 걸리지 않는 장소에서 시간을 벌 수 있다면 좋을 것이었다. 그는 오른쪽길을 보았다. 전차 레일이 빛나는 것처럼 보였다. 커다란 규모의 상점들이 즐비해 있었다. 그러나 거기도 인정은 냉혹해서 그를 딱 잘라 거절했다. 사거리에 숨어 있던 순경이 통행인을 붙잡아 뭐라고 소리쳤다. 그 소리가 그에게는 왠지 잔혹함을 상기시켰다. 그는 되돌아와서 반대 방향으로 걷기 시작했다. 광장은 큰길을 가로질러 언덕 밑에서 끝나고 돌계단이 입을 벌리고

6 비상선(非常線) : 중대한 일이 발생하였을 때, 특별히 지정하여 비상경계를 하는 구역.

있다. 그는 그 위를 주의 깊게 살폈다. 사람 그림자가 없었기 때문에 올라가기 시작했다. 돌계단은 급경사여서 높았다. 최초의 돌계단이 끝나고, 조금 걷자 두 번째 돌계단이 나왔다. 발소리를 내지 않도록 하면서 그 돌계단 위까지 오르니, 폭이 넓은 길이 나왔다. 그 길을 왼쪽으로 꺾어 걸어가는 도중에 아기의 울음소리와 천식기가 있는 기침 소리가 오른쪽 산 중턱에서 맹렬하게 들려왔다. 그는 고향 생각이 났다. 사람이 그리워져서 인가를 찾았다. 그러나 거기 산등성이에는 어지럽고 지저분하게 흩어진 돗자리가 있을 뿐이었다.

게다가 사람이 내는 무슨 소리가 그 돗자리가 밀집한 지대로부터 들려왔다.

그는 달빛 가운데서 눈동자에 힘을 주고 사람의 모습을 발견하려고 애를 썼다. 돗자리를 뒤집어쓴 군중! 그는 산등성이에 아무렇게나 드러누운 많은 수의 사람들을 상상했다. 그리고, 아아, 피난민들이 여기에 있는 것이로구나! 그런 그리운 인정을 느꼈다. 늙은이가 녹슨 목으로 기침을 하며 숨이 옥죄이는 듯이 길게 계속되었다. 숨이 완전히 끊어져 질식하기 일보 직전이었다. 그러자 목을 할퀴는 것만 같은 기침이 폭발해서, 성급하고 야단스러운 소리로 공기로 떠들썩했다. 성일은 도로에서 산 쪽 방향으로 발걸음을 옮겼다. 잡목에 발이 걸려 가면서 산에 올랐다. 돗자리를 가까운 데서 보니, 거기에 입체감이 생겨 있었다. 그는 가늘고 짧은 막대기가 삼각형으로 놓여 있고, 거기에 생겨난 네 개의 평면을 돗자리로 덮어 씌은 것을 보았다. 주거지가 있는 것이었다. 그는 자기가 처한 처량함을 잊어버리고, 인간이 발명한 최초의 주택을 바로보았다. 서민 생활의 수준이 낮은 국가에서는 있는 일이기도 하지만,

동포가 원시 주거에서 살고 있는 줄은 생각도 하지 못했다. 서울 근방 토막민의 주거도 이보다는 나았다.

어떤 삼각형의 움막도 그의 가슴 정도 높이밖에 되지 않았다. 움막 사이로 자연스럽게 생긴, 실과 같은 통로를 더듬어 위로 올라갔다. 무수한 (삼각형) 움막으로 포위되어 서 있는 자신이 거인처럼 보여 성일은 미소를 지었다. 아기가 칭얼거렸다. 아기 아버지가 시끄러우니까 어떻게 좀 하라고 호통을 쳤다. 아이 어머니는 쨍쨍 울리는 새된 목소리로, 울면 순경이 잡아간다, 거봐, 왔잖아 하고 말했다. 성일은 발소리를 죽이고 거기에 막대기처럼 우뚝 서 있었다. 움막 안에서는 성일이 거기에 있다는 것을 알아차리고 있었다. 그러나 신경을 곤두세워 경계하는 것이 전부일 뿐, 돗자리 문을 올리고 누구냐고 물으려 하지는 않았다. 성일은 주의 깊게 그 움막으로부터 멀어졌다.

이윽고 그는 군집해 있는 움막들을 부감할 수 있는 장소로 왔다. 바위 밑에 텐트가 있어, 들여다보니 접는 의자가 늘어서 있었다. 그는 텐트 안으로 몰래 들어갔다. 그 위에 누웠다. 딱딱한 판자 위에서 얼굴을 위로 하고 누운 그의 눈에 넓은 텐트를 지탱해주는 봉이 보였다. 그 봉에 매달려있는 칠판이 보였다. 그는 텐트 안을 둘러보고, 교사 전용의 의자를 발견했다.

거기다가 학동들의 성적표를 붙여놓은 보드지가 구석의 받침대에 걸려 있는 것을 발견했다.

"학교였나?"

콘크리트와 벽돌로 된 훌륭한 교사밖에 알지 못하는 성일에게 이 임시 주거의 교사는 너무도 비참한 것이었다. 삼각형의 움막보다도 훨씬 처량하게 느껴졌고, 피난민 아이들이 수업받는 모습을 그려보니 탄식이 새어나왔다. 자신의 처지도 그렇지만 동포의 경우도 마찬가지로 가련한 것이었다.

"난 어쩌면 좋단 말인가?"

그는 마음속에 닥쳐오는 비애를 털어버리고 자신의 갈 길을 모색했다. 서울에서 여기 남쪽 부산 땅까지 그를 기쁘게 맞아줄 것 같은 장소는 더 이상 한 군데도 없었다. 소년 시절 조국의 지도를 마음에 그리며 그 형태의 아름다움에 홀딱 반해 이런 아름다운 나라는 세계에 없을 것이라고 자랑스러워한 이 삼천리 강산이 지금은 전혀 생판 모르는 타인이며 적국이다. 38선 이북 지역으로 마음을 돌려 보아도, 그를 매료시키는 것이 없었다.

그는 생각을 비약시켰다. 태평양 저쪽 미 대륙의 한 구석에서 학업에 부지런히 힘쓰고 있는 자신을 상상해보았다. 동경이 천사의 날개옷처럼 눈부시게 그의 마음을 곱게 물들였다. 그러나 조국을 잃은 자신을 생각하면, 그 무지개는 홀연 사라져 버렸다. 그의 성공을 기쁘게 맞아줄 조국을 갖지 못한 자신에게, 성공의 가치는 그 의의를 잃는 것이었다.

"어머니를 찾아내는 거야." 그는 자신에게 말했다. 그러자 가슴이 이상하게 뛰기 시작했다. 어머니의 모습이 보인다. 어머니의 냄새가 느껴진다. 이런저런 때의 여러가지 모습을 한 어머니가 그에게 웃어 보이다가 괴롭게 바라보는가 하면 향수에 잠긴 채 울고 있다.

"어머니!"

눈물이 왈칵 쏟아져 뺨을 타고 흘러내려 입으로 스며든다. 짠 눈물을 입에 넣고 맛보면서 눈물에 젖은 채 또다시 슬픔에 빠져드는 것이었다.

많은 아이들이 그를 바라보고 있었다. 그는 깜짝 놀라 일어났다. 란도셀[7]을 등에 맨 아이들, 보자기를 안고 있는 아이들.

"아저씨, 안 돼요. 여기는 학교예요. 부랑자는 다른 곳에 수용소가 있단 말이예요." 동그랗고 귀여운 눈을 빛내며 또랑또랑한 서울 말씨로 그를 비난하는 아이에게

"야아. 미안! 난 부랑자가 아니야. 통행금지 시간에 걸려서 말이지. 잠깐 실례했던 거야". 성일은 그렇게 답하는 자신의 목소리가 무척 명랑하다는 사실에 기분이 좋아졌다.

"정말, 이 사람은 부랑자가 아닌가 봐" 하는 눈으로 단정하게 옷을 갈아입은 성일을 바라보는 학교 아이들에게 그는 미소를 지어보이며 서둘러 텐트를 나왔다. 교사에게 책망을 들을 것이 귀찮아서 성일은 산등성이를 뒤쪽으로 해서 돌아서 갔다. 거기에도 빈터 가득이 돗자리로 된 움막들이 세워져 있었고, 부스럼이 난 피부처럼 추잡한 피난민 부락으로 들어섰다. 언덕 위에 쓰레기장이 있었는데, 더러운 냄새에 후끈 가슴을 찔리면서 움막들의 취락에서 내려오니 거기 좁은 빈터에 가득 아이들이 모여 있었다. 머리에서부터 매달아 늘어뜨린 상자 안에 미군들의 담배와 피너츠 캔, 초코렛과 껌을 늘어놓은 아이들은 성일을 목표로 해서 몰려들어 사주세요. 사주세요 하고 졸라댔다. 아이들이 집요하게 보채듯이 해도 성일은 화도 내지 않고 처량한 기분인 채로, 어째서 학교에 가지 않니? 물었다. 이런 것을 물어볼 정도의 마음의 여유가 자신에게 있다는 사실이 기뻤다. 물건을 파는 아이들은 모두 소학교 3학년

---

7 란도셀 : 큰 배낭, 륙색이라는 뜻의 네덜란드어 'Ransel'을 일본식으로 발음한 것. 주로 초등학생들이 매고 다니며 네모난 배낭형이다.

에서 5학년까지 정도의 나이로, 노랗고 야윈 얼굴에는 아직 학동다운 천진함이 남아 있었다. 대부분이 서울 말을 쓰는 아이들의 피난 생활이 움막 안에서 엿보였다.

얼굴이 무뚝뚝하게 굳어진 여자가 돗자리 문 밖으로 나타나 성일에게서 가장 멀리 떨어져 서 있던 작은 사내아이를 노려보았다. 뭘 멍하니 있는 거야? 모두를 밀어제치고 저 형아에게 물건을 파는 거야! 하고 그 얼굴이 말하고 있다.

성일은 어떤 아이를 택하고 어떤 아이를 버려야 하는지 결정하는 것이 고민스러운 나머지, 갑자기 화를 내며 모두를 쫓아버리고 쓰레기장에서 비탈길을 내려왔다. 늘어선 움막들 사이에 난 길로 달아났다.

그러나 그 움막들의 행렬을 빠져 나가 큰길로 나갔을 때 그는 혼잡 속으로 삼켜졌다. 거기는 자유시장이 아니고 단지 통행인들로 가득할 뿐이었는데, 어깨로 서로 밀지 않으면 걷지 못할 정도의 인파였다. 양측에서 팥죽과 떡을 파는 여자들을 발견하고 성일이 그쪽으로 다가가기까지 몇 번이나 사람들에게 떠밀렸는지 몰랐다. 그는 떡을 사서 볼이 미어지도록 입에 넣으면서 걸었다. 먹으면서 걷는 것을 쑥스러워하지 않게 된 그는 품위 없는 자신에 대해서도 신경을 쓰지 않는 모양이었다.

전찻길을 가로질러 갈 때 교통정리에 걸렸다. 통행인을 능숙하게 다루는 교통순경을 보면서 그는 자신이 이대로 다시 평범한 시민으로 복귀할 수 있기를 바랐다. 전찻길을 횡단해서 골목으로 들어갔을 때 갑자기 옆 쪽에서

"이봐. 자네, 자네" 하고 그에게 말을 걸어왔다.

성일은 흠칫 놀라며 인파 속에서 그 사람을 찾았다. 본 기억이 있는

얼굴이 사람들을 밀어 헤치고 다가와서

"야아! 이렇게 만나네" 하고 손을 내밀어 악수를 청했다.

〈3〉

손을 내밀지 않을 수는 없다고 생각하면서 성일은 악수에 응했다. 자신으로서는 손을 마주 잡을 의지가 전혀 없이 상대에게 손을 강제로 빼앗긴 채, 손가락 뼈 하나하나가 구분되어 느껴질 정도로 세게 움켜잡혔다.

"이봐. 나 기억해? 국민방위군 수용소에 있던 조완이야. 자네들이 놓아 준 덕분에 난 살았어. 어? 어때? 나라는 걸 모르겠어? 몰라볼 정도지? 신약을 썼어, 외과 수술 일보 직전에! 고마워! 자네 은혜는 잊지 못해. 그때 내가 탈출하는 걸 찬성한 건 자네였으니까. 그 사람은 어떻게 됐어? 빨간 물이 든 반장 말이야. 전신 기사라든가 하는?"

"자넨 정말 얼굴색이 좋은데. 이젠 거의 건강한 사람들과 다름없는 정도인데."

이목구비가 정돈된 얼굴에 살이 올라 혈색이 돌기 시작한 것이, 그 명랑한 안색은 아픈 사람답지 않고 밝았다.

"그런가! 아직 조금은 아픈 사람 같은가." 조는 조금 낙담해서

"실은, 아직 요양 중이야. 반년 동안은 활동하면 안 된다고 했지만, 계속 있을 수가 없었어. 자네들하고 약속한 일이 마음에 걸려서 말이지. 제때 하지 못해 미안했지만, 난 해낼 작정이야. 놈들은 선수를 쳐서 해산시켜 버렸지만 문제는 남아 있어. 자네! 같이 하세! 난 자네를 찾으러

마산으로 갈 생각이었어. 어떻게 되었어? 남은 사람들은?"

"……."

성일은 대답을 할 수 없었다. 그때 이후의 일을 숨기지 않고 털어놓기 위해서는 상대방을 좀더 알아야 했다.

"해산이라는 말을 들어도, 남아있는 사람이 있을 것 같지 않아?"

"있는 모양이야. 거동도 못하는 중환자들이 어떻게 스스로 움직이겠어. 가족들 거처를 알고 있는 사람도 거의 없었잖아." 성일은 분노를 담아 말했다.

"그렇고말고! 책임자를 찾아내지 않고는 못 있겠다는 기분은 자네랑 똑같아. 있잖아. 자네! 같이 해보지 않을래. 우리들은 살아남은 증인이야! 이 부정을 적발하지 않고선, 대한민국은 좋아지지 않아. 자넨 직장에 다니는 건가?"

그의 말쑥한 차림새를 힐끗 보고 나서 조는 물었다.

"아니, 근무처 같은 거 없어." 성일은 거짓말이 능숙하게 나오는 것이 양심에 찔렸다. 손에 든 떡 꾸러미가 쑥스러웠다.

"잘 됐어! 둘이서 힘을 합하면 훨씬 효과가 날 거야. 바로 지금 국회에 갈 참이었어. 한일식이라는 유력 국회의원에게 내가 협력하게 됐거든! 국민방위군 진상 조사에 관한 건을 국회에 상정해주기로 되어 있어. 자, 가자."

조는 의기양양하게 성일의 손을 잡은 채로 먼저 걸어가기 시작했다.

성일은 왠지 이 일에 두려움을 느꼈다. 자신이 세상 사람들의 눈을 피해 숨어 다니는 처지라는 사실에 그 두려움의 근거가 있었지만, 그렇게만 말할 수 없는 무언가를 느끼고 불안해졌다.

그러나 조에게 손을 잡혀 홍수와 같이 밀고 밀리며 흘러 다니는 행인들에게 둘러싸인 채 그 흐름을 따라가는 수밖에 없었다. 골목길에서 넓은 네거리로 나가니, 사람들의 흐름은 전차 선로를 따라 두 갈래로 나뉘었다. 배우 같은 손놀림으로 차와 사람들의 흐름을 번갈아 솜씨 있게 다루는 MP[8]가 맞은편의 하얀 빌딩을 등지고 서 있었다. 대형 군용차의 흐름 짬짬이 고철이 되어가는 낡은 포드와 시보레[9]가 꾸지람이라도 당한 듯 당황하여 부산을 떨면서 지프의 뒤를 쫓아가고 있었다. 그 차들의 행렬 뒤에서 '서울버스'라고 옆면에 쓰인 차량이 지나갔다. 그 은색의 차체를 보고 성일은 눈앞이 흐려졌다. 옛날 생각이 났다. 종로를 하릴없이 다니거나 통학하던 시절, 청량리 역 앞을 기점으로 하는 저 버스에는 추억이 헤아릴 수 없을 만큼 많았다.

"오빠, 잊어버리고 간 물건" 하고 누이가 뛰어올 것 같고, 그의 손을 잡고 버스에 올라타는 어머니도 보일 것 같다.

"자, 건너자."

MP가 방향을 바꾸어 오른손으로 통행인을 부르고 있었다. 성일은 멀리 사라져 가는 버스를 여전히 보고 있었다. 은박은 벗겨지고 차 바퀴가 찌그러져 있었다. 고물이 된 그 모습에서 전쟁이 보였고, 애수의 감정이 생겨났다. 서울에서부터의 긴 여로를 붙잡히지 않고 도망쳐 나온 저 차에는 길에서 떠돌다가 쓰러진 수십만의 원통한 영혼들이 깃들어

8 MP : 헌병(military police)을 말함.
9 시보레 : 미국의 자동차 회사인 GM이 제조, 판매한 자동차 브랜드명으로 정식 명칭은 프랑스어에서 유래한 쉐보레(Chevrolet, 1911년 프랑스 출신의 자동차 설계자이자 경주자인 쉐보레가 자신의 이름을 딴 쉐보레 자동차를 만들었고, 이 자동차 회사가 1918년 미국 GM에 매각되었다)이다. 영어 약칭은 쉐비(Chevy)이다. 일본어로는 시보레(シボレー)라고 표기한다. 1927년 일본 GM이 설립되어 오사카에 조립 공장이 건설되었다.

있는 듯 했다.

"왜 그래? 응?"

조가 성급하게 의혹의 눈길로 돌아보았다. 성일은 조의 뒤를 쫓았다.

"차 기다리는 시간에 그냥 도착할 테니까 걸어가자." 인도 쪽으로 벗어나서 남쪽으로 걸어가면서 조가 말했다. 성일은 차도로 비어져 나온 통행인에게 고함을 치고 있는 순경에게는 눈길도 주지 않았다. 비좁은 도로 위를 서둘러 걷고 있는 동안 차바퀴 소리, 날아올라가는 먼지들로 뒤덮인 도로를 보면서 그는 압박과 불안을 느꼈다. 나는 어떻게 되는 것일까 하며, 키가 작고 왜소한 몸이면서도 자신 있게 희망을 품고 있는 조를 부러워했다.

가도 가도 혼잡함으로부터 해방될 수 없는 길거리와 사람들에게 진절머리가 나서, 어딘가 소음이 없는 곳에서 불안에 떠는 일 없이 마음 편히 한숨 잤으면 싶었다.

이윽고 강가에 집들이 잡다하게 늘어선 곳으로 들어가 푸른 페인트로 칠한 널빤지 울타리가 있는 집에 다다랐다. 한일식 법률사무소라고 쓰인 팻말이 걸린 문에는 격자로 된 미닫이가 있었다. 집은 한눈에 보아도 적산가옥敵產家屋(귀환한 일본인의 소유물-작가 원주)이라는 것을 알 수 있었다.

넓은 정원이 있고, 일본풍의 징검돌로 이어진 현관까지 가는 양측에는 전나무와 단풍나무의 분재가 늘어서 있었다. 그러나 손질이 되어 있지 않아 노랗게 먼지를 뒤집어 쓰고 있었다.

현관문을 조가 열었다. 그러자 거기 객실 테이블에서 경찰관이 서류를 훑어보고 있었다. 성일은 꼼짝 못하고 선 채 금방이라도 달아나려는 자세가 되었다. 그러나 경사 배지를 단 젊은 경관이 조에게 붙임성 있는 미소를 던지며 성일에게는 눈길도 주지 않았다. 성일은 가슴을 쓸어내리면서 상대가 어떻게 나오는지를 기다렸다.

"호위 경관님이셔. 이 경사님, 이쪽은 방위군에서 같이 있었던 친구예요."

조가 두 사람을 소개시켰다. 성일은 경사의 말을 들으며 전라도 사람이구나 생각했다.

"우리 공화당 동지니까 안심해도 돼."

조는 성일의 얼굴에서 불안을 읽어내고는 그렇게 말하면서

"한 선생님 계십니까?" 경사에게 물었다.

"네! 계십니다. 자, 들어가세요." 경사는 완전히 안심하고 두 사람을 안으로 들여보냈다.

성일은 내가 만약 자객이었다면 어쩔려구? 하는 엉뚱한 생각이 잠깐 들었다.

복도의 나왕[10] 목재는 잘 손질이 되어 있었고 후스마[11]의 색은 약간 바랬지만, 파도에 물새가 있는 도안은 먼저 살던 사람의 취향 그대로 보존되어 있었다. 조가 후스마를 열었다. 팔 첩[12] 방에 중년에서 초로에 접어든 연령의 다섯 사람이 정치 이야기에 열중하고 있었다. 다다미의 표면은 햇빛을 받아 변색되고 삼베 모서리는 군데군데 닳아서 떨어져 있었지만, 겉은 잘 닦여져 있었다. 도코노마[13]에는 이조李朝 산수화가 걸

10 나왕(羅王) : 열대 지방산의 상록 교목. 가구 · 건축재로 널리 쓰인다.

11 후스마[襖] : 일본의 건축에서 나무틀을 짜서 양면에 두꺼운 헝겊이나 종이를 바른 문을 지칭한다. 습기와 통풍을 조절하며, 바람과 추위를 막기도 하며 햇빛이 잘 들어온다.

12 첩(疊) : 다다미. 일본의 가옥에서 바닥을 덮는 데 쓰는 짚으로 만든 사각형 돗자리.

려 있었지만, 다른 쪽 선반에는 전축과 필기구함이 잡다하게 놓여 있어 남겨진 일본 문화를 주체 못하는 느낌이 얼마간 있었다. 메이센銘仙[14]으로 만든 일본식 방석 위에 앉아 있던 은발의 남자가 흘끗 조를 보더니 성일 쪽으로 시선을 옮겼다. 그 커다란 눈에 예리한 빛이 번쩍이며 의심이 획 스쳐가는 것을 보았다. 험상궂은 인상이 되어 있을 자신을 상상하며 성일은 주눅이 들었다.

눈을 깔고 가능한 한 온순하게 보여, 상대를 안심시키려는 노력을 하는 자신을 은발의 남자는 보고 있었다. 남자는 손님들 쪽으로 관심을 돌려 계속되는 이야기에 섞여들었다. 모두 새 것으로 보이는 양복을 입고 양말도 깨끗했다. 성일은 자신의 차림새가 갑자기 볼품없이 보여 까만 서지 양복을 입고 있는 조 정도의 옷차림이 부러웠다.

조는 얌전하게 책상 다리를 하고 연장자들에게 충분한 존경의 빛을 표하면서 입을 다물고 열심히 이야기를 듣고 있는 체 했다. 그 옆에서 무료하게, 그렇다고 꼴사납게 주저주저하는 일은 하지 않았지만 기껏해야 심부름꾼 이하의 복장을 하고 있는 자신이 마음에 걸려 어찌할 바를 몰랐다. 새 셔츠를 입은 것이 그나마 위로가 되었는데, 산골 촌놈 같았던 어제 자신의 모습을 조에게 보이지 않은 것이 다행이라고 생각했다.

그는 마음을 가라앉히고 거기 있는 사람들의 이야기에 귀를 기울이려고 했다. 그렇게 하는 것이 이 자리의 분위기에 적응하는 것이기도 하고, 자신의 어색한 기분을 없애는 지름길이었다. 그러나 그는 태어나

13 도코노마[床の間] : 일본식 방의 상좌(上座)에 바닥을 한층 높게 만든 곳. 벽에는 족자를 걸고, 바닥에는 꽃이나 장식물을 꾸며 놓음. 보통 객실에 꾸밈.

14 메이센[銘仙] : 굵고 마디가 많은 쌍코치 실이나 방적 견사 등으로 촘촘하게 짠 평직의 견직물.

서 처음으로 이런 장소에 와 본 것처럼, 침착하지 못하고 스스로를 비하하며 수치심을 느꼈다.

그래서 자신이 적어도 이 사람들보다는 더 고급스러운 생활을 해왔고 훌륭한 가문 출신이라는 것을 내세워보려 하면서 반발했지만, 그가 그런 배경을 완전히 상실하게 되었다는 것을 거듭 깨닫고는 비애감이 한층 더할 뿐이었다. 그는 고개를 숙이고 다다미의 그물눈을 세어가면서 눈물을 삼켰다. 그 다다미의 그물눈을 보니, 문득 서울의 남산[15]에 있던 작은아버지 저택의 호사스러운 일본식 방이 떠올랐다. 여섯 척의 도코노마를 중심에 두고, 그 양 날개에는 각각 책장과 선반 아래 작은 벽장이 있었는데 〈시오쿠미〉[16]와 '도죠지'[17]의 인형이 유리 상자 안에 들어 있고, 요코야마 다이칸橫山大觀[18]이 그린 후지산이 장엄한 모습으로 도코노마에 걸려 있었다. 해방직후 반일 기류가 강할 무렵 방문한 어떤 손님이 작은아버지의 일본 취미를 친일이라고 야유했을 때, 작은아버지는 '반일'과 '문화'를 혼동해서는 안 되는 것이라고 보기 드물게 화를

15 식민지 시기 서울의 남산 근방에는 일본인들이 많이 살았고, 다른 지역보다 훨씬 주거 환경이 좋은 편이었다.

16 시오쿠미 인형[汐汲み人形] : 가부키 무용인 〈시오쿠미〉(소금을 만들려고 바닷물을 푸는 것, 혹은 바닷물을 푸는 사람을 가리킨다)의 모습을 한 여자 인형.

17 도죠지(도성사, 道成寺): 와카야마(和歌山)현 히타카에 있는 천태종 사원. 이 절과 관련하여 안친[安珍]과 기요히메[清姫]의 유명한 전설이 전해져 내려와 가부키극의 소재가 되었고 현대에는 에니메이션으로도 만들어졌다. 이 설화는 여러 가지 버전이 있지만, 기본 줄거리는 다음과 같다. 엔쬬[延長] 6년인 928년, 일본 불교의 성지 구마노(熊野, 지금의 와카야마현)로 안친이라는 승려가 참배 길에 하룻밤 유숙을 청한다. 유숙한 집 호족의 딸 기요히메는 수려한 용모의 젊은 승려 안친에게 첫눈에 반해, 그가 잠든 방에 몰래 들어가 사랑을 고백한다. 승려의 몸이며 참배 중이라는 이유로 참배가 끝나고 돌아오는 길에 반드시 기요히메를 찾겠다고 약속한 안친은 그러나 그녀를 찾지 않는다. 기요히메는 그녀로부터 도망치고 싶어 하는 안친을 쫓기 위해 히다카[日高]강에 뛰어들지만, 사랑을 잃게 된 절망감과 배신의 한으로 이무기로 변신한다. 그녀의 추격을 받는 안친이 도조지의 주지 승려에게 도움을 청해 종 속에 숨어들지만, 이무기로 변한 기요히메는 종을 칭칭 감고 그 속에 숨은 안친을 종과 함께 태워버렸다는 내용의 설화이다.

18 요코야마 다이칸[橫山大觀, 1868~1958] : 일본의 화가, 근대 일본 화단의 거장으로 알려져 있다.

냈었다. "일본 문화의 모태는 삼한 문화 아닌가. 조선의 고대 문화는 조선보다도 일본에서 찾을 수 있게 된 상황인 바에는, 우리가 배워 익힌 일본 문화는 소중하게 섭취해야 한다고 생각하네."
라며 얼굴이 새빨갛게 되어 항의한 적이 있었다. 정치적 친일과 문화적 친일과는 별개의 것이라는 작은아버지의 말은 성일도 지지했었다. 중이 미우면 가사마저 밉다는 식으로 당시 세간의 감정은 반일로 빈틈없이 칠해져 있었지만, 작은아버지는 완고하게 자신의 신념과 취미를 굽히지 않았다. 일본 현대 화가의 회화 가격이 폭락한 데 눈을 돌려 잘 된 것과 못된 것을 가리지 않고 작품을 사 모았던 작은아버지는 장삿속을 떠나 있었다.
"언젠가 반드시 소용이 될 테니까."
하고 성일에게 말한 적이 있다.
갑자기 조가 성일의 손을 쥐고 앞으로 데리고 나가면서 뭔가 말을 했다. 성일은 깜짝 놀라 정신이 돌아왔다. 거기 있는 사람들의 시선이 자신에게 집중되고 있는 것을 깨닫고 그는 얼굴이 따끔거리는 듯한 느낌이 들었다. 그는 모두의 이야기에서 멀어져서 추억의 세계에서 헤매고 있었던 것이다.
"지금 말씀하신, 방위군 사건의 산 증인으로 이 청년을 데리고 왔습니다."
조가 말하자
"아아, 저 청년도 그랬던 건가", "다행히 무사히", "살아남기까지는 엄청나게 고생했겠지" 등의 감탄과 위로의 말들이 던져진 돌멩이처럼 날아들었다. 그러자 은발의 남자가

"전쟁의 참화를 겪은 것은 자네만이 아니라네. 여기 있는 사람은 대부분 다 그래. 생각하기도 괴롭지만, 작년 여름 빨갱이놈들 치하에 있었던 90일간을 난 마루 밑에 파 놓은 굴에서 지냈어. 하지만 해방 말기[19] 놈들의 열 번째 가택 수사에서 드디어 붙잡혔단 말이지. 한밤중이었어. 회중전등을 들이면서 마루 밑으로 내려오던 놈들이 나를 찾아냈지. 근데 그 순간에 내 이 머리는 백발이 되어 버렸어……"

와하하하 하는 쾌활한 웃음소리가 터져 나왔다. 웃음이 멈추기를 기다리지 못하고, 은발의 남자는 의젓하게 손을 휘둘러 제지하면서

"하룻밤에 머리털이 하얗게 되었다는 말이 있기는 해도, 내 경우는 정말 그 순간 하얗게 되어버렸다구".

"하얗게 됐다는 걸, 본인 스스로 아셨습니까?" 마흔을 갓 넘긴 가무잡잡한 얼굴의 남자가 반쯤 놀리면서 물었다.

"알다마다. 머리털이 거꾸로 서고, 핏기가 쓱 가시고……"

"그건 머리가 하얘지는 것과는 다르죠. 공포의 순간에는 누구라도 그런 증상을 보이거든요." 온순해 보이는 둥근 얼굴의 남자가 말하자

"물론, 그렇겠지만 내 머리는 그 이전에는 흰 머리를 찾는 게 힘이 들 정도였다니까요. 마흔 중반을 넘었어도 새까만 머리를 하고 있다고 모두 부러워했던 머리라구요".

성일은 그 사람이 적어도 55세는 되어 보인다고 생각했다.

"그건 그렇고, 이 젊은 친구들이 해줬으면 하는 역할을 결정해 둘까

---

19 이 해방이란 공산군이 패퇴하여 유엔군이 서울을 탈환한 날을 가리킴 — 저자 원주. 그러나 무슨 이유에서인지는 모르겠지만, 이 원주에는 착오가 있어 보인다. 해방이란 당시 인민군이 서울 점령을 가리킬 때 스스로 사용했던 용어였고, 유엔군의 경우 서울 수복이라는 용어를 사용했다. 소설의 내용상으로 보아도 인민군 점령 치하 때 일어난 일이어야 앞뒤가 맞는다.

요.” 가무잡잡한 얼굴의 남자가 말했다.

성일은 가슴이 두근거리는 것을 느꼈다.

“내일 국회에서 국민방위군 실정 조사에 관한 건이 상정될 거야. 한 선생님과 여기 계신 이 분들이 해주시는 거지.” 조가 소곤거리며 말해 주었다.

“증인 소환 동의를 제출해서 여당 의원들의 허를 찌르고 싶군요.” 둥근 얼굴을 한 남자가 성일을 바라보며 말했다.

“그게 좋겠어.” 은발의 위원이 말하면서

“자네들에게 실정 보고를 받을 테니 연설 초안을 만들어 두지 않겠나.”

“예!”

조가 감격적인 떨리는 목소리로,

“나중에 둘이서 상의해서……”

“의논하는 건 좀 별로야! 같은 내용을 각각의 관점에서 진술하는 쪽이 가치가 있어. 각자의 체험담을 있는 대로 쓰는 게 좋아.”

“예! 그럼 그렇게 하겠습니다.” 조가 말하면서

“자네! 인사하고 물러갈까. 내 하숙방에 가서 초안을 만들자”. 그러자 은발의 남자가

“잠깐 저 친구한테 말할 게 있어. 취지는 철저하게 알고 있겠지만, 혹시 몰라서……”라며 성일을 향해

“자넨, 이승만 정권을 신뢰하고 있는가!”

성일은 은발의 의원으로부터 눈을 피하지도 못한 채 대답이 궁했다. 그의 작은아버지는 현 정권의 대변자 가운데 한 사람이었다. 미국의 원조 자금 일부로 일본에서 물자를 구입하는 상인으로, 그가 현 정권의

한 쪽을 떠받치고 있는 덕분에 성일의 집도 유복한 생활을 하고 있었다는 사실을 지금 여기서 이 은발 의원에게 추궁당하기 전까지는 생각해 보지 않았던 것이다. 기독교 신자의 대부분은 이 대통령을 숭배하고, 미국을 찬미하며 한국의 장래는 미국처럼 되어야 한다는 이상을 내걸었다. 교회에서 집회가 있을 때마다 이 대통령을 찬미하고 한국을 축복했다. 목사들과 장로들은 연이어 정부의 요직에 발탁되었고, 이승만 정부를 지지하고 성장을 도우는 것이 신자의 의무라고 여겨 교회는 관계에 진출한 장로 한 사람 한 사람을 박수치며 배출해내는 것이었다.

성일은 자신을 의심하며 바라보는 의원의 눈에 압도당해 고심할 틈이 없다는 것을 깨닫고 즉시 대답했다.

"국민방위군 사건에 관해서, 그리고(문득 게릴라 토벌이라는 이름을 빙자하여 무고한 마을 사람들을 살육한 일을 입 밖에 냈지만, 흠칫 놀라 단념하였다) 어쨌든 찬성할 수 없습니다."

"찬성?" 의원은 벌컥 성을 내며

"자네들 오십만 장정이 이유도 없이 개죽음 당했다고 생각하나? 방위군 예산 중 50억 환 이상이 옆으로 새서 행방불명이 됐다는 것을 듣고, 희생자의 한 사람으로서 자네는 뭔가 느껴지는 것이 없나?"

"……."

성일은 멍하니 의원을 바라보고 있을 수밖에 없었다. 그런 부정 사건이 있었다는 것을 지금 막 들은 처지에서 뭐라 답할 겨를이 없었다.

"김윤근金潤根[20] 사령관을 우두머리로 하는 국방부 내의 부정사건은 유

20 김윤근(金潤根, 1900?~1951) : 1920년대 씨름선수였으며 한국전쟁 발발 후 국방부 장관인 신성모와의 인연으로 대한청년단 감찰국장이 되었고 이후에 국민방위군 사령관이 되었다. 국회

사 이래 최대 악행이라구. 어떤 나라에도 이 정도로 비양심적이고 비애국적인데다 비국민적인 행위는 없을 거야. 매국 행위와 조금도 다르지 않아. 아니, 매국 이상이지. 전장에서 적을 쓰러뜨려야 할 우리 애국 병사가 이송 도중에 아사하고 동사했어. 겨우 살아남은 장정들에게조차 아무런 급여도 주지 않고 해산시키고 죽음의 거리에 내팽개쳤지. 이건 명백히 이적행위이고 국가의 수치야. 평양 방송은 연일 이 사건을 해외에 방송하고 있어. 그 거창사건과 함께 국방부의 2대 실태이고……"

"거창?" 성일은 움찔했다.

"지리산 산중의 우리 양민 마을을 토벌 국군이 불사르고 마을 사람들을 섬멸했지. 평양과 북경방송이 전 세계에 선전하고 있는데, 우리 국내에서만 비밀로 하고 있어. 우리들은 국회에서 이 두 사건을 문제 삼고 여론에 호소하기로 했지. 정부 여당은 이 사건들을 어둠 속에 묻어버리려 하고 있어.

그렇지만 우리들은 민족의 이름으로, 정부에 책임을 묻고 규탄하기로 결심했지. 민주주의를 이승만 정권이 부정하지 않는 이상, 여론과 언론의 자유를 박탈하는 일은 할 수 없어."

성일은 눈을 내리깔고 머리를 푹 수그리고 죄인처럼 깊이 행동을 삼가고 있었다. 마치 국회에서 하는 연설 같은 어조로 열을 올리던 의원의 얼굴에는 왠지 그 목소리만큼의 분노는 나타나지 않았다. 그러나 의

가 나서서 이 사건을 재조사하는 과정에서 국민방위군 사령관 김윤근, 부사령관 윤익헌, 재무실장 강석한, 조달과장 박창언, 보급과장 박기환 등 국민방위군 간부들이 방위군 예산 10억 원을 착복하였으며 정치계에 수천만 원의 자금을 제공한 사실이 드러났다. 그 결과 이시영 부통령이 사표를 제출하였으며 다시 재개된 재판에서 김윤근, 윤익헌 등 국민방위군의 주요 간부 5명에게 군법회의에서 사형이 선고되고 집행되었다.

원이 지적하는 2대 참사가 자신과 관계가 있다는 사실, 그리고 그 '관계'가 '책임'과 혼동되어 희생된 많은 영령들에 대해 죄스럽다고 생각하면서 성일은 자신의 슬픔에 잠겨 있었다.

"우리들은 목숨을 걸고 이 문제를 다룰 거야." 의원은 열에 들떠 있었다.

"이 문제가 현 정부에 치명적인 사안이라는 건 관계자들 모두 알고 있어. 당국자들은 우리들에게 함구하고 있자고 제의했어. 그렇지만, 우리들은 결백하게, 용감하게, 싸울 거야. 돈도 위협도 문제가 되지 않아. 우리들은 돈을 가지고 돈을 모욕하는 그런 일은 하지 않아. 돈으로 더럽혀진 자들을 심판하고 백일하에 드러내는 일 없이 정계는 정화될 수 없어. 우리들은 어떤 위협도 두렵지 않아. 자객이 우리들 신변에 어정거리다고 해도, 그걸 두려워하는 것은 자객과 자객을 보낸 자들에게 지는 일이야. 암살은 김구金九[21] 씨를 마지막으로 끝나야 한다고 우리들은 신사紳士 계약을 맺었어. 송진우宋鎭禹[22] 씨로 시작된 암살은 유행이 좀 지

21 김구(1876~1949) : 독립운동가, 정치가. 황해도 해주 출생. 본관은 안동. 호는 백범. 19세에 이미 동학군의 선봉장으로 해주성(海州城)을 공략하였는데, 이 사건으로 1895년 신천 안태훈(安泰勳)의 집에 은거하며, 당시 그의 아들 중근(重根)과도 함께 지냈다. 1911년 1월 데라우치[寺內正毅] 총독 암살모의 혐의로 17년형을 선고받았으나 가출옥하여 농촌 부흥 운동에 주력했다. 1919년 3·1운동 직후에 상해로 망명, 대한민국 임시정부의 초대 경무국장이 되었고, 1926년 12월 국무령(國務領)에 취임하였다. 1945년 11월 임시정부 국무위원 일동과 함께 제1진으로 환국하였다. 그 해 12월 28일 모스크바 3상회의에서 신탁통치결의가 있자 신탁통치반대운동에 적극 앞장섰다. 그러나 1948년 초 남한 만의 단독선거가 결정되자 여기에 절대 반대하는 입장을 분명히 했다. 분단된 상태의 건국보다는 통일을 우선시하여 5·10제헌국회의원선거를 거부하기로 방침을 굳히고, 그 해 4월 19일 남북협상 차 평양으로 향하였다. 남북한의 단독정부가 그 해 8월 15일과 9월 9일에 서울과 평양에 각각 세워진 뒤에도 민족통일운동을 재야에서 전개하던 가운데, 1949년 6월 26일 서울 서대문구에 있던 자택 경교장(京橋莊, 지금의 삼성강북의료원 건물)에서 육군 소위 안두희(安斗熙)에게 암살당하였다.

22 송진우(1887~1945) : 교육가, 언론인, 정치가. 전남 담양 출생. 일본 메이지 대학을 졸업하고 조선에 돌아와 김성수와 함께 중앙학교를 인수, 교장이 되었다. 1921년 동아일보사가 주식회사가 되면서 김성수의 뒤를 이어 3대 사장에 취임했다. 해방 이후에는 김성수, 김병로, 원세훈, 장덕수, 서상일 등을 중심으로 한국민주당(韓國民主黨)이 결성되자 당수격인 수석총무에 추대되고, 『동아일보』가 복간되어 제8대 사장에 취임하였다. 신탁통치문제에서 다른 우파와는 달리

나쳤거든. 암살은 그 국민과 민족의 야만성을 폭로하는 일이지."

의원은 내일 국회에서 해야 하는 연설을 여기서 발표해서는 안 된다고 약간 후회하면서

"때로는, 자네, 공산당에게 동정을 느끼는가?" 엄격한 얼굴로 성일을 바라보았다. 그리고 나서 긴장한 의원의 얼굴은 은발을 잊게 할 정도로 젊어보였고 생기가 넘쳐흘렀다.

"……."

성일은 대답을 하지 않고 의원을 마주 쳐다보았다.

"이건 어리석은 질문이었어! 공산당원이 우리 대한민국 안에 나타날 리가 없지. 자네가 지하연락원이라면 좀 지나치게 대담한 거니까. 그러면 우리의 주의를 자네에게 말해둬야겠지만, 난 민족자본주의자이자 민족사회주의자이지."

"……."

성일은 멍하니 상대의 얼굴에서 은발로 시선을 옮겼다. 하룻밤에 백발이 되었다는 이 의원은 어지간히도 머리가 이상해졌구나, 그렇게 의심했다.

"자넨, 우리 이론이 이해가 안 되는 모양일세. 나는 ML당[23] 간부의 한 사람이었어. 자넨 ML당 사건[24]을 알고 있나?"

반탁운동에 대해 신중한 입장을 피력했다. 1945년 12월 30일 반탁을 지지하는 한현우 등 6명의 습격을 받고 종로구 원서동 74번지 자택에서 사망했다.

23 ML당 : 1920년대 중반 사회주의 운동 그룹의 하나. ML이란 마르크스 레닌을 뜻한다. '분열된 운동선의 통일'을 위해 레닌주의동맹을 조직한 이들은 이후 조선공산당에 가입함으로써 '3차 조선공산당' 즉 '통일조선공산당'의 주요 세력이 된다.

24 ML당 사건 : 제3차 공산당사건이라고도 불린다. 1925년 4월 서울에서 결성된 조선공산당은 1국1당 원칙의 코민테른 한국지부로 승인받았다. 조선공산당은 창건 이후 해체와 재건을 거듭했는데, 그중에서도 특히 1928년 2월 모두 검거된 사건을 제3차 조선공산당사건이라 부른다.

"들어본 적 있습니다."

일본 통치 시대에 공산당의 비밀 공작이 발각되어 대검거가 있었던 사건은 성일도 몇 번인가 들어본 적이 있다.

"그 시절 나는 공산주의자였지. 하지만 그건 민족의 독립을 제 일로 삼는 민족공산주의였어. 소련의 앞잡이가 되는 그런 괴뢰주의가 아니라. 어디까지나 민족 독립을 위한 편법이었지. 국제파와 나는 결별했지. 그리고 8·15해방을 맞았어. 민족의 독립은 목전으로 굴러들어왔지. 그런데 우리들은 자주 독립을 빼앗겼지. 이승만 정권을 괴뢰라고 선전했던 김일성 괴뢰 정부의 주장을 나는 인정해. 우리들은 민족 자주 독립을 목표로 싸웠지만, 그동안 많은 동지가 칼에 쓰러졌지. 김구 선생은 우리들이 가장 신뢰하는 동지였어. 김구 씨 암살 후 선대 동지들은 대부분 시골로 내려가 전원에 숨어살면서 스스로 산매장하는 삶을 살고 있어. 우리나라의 재건은 민족자본을 제일로 해야 해. 외자 의존은 식민지가 되는 거라구. 민족 자본이 없는 곳에서 민족사회주의는 발달하지 않아. 우리들은 국가 강권의 독재 사회주의에 절대 반대야. 민족자본주의 바꿔 말하면 민족사회주의가 되는 이유지. 나는 소수의 자본가가 이 민족자본을 독점하는 것을 금지해야 한다고 생각하지만, 지금 형편에선 반 정부 세력을 이용하기 위해 그 사람들과 손을 잡고 있지. 자네가 맑스주의적인 공식밖에 모른다면, 내 이론은 이해가 되지 않고 진부하겠지. 그렇지만 우리나라의 현 상황에서는 이게 가장 타당

조선공산당의 재건을 위한 각 분파들의 다양한 당 재건운동은 1945년 해방이 되기까지 성공하지 못하고 실패를 거듭하게 된다. 그러나 식민지 시기 당 재건 운동은 꾸준히 이어져 1945년 8월 해방 직후 박헌영 등 과거 화요파가 주축이 된 '조선공산당재건준비위원회'를 통해 조선공산당이 재건된다.

하고 높은 이상을 가진 리얼리즘이라는 사실은 틀림이 없어."

"……."

성일은 그 말을 이해하려고 애썼다. 맑스의 자본론을 조금은 들춰본 일이 있는 그로서는 한 의원의 이론은 이해가 되지 않는다고밖에는 할 수 없었다.

"자네는 내일 국회에서 조 군과 함께 증인대에 서게 되었으니까. 준비해주었으면 해. 그때 자네가 자신 있게 말하기 위해서는 우리 당의 정강을 알아둘 필요가 있어. 무엇보다도, 관리와 군부의 부정을 적발하는 것이 우선이야. 현 정부는 타도해야만 해. 이제 가 봐도 좋아. 우리들은 아직 논의가 끝나지 않았어."

"예! 그러면 이만 물러가겠습니다."

조가 겸손하고 정중하게 하직 인사를 했다. 성일은 조를 흉내 내며 몹시 정중하게 양손을 다다미에 대고 고개를 숙였다.

"자넨, 그 노타이 셔츠밖에 없나?"

갑자기 머리에 꿀밤을 때리듯이 의원이 물었다. 성일은 얼굴이 금세 빨개져서

"예!" 하며 쭈뼛쭈뼛거렸다.

"그 옷 가지고는 곤란한데."

"양복이나 뭔가 다른 옷을…"

둥근 얼굴을 한 젊은 의원이 끼어들었다.

"아니야. 방위군 생존자가 그런 멋진 복장이어서는 안 되지. 이 경사가 토벌대에 있을 때 입던 낡은 옷이 있을 거야. 어이. 이 경사!"

조가 사이를 두지 않고 물러나며

"그럼, 이 경사님께 부탁해서 옷을 빌리겠습니다."

"좋아!"

한 의원은 끄덕이면서 성일에게도 눈길을 주어가면서 "자, 내일!" 하고 말했다.

그 얼굴은 상냥하게 빛났다. 그것을 이상하다고 생각하면서 성일은 경계했다.

카키색의 경찰복을 입은 성일은 아무런 계급장도 없이 무사가 칼을 갖고 있지 않은 듯한 모습에 어색했지만, 옷에 스며든 땀 냄새가 자신의 체온으로 녹아들어 코를 찌르는 것이 한층 더 견딜 수 없었다. 산으로 다시 되돌아간 것 같은 자신에게 화가 났고, 언제까지나 제자리를 맴돌아야 하는 운명을 느끼며 조바심이 났다. 그런 그에게 아랑곳하지 않고, 조는 계속 말을 걸어왔다.

"뒷골목으로 가자! 현관 옆 삼첩 다다미방에 살고 있는 친구랑 둘이서 묵고 있으니까 거기서는 속에 있는 이야기도 할 수 없거든."

조는 전찻길에서 산기슭 쪽으로 나있는 길로 접어들며

"신의주 학생 사건에 연루되었던 내가 북한괴뢰 정권의 감옥을 탈출해서 38선을 넘는 데 성공하기까지 겪었던 고난은 말로 다 못해. 난 소련의 앞잡이가 된 빨갱이 정권의 괴뢰짓을 이 눈으로 봐왔어. 일본군이 남기고 간 중요 시설을 소련군이 철거했고, 공출한 미곡도 대부분 가져가버렸지. 조국 소련 동맹을 위해서라고, 놈들은 말하지만 난 조국은 우리 반도 이외에는 없다고 생각해. 민족전선통일이라고 칭하면서 광범위하게 각 정당을 포용한 것은 초기뿐이었어. 괴뢰 정권이 강화되고 나니까 조금씩 붕괴시키고 노동당 하나로 몰아가려 하고 있어. 그 수법으로 보면, 노동당 이외 정당의 존재가 허용되는 것은 이승만 정권을 쓰러뜨리기 위해 뭔가 이용 가치가 있을 때뿐이지. 그들 정책이 가진 공식성은 이제 의심의 여지가 없어.

그래서 월남했지만 의지할 데가 없어 헤맸지. 북한에서 월남한 자들이 서북청년단이라는 걸 조직했어. 이자들은 김일성에게 원한을 품은 반공 귀신이 되어 있었으니까 그 단체의 성격은 자연히 극우가 되고 백색 테러단이 되었지. 난, 어디까지나 진보주의자이고 극우민족주의로는 기울지 않아. 진보적인 노동조합 안에 이 테러 단원이 잠입해 조합을 탈취하는 것을 몇 번이고 보는 동안, 난 이승만의 반동성을 똑똑히 보았어. 대한노동자총동맹이라는 게 그거야. 이건 반사회주의 우익단체인데, 타락한 간부들의 비열한 행동을 볼 기회가 있을 거야. 그래서 난 우익단체에서 손을 떼고 가만히 두고 보는 참인데, 남북협상파가 나타났어. 김구 선생, 김규식[25] 선생 등의 소위 중간파지. 난 여기에 덤벼들었어. 동지가 있었어. 그 민족주의적인 편향은 위험했지만, 남북통일이 실현될 때까지는 해볼만 하다고 생각했어."

"그때 한 의원님을 우연히 만났지. 한 의원님은 내 먼 친척이야. 무엇

---

25 김규식(1881~1950) : 외교관. 독립운동가. 정치가. 부산 동래 출생. 본적은 강원도 홍천. 집안 사정으로 미국 북장로교 선교사인 언더우드(Horace G. Underwood) 목사 집에 어릴 때 입양되어, 1887년부터는 그가 세운 고아학교인 민로아학당과 구세학당에서 서양식 근대 교육을 받고 1896년 졸업하였다. 그 후 당시 국문과 영문으로 발간되던 『독립신문』에 입사했다. 서재필의 권유로 20세에 미국 유학을 했고, 프린스턴 대학교 대학원에서 영문학 석사학위를 받고 귀국했다. 상해에서 대한민국임시정부가 수립되어 외무 총장 겸 강화회의 파리 대표위원으로 임명되었다. 강화회의에 「일본으로부터 해방 및 독립국가로서 한국의 재편성을 위한 한국 국민과 민족의 주장」이라는 공고서와 비망록을 제출한 것으로 유명하다. 1945년 8·15 이후, 임정 요인들과 함께 11월 23일 1차로 귀국했다. 남북 분단으로 치닫는 흐름을 막기 위해 1948년 4월 북행하여 남북협상에 참석했다. 1950년 6월 25일, 납북되어 같은 해 12월 10일 평북 만포진 부근에서 사망한 것으로 알려져 있다.

보다 공산주의자였던 게 매력이었지. 그가 말하는 민족주의와 사회주의 절충안은 진부하고 모순되고, 앞뒤가 안 맞지. 그렇지만 사회주의조차 빨갛다고 하는 이 나라에서는 그 정도로도 손발을 자유롭게 움직이지 못해. 그러니까, 그는 현단계에 있어서는 가장 왼쪽이라구. 민족 자본가를 대표하는 한국민주당, 지금은 민주국민당이 되었지만 이 당과 제휴해서 반 정부 운동이 생길 때까지 일을 마무리한 그 사람 수완은 높이 살 만해. 민족자본주의설이 한민당한테 환영받았던 거지. 우리 당은 아직 당명도 없어. 중국에서 온 귀환자들이랑 구라파 유학생들이 많이 모여 있고, 차기 정권은 우리 당에서 담당해야 하기 때문에 지금 맹렬하게 활동이 시작되고 있어. 우리들은 반공으로 일치해 있지만, 반공을 구실로 삼는 이승만의 독재를 분쇄해야 해. 국민방위군과 거창사건 이 두 가지 큰 문제가 생긴 건 천벌이 내린 것과 마찬가지야. 박 군……"

하며 조는 멈춰 서서 손을 내밀어 악수를 청했다.

"내일은 크게 해보자. 우리들이 체험했던 걸 있는 그대로 진술하는 거야. 조금은 과장이 있어도 괜찮겠지. 자네, 같이 하자구!"

하며 성일의 손을 잡아 꽉 쥐었다.

"……."

성일은 단상 위에서 뭇 사람들의 눈에 띄게 되는 자신을 상상하고 몸이 얼어붙었다.

"방청석도 있을까?"

"물론. 도청 내 예전 일본인들이 쓰던 무덕관武德官[26]을 개조해서 사용

---

26 무덕관(武德官) : 대일본무덕회(大日本武德會)에서 세운 무도(武道) 진작과 교육을 위한 시설. 대일본무덕회(大日本武德會)는 1895년 4월 17일 결성되어 제1차세계대전 중인 1942년까지는

하고 있는 거라 방청인이 많이 들어가지는 못해. 하지만, 내일은 특별히 방청권을 많이 발행하기로 했어."

사실은…… 성일은 느닷없이 자신의 신상에 관한 이야기를 시작하려고 했다. 하지만, 말이 목구멍에 걸려 목이 메었다.

낮은 기와집 바로 뒤편에 있는 언덕으로 다가갔다. 땅딸막하고 모양새가 좋지 않은 산이 그 언덕으로 이어져, 시가를 안으로 깊게 품은 것같이 맞은편 방향으로 구부러져 있었다.

"구덕산이라고 하지."

조가 돌이 보기 흉하게 나와 있는 노면을 따라 산기슭 쪽으로 나아가면서 말했다. 성일은 산을 보고 있는 게 아니라 자신의 몸에 닥친 하나의 위기를 피해가야 할지 나아가 맞부딪혀야 하는 것인지 갈피를 못 잡고 있었다. 조는 인적이 뜸해진 산기슭에 이르자, 정부를 쓰러뜨려야 한다는 것을 흥분해서 계속 힘주어 주장하고 있었다. 그러더니 갑자기 작은 목소리로

"교묘하게 하지 않으면 빨갱이 취급을 받게 되고 말아. 빨갱이라고 딱지가 붙게 되면 그땐 끝이야. 이거라구. 자네".

검지로 머리를 싹둑 자르는 시늉을 하면서

"이 나라에는 파쇼fascio가 만연해 있어."

라고 말했다. 조의 눈이 음험하게 빛났다.

"우리 두 사람이 국회에 나타나면, 놈들은 깜짝 놀라 자빠질걸. 실은, 자넬 찾기 위해 수용소에도 사람이 갔었어. 한 선생님은 내가 자네를

무도 관계 조직을 통제하는 일본 정부의 외곽단체였다. 1946년 11월 9일, 연합군최고사령부(GHQ) 지령에 의해 강제 해산되었다.

우연히 길에서 붙잡았다는 걸 모르고, 수용소에 가서 데리고 온 줄 알고 있을 거야. 통쾌해. 내일이 너무 기다려져. 자네를 찾게 될 줄이야. 하늘이 도우셨지. 딱 제 때 맞추었단 말이야.

"자네 혼자서 충분하지 않을까?" 성일은 조심스럽게 말했다.

"충분할까? 놈들은 나를 사꾸라[27]라고 할 거야. 그렇지만, 자네한테는 그렇게 나오지 못해. 자네 얼굴에는 방위군이라는 글자가 쓰여 있는 거나 마찬가지야. 자네가 아니면 안 되는 거야. 자네라면 우리 당의 정신에 금세 공명해줄 거라고 예상했는데 생각한 그대로였어."

성일은 그 말을 부정할 기력을 잃었다. 여기서 논쟁해 봐야 아무 소용이 없다. 그렇게 생각하는 자신이 몹시 의지박약한 사람으로 보이고 문득 매우 교활하게 느껴졌다. 그는 그 느낌에 반발하여, 나는 자네들 당이 내거는 정신에 아직 공명하지 않아. 한 의원의 설교에도 감명받지 않았을 뿐 아니라 자네도 좋아하지 않는다구. 나는 백지야. 정치의식이 전무했던 나는 철부지에다 무사태평한 놈이어서 이런 동란의 소용돌이 속에 있는 한국에 살기에는 어리석고 용렬한 존재라는 걸 지금은 절실히 느끼고 있어. 하지만, 정치 의견을 결정하기에는 아직 일러.

공부해보고 나서 결정하는 편이 확실하고, 난 이제 겨우 세상에 나온 셈이니까 제발 나를 좀 놓아줘. 이런 말들이 마음속을 떠돌았지만 입 밖으로 꺼내지는 못했다. 그때 거기 늘어선 집들의 행렬이 끝나고, 큰길과의 사이에 있는 공터에 커다란 단층집과 잘못 본 것은 아닐까 생각이 드는 텐트가 둘 경쟁하듯 서 있었다. 텐트 입구에 늘어뜨린 장막 앞

27 사꾸라[さくら]: 야바위꾼. 한통속. 동원된 박수꾼. 돈을 받고 극장의 객석에서 배우에게 소리를 질러 칭찬하는 사람을 말함.

에서 여자들이 흙으로 만든 풍로에 불을 피운다, 쌀을 씻는다 하고 있다. 옆에서 엉겨붙는 아이들을 혼내가며 뭔가 푸념을 하고 있는 여자들은 고생에 절어 때투성이가 된 얼굴을 하고 있었다. 노파가 한 사람 지는 해를 정통으로 받으면서 방심한 채 앉아 있었다. 산 끝자락에 걸린 태양을 성일은 흘끗 보고, 그 노파가 뭔가를 빌고 있는 것은 아닐까 추측했다.

주름이 깊게 새겨진 얼굴에는 어떤 마음의 동요도 나타나지 않았고, 탈처럼 하나의 표정밖에는 없었다. 몇 년 동안 표정이 없었던 표정! (나도 저 얼굴과 똑같은 상태일 거야) 성일은 생각했다. 정치의식에 눈떠 약동하는 마음을 주체 못하는 조와는 정말이지 아무런 관계도 없는 존재! 성일은 문득 조 등의 음모에 자신이 미끼로 쓰여질 것이라는 예감을 확실히 느꼈다. 거기에는 그것으로 인해 일어날 불길한 예감도 섞여 있었다. 그는 몸서리를 치고 있는 자신을 노파의 얼굴에 비추어 보았다. 한 곳에 계속 서 있는 성일에게

"자, 가자! 방 같이 쓰는 친구가 돌아와서 밥 해놓고 기다리고 있으면 미안하니까."

라고 말하며 서두르면서 걷기 시작했다.

큰길로 나와 조금 걷자 유엔군 위병이 서 있는 넓은 입구 앞으로 나갔다. 예전 부산 시 운동장이 있던 장소라고 조가 말했다. 거기에는 유엔군 전차가 많이 보였다. 그 문 앞을 왼쪽으로 돌아 달려가는 전차를 따라 차도를 횡단해서 오른쪽 골목으로 들어갔을 때, 성일은 놀라 우뚝 서서 상상치도 못했던 풍경을 바라보았다. 판자로 된 담벼락 밑에서, 엷은 청색 치마를 입고 머리카락을 뒤로 늘어뜨린 젊은 여자가 검은 피

부의 병사와 끌어안고 있었다. 병사가 오른쪽 팔에 여자의 머리를 안고 있다기보다는 여자가 머리를 병사의 품에 기대어 자신의 어깨에서부터 등을 감싸 안은 병사의 팔을 왼손으로 꽉 쥐고 있었다.

성일은 눈을 딴 데로 돌렸다. 수치심으로 그의 마음이 빨갛게 물 들었고 다리가 떨렸다. 외국 영화에서밖에 본 적이 없는 남녀의 포옹을 눈앞에서 본 놀라움이었다. 그렇지만 8·15해방 직후 진주했던 미군 병사와 팔짱을 끼고 댄스를 하는 기생을 비난하고, 어쩌다 몸을 파는 여자가 있으면 발견하는 즉시 돌을 던지고 붙잡아 귀와 코를 베었기 때문에 양공주(팡팡)[28] 등속은 모습을 감춘 터였다. 미군 병사 또한 한국 여자와 함께 있는 경우가 발각되면 흠씬 두들겨 맞는다거나 지프차를 망가뜨리는 일을 당하기 일쑤였기 때문에 경원시했다. 멋대가리 없는 코리안이라고, 미군 병사들이 싫어했던 코리언이었건만 지금 눈앞의 이 풍경을 뭐라고 해석해야 좋을까? 지금 당장이라도 근방의 불량배들이 와 하고 함성을 지르며 달려와서, 흑인 병사를 뭇매질하고 여자의 가랑이를 찢어버리는 것은 아닐까 성일은 마음을 졸였지만 그런 기척은 도무지 없었다. 뿐만 아니라 알로하 셔츠[29] 모조품 상의를 입고 머리카락을 잠자리처럼 광을 낸 젊은 불량배들 몇 명인가가 골목을 나왔다 들어갔다 하고, 한 눈에 봐도 술집 아주머니로 보이는 중년 여자는 아베크[30] 곁을 지나

---

28 팡팡(パンパン) : 일본어 조어 pom pom girl에서 유래한 말로 일반적으로는 거리에서 손님을 끄는 매춘부를 경멸적으로 부르는 말이지만, 특히 일본 패전 후 점령한 미군을 상대로 하는 매춘부들을 특정해 가리키기도 한다.

29 알로하 셔츠(aloha shirt) : 화려한 프린트 무늬가 있는 면직물로 기장을 짧게 만들어서 바지 위로 옷자락을 내놓고 입게 되어 있는 셔츠. 주로 하와이 사람들과 하와이를 찾는 관광객에 의하여 애용되면서부터 피서지나 여름의 평상복으로 널리 착용하게 되었다.

30 아베크 : 불어의 전치사 avec(영어의 with에 해당하는)에서 유래한 말로, 젊은 남녀의 동행(同行). 또는 젊은 한 쌍의 남녀. 특히 연인 관계에 있는 한 쌍의 남녀를 이른다.

가도 전혀 신경을 쓰지 않는 모습이었다. 성일은 왠지 자신의 불륜행위의 현장이 발각된 것 같은 죄의식을 느끼고 살짝 그 자리로부터 도망쳤지만, 길모퉁이에서 팔짱을 낀 채 의기양양하게 나오는 흑황 한 쌍의 남녀와 마주쳤다. 여자의 얼굴이 바리때[31]처럼 큰 데다가 피가 뚝뚝 떨어질 듯한 입술과 매니큐어를 칠한 손톱도 병든 피 같아서 윽 하고 숨이 막힐 지경이었다.

"양갈보야. 뭐 놀랄 것도 없지. 빵을 위해서라면 몸이 더러워지는 일 따위 문제도 되지 않는 게 증명되는 거지. 한 가지 공부가 된 셈이야. 동방예의지국라든지 민족의 피의 순수성 따위 말해 본들, 배고픈 데는 어찌 해볼 도리가 없어. 천만 피난민을 먹여 살릴 방도가 없다고 한다면, 자기 몸을 뜯어먹고 살아남을 수밖에 다른 방도가 없는 거지." 이론을 좋아하는 조의 버릇이 이때처럼 아니꼬왔던 적은 없었다.

"이런 걸 개탄스러운 사태라고 한다면, 무엇이 이 사태를 만들었나? 전쟁이야. 누가 전쟁을 일으켰나? 김일성이지. 거기서 『춘추』의 필법[32]을 빌리자면, 김일성이 양갈보를 만들다, 라는 말이 되지나 않을까? 아하하." 좁은 골목에서 조의 웃음소리가 요란스럽게 울렸다. 자조의 웃음이 한층 견딜 수 없다는 느낌이 들어 눈을 내리깔고 골목을 오른쪽 왼쪽으로 번거롭게 꼬불꼬불 구부러져 들어갔다. 그 동안에도 몇 쌍이나 다른 민족끼리의 아베크들과 마주쳤다. 손에 손을 맞잡은 쌍, 러브씬

---

31 바리때 : 절에서 쓰는 승려의 공양 그릇.

32 『춘추』의 필법 : 『춘추』는 공자가 춘추시대 제후국인 노나라의 역사를 편년체(編年體)로 기술한 책이다. 공자가 『춘추』를 저술할 때 스스로 세운 원칙은 명분을 바로잡음과 공(功)과 과(過)를 분명히 기록하는 것으로, 춘추필법이란 개인의 사사로운 이해나 감정에 의하지 않고 객관적이고 공정하게 기술하는 저술 방법을 가리킨다.

그대로인 듯한 쌍, 이제 막 가격 흥정을 하고 있는 쌍. 다만 다른 것은 골목 안으로 들어갈수록, 백인이 흑인으로 바뀌고 백인과 황인 혼혈아들의 열은 황색이 나타나는 것이었다. 중근동 방면의 아랍족과 앵글로색슨족 및 프랑크족의 후예, 그리고 라틴 족과 그 원조민족 등 각종 잡다한 종족을 한 눈에 구별하지 못하는 성일은 그저 화가 나는 수밖에 없었다.

"어떤 책에 의하면, 신라가 당唐의 군사를 불러 백제와 고구려를 토벌할 당시 중국 한漢족의 피가 대량으로 우랄 알타이족인 한韓 민족의 피를 탁하게 했어. 임진왜란 때는 야마토大和[33]족 무사들이 7년간 우리 국토를 유린했고. 해전에서 패배해 목숨만 건져 도망갔지만, 이별의 선물로 몇 십만이라는 한일 혼혈아를 남겨 놓았지. 만주 여진족의 피가 함경도에 전해지는 것을 합하면 3대 오욕이었지만, 순수한 한국 민족의 피는 지켜질 수 있었어. 그러나 이번만큼은 그렇게는 안 될 거야. 아무튼 전 세계의 피가, 하필이면 아프리카의 검은 피까지 뒤섞여서… 자넨 에티오피아 병사를 봤나? 솔로몬 왕의 후예들은 피부가 검으면서도 품위가 있어서 구약성서의 저 솔로문 문화가 그리워질 수 있지. 이 피들이 한꺼번에 밀어닥쳐 오면, 아무리 완고한 우리 한국 민족의 피라 하더라도 화학상의 변화를 겪지 않을 리가 없겠지. 이봐, 자네! 내가 이렇게 말한다고 해서, 나를 경멸해서는 안돼. 나도 처음에는 자네랑 마찬가지로 놀라고 슬프고 분개했지. 그래서 이 사실을 내세워 김일성과 담판을 짓고 싶었어. 하지만 지금은 포기했어. 우리 민족의 피가 이걸로

33 야마토(大和) : 일본의 다른 이름.

젊어질지도 몰라 하는 낙관론자가 되었어. 지난번 곱슬곱슬한 털에 입술이 두꺼운 흑인 아기를 봤을 때는 좀 질렸지만 말이지."

지껄이던 조가 문득 말소리를 낮추며

"저거 좀 보게! 저 양장 미인을" 하고 속삭이듯이 말했다. 성일은 숙이고 있던 얼굴을 들어 앞 쪽을 바라보았다. 개더스커트[34]는 아래 쪽으로 두꺼운 가로무늬 줄이 넘실거렸다. 블라우스 가슴 쪽에는 야단스러울 정도로 레이스가 달려있고 그 위에 새빨간 볼레로[35]를 입고 있다. 또한 사람은 감청색 바지의 아랫단을 하나 둘 돌려 올려 빨간 단화를 남자처럼 뻗어 내딛으며, 눈이 번쩍 뜨일 만큼의 황록색 돕바[36] 코트를 입고 있었다. 두 사람 모두 나이가 열일고여덟 살 가량 되어 보였다. 빨강과 보라 리본으로 머리를 묶고 검은 가죽백을 어깨에 늘어뜨리고 있다. 입술과 손톱이 빨간 것은 좀 전에 본 양갈보와 똑같았지만, 조금 더 도도했다. 조가 속삭였다.

"송도松島에 가면, 저런 여자들 소굴이 있어. 스스로 양갈보가 아니라고 떠들어서 우리는 저 인텔리 여성분들한테 유엔 마담이라고 이름을 지어드렸지. 그렇잖아 자네! 고급 매춘부라고 하는 것보다는 남 듣기에 좋지 않겠나."

성일은 거의 그 말을 듣고 있지 않았다. 빨간 볼레로를 입은 여자가 너무나도 어떤 여자와 꼭 닮았기 때문이었다. "설마." 그는 믿고 싶지 않았다. 그러나 갸름한 얼굴이랑 날씬한 몸 무엇보다, 걸을 때 오른쪽 손

---

34 개더스커트(gathered skirt) : 허리에 잔주름을 많이 잡아 풍성하게 만든 치마.
35 볼레로(bolero) : 스페인의 민족의상에서 따온 것으로 길이가 웨이스트보다 짧게 된 재킷의 총칭.
36 돕바(トッパ) : topper를 말함. 가볍고 조금 헐렁한 봄 · 가을용 반코트를 뜻한다.

을 조금 손가락을 벌려 검지로 숫자를 쓰는 것 같은 동작을 하는 저 버릇. 일부러 못 본 척이라도 하지 않은 이상 그의 눈을 속일 수는 없었다.

성일은 숨을 죽이듯이 하고서는 가까이 다가오는 두 사람의 젊은 여성을 지켜보았다. 그는 어찌해야 좋을지 판단이 되지 않았다. 두 사람이 몇 걸음 앞까지 다가왔을 때 놀라 멈추어 섰다. 그리고 그 여자가 성일에게 힐끗 눈길을 주었다. 속눈썹이 긴 인형처럼 생긴 눈이 성일에게 어떤 느낌을 불러 일깨웠다. 그러나 그 눈이 의심스럽게 구석구석 캐는 듯이 성일을 바라보더니, 그가 누군지 깨달았을 때 당혹한 빛이 빠르게 지나갔다. 함께 가던 여자의 팔꿈치를 밀면서 도망치고 싶다는 몸짓을 했다.

"영자!" 성일이 외쳤다.

영자라고 불리운 여자는 도망치려던 태도를 고치고, 짐짓 깜짝 놀라 보이며

"어머! 성비네 오빠 아니세요?" 인상이 변해서 잘 못 알아봤지만요! 하는 얼굴이었다. 그것도 일부러 그러는 것 같았지만 그런 복잡한 감정에는 신경 쓰지 않고

"성일이야!"라고 그는 말했다. 감정이 고조되어 있는 그에게 갑자기 다가와서

"어머나! 정말, 나 이를 어쩌면 좋아!" 하며 영자는 성일의 팔에 매달렸다. 얼굴을 성일의 팔에 묻고 울기 시작했다. 그리움과 수치심이 뒤섞여 혼란한 마음인 채로 그녀는 몹시 괴로워했다. 동행인 여자가 살짝 다가와 영자의 귓가에 뭔가를 속삭이고는 성큼성큼 기세 좋게 다리를 뻗어 걸어 가버렸다. 그러자 조가 말했다.

"그럼, 먼저 갈게. 저기 기와집이야. 알겠지?"

성일은 그 집을 보았다. 기와지붕이 지는 해를 받아 눈부시게 빛난다. 세 번째의 가장 큰 기와집!

"응." 성일은 대답을 했지만, 조도 기와지붕도 지는 해도 하늘도 그 무엇이든 존재하지 않았으면 하는, 될 대로 되라는 그런 기분이었다. 울화통이 터질 것 같은, 극도로 옥죄이는 마음에 이끌려 조의 모습이 사라지기를 기다리는 게 힘들었다. 조가 모퉁이를 돌아 보이지 않게 되자 골목길은 아무 소리도 없이 매우 조용해졌다.

"나, 성비 어머님하고 대구에서 함께 있었거든요."

"어?" 성일은 전신의 힘이 스르르 날아가 버리는 듯 놀라 멍해졌다.

"남산 예배당에서 아주머니를 만났죠."

"그래서, 어머닌?"

"아마, 대구에 계시지 않을까요."

"그랬구나! 어머니가 살아계실까." 팽팽하게 긴장해 있던 마음이 탁 풀어져 미칠 듯한 환희가 그의 가슴에서 고동쳤다. 아하하하하, 아하하하하 실컷 웃고 행복에 잠기고 싶다.

이제 영자조차 방해가 되었다. 대구로 훽 날아가고 싶다. 새처럼 날개가 없는 것이 유감이다! 그는 코발트빛 하늘에 기다랗게 걸린 저녁놀을 바라보았다.

"여기서는 이야기도 못하겠어. 잠깐 저기 근처까지 가요." 영자가 걷기 시작했다. 성일은 거의 의식도 하지 않으면서 걸었다. 예배당에 가면 어머니를 만날 수 있다. 끌어안고, 마음껏 울자! 통곡해도 다할 길 없는 슬픔이 가슴에서 끓어올라 문득 눈시울이 뜨거워졌다. 눈물이 조용

히 흘렀다. 그것을 흘끗 본 영자는

"성비 오빠를 만나게 되다니, 꿈만 같아"라며 눈물이 글썽했다.

큰길로 나갔다. 두 사람은 남의 눈을 꺼려 조금 떨어져서 걸어갔다. 전차가 두 사람을 앞지르고, 지프가 먼지를 뒤집어 씌우며 지나갔다. 쓰리쿼터와 트럭, 승용차와 차량의 홍수가 금세 두 사람을 둘러쌌다. 두 사람은 길 끝으로 피해 나란히 걸었다.

"피난 중에 아버지가 돌아가셨어요."

영자는 자신의 슬픈 기억 속에 잠겼다.

"아버님이?" 성일은 그 이야기를 들으니 문득 생각이 떠올라

"의석이 소식은 못 들었어?"

"오빠 일 따위 몰라요" 영자는 화를 냈다. 거의 울부짖는 기세였다.

화내고 싶은 건 이쪽이라구! 그렇게 말하고 싶은 것을 참았다.

"영자 큰오빠는 부산에 계셔?" 의석의 형은 한국 정부의 관리였다.

"큰오빠는 6·25사변 때 마침 시골로 출장 가 있었어요……"

"그럼, 그 무서운 소동에 휘말리지 않으셨겠네."

성일의 마음속에 공산군 치하의 서울이, 그 가지가지 모습이 소용돌이쳤다. 자신을 배신한 김의석! 그 누이동생과 이렇게 어깨를 나란히 하고 걸으며 사랑하는 마음을 품고 있다!

"우리들도 그렇게 생각하고, 안심하고 있었어요. 그런데, 큰오빠는 9·28 수복이 끝나고 서울이 완전히 해방되어도 돌아오지 않았어요. 그래서 이상하다 생각하고, 아버지가 알아봤더니……"

영자의 마음이 흐려져 목소리가 떨렸다. 입술을 깨문다.

"반동 처단을 당한 거였어요." 성일은 건성으로 들었다.

"시골에서 한국 정부 측 지하조직이 생겨 적군의 후방 교란을 하고 있었대요. 철도 파괴 공작이 한창일 때 공격당해서 죽었어요."

"……." 성일은 의석의 형이 지녔던 남자다운 풍모를 떠올렸다.

"그래도, 큰오빠는 훌륭하다고 생각해요. 다만, 둘째 오빠는 기분 나빠서 생각하기도 싫어."

"의석이는 살아있어. 북한에서."

"어떻든 상관없어요."

"그 녀석은 마음이 약해서 그래."

"하는 짓이 꼴사나웠죠. 자기 주견도 없었어요. 강자를 숭배하고 아첨이나 하고. 비열하다구요."

"뭐, 그렇지도 않아." 성일은 자기야말로 그런 사람이 아닐까 하는 생각에 부끄러워 견딜 수 없는 느낌이 들었다.

〈4〉

"여기!" 영자는 식당 앞에 멈추어 서서 성일에게 눈짓을 하고 어두운 봉당으로 들어갔다. 전등이 켜져 있을 시간이었지만, 전력 제한으로 켤 수 없었기 때문이다.

변변치 않은 식탁에 마주 앉아

"뭐 드실래요?" 영자가 말했다. 벽에 돈부리丼며 나베야키鍋焼き며 덴뿌라てんぷら며 하는 일본 요리명이 일본식으로 읽은 한글로 써 있는 것이 신기했다. 역시 부산인가 생각했다. 옛부터 일본과 가장 연이 깊었

던 땅답게 합병 시대의 일본 음식을 그대로 받아들였다는 것이 수긍이 되었다. 성일은 그 일본 음식의 조선식 이름을 지어보고 싶었지만, 딱 맞는 말을 찾을 수가 없었다. 일본 특유의 음식이니 그 원래 이름대로가 좋을 것이었다.

"나베야키." 성일이 말하자

"나도 그걸로 할래요." 영자는 거기 서있는 여자아이에게 나베야키 두 개를 주문했다.

성일은 영자의 얼굴을 슬며시 관찰했다. 짙은 입술연지가 아무래도 마음에 걸려 어쩔 수가 없다. 뺨은 그 두꺼운 화장 아래에서도 여전히 귀엽고 앳돼 보였다. 새싹처럼 생기 있는 힘은 볼연지 탓만은 아니었다.

영자는 무료한 듯이 젓가락 통에서 옻칠한 젓가락을 꺼내어 X자를 만들거나 두 개를 가지런히 늘어놓고 손가락에 끼운다거나 대나무로 된 젓가락 통의 몸통을 두드리거나 한다. 그것도 어색하고 일부러 그러는 것 같아 스스로도 신경이 쓰여, 고춧가루 병을 집어 뿌려본다든지 간장통을 쥐고 문지르거나 하고 있다.

"영자 어머니는? 여동생은 무사하고?"

"네!" 영자는 손수건을 스커트 주머니에서 꺼내 폈다가 끝을 잡아당기거나 하면서

"대구에서 십 리쯤 남쪽에 있는 시골에 셋방을 얻었어요. 여동생은 부산에 오고 싶어 하지만, 내가 못 오게 하고 있어요. 걔는 폐가 나빠요. 게다가 내가 취직이 결정이 안됐는데, 온다고 한들……"

"……."

성일은 말하고 싶은 것을 간신히 참으면서 묵묵히 있었다.

"엄마랑 동생은 내가 무역상회에 취직해 있는 걸로 알고 있어요. 어쩌면, 교회에서 만날지도 모르겠네요. 만나더라도 그렇게 말해주지 않으면 곤란해요. 엄마한테 쓸데없는 걱정 시키고 싶지 않거든요."

"……." 성일은 역시나 하는 생각이 들어 낙담했다.

"취직이 너무나 어렵단 말이예요. 대구도 부산도 마산도. 손바닥만큼 비좁은 땅에서 바짝 마른 연못의 올챙이들 마냥 인간들이 복닥복닥하고 있죠. 전문학교 졸업자라 한들 일자리가 없어서… 관청에서 일해 삼만 환이나 사만 환 받는다고 해도 방세도 모자랄 걸요? 유명 상회가 제일 좋겠지만, 나 같은 게 어디."

성일은 드디어 참지 못하고 "그래서 지금 뭐하고 있어?"라고 물으며 지그시 영자의 얼굴을 주시했다. 얼굴색 하나 놓치지 않으리라 마음을 쓰는 중에 영자의 오똑하게 높은 코가 서양 여배우 누군가와 닮은 것을 깨달았다. 유엔병사에게 인기가 좋을 것 같다는 생각이 들자 가슴이 꽉 조여드는 것같이 괴롭다. 영자는 깜짝 놀라 고개를 수그리면서도

"송도에 접대장이 있어요. 거기 마담은 유명한 여류 시인 모毛 선생님이예요. 아시죠?"

"……." 성일은 시인의 이름에 얼마쯤 안도해서 고개를 끄덕였다.

"거기는 캬바레도 아니고, 요릿집도 아니예요. 그런 곳이라면, 기생이 접대부로 나오겠죠? 거기는 원한援韓 부흥국의 높은 분들이라든지 고급장교나 UN위원들 같은 분들을 초대한단 말예요."

"한국인도?"

"정부 고위 관료도 보여요. 그래도 한국 사람은 거의 없고 외국 분들뿐이예요."

"영자는 뭘 하지?"

"접대요. 오늘밤은 킹스레 씨가 주빈이예요. 낙화암의 궁녀라는 무용을 보시기로 되어 있어서, 우리들은 매일 밤마다 맹훈련을 했죠. 궁녀풍 의상은 훌륭해요. 눈부시게 아름다운 백제 풍속이 차례차례 펼쳐지고, 정말로, 아름다워요! 보여 드리고 싶어요."

"보러 가도 될까?"

"안 돼요."

"갈 수 없다고? 어째서?"

"그 주변은 오프 리미트OFF LIMIT예요."

"한국인에게?"

"그래요!"

"흠. 그러면, 치외법권 구역이로군." 성일은 실망과 불만으로, 두 겹이 된 감정을 참기 힘들었다. 어지러운 기분이다.

"할 수 없어요. 그 분들은 우리 한국을 위해 소중한 분들이예요. 원조물자가 오지 않으면, 이 나라는 하루만에 고갈되어서 망해버릴 거라구요. 우리나라를 위해서 수고를 마다않는 그 분들께 드릴 수 있는 위안이 아무것도 없잖아요? 황폐한 산천과 완고한 여성들, 맛없는 음식, 게다가 저격병이 목숨을 노리고 있고. 진짜 지독한 거죠. 음악도 춤도 없는 나라! 그나마 우리들 어설픈 춤이라도 뵈어드리고 위로해드리지 않으면……"

"그것뿐이야?"

"네? 그렇게 말하는 건 무슨 뜻이죠?" 영자는 얼굴이 붉어지며 발끈했다.

귀여운 입술에 가시가 돋치고 눈이 치켜 올라갔다.

"아니야! 아무것도 아냐." 성일은 눈을 내리깔았다. 절망이 가슴을 할퀸다.

"응! 그것뿐이란 말예요! 이상하게 생각되는 거, 나, 싫어요! 그것도 성비 오빠에게, 그런 식으로 말 듣는 거, 참을 수 없어."

"……."

"응! 믿어줘요. 정말로, 그것뿐이라고요. 믿어줄래요?"

"……."

성일은 눈을 내리깐 채로 고개를 끄덕여 보였다. 하는 수 없이.

여자아이가 나베 두 개를 날라 왔다. 국 냄새가 물씬 코를 찌른다. 그 냄새를 떠올렸다. 일본이 패전하기 전, 혼마치本町[37] 거리의 일본 식당에서 먹어본 적이 있는 좋아하던 음식. 그러나 그때는 흰 도자기 그릇이었지만, 이건 알루미늄으로 만들어진 냄비다. 알루미늄 놋쇠의 색이 약간 광택이 없었지만, 뚜껑을 여니 어묵이랑 밀기울[38]도 들어있고 우동이 맛있어 보이는 색깔로 끓여진 국물에 담겨 있었다. 일본 시대하고는 다른 데가 있었다. 새빨간 조선 고춧가루가 뿌려져 있었다.

〈5〉

위장이 거리낌없이 그 음식을 탐하고 있었는데도, 성일은 우동을 마

37 혼마치(本町) : 식민지 시대 본정(本町)으로 불리운 곳으로 현재의 충무로에 위치하였다.
38 밀기울 : 밀을 빻아 체로 쳐서 남은 찌꺼기.

지못해 젓가락에 걸어 입으로 가져갔다. 영자가 눈앞에 있다는 사실이 눈부셔서 감정이 샘솟는 데다, 시기와 의혹이 겹쳐 미친 듯이 질투가 일어났다. 그게 야비하다는 생각이 들어 감정을 억누르며 얼굴에 드러나지 않게 하려는 노력이 힘든 나머지 식사는 하는 둥 마는 둥이 되었다.

영자는 손목시계를 몇 번이나 들여다보면서 후루룩 후루룩 소리를 내며 먹었다. 특별한 소형의 금시계가 흰 팔을 보기 좋게 장식하고 있었다. 정사각형이어서 마치 사마귀를 연상하게 할 정도의 작은 기계. 그런 모양은 본 적도 없었다.

거기에는 미지의 문화가 있었다. 손이 닿지 않는 높은 곳으로부터 내려 온 문화 앞에서 자신이 정말이지 볼품없고 초라하게 느껴졌다. 그 시계와 똑같은 위치에 올라가버린 영자는 자기한테는 높은 봉우리에 피어있는 꽃일 뿐이었다. 그는 체념하려고 애썼다. 그러나 시계를 열렬히 시샘한 나머지 뭔가 난폭한 말로 욕하고 싶었다. 그런 일을 결코 할 수 없는 자신이라는 것을 그는 알고 있었다.

'내가 이 사람을 사랑했다는 걸, 이 사람은 모르고 있다.' 문득 그런 생각이 들자 영자가 안쓰러워졌다. 그렇지만 이제는 이미 늦었다. 순간 전등이 켜졌다.

"어머, 벌써 일곱 시네. 아홉 시에 손님이 오세요. 어쩌지?" 영자는 나베를 거의 다 비웠을 때쯤 흘끗 시계를 보고는 거의 비명을 지르듯이 말했다. 천 환 지폐 세 장을 꺼내 급사 여자아이에게 건네며

"난 실례할게요. 대구에 가시거든, 아주머니께 안부 전해주세요. 그리고 좋은 데 취직하게 되면 저도 좀 불러줘요! 빨리 평범한 곳에서 일하고 싶어요. 성비 오빠는 영어를 잘 하시니까 취직은 문제 없을 거예

요. 나도 영문 타이프 정도는 배워 두면 좋았을 걸. 요조숙녀로 자라 할 줄 아는 게 없어! 자기 힘으로 먹고 사는 고달픔이 몸에 뱄어요. 그러면, 잘 가세요. 안녕." 아이 같은 손짓으로 안녕안녕 하면서 나가는 영자를 급히 쫓아나가 재빨리 영자의 손을 잡고 붙들려고 했지만, 영자는 헤드라이트를 켜고 달려온 낡은 포드를 붙잡고 흥정을 시작했다.

"송도까지 얼마?"

"이만 환 주세요." 운전수가 네모난 얼굴을 이쪽으로 돌리며 말했다.

"만 오천에 가줘요. 안 되면 걸어가도 되니까."

"갑시다." 운전수가 팔을 밖으로 뻗어 도어를 열었다. 쓰윽 좌석으로 미끄러지려던 영자는 자신에게 바싹 달라붙어있는 성일을 향해

"싫어요. 그런 얼굴 하면. 나, 정말 결백해요. 원한다면 모 선생님 있는 곳에 와서 조사해봐도 좋아요. 저기, 믿어주시는 거예요."

자동차가 달리기 시작했다. 영자가 입술을 벌리며 미소를 던졌다. 창유리에 손을 대고 안녕, 안녕 하면서 땅거미 속으로 멀어져 가버렸다. 성일은 내쳐져 냉혹함 가운데 남겨졌다. "믿어주시는 거예요." 그나마 따뜻한 말이었다. 그는 믿어야지 했다. 믿는 것 이외에 그가 자신을 구제하는 방도는 없는 것이었다. 만약 영자에게 진실이 있다면 그와 같이 대구에 가줄 것이라고, 그렇게 생각하니 영자 마음의 냉담함이 얼음처럼 무정하게 울려 퍼졌다. 그는 절망하고, 질투하고, 초조해하면서 자신의 마음을 할퀴었다.

돌연 사이렌이 큰 소리로 울렸다. 왱왱 하고, 시가의 지붕 위를 포효하며 가로지르는 경적 소리가 성일을 정신 차리게 했다.

시가는 한순간에 암흑으로 돌아갔다. 공습치고는 지나치게 느낌이

고요했다. 맞은편 집에서 세 군데 정도 불빛이 새어나왔다.

"불 꺼. 안 끌 거야!" 메가폰으로 고함을 치면서 달려가는 순경이 보였다. 성일은 겁을 내며 걸어가기 시작했다.

조의 일이 생각났다. 성일은 어쨌든 조를 만나 확실히 거절해야겠다고 결심했다. 그에게는 자신의 갈 길이 정해져 있었다. 어머니가 자신을 기다리고 있다.

지금은 더 이상 1초도 꾸물거릴 수 없었다. 어머니한테! 어머니의 품에! 모든 운명을 거기에 걸어야 했다. 게다가 그것은 손쉽게 자신의 손으로 거두어들일 수 있는 운명이었다. 승리가 바로 눈앞에 있었다.

그리고 조와 한 의원 등의 계획에는 어딘지 의심스러운 데가 있었다. 그 계획은 밝고 환하지 않다. 단순하지도 않았다. 희생이 된 국민방위군 장정을 위해서라면, 복수가 당연히 있어야 할 것이다. 복수는 했으면 좋겠다. 부정을 저지른 장본인에게는 천벌을 가해야 했다. 하지만 그것은 제2의 목적이고, 다른 야심이 있는 한 의원을 위해 앞잡이가 되는 일은 탐탁지 않았다.

그는 늠름한 태도로 조에게 그 기분을 전해야겠다는 생각이 들어, 사람도 차도 모두 정지한 길을 몰래 걸어갔다. 순경은 불빛이 새어 나오는 집들에 호통을 치며 다니는 데 분주해서 통행인에게는 눈길을 주지 않았다. 그것을 계산에 넣은 자신에게 생각이 미치자 성일은 교활과 뻔뻔스러움이 자기 몸에 밴 것이 지긋지긋했다. 예전의 그는 가장 솔직하고 규율에 순종하는 사람이었다.

골목이 어두운 입을 벌리고 있었다. 모두 똑같이 보여서 시험 삼아 어림짐작으로 들어가 보았다. 어둠 가운데서 사람 그림자가 보였다. 딱 달라붙어서 무언가 이야기를 하고 있다. 여자의 흰 옷이 눈에 띄었지만 남자는 군복이 간신히 보일 뿐으로, 얼굴은 전혀 보이지 않았다. 어둠과 똑같은 색의 군인은 목소리만 들으면 심한 남부 사투리로 여자에게 구애를 하고 있다.

성일은 그 골목에서 되돌아와 다른 골목으로 들어갔다. 꾸불꾸불 구부러진 상태가 본 기억이 있는 길이었지만, 정작 어느 집의 지붕을 조가 가르쳐 주었는지는 조금도 기억이 나지 않았다. 어둠 속에서 갑자기 나타나는 남녀에게 깜짝 놀라면서 그 골목을 빠져 나가 두세 집 문을 두드려 물어보았다.

"글쎄. 그런 사람은 여기 없어요." 부산 사투리로, 문 앞에 나온 하녀가 말했다.

이만큼이나 찾았으니 변명은 충분히 된 셈이라고 생각하면서, 성일은 조를 찾는 것을 단념했다.

〈6〉

대구에는 버스로 갈 수 있다는 것을 알았다. 통행금지 시간 전에 그 버스 영업소에 가보려고 초조해하면서 어둠 속의 시가를 헤매었다. 익숙치 않은 시가의 해안 거리 한 모퉁이에서, 그 영업소를 발견한 것은 마침 통행금지 시간이 아슬아슬해진 때였다. 영업소의 사무소는 문을 닫아 걸었고, 차고도 양철을 바른 커다란 네 짝의 문을 꽉 닫아놓고 있었다. 그러나 그 문 앞에는 남녀가 뒤섞여 세 줄로 줄을 서 있고 돌무더기 위에 털썩 엉덩이를 붙이고 앉아 있었다. 성일은 버스를 기다리는 사람들이라 짐작하고 재빨리 줄 뒤쪽에 따라붙어 앉았다. 그는 삼십 몇 번째인가로, 과연 탈 수 있을지 어떨지 의심스러웠다. 버스는 3일에 한 번씩밖에 운행하지 않는다는 것이다.

"접수표 받았나요?" 옆에 있던 사람이 물었다. "아니요." 성일이 멍하니 있자

"맨 앞에 있는 사람이 나눠주니까 받아 두어요" 하고 오십쯤 되어 보이는 남자가 친절하게 가르쳐 주었다. 그는 맨 앞으로 가서 사무소 유리창 아래 판자벽에 등을 기대어 행렬과 마주보는 위치에서 졸고 있는 남자를 발견했다. 성일이 말을 걸며 접수표를 받으려 한다고 하자 그 남자가 아무렇게나 자른 종이쪽을 주었다. 38이라고 숫자가 쓰여 있었다.

"문제없이 탈 수 있겠네요." 성일은 안도했다.

"글쎄, 모르겠네요." 남자가 귀찮다는 듯이 대답했다.

"38명 정도는 다 탈 수 있을 것 같은데요." 성일이 말하자

"제대로 태우면 그렇게 되겠지만, 뒷문이 있으니까요"라고 남자가 대답했다.

"어? 그럼, 이 표는요?"

"내가 만들어 본 거요. 혼잡해서 정리가 안 되고, 싸움이 나면 큰일이니까요." '뭐라고!' 성일은 낙담했지만, 어찌 되었든 그 종이쪽을 주머니에 쑤셔넣고 자리로 돌아왔다. 그때 새로운 승객이 와서 그의 뒤에 앉았다. 성일은 그 사람들에게도 접수표에 관해 가르쳐주었다.

"허, 그런 게 있었어요?" 수상하게 여기면서도 그 사람들은 표를 받아

와서는 이게 있으면 괜찮을까요 하고 성일에게 물었다. 설명해 주었더니, 그 사람들은 그런 무책임한 이야기가 어디 있냐며 성일에게 덤벼들었다. 성일은 귀찮아져서 그 후부터 오는 사람에게는 잠자코 있었다. 줄은 순식간에 부쩍부쩍 늘어나 길모퉁이에서부터 맞은편으로 보이지 않게 되었다.

차도 쪽에는 손님을 찾아다니는 택시는 모습을 감추었고, POLICE 혹은 MP라고 쓰인 지프와 군용차뿐이었다. 보도 쪽은 사람 그림자가 완전히 끊어져, 가끔 순경이 와서 이 곳에 있는 한 무리의 철야 일행을 들여다보고 돌아갔다.

허벅지 사이에 얼굴을 넣거나 앞 사람의 등을 빌려 사람들은 잠들었다. 성일은 무릎을 세워 얼굴을 올려놓고는 잠을 청했다. 내일이야말로 어머니를 만날 수 있다, 하고 가슴이 뛰었다. 행복과 환희로 무릎이 부들부들 떨리는 것을 누르며 어떻게든 한잠 자두려고 애를 썼다.

쓰러져 뻗어 누운 사람이 기세 좋게 코를 골았다. 코를 고는 사람은 따뜻한 온돌에서 기분 좋게 자고 있는 꿈을 꾸는 걸까. 그 코골이에는 어떤 걱정도 없었다. 전쟁도, 피난 생활의 괴로움도 없는 듯했다. 행방불명이 된 가족의 일도 잊어버리고 태평하게 자고 있다, 성일에게는 그렇게 생각되었다. 내일 밤에는 자신도 저 사람처럼 동란이 시작된 이래 최초로 편안한 잠을 잘 수 있을 것이라고 생각하니 한층 잠이 오지 않는다. 그는 안 잔다고 생각하고 얼굴을 들어 자고 있는 사람들을 보았다. 사슬처럼 이어져서 앞 사람의 등에서 코를 고는 남자, 죽은 것처럼 축 늘어져서 침을 흘리는 중년의 여자, 돌계단 위에 길게 드러누워 제멋대로 몸을 뒤척이는 동안 옆 사람을 발로 차고 있는 모습이 왠지 성일에게는 좋아 보였다. 거기에는 여전히 비정상적인 인생의 생태가 있었지만, 이제까지와 달리 시민들의 생활이 훨씬 그에게 가까이 육박해오는 느낌이 들어 행복한 기분이 들었다. 어떤 형태로든 반 평의 침실에서 하루 한 번의 죽밖에 먹지 못하는 경우라도, 그것이 자유롭고 강제되거나 협박당하지 않은 평온한 생활이기만 하다면 더 이상 바랄 것이 없는 상태로 보였다.

대구에서 어머니를 찾으면, 자신의 전력을 속이고 일자리를 구할 수도 있을 것 같은 생각이 들었다. 미국 유학의 꿈은 반은 버렸고, 지금은 오직 모자 둘이서 조촐한 생활을 할 수 있다면 그 이상의 일은 없는 것이라고, 오로지 그것만을 바랐다. 그 행복은 머지않아 찾아온다. 내일이다! 24시간 이후 이맘때면, 나는 그 행복을 입고 편안하게 자고 있을 거야. 그러나 왠지 모르게 불안하다. 성일은 그 불안을 털어버리며 생각했다.

'난 불행에 익숙해져서, 행복해지는 게 비정상이 됐어. 그렇지만, 나도 행복에 익숙해지는 시기가 오겠지.' 머리가 무거워져 무릎 위에 올리고, 스르르 잠이 들었다. 냉기에 몸이 오그라들어 눈이 한 번 떠졌지만, 그는 전후좌우에서 아무렇게나 드러누워 있는 많은 사람들 쪽으로 등을 편 채 그들과 서로 체온을 나누어가면서 푹 곯아 떨어졌다. 꿈도 꾸지 않는 상쾌한 잠이었다.

주변이 술렁거리며 얼굴이 환한 공기에 씻긴다. 눈이 떠졌다. 뭐라 지껄이고 있는 여자들 사이에서 남자들은 아직 자고 있는 사람이 몇 명 있다. 밤새 한 숨도 자지 않았던 것은 군과 경찰차뿐이었다. 차도에는 질주하는 군용차가 다수 나타나 교통의 흐름이 시작되었다. 동쪽 구름이 빨갛게 타올라, 바로 거기 있는 바다로부터 기선 소리가 울렸다. 바다는 건물에 가로막혀 있었지만, 바닷물 냄새가 축축한 바람에 실려 아침 안개에 뒤섞여 덮쳐왔다. 바닷물 냄새는 생소했지만, 거기에는 이국 정서가 있어 유쾌했다.

길 모퉁이 골목에서 갑자기 아이들이 우르르 나타났다. 손에 손에 신문을 들고 있다. 타블로이드판의 소형 신문을 쑥 들이 밀면서 "경향신문", "서울신문", "국제신보는 어떠세요?" 등등을 외친다. 국제신보만이 큰 판형이었다. 성일은 그 신문을 한 장 사서 훑어 보았다. '나는 신문을 읽고 있다.' 먼 옛날에 그런 생활이 있었던 것이라고 그는 그리운 생각이 든다. 시민 생활은 조간을 읽는 것에서부터 시작되는 법이다.

어? 하고 생각했다. 즐비한 표제어 가운데 커다란 활자가 그의 눈을 찌르고 심장을 때렸다. 국민방위군 문제 국회에 상정, 당국의 부정 명확하게 밝혀질까? 라고 쓰인 표제어 다음에 유력 증인 국회 소환 심문, 생존자 방위군병 박성일 나타나다.

성일은 신문을 구겨서 버렸다. 그러나 생각을 고쳐 신문을 주워 펴서 읽는 척하면서 얼굴을 가렸다. 거기 있는 사람들이 모두 자기를 쳐다보고 있는 것 같은 생각이 들었다. 거리에 나타난 시민들도 그를 빤히 쳐다본다. 그 시민들 중에 조가 있으면 어쩌지? 시민의 숫자는 시시각각 늘어나 해가 얼굴을 내밀 때쯤에는 다시 인간들로 홍수가 되었다. 버스를 기다렸던 사람들은 모두 일어서서, 새로이 나타나 줄 속으로 새치기하려는 사람들을 막았다. 밤을 새운 사람들 대신에 다른 사람이 줄을 서서 한 사람이 있던 곳에 두 사람도 세 사람도 비집고 들어와 있자, 접수표가 없는 사람은 안 된다고 뒤에 있던 사람이 소리 지른다. 그러나 개인이 만든 그런 표 따위가 무슨 효력이 있냐며 새치기한 사람들이 맞받아 소리치는 통에 수습이 안 되는 상황이었다. 그 소동을 틈타 성일은 가능한 한 도로에서 멀리 있는 영업소 건물 쪽 방향으로 갔다. 중키의 그는 그래도 사람들 눈에 띄기 쉬웠기 때문에 쭈그리고 앉아 사람들 뒤에 섰다. 조의 얼굴이 왕래하는 사람들 사이에서 눈에 띄지 않을까 조마조마했다. 팥죽 장사가 갈색이 도는 항아리를 들이대며 먹어봐요, 먹어봐 말한다. 한 그릇에 오백 환이라고 귀찮게 권하는 통에 성일도 식욕이 당겼으나, 눈에 띌까 두려워 사서 먹을 생각이 사라졌다. 도대체 몇 시부터 표를 팔기 시작할까요? 옆 사람에게 물어보면서 마음을 달래보려 했지만, 일곱 시부터 팔기 시작한다고 하는 게 삼십 분이나 늦어졌다. 드디어 영업소 문이 열리고 차고 문이 활짝 열렸다. 맨 앞 사람부터 차례차례로 대합실에 들어갔지만, 성일은 밀려나 보도에 서 있었다. 차표를 팔기 시작할 때까지 사무원은 늑장을 부리면서 담배 등속을 피워대며 태평스러웠다. 살기가 등등해진 사람들이 사무원에게 욕을 퍼부었지만, 사무원은 자신의 특권을 유유히 즐기고 있었다. 성일은 불안으로 훌쭉 야위어 눈이 움푹 패였다. 까무잡잡한 말상의 사무원을 때려눕히고 싶었다. 작은 창구를 들이받고 승차권으로 놈의 턱을 탁 하고 친다면 얼마나 개운할까.

"팔아 팔라구", "표 안 팔거야. 염병할 놈!" 서울말은 이렇게 외치고, "야, 니 이 씨팔눔아", "저 눔아, 어젯밤에 하도 해 싸서 정신 못 차리고 있다 아이가" 하고 욕하는 것은 경상도 사투리였다. 시끌벅적 소란한 가운데 사무원은 경찰서장처럼 침착하고 참모장처럼 위엄을 부리면서 천천히 담배 연기로 원을 그리며 유유자적하고 있다. 뒤에서 떠밀어서 성일은 대합실 안으로 밀려 들어갔다. 사람들 왕래가 보이지 않는 위치에 서서 숨쉬기 어려워진 가슴을 지탱하고 있었다. 그때 천천히 표 창구에 손을 얹고 사무원이 군중 쪽을 바라보았다.

"자식! 대통령이나 된 것 같은 얼굴을 하고 있군." 누군가가 말했다. 군중이 와르르 웃었다. 그러나 차표를 파는 사람을 감시하며 옆으로 몰래 숨어드는 사람을 경계했다.

성일은 자신의 차례가 되기 전에 매진이라는 말을 듣게 되지 않을까 안절부절 못했다. 측면에서 느닷없이 군인이 나타났다. 증명서를 보란 듯이 과시하며 군인군속을 위한 특별 판로와 표를 취급하는 창구에서 일곱 사람분의 표를 손에 넣고는 대합실 측면의 출입구를 통해 버스 쪽으로 가버렸다. 성일은 절망하지 않으면서 기다렸다. 드디어 그의 앞으로 창구가 다가왔다. 천 환 지폐를 일곱 장 세어서 창구로 넣고 표를 받았다. 안도의 숨을 쉬고 있자니, 창구가 탁 하고 닫혔다. 뒷사람이 와악 하고 떠들어 대며 "개만도 못한 새끼! 뒈져라!", "암거래, 부정 유출은 총살이다!" 큰 소리로 외쳤다. 성일은 버스 승차장 쪽으로 급히 서둘러 갔다. 타지 못한 사람들은 전혀 안중에도 두지 않고 그는 자신의 행운에 마음을 빼앗겨 흥분했다.

〈7〉

기차로 네 시간 거리를 열두 시간 걸려 종점에 이르렀다. 대구역 앞 광장 모퉁이에서 성일은 버스로부터 벗어났다. 그는 버스를 증오하고 혐오했다.

먼지와 공기를 들이마신 채 물 한 방울 마시지 못하고 다섯 치 사각형 정도의 공간에 두 다리를 겹치듯이 해서 낮 동안 내내 흔들리며 온 그는 땅에 내려 휘청휘청 쓰러졌다. 정강이 뼈가 막대기처럼 되어 무릎 관절이 굳어버린 것 같았다.

역 앞 광장에는 언젠가처럼 피난민은 없었지만 군용차와 군인으로 가득 차 있었다. 이미 황혼에 둘러싸인 시가는 커다란 분지에서 개척된 도시가 끝을 알 수 없는 넓이를 지닌 채 뻗어가는 여유로운 모습이었다. 거리를 왕래하는 사람들은 대체로 군인이거나 군속軍屬으로, 평상복 차림의 사람들은 눈에 띄지 않았다. 신병과 훈련 중인 공군 병사가 군가를 부르며 행진하고 여군 복장의 여자가 군복 아래로 퍼머넨트한 웨이브 머리를 내비쳤다. 군사 도시 대구! 성일은 옛날에는 상업도시라 불렀던 대구를 떠올리고는 사무치는 느낌이 들었다. 군복의 대구는 그에게는 역시 하나의 이국이었다.

다리가 조금 부드러워지고 숨 쉴만해져서 그는 걷기 시작했다. 중앙의 큰길을 따라 나아가는 중에 고장이 나서 물을 뿜어내고 있는 수도를 발견했다. 그는 분수에 입을 가져가 실컷 물을 마셨다. 생기가 돌아왔다. 공복을 느꼈지만 초조한 마음에 이끌려 곧장 남쪽 길로 서둘러 갔다. 여기도 부산과 마찬가지로 사람들이 거리에 넘쳐흘렀지만, 두 번쯤 학생문화강연 여행으로 와 본 적이 있었고 길게 묵으면서 여기저기 돌아다녔던 덕분에 시 중앙부는 안내가 없어도 헤매지 않고 그럭저럭 다녔다. 큰길은 언덕을 넘어 가게 되어 있는데, 그는 넓은 대로에서 오른쪽으로 남성로 쪽으로 꺾어 파출소가 있는 네거리를 왼쪽으로 끼고 남산 언덕이 보이는 곳으로 나갔다. 작은 시내 근처에서 언덕 위 종로를 살피다가 교회당 지붕의 십자가를 발견하고는 아아, 어머니, 하고 커다란 파도가 덮친 듯한 마음에 순간 현기증이 났다.

어둠이 장막을 드리우기 시작한 교회 종루에서 종소리가 울리기 시작했다. 이상하게도 천당, 천당 하고 들려오는 종소리가 그에게 평안을 주고 행복을 가져다주었지만, 그는 그 행복을 붙잡을 때까지 안심해서는 안 된다고 불안에 떨었다.

작은 시내를 건너 시장을 가로질러 언덕 위에 올랐을 때, 그는 교회를 향해 한걸음에 내달렸다.

신자들이 삼삼오오 모여들기 시작했다. 젊은 여자들이 아무런 걱정도 없이 찬송가와 성경을 끼고, 벽돌로 된 문을 통과해 곧장 거기서부터 올라가게 되어 있는 돌계단을 지나 예배당으로 들어간다. '성비!' 그 어떤 여자를 보더라도 자신의 누이가 생각나서 슬픔을 달랠 길이 없었다. 오늘은 주일인가? 그는 성단 아래에 있을 어머니를 상상하며 돌연 자식의 출현으로 어머니가 기절하시면 큰일이라고 생각했다. 뭔가 예비 지식을 드릴 방법이 없을까 궁리했다. 그러나 그것보다도 우선 어머니의 모습을 붙잡을 것이었다. 그는 단숨에 계단을 달려 올라가 신자들 뒤로부터 예배당 가운데로 가서 섰다. 신발을 벗는 봉당에 서서, 예배당에 8할 정도 모여있는 7백 명가량의 사람들을 보았다. 부인들만 바싹 붙어 있는 성단의 우측 (돌려서 좌측)을 찾아보았지만, 왠지 계시지 않겠지 하는 예감과 함께 역시 어머니처럼 보이는 모습은 발견할 수가 없었다. 그는 그 예감에 화가 나 초조해하면서 부인들의 모습을 하나하나 찾아내어 뚫어져라 쳐다보았지만, '안 계신다' 하고 낙담하여 고개를 흔들었다.

그러나 반드시 여기에 계셔야 한다는 것도 아니어서 그는 스스로 용기를 북돋았다. 계단에서 뜰로 내려와 별채로 된 단층집 쪽으로 갔다. 사환 가족이 그 한 모퉁이에서 살고 있다는 것은 어떤 교회에서도 마찬가지였다. 그가 용건을 청하자 나이 든 부인이 뜰에 나타났다. 그는 어머니의 이름을 말했다.

"어머나, 김 부인 말씀이세요? 김 부인은 한 달쯤 저희들과 여기서 지내셨는데, 풍문으로 자제분이 오산이라는 곳에 계시다는 걸 아시고선, 곧장 여기서 나가셨는데요."

"그렇습니까." 성일은 눈을 감았다. 정신 차리자고 생각하면서 이를 악무는 듯한 노력을 했지만, 눈앞이 캄캄해지고 숨이 넘어가서 정신을 잃었다.

"어머나! 여보세요. 어떻게 된 거예요? 아니, 아니, 저런. 누가 좀 와줘요." 노부인은 깜짝 놀라 당황했지만, 예배에 지장이 있어서는 안 되겠다고 몹시 신경을 쓰면서 거기 있는 집안 사람을 불렀다. 딸이 뛰어와 두 사람이서 성일을 방으로 옮겼다.

〈8〉

피로와 영양실조가 성일의 몸을 갉아 먹었다는 것을 알고도, 의사는 준비해 온 칼슘 주사를 놓는 것을 생각 끝에 그만두었다. 동란 이래 약품 공급은 극단적으로 나빠져서 다른 나라에서는 구식이어서 사용하지 않는 약품의 재고도 모자라는 형편이었다.

"이 사람은 지쳐 있어요. 4, 5일 정도 푹 쉬면 회복할 겁니다." 진찰 가방을 닫고 냉담하게 돌아가는 의사를 성일은 바라보았다.

"걱정을 끼쳐드려서……" 성일은 노부인에게 사과하면서

"가서 어머니를 만나면 낫게 될 거예요. 내일 출발하려구요."

"그래요? 고기 국물을 푹 끓이든가 소 내장 국이라도 만들어 드리고 싶지만 말이죠." 소를 도살하는 것은 대통령이 금지하고 있었다.

"닭도 한 마리에 이만 환이나 해서요."

"괜찮습니다." 그런 호화로운 영양식을 바라는 일 따위 당치도 않다고 생각하는 자신이 서글퍼졌다. "다만, 오산까지 걸어서 가는 건 힘이 들어서……"

"대전까지는 버스가 나가는 것 같은데! 아, 그래, 그래. 좋은 일이 있어요. 저랑 친한 분 아드님으로 보병중위가 계신데요, 휴가를 받아 돌아와 있어요. 언제 출발하는지 물어봐 드리죠. 그 분한테 부탁하면 틀림없이 지프차에 태워 주시지 않겠어요?"

노부인이 나간 뒤, 좁은 온돌에 혼자 남겨진 그는 온돌에서 기운을 차린 배를 손으로 따뜻하게 데웠다. 한겨울 죽음의 행진을 해왔던 기나긴 도로를 떠올리고, 어지간히 걸어서는 갈 수 없을 것이라고 스스로에게 말했다.

교회 쪽에서부터 찬송가가 흘러나오고, 목사의 기도 소리와 성경을 읽는 소리, 설교 소리가 손에 잡힐 듯이 들려왔다. 그는 주일의 의무를 게을리 해서 어머니를 슬프게 했고, 교회 연극에 출연해달라고 부탁을 받게 되어도 부끄럼을 타는 그는 사람들 눈앞에 나서는 것이 무서워서 매번 핑계를 대며 도망치곤 했다.

"오빠는 참… 근성이 없어" 하며 누이가 눈을 흘기곤 했던 일 등 추억으로 그는 괴로웠다.

이제 두 번 다시 그런 자기 집의 단란함은 없을 것이라고 생각하니 탄식이 흘러나왔다.

드디어 예배가 끝나고 신자들이 돌아가는 소리가 한동안 이어졌다. 그 유쾌한 분위기 가운데는 생활이 있었다. '내게는 생활이 없다.' 성일은 생활이 없는 인생처럼 무미건조한 것은 없다는 사실을 이해했다. 어둑어둑한 전등 아래서 좀 전의 부인이 나타나기를 초조하게 기다리는 자신이 마치 행려병자같이 생각되어 그는 비참하게 느껴졌다.

가냘픈 고무신 소리가 들리더니, 미닫이문이 열리며

"춥지 않으세요? 그런 얇은 이불로! 우리 집에는 이제 아무것도 없어서… 모두 피난민들한테 빌려주거나 줘버려서 말이죠. 아, 맞다, 맞아. 총각, 운이 좋아요. 내일 아침 여섯 시에 출발한대요. 서울까지 지프로 간다고 하니까, 오산까지 단숨에 갈 수 있게 됐네요". 노부인은 백발의 머리만 방에 내밀고서는

"자, 푹 쉬어요. 내일 밤은 어머님을 만나게 될 수 있을 테니까. 기도하고 주무세요. 하나님의 손길이 몸에 생기를 불어넣어 주실 거예요. 아멘".

미닫이문이 닫혔다. 부인의 따뜻한 숨이 아직 그 주변에서 떠돌아, 성일은 어머니 품에 안기고 싶은 마음이 한층 더 격해지면서 슬퍼졌다. 그는 솜을 집어넣지 않은 이불을 밀쳐내고 엎드려서 기도를 했다. 몇 년 동안이나 해본 적이 없는 기도를 친절한 노부인의 마음에 보답하기

위해서 해보았다.

"어떻게든, 어떻게든! 내일은 어머니를 만날 수 있도록……" 기적이 바로 그에게 내려오기를 소년처럼 바라는 자신을 비웃을 마음이 그에게는 나지 않았다.

성일보다 서너 살쯤 연상으로 보이는 중위가 능숙하게 핸들을 꺾으며 거리를 질주했다. 장교의 부하인 듯한 두 사람의 상사가 뒷좌석으로 가고 성일에게는 운전대 옆자리가 주어졌다. 저녁 때 노부인의 설명을 들으니, 독실한 신자인 김 부인의 아들이 모친의 행방을 찾고 있다는 간단한 설명을 들은 것뿐으로 장교는 별다른 탐색도 하지 않았다. 작년 여름, 왜관 전선에서 부상당한 일이 있는 그 장교는 적군 병사에 대해서는 격렬한 증오를 가지고 있었지만, 우리 편이라고 인지하면 대단히 너그럽게 애정을 쏟는 것이었다. 성일이 신자라는 사실로 만사 OK였다.

성일은 그것이 좀 죄스러워 뒤가 켕기는 느낌이었다. 사람을 기만하는 일을 하고 싶지 않은 그의 본성은 지금도 전혀 변하지 않았지만,

"사촌 형 박영길은 정보장교인데……" 하고 자신의 신분을 보증하고 싶은 속마음에서 넌지시 말을 꺼내보았다.

"아! 박 대위?" 중위는 성일을 바라보며 "알고말고요" 하고 말했다.

"그러세요? 잘 지내고 있습니까?"

"잘 지내다마다요."

"지금, 어느 전선에 있는지요?"

"그 사람은 전선이 정해져 있지 않아요. 그때그때 다르니까요." 중위

는 문득 경계의 빛을 보이며 수리 중인 철교를 건너기 위해 핸들에 달라붙으며 브레이크를 밟았다.

성일은 조심스러워 하면서 너무 꼬치꼬치 캐묻지 않는 편이 좋다고 생각했지만, 중위도 그뿐 더 이상 입을 열지 않았다. 철교는 다리 위의 횡목이 몹시 휘어져, 유엔 공병이 철판을 두드려 박는 중이었다. 강이 가뭄으로 조금 얕아져 있었지만, 녹색을 띠고 유유히 흐르고 있었다.

"저 봉우리야. 인민군 놈들이 마른 잎처럼 날아 올랐던 게." 뒤에 앉은 상사가 상반신을 내밀어 민머리가 되거나 대머리처럼 듬성듬성 보기 흉하게 된 건너편 강가의 봉우리를 보았다.

"정말이야. 풀이 자라 다르게 보이지만, 강기슭에서 우리 편 폭탄에 난 죽을 뻔 했어. 그때 폭격은 굉장했지."

깊은 산골의 강으로 면한 쪽으로는 격전의 흔적도 없이 맑은 물이 흐르고 있었다. 보기 싫게 깎이고, 파헤쳐진 산들은 눈 속 행군을 하던 그때와는 달라서 전투의 흔적이 역력하게 남아 지푸린 얼굴로 이쪽을 노려보고 있었다. 성일은 이 강의 상류 지역에서 폭풍으로 부상을 당했던 자신의 일을 떠올렸다. 그리고 목사님 아들이었던 그 청년의 최후가 희한하게도 또렷이 떠올랐다.

'그러고 보니, 그 십자가는 어떻게 됐지?"

부모님께 전해 달라며 부탁받았던 그 은 십자가는 확실히 자신의 목에 걸려 품에 간직하고 있는 터였다. 그로부터의 일들을 숫자를 헤아리듯 하나하나 떠올리는 와중에 대전 형무소의 일이 앗, 하고 밀려들 듯 생각나 그의 마음을 세차게 내리쳤다.

안돼! 생각했다. 그는 기억 속을 헤매고 있는 자신의 마음을 억지로 끌어내려 했지만 옆에서 핸들을 꺾고 있는 중위가 마치 적처럼 무섭게 느껴졌다. 그런 일은 모르는 채, 중위는 단단하고 야무진 얼굴로 주의를 기울이면서 한창 못을 두드려 박고 있는 철판들을 하나하나 숫자를 세듯 주의 깊게 통과했다.

철교에서 해방되자 다시 맹렬한 스피드로 차를 달려, 산기슭에 있는 완전히 타버린 마을과 돌계단만 남아있는 폐허를 지나쳤다.

김천읍은 긴 중앙로의 양측을 파괴된 그대로 방치해두고, 도로만 깨끗하게 치워놓았다. 성일은 서울과 부산을 잇는 간선에 면한 도로에서 완전하게 남아있는 도시가 대구와 부산뿐이라는 사실을 여행자의 심정으로 다시 인식했다. '조국 재건'이 언제 이루어질까 하는 감상적인 마음이 솟아올랐다. 메마른 적토와 민둥산이 푸른 산이 될 날이 얼마나 멀었을까 생각하니 탄식이 나왔다. 전 세계 후진 민족 가운데 우리 한민족이 가장 슬픈 민족이라고 생각하는 것은 너무나 슬퍼 참기가 어려웠다.

"대전에서 점심 먹을까?" 중위가 말했다.

성일은 깜짝 놀라 신경이 곤두섰다. 대전만큼은 들르지 않고 그냥 지나쳤으면 하는 장소였다.

"예! 헌병대한테 우리 얻어 먹읍시다." 상사가 대답했다. 점점 더 안 될 노릇이었다. 성일은 턱이 뒤에서도 보일만큼 네모난 각진 얼굴을 한 그 헌병을 만나면 어쩌나 불안해졌다. 그 헌병과 지리산 중의 그 소대장이 희한하게도 같은 인상이다. 지리산의 소대장은 오히려 갸름해서 주걱처럼 평평한 얼굴이 아니었다고 지금에 와서는 확실히 판단이 되었지만, 그럼에도 불구하고 두 사람이 주는 느낌은 동일한 유형이었다.

"아냐! 그 최 헌병은 딱 질색이야. 일등 상사라고 뻐겨대기나 하고 말이지." 또 다른 한 사람의 상사가 말했다.

"자, 어디 식당에서 먹지." 중위가 말했다.

일단 안심했지만, 성일은 대전에 닿는 것을 바라지 않았고 불길한 예감이 들었다. 혹시 자신의 신분이 들통이 나면, 중위에게 폐를 끼치게 된다. 그것이 몹시 신경 쓰인 나머지 지프가 추풍령에 다다라 고개 위로 올라갈수록 성일은 풀이 죽었다.

새싹을 품은 나무들이 새봄맞이에 한창으로 봄을 애타게 기다리고 있었다. 성일은 소나무의 줄기가 껍질이 벗겨져서 하얗게 빛나고 있는 것을 곳곳에서 발견하고 놀랐다.

그 당시 자기들이 그렇게도 껍질을 벗겨내 먹었기 때문인가 하고 의심했지만, 문득 대그릇을 등에 진 농부 아낙을 보고는 고개를 끄덕였다. 먹을 만한 나무의 싹을 추려 내고 뿌리를 캐러 온 농촌 부인네들은 먼저 소나무 껍질을 채집해서 칡넝쿨과 함께 가루로 만들어, 배고픔을 견디는 것 같았다. 전쟁이 아닌 평시 때조차 산간의 빈민들은 '춘궁기'라고 해서 '보릿가을麥秋'[39]까지 굶어죽는 자가 헤아릴 수 없이 많았다.

'죽어간다. 삼천만이. 몇 사람이 살아남을 것인가.'

성일은 그런 감상을 가질 수 있게 된 자신이 신기했다. 문득, 단독병으로 죽은 인력거부가 생각났다. 그가 죽었던 장소를 찾아내고 싶었지만, 질주하는 차 위에서는 조금 무리한 일이었다. 그는 그 남자에게 부탁받은 의류를 팔아 치우고, 그 사람 가족이 있는 곳을 찾아보지 않았

---

39 보릿가을 : 익은 보리를 수확하게 되는 음력 4월에서 5월을 가리킴.

던 것을 죄악이라고 생각했다. 나는 단 하나도 약속을 지키지 않았다. 지킬 수 없었다는 것을 그 사람들은 모른다. 그는 눈을 감고 젊은 병사와 인력거부에게 사죄했다.

추풍령에서 산기슭까지 내려왔을 때, 지프는 검문소에서 정차했다. 기억이 있는 마을! 젊은 헌병이 다가와 중위가 내민 증명서를 보고

"동승자는 이등 상사 두 명이라고 되어 있습니다만, 이 사람은요?" 헌병이 성일을 바라보았다.

"이 사람은 교회에서 부탁받아 태웠습니다. 모친이 오산에서 기다리고 있어요. 고아수용소에 있다오."

"고아수용소에?" 헌병은 말투가 부드러워졌지만

"하지만, 민간인을 태우는 것은 금지되어 있습니다만". 중위에게 조심스럽게 말하자

"그건 알고 있소. 오산까지 가면, 내려줄 거요." 중위는 다소 위압적인 태도였다.

"저희들이 곤란합니다. 그러면 대전에 연락해 놓겠습니다." 헌병은 증명서를 돌려주고 거수 경례를 하고 지프를 통과시켰다.

지프는 달렸다. 그러나 중위도 중위의 부하들도 화가 난 것 같은 얼굴을 하고 잠자코 있었다. 성일은 곤혹스러웠다. 세 사람에게 사과를 해야 좋을지 가만히 있어야 좋을지 가늠이 되질 않았다. 대전에 가면, 다시 조사받게 될 것이다. 네모난 얼굴의 헌병이 나타난다면, 어쩌면 좋을까. 국민방위군은 해산되었다. 나는 당신 때문에 죽을 뻔 했다. 당신 나쁜 짓을 했다고 생각하지 않나? 오히려 그렇게 말하면서 대드는 것도 가능하리라. 그러나 '죄수'였던 자신이 들통 난다면 큰일이다. 성

일은 기가 죽었고, 마음이 괴로워졌다. 불안과 공포로 대전시라는 게 홀연 사라져 버리지 않을까 생각했다가도 반대 심리로 빨리 가보고 싶다고 생각하면서 그는 괴로워했다. 그리고 마침내 대전에 도착해서, 롤러로 고르게 만든 것처럼 완전히 평평하게 된 폐허 속을 상당히 달렸다. 강가에 있는 수리가 끝난 새 철교에 위병 초소가 보였다. 군용차 정지라고 쓰인 페인트칠한 글자가 반짝반짝 비쳐 그 앞에 지프는 멈추었다. 그러자 헌병이 나왔다. 별 세 개[40]의 젊은 사람이었다! 안심한 순간에, 초소 안에서부터 천천히 나타난 키가 큰 헌병 일등 상사! 턱이 튀어나오고 얼굴이 각이 져 있다. 그 헌병이었다. 예감은 맞았지만, 얼마나 불길한 예감이었던가. 젊은 헌병이 중위에게서 증명서를 받아 보지도 않고 상관에게 건넸다. 연락이 있었던 모양이다.

"그 민간인은 내려놓고 가시지." 일등 상사인 헌병은 중위를 무시하려고 했다.

"어째서?" 중위가 화를 눌러 참으며 말했다.

"뭐?" 헌병의 얼굴이 노기가 확 올랐다.

"이 사람은 본관의 권한으로 태웠다." 중위가 침착하게 말하자

"귀관의 권한은 여기서는 통하지 않소. 여기서는 증명서만이 효력이 있어". 헌병은 높임말과 예삿말의 중간으로 말하면서

"기어이 말을 안 들을 거면 못 지나가" 하고 검문소 초소 안으로 들어갔다.

"……." 중위는 얼굴이 새빨갛게 될 정도로 성이 났지만 지그시 참으며

---

40 군대의 중장(中將)을 말함.

"어딘가에서 점심을 먹도록 하지" 하고 지프를 돌려서 넓은 큰길로 돌아갔다. 바라크 건물이 세워져 있고 백반 있습니다, 라고 쓰인 팻말을 내건 곳에 가서 지프를 세웠다.

바라크 안에는 볼품없는 식탁이 있어 겸상에 나뉘어 앉았다.

"중위님! 저는 내리겠습니다." 성일은 드디어 말을 꺼냈다. 두 사람의 하사관은 성이 난 채 잠자코 있었다.

"……." 중위는 뭔가 말 하려고 했지만, 식당 안주인에게

"백반이랑 고깃국 4인분" 하고 주문했다.

전쟁으로 재해를 입은 땅 한가운데서 백반을 먹을 수 있는 상태라는 게 신기했지만, 그런 일을 따지고 있을 여유도 없었다. 마주 보고 앉은 중위의 지적인 얼굴을 향해 지금 다시 한번 사과하고 싶다는 듯이, 자기만 내려달라고 청해 보았다.

"아니, 걱정 안 해도 돼요." 중위는 신중하게 입을 닫았다.

김이 모락모락 나는 하얀 쌀밥을 큰 밥공기로 수북이 내어 온 것을 하사관들은 후후 불어대면서 커다란 입을 벌리고 우걱우걱 먹어댔고, 기름이 고춧가루를 머금고 잔뜩 떠 있는 국물을 후루룩거리며 마셨다. 이마에 땀이 맺힌 채 새빨간 김치를 입에 아무렇게나 쑤셔 넣는 두 사람의 식사는 장관이었다. 헌병도, 증명서도, 통과할까 하지 못할까 하는 문제도 일체 잊고 있었다. 성일은 부러웠다. 중위는 조용히 식사를 계속하면서 삼분의 일 정도 남긴 것을 부하 두 사람에게 나누어 주었다. 성일은 반도 먹지 못했지만, 하사관들에게 주겠다고도 말을 꺼내지 못했다. "가자." 하사관들이 뜨거운 물로 입을 헹구는 것을 보고 입을 연 중위는 먼저 지프에 올라탔다.

운명이 어떻게 될지 지켜보고 싶은 기분이 들었다.

검문소에 왔다. 헌병은 초소 안에 있고 나오지 않았다. 중위가 내려서 거기까지 갔다.

"증명서를 주게." 명령하듯이 말했다.

"증명서는 돌려드리지만, 민간인은 안된다구요." 헌병이 말하면서 증명서를 돌려줬다.

그것을 낚아채듯이 받아들고

"한강 검문소에 연락하게. 거기서 해명할 테니" 하고 지프로 돌아와 기어를 넣었다.

"뭐라고?"

헌병이 질풍처럼 달려와 지프를 붙잡으려 했지만, 차가 움직이기 시작했기 때문에 성일의 팔을 잡으려 하면서 얼굴을 보았다. 깜짝 놀라며 안색이 변했다. 그러나 지프는 속력을 내며 헌병을 뿌리치고 질주했다.

⟨9⟩

"저게 오산역인데, 이 근처에서 내려드려도 괜찮겠소?" 중위가 물었다.

성일은 정차장 쪽을 보았다. 시가가 썰렁한 모습으로 자그맣게 한데 모여 있다. 찾을 수 있다고 생각하고

"여기서 내리겠습니다".

지프가 멈췄다. 내려서 인사를 차리면서 크나큰 폐를 끼쳤다고 사과했다. 중위는 장황한 것이 싫은 듯 괜찮다고 말하며 거수경례를 한 뒤

지프를 출발시켰다.

성일은 지프가 길거리를 멀리 달려 사라질 때까지 지켜보면서 양심의 가책을 느꼈다. 중위가 월권 행위를 한 것인지 대전의 헌병이 지나치게 까다로운 것인지 군의 규칙을 해석하는 것은 성일이 할 수 있는 일이 아니었다. 그러나 그 헌병이 성일의 얼굴을 보고 의혹을 가진 듯했던 점, 혹시 거기서 내려졌다면 성일은 또 남쪽으로 되돌려 보내져 어딘가에 강제 수용되지 않았을까 하는 점, 그런 것을 생각하면 중위의 호의는 땅에 머리를 조아리고 감사를 해도 미처 다 하지 못할 정도로 고마운 일이라는 느낌이었다.

지프가 보이지 않게 되었다. 억센 의지가 그의 전신에 가득 찼다. 어머니를 찾기 위해 일각의 지체도 없이 계신 집을 찾아낼 것이었다. 역 근방의 시가는 본 기억이 없었지만, 국도를 10분 정도 걸어간 부근에서 왼쪽으로 빠진 곳에 일고여덟 채의 집이 바싹 맞붙어 있었고, 그중에 어머니가 계실 것만 같은 집이 있었다.

그는 마치 자기 집에 돌아온 듯한 가벼운 발걸음으로 골목을 달려 논두렁길을 지나 마을로 들어갔다. 음식점은 영업을 하고 있었고, 담배 가게 앞쪽에는 외국 담배가 진열되어 있었다. 그런데 여전히 문을 닫은 채인 집들 사이로 붉은 벽돌담의 기와집이 있었는데, 어린아이들이 문 앞에서 놀고 있었다.

그는 거기로 달려 가서

"선도부인" 하고 마당으로 뛰어들었다. 많은 아이들이 이상하다는 듯이 성일을 바라보았다. 복도 유리창을 통해 방의 미닫이가 보였지만, 거북이 등모양 무늬가 있는 미닫이가 조용히 열렸다. 마구 흐트러진 반백의 머리를 천천히 드러낸 부인의 얼굴은 어머니인지 전도부인인지 순간 판단이 되지 않았다. 어쨌든 중병을 앓는 사람인 듯한 그 부인은 주의 깊게 마당에 있는 사람을 쳐다보며 한 번 더 확인하더니 "이런, 어머나!" 기절할 것같이 눈을 휘둥그레 떴다. 손으로 문턱을 누르고 벌떡 일어서려고 했지만, 부인의 몸은 거의 꼼짝도 하지 않았다.

성일은 자기 쪽에서 잽싸게 유리창을 열고, 복도로 올라가 전도부인의 손을 잡았다.

"흐우……" 전도부인은 일어나서 이불로 무릎을 덮고, 흐트러진 머리카락을 끌어올리며 성일의 손을 잡고 지그시 바라보았다. 두 눈에서 눈물이 뚝뚝 떨어져 내렸다.

"어쩐 일이세요? 병이 나신 거예요?"

부인은 성일의 손을 꽉 움켜 쥐고

"하나님의 부름을 받아서 간다면 저로서는 행복한 일이겠지요. 그렇지만, 이 많은 아이들을 누구에게 부탁할까 전 기도드리고 있었어요. 보내주신 사람은 역시 성일 씨였군요".

성일은 그 말이 끝날 때까지 기다리지 않고

"어머니는요? 여기로 오신 것 맞죠?" 하고 물었다.

"그래요. 여기로 오셨고, 그리고 나서……"

"그리고 나서?"

"모든 게 제 탓이랍니다. 성일 씨를 만났다는 이야기를 인편에 부탁해서 전했더니, 도련님이 여기 계시는 걸로 잘못 들으셨어요. 먼 길을 오셔서 낙담을 하시고서……" 전도부인은 눈물로 목이 메고, 입술이 떨리면서 숨이 막히고 경련을 일으켰다.

"네? 그리고 나서 어떻게 되셨는데요? 어머니는 어디 계시는 건데요?"

"지금, 안내해 드릴게요. 저를 원망하세요." 전도부인은 일어섰다. 풀썩 쓰러질 것 같은 전도부인을 성일이 부축해서 떠받쳤다. 비틀거리며 걷는 데 애를 먹었지만, 전도부인은 이를 악물고 마루에서 현관 디딤돌까지 갔다.

성일은 안절부절 못했지만, 참을성 있게 견디며 부인을 뒤에서 부축하며 갔다. 장독을 넣어두는 곳간을 지나 뒷마당으로 나갔을 때 거기에 허술한 봉분을 한 무덤이 눈에 들어왔다. 성일은 앗, 하고 외치듯이 하며 멈추어 섰다.

"김 여사님! 댁의 아드님이 오셨어요. 만나셔요. 마음껏, 만나서……"

부인은 무덤을 끌어안듯이 그 위에서 허물어지며 정신을 잃었다.

성일은 정신이 나간 부인과 마찬가지로 미친 사람처럼 어머니의 무덤에 엎드려 울었다.

성일로서는 최악의 사태가 다음날 일어났다. 전도부인이 숨을 거둔 것이었다.

"성일 씨, 성일 씨 어깨에 무거운 짐을 지우게 돼서 정말 죄송하게 됐어요. 그렇지만 저는 안심하고 눈을 감을 수 있게 됐어요. 이 한국 땅에서 태어난 것이 불행이었어요. 저 많은 아이들을 볼 때마다, 저는 그렇게 생각했답니다. 하나님으로부터 버림받은 땅. 그렇지만 하나님은 가장 사랑하는 이들에게 가혹한 시련을 내리시지요. 땅 위의 낙원과 천상의 천국이 하나가 되어, 이 한국 땅에서 이루어지는 날이 오게 될 것을 저는 믿어 의심치 않아요. 하나님의 손길이 성일 씨에게 영원히 함께 하시기를, 아멘." 전도부인의 말은 거의 들리지 않았지만, 성일은 분명하게 이해가 되었다. 그는 그 말들을 마음에 반추하면서 부인의 생각을 붙잡으려 했다. 그러나 눈앞에서 부인의 시신에 달라붙어 큰 소리로 울고 있는 아이들을 보고 있자니, 자신의 일신에 덧씌워진 짐의 무게로 숨이 막힐 듯했다.

부인의 유해를 화장하기 위해 그는 이웃 사람들에게 도움을 구했다. 피난지에서 귀환해 온 사람은 극히 얼마 되지 않았지만, 부인의 덕에 감화를 받은 그 사람들은 흔쾌히 손을 빌려 주었다. 자신의 어머니 묘 옆에 나란히 생긴 무덤은 그야말로 변변치 못했지만, 그가 손으로 직접 만든 십자가에 마음을 담아 다음과 같은 말을 썼다.

> 가혹한 시련을 끝끝내 버텨내고자 한 부인은 하나님의 심부름꾼이었습니다. 아멘.

남의 집 뒷마당을 무덤으로 만들어 놓았으니 집주인이 돌아오면 깜짝 놀랄 것이었다. 묘를 대단히 소중하게 여기는 한국인들은 다른 사람의 무덤이 자기 땅에 만들어지는 것을 극도로 꺼리고 싫어할 터였다. 하물며 자기 집 부지 안에 만들어졌다는 것을 알면 기절할 것이다.

성일은 후일 두 사람의 유해를 서울로 옮겨 갈 것을 이웃 사람들에게 약속했지만, 한편

"이 고아들을 먹여 살리는 것은 보통 일이 아닌데, 어떻게 하지." 어찌할 바를 모르고 생각에 잠겼다.

우유를 필요로 하는 영아가 열다섯 명, 보모의 손길이 없이는 기르지 못할 유아가 열 명 있었다. 십 세 이상 되는 아이가 여덟 명 정도인데,

이 아이들 중에 서 유아들을 돌보는 게 가능한 것은 여섯 명 뿐이었다. 옷 갈아입히기, 기저귀 갈기, 냄비와 스푼 따위 그런 관리를 하는 일, 식량을 손에 넣는 일, 성일은 생각하는 것만으로도 여위어 홀쭉해지는 느낌이었다. 전도부인의 수명이 단축된 원인을 조금씩 알 것 같았다.

그는 자신의 생명을 지키고자 하는 욕구가 없어졌다는 것을 알았다. 만약, 그 혼자서 어머니의 죽음에 대면했다고 한다면 그는 아마 무덤 옆에서 자살하지 않았을까. 그러나 그 자살하려는 손을 전도부인이 멈추게 했고 본인은 돌아가셨다. 고아들이 미덥지 않다는 듯이 성일을 바라본다. 유아들은 배가 고프다고 거리낌 없이 호소하고 젖먹이들은 주먹을 떨면서 울어 제낀다. 나이를 좀 먹은 아이들은 성일이 뭔가 하겠지 멍하니 기대하면서 기다리고 있었다.

"아주머니는 어디서 우유를 가져 왔지?" 성일은 가장 나이가 많은 열 세살 정도의 여자아이에게 물었다.

"서울에 가는 미군 병사에게 부탁해서 가져 왔어요." 동그란 눈을 한 그 아이는 똑 부러지게 대답했다. 좋은 집에서 교육을 잘 받고 자라난 것 같은 소녀에게 힘을 얻어서

"서울 어디인지 알고 있니?"

"아니요." 여자아이는 대답했다가 낙심하는 성일을 보고

"아, 있어요. 이 수첩에 뭔가 쓰여 있을 지도 몰라요"

하며 소학교 학생의 학습장을 낡은 책상 안에서 찾아왔다.

성일은 장부를 넘겼다. 분유를 받은 수수표가 세밀하게 되어 있고, 매달 통계까지 나와 있다. 각 항목의 끝 부분에는 이상 사회과 분실分室에 보고 완료라고 기입되어 있었다. 광명이 비쳤다. 그러나 중요한 사

회과 지부의 수신처가 나와 있지 않았다.

그는 여자아이와 함께 깡통 안을 조사했다. 앞으로 하루 분의 우유와 보리가 있었다. 지폐도 책상에 조금은 있었다.

"아주머니는 언제나 큰길에 나가서 미군병사에게 구걸을 한 거니?"

"네! 군인 아저씨들은 우리를 보러 왔었어요. 먹을 거랑 돈을 줬어요."

"우유는 누가 가지고 왔지?"

"군인 아저씨요."

"같은 사람?"

"아주머니가 부탁한 사람이 가지고 와줬어요."

그리고는, 알았다! 성일은 골목으로 나갔다. 유엔군 차량이 전속력으로 질주한다. 성일은 큰 마음먹고 손을 올렸다. 지프가 멈췄다. 가무잡잡하게 전장에서 얼굴이 탄 유엔군 병사가 네 명, 무뚝뚝하게 성일을 바라보았다. 순간 그는 허둥댔지만,

"나는 고아들을 돌보고 있다, 서울에 가면 시 사회과에 연락해주었으면 한다. 부탁해도 될까?"

"노우! 우리들은 바쁘다." 지프는 휙 가버렸다. 성일은 난감했다. 아무래도 난 못하겠어. 벌써 포기했지만, 쓰리 쿼터를 운전하고 오는 병사에게 화급한 용무가 있는 듯한 몸짓을 했다.

"헤이, 죠! 고아들이 죽어가고 있다. 고아가 서른 세 명 있다. 구해줘!" 하고 외쳤다.

쓰리 쿼터가 멈춰 섰다. 운전하고 있던 사람은 흑인이었고, 옆에서 껌을 씹고 있는 사람은 백인이었다.

"뭐라고?" 하면서 과장되게 얼굴을 찌푸리고, 귀찮다는 듯이 되물었다.

성일은 이때다 싶어서

“고아들이 죽어가고 있다. 우유가 떨어졌다. 우유는 서울에서 가져온다. 시 사회……”

“우리들은 바빠. 다른 사람한테 부탁해.” 백인 병사는 바쁘다는 듯이 껌을 씹으면서 엄지를 세우고 뒤쪽 방향으로 흔들었다. 쓰리 쿼터는 달려 가버렸다.

세상의 냉혹함이 성일의 마음에 큰 타격을 주었다.

“전도부인! 당신은 위대했어요! 영어를 할 줄 아는 나조차 이 정도인데. 당신은 얼마나 애쓰셨던 겁니까?” 성일은 길가에 몸을 내던지고 머리를 감싸 쥐고 절망했다.

차가 몇 대나 북상하고, 몇 대나 남하했다. 더 이상 부탁할 마음이 나지 않았다.

서울은 주민의 귀환을 금지하고 있는 중이어서, 군 공무 이외에는 들어갈 수가 없었다. 그러나 성일은 날짜가 된다면 서울에 갔다 오는 편이 빠르겠다고 생각했다.

‘아니야. 그것보다도 고아들을 데리고 서울에 차를 타고 가는 거야.’ 시 사회과가 전재민 구호를 시작한 것 같으니, 그쪽이 훨씬 낫지 않을까.

성일은 궁리하면서 자기가 할 수 있는 일은 무엇일까 차분히 마음을 가라앉히고 한 번 더 생각해보거나 하고 있다.

“헤 — 이” 하고 미국 군인이 말을 걸어왔다.

성일은 얼굴을 들었다. 붉은 얼굴의 코가 긴 미국 병사가

“자넨 전도부인의 고아원을 알고 있나?”

“그래! 알고 있어. 아주 잘 알고 있지. 나는 거기 있는 사람이야.” 성일

은 얼굴을 빛내며 거기 트럭으로 달려갔다.

"자, 이 상자를 가지고 가줘. 부인에게 부탁받고 손에 넣은 거야." 나무 냄새가 날 것 같은 새 상자를 운전대에서 꺼내 놓고

"지금은 들리지 못하지만, 돌아오는 길에 들리겠다고 전해 줘. 부인은 애정이 깊은 분이야. 정말 감탄스러워." 군인은 소리를 내어 문을 닫고 달려갔다.

성일은 묻고 싶은 것이 많았지만 트럭은 바쁜 듯이 달려가 버려서, 뜻밖에 찾아온 행운에 어리둥절하였다. 1미터 길이의 그 상자에는 분유가 가득 들어 있었다. 한국구호물자라고 영어로 찍혀 있었다. 보통 때 같으면 그가 짊어들 수 없는 무게였지만, 환희가 그에게 예사롭지 않은 힘을 부여했다.

〈10〉

성일은 그 미국 병사를 도로에서 숨어서 기다렸다. 부탁해서 고아들을 서울로 태워 달려고 할 작정이었다. 얼굴은 어슴푸레 기억이 났지만, 만나면 알아볼 수 있을 것이다. 그러나 삼 일이나 지나도 그 병사는 나타나지 않았다. 시험 삼아 다른 차에 교섭해보았지만, 거들떠보지도 않았다. 우유는 다시 떨어져 가고 있었다. 서울행에 대한 결의는 점점 더 높아져 지금은 불같이 맹렬해졌다. 그는 큰길에 나가 닥치는 대로 차를 세웠다. 그러나 그의 모습이 조금 광기를 띠었기 때문에 멈춰 세워주는 차는 적었다. 어느 때는 한국군의 빈 트럭을 붙잡은 일이 있었

다. 동포의 정리情理로 그는 고충을 애절하게 하소연했다.

"안 되겠네요. 무리해서 태운다고 해도, 한강 검문소에서 통과하지 못할 거요." 한국병사는 어딘가 수상쩍다는 듯이 성일을 바라보았다. 광대뼈가 튀어나온 그 병사의 눈에는 의심이 깃들어 있었다. 게릴라들에게 된통 당하거나 솜씨 좋게 속이려는 시민들의 거짓말에 넌덜머리가 났을 터였다.

"검문소?" 성일은 의지가 꺾여 용기가 없어졌다.

"정말 고아들이 있는 거요?" 병사가 따지듯이 물었다.

마침 그의 뒤를 좇아 모여든 고아들이 여자아이 남자아이 뒤섞여서 십사오 명 그쪽으로 오고 있는 중이었다. 성일은 그 아이들에게 "위험하니까 큰길로는 나오면 안돼" 하고 주의를 주었다.

"재들뿐이오?" 병사가 물었다.

"아뇨, 더 있어요. 서른세 명이예요."

"호! 꽤 모았네요." 병사는 조금 동정하면서, "증명서를 받아요. 서울에는 고아원이 있는 것 같으니까. 거기에 수용하는 편이 좋겠네요."

"그러니까, 그 연락을 위해서라도 서울에 가고 싶은 거예요."

"음……" 병사는 생각하더니 "역시 안 되겠어요. 군의 규칙은 엄중해서요." 말하며 얽혀들고 싶지 않다는 식으로 도망치듯 달려가 버렸다.

성일은 낙담해서 고아들이 있는 곳으로 돌아갔다.

"오늘 밤부터는 우유가 없어요." 나이가 가장 많은 여자아이가 말했다.

성일은 아기들의 울음소리에 몰매를 맞은 듯한 모습으로 벽에 기대어 있었다. 절망이 그를 사로잡았다. "한국! 삼천리 강산! 금수강산! 무궁화 삼천리! 동란의 나라! 잔학의 나라! 박복한 민족! 아아! 이 비참함!"

전 인류의 비극의 대행자 조선의 악운을 하필이면 성일 자신이 떠맡고 있다. 아기들이 아우성을 쳤다. 왜 나를 배고프게 하는 거야? 하고 성일을 질책하고 있다.

어둠은 그 불행을 심각하게 에워쌌다. 성일은 자신의 무능을 책망하는 듯한 아기들의 울음소리를 참고 견디면서 들었다.

갑자기 나이 많은 여자아이가 복도로 뛰어나와 외쳤다.

"어머! 메이슨 아저씨다! 저한테 양복을 가져다 줬었어요."

회중전등의 불빛이 확 이쪽을 비췄다.

"오오, 얘들아! 모두 나와 이리와! 선물이란다. 하나님이 내려주신 선물." 억양이 있는 활기찬 음성과 함께 복도에 붉은 얼굴이 나타났다.

성일은 "아아! 당신이 미스터 메이슨?" 하고 반겼다. 기다리고 기다리던 미군 병사였다.

"부인은 어디 가셨는지?" 병사가 물었다. 팔에는 안고 있기 어려울 정도로 아동복이 들려 있다.

"부인은 돌아가셨어."

"돌아가셨다고?"

"우리 어머니 무덤 옆에 잠들어 계셔."

"아아……" 병사는 슬픈 얼굴을 했다.

"부인은 일을 너무 많이 하셨어. 하나님 곁에서 이 아이들을 보고 계시겠지."

"아이들은 어째서 울고 있는 거지? 우유가 없는 건가?"

"없어."

"자넨, 어쩔 셈이지? 방법이 있나?"

"서울에 가면, 사회부와 연락을 취할 수 있어. CAC에 부탁하면 원조가 있을 거 같아."

"내가 가져 온 우유도 CAC 것이야. 친구가 거기 있으니까 조언을 얻을 수 있을 거야."

"서울에는 우리집이 있어. 자네가 우리들을 태우고 가줄 수 있나?"

"부인도 몇 번이나 그 부탁을 했지만, 허가가 필요해."

"그렇지만, 여기서는 절망적이야. 난 부인처럼 능숙하게 하지 못해. 서울에 가면, 어떻게든 되겠지." 성일은 바로 이때라는 듯이 마음을 담아 말했다.

"허가는 자네가 받을 수 있나? 서울에 너희를 데리고 가도, 들켜서 도로 쫓겨나면 아무 일도 안 되고, 사태를 악화시킬 뿐이야."

"허가는 반드시 받아 보이겠어. 일단 가기만 하면 어떻게든 할 수 있을 거야."

"막연한 말은 좋지 않아. 확실히 할 수 있다고 생각하나."

성일은 순간 움츠러들었지만, "확실히 할 수 있을 거야" 하고 대답했다.

"OK." 병사는 아동복을 거기에 던져두고, "빨리 옷 갈아 입히고, 30분 이내로 트럭으로 와야 해."

성일은 너무 기쁜 나머지 손발이 떨려 어디서부터 손을 대야 좋을지 몰랐다.

〈11〉

한강 검문소는 미군 병사가 힘을 써서 무사하게 통과했다. 미군 MP는 솔직하게 사정을 밝히는 메이슨의 말을 믿고 간단하게 통과시켜 주었지만, 한국 헌병은 고아들과 동승해 있는 성일을 수상쩍다는 듯이 바라보았다. 우물쭈물하다가는 제지당할 참이었지만, 불과 1분밖에 걸리지 않았기 때문에 그 관문은 무사 통과가 되었다.

깊은 밤이었다.

청량리역 앞 광장에서 고아들을 트럭에서 내리고, 자기 집으로 데리고 가는 성일의 마음에 소용돌이치는 감정은 복잡함을 넘어 슬프기 짝이 없었다.

문은 담을 넘어 들어가 안에서 열었다. 그러나 복도의 유리창도 방문도 부서져 있었다. 어둠이 잔뜩 깔려 있는 방 안에는 가구들은 남아 있었지만 문짝들이 떼어져 없었고, 안도 텅 비어 있었다.

젖먹이를 업은 어린 아이들이 툇마루에 졸린 듯이 앉아 있었다. 배고픔을 호소하던 아기들도 피곤해서 자고 있다. 비애가 집안 구석 구석 가득 차 있다.

방을 정리하고 가져 온 침구를 깔아 아이들을 눕히고 나서 성일은 방을 살펴보았다. 안채는 방도 헛방도 모두 도난당했지만, 8개월 전 그가 숨어 있었던 부엌 위 천정 방만큼은 발견되지 않은 것으로 보였다. 잡동사니도 낡은 보따리도 그대로였고, 고맙게도 구식 쌀 궤짝에 백미가 약간, 팥이며 깨며 이런 것들을 넣은 주머니가 들어 있었다. 그는 거기서 어머니의 체취를 맡았고 북받치듯 눈물이 났지만, 참고 견뎠다.

안채에서 자신의 거처가 있는 사랑으로 오는 도중 순이가 사용하던 하녀 방을 들여다보니 감상이 솟아올랐다. 거기서 도망치다시피 급히 서재로 왔더니, 미닫이는 벌컥 열어젖혀진 채로 온돌에는 흙 발자국이 심하게 나 있어서 발바닥이 꺼칠꺼칠했다.

책상과 의자는 그대로 남아 있었지만, 옆에 붙어있는 방의 책장에는 책이 줄어들어 있었다. 그는 책장에서 떨어져 있던 책에 걸려 넘어질 뻔했는데, 손으로 더듬어보고 두꺼운 책들이 많이 없어졌다는 사실을 알아차렸다.

'이것 저것 다 가져갔구나.' 자신의 생활이 뿌리째 파괴당했다는 사실을 재확인한 셈이어서, 성일은 있는 힘을 다해 감상에 빠지지 않기로 했다.

'내게는 서른세 명의 고아들이 있다.'

그 사실이 어쩐지 재산과 같이 그에게 힘을 북돋아 주었다.

다음 날 일찍 그는 시 청사에 갔다. 시 주변에는 남아 있는 빈민들과 몰래 시로 들어온 시민들이 생활을 영위하고 있었고 동대문 부근에는 자유시장이 서서 물자가 유통되고 있었다.

1월 4일 서울시를 점령한 공산군은 즉시 포고를 내려 시민들을 위무했다. 6월 28일 수도 해방 이후 인민군이 저지른 실패는 그들 자신에게 반성의 재료가 되었고, 이번에는 얼마간 통제를 완화했다. 그러나 서울에 남아있던 것은 노약자들뿐으로 그 효과는 그다지 나지 않았다. 시민의 9할이 피난을 갔다는 사실에 실망한 것은 북한군보다 오히려 중공군 당국이었다. 같은 공산군이면서 북한군 보다 중공군이 온후 관대했다는 이야기가 전해졌다.

인민군은 서울 시청에 시 인민위원회를 두고 행정 조치를 취했지만, 작년 가을 인민군이 패퇴할 때 함께 따라갔던 소위 '부역자'들이 서울에 되돌아와 인민위원회의 행정을 도왔다.

그들은 이십 대 일 내지 오십 대 일의 비율로 화폐를 교환하거나 혹은 그 비율로 한국 지폐를 사용하게 했지만, 물가는 오르고 인플레는 억제되지 않았다. 특히, 주식은 절대량이 부족했고, 병사는 자신들의 노력으로 식량을 찾아야 하기 때문에 빈집은 죄다 털렸다. 의류, 이불 등에서부터 책에 이르기까지 값이 나가는 물건은 들고 나갔다. 3월 14일, 서울을 탈환하고 한국군이 입성한 후 도시는 다시 약탈당했다. 잔류한 시민치고 남의 집 장독 곳간에서 된장, 간장을 훔치지 않았던 사람이 거의 없었으니, 가령 성일의 집을 절도한 진짜 범인이 어느 쪽인지는 어떤 명탐정이라도 밝히기 어려울 것이었다. 진짜 범인은 '전란' 바로 그 사람이었으니까 말이다.

인민군은 노동력 부족에 고심하여 십오 세 이상의 부녀자를 모조리 동원해 활용했다. 잔류 시민들의 얼굴에는 고뇌의 흔적이 크레용을 마구 칠한 것처럼 더덕더덕 들러붙어 있었다.

"인민군? 아아 싫다! 인민군이니 하는 말만 들어도 간이 떨리니까 그만둬." 그들은 한국 측 신문기자의 질문에 그렇게 대답했다. 꼭 거짓말이라고만 할 수는 없는 듯했다.

70여 일간 서울시가의 공습도 다시 치열해졌다. 시 중심부의 건물들은 정말 헤아릴 수 있을 정도로 적은 숫자를 남기고 전멸했다. 인민위원회는 시청을 사용하는 것을 그만두고, 주택가로 옮겨야 했다. 그러나 시청은 폭파의 정도가 경미했다.

성일은 탈주 도중에 보았던 시가가 한층 더 파괴되어 있는 것을 그때와 비교해서 알 수 있었다. 종로의 빌딩들 중에서 완전하게 남아 있는 건물은 하나도 없었다. 콘크리트 건물의 잔해는 그 구부러진 철근이 보기 흉했지만, 벽돌집의 유해는 한층 더 음울해서 가까이 다가가기 어려웠다. 도로에 면한 부분이 온전했기 때문에, 아! 무사하구나 기뻐하며 안을 들여다보니 푸른 하늘이 동굴 위로 보였다. 사방 벽만 남아 있는 벽돌 건물에는 한기가 스며들었다.

성일의 마음속에 어떤 이미지가 떠올랐다. 종로를 어슬렁거리던 시절의 이런저런 추억이 무지개가 되어 나타났다. 그런데 그가 단골로 갔던 박문서관은 원래 형태도 없이 무너져 내렸고, 지면에 벽돌 부스러기가 쌓여 언덕처럼 되어 있었다.

그는 박문서관이 있던 자리에 서서 책장이 있던 벽을 바라보았다. 삐쭉삐쭉하게 2미터쯤 되는 높이로 무너지고 남은 벽돌 벽은 회반죽이 벗겨져 있고, 타버린 나무 부스러기가 새까맣게 타서 일부가 벽에 얹혀 있었다.

그 많던 책이 전부 타버린 것이다.

너무나 가지고 싶었던 많은 책들이 모두 벽돌 아래서 재가 되었다.

그는 문득 영자를 생각했다. 두 사람은 종종 여기서 만나서 함께 걸었다. 서가를 보고 있노라면 등 뒤로 사람이 와서 서 있다는 느낌으로 알아채고, 뒤돌아 영자와 얼굴을 마주했을 때의 환희!

시청에 갔더니 전재민 구제 사업은 정부의 사회부 분실이 담당하고 있으며 을지로 4가에 있다는 것을 알게 되었다.

분실장을 만난 결과가 잘 풀리면 좋겠다고 생각하자 그는 초조해졌다. 무너지고 탄환의 흔적으로 구멍투성이가 된 건물, 늘어져 내린 전선과 파헤쳐진 도로, 모든 게 정상이 아닌 거리로 인해 협박당하기 쉬운 약한 신경을 버티어내면서, 그는 사거리 모퉁이의 지하층만 사용할 수 있는 화강암 건물에 도착했다. 사회부 분실, 난민구제본부, 그런 글자를 기운차게 써놓은 푯말이 보였지만, 사무실 안에는 모두 다섯 명의 빈약한 진용이 산처럼 쌓아올려진 서류 사이에 파묻혀 있었다.

성일은 중앙의 테이블에 있는 중년 남자 앞으로 가서 말을 걸었다. 그러나 분실장은 끝내지 못한 서류에 코를 박고 웬만해서는 얼굴을 들어 올릴 것 같지 않았다. 그는 창가로 물러나 그 사람이 틈이 나기를 기다렸다.

실내에는 어떤 장식도 없고 출입구 문은 타서 문드러져 있었는데 빈 상자 판을 대충 박아 고정시켜 놓았다. 벽에 걸린 전화기에서는 계속 벨이 울렸다.

그는 굶주린 사람들이 구제를 바라고 있는 모양을 마음속에 그려 보고 거기에 뻗치는 손길이 얼마나 무력한가를 다섯 명의 공무원에게서 보았다. 구제되지 못하고 방치되어 있는 동포도, 자신도 가련했다.

그때 분실장이 "무슨 용무가?" 말을 걸었다.

성일은 그 앞에 가서 준비한 말을 꺼내기 시작했다.

"고아를 서른세 명 데리고 왔습니다. 그……"

"뭐? 고아를? 어디에 있나?" 분실장은 흥분해서 의자에서 일어섰다.

"저희 집에 수용했습니다."

"자네 집은 어딘가?"

"청량리역 부근입니다. 문과대학 뒤쪽이요."

분실장의 눈에 의혹이 비치며

"언제부터 고아들을 돌보고 있는 건가" 하고 성일을 주시했다.

성일은 말문이 막혔다. 눈을 내리깔고 이때가 오는 것이 가장 무서웠다고 생각하면서

"서울에 있었던 것이 아닙니다. 오산에서 어젯밤에 데려왔어요……"

"어젯밤?"

"실은……" 성일은 결의를 굳히고, 지부장의 얼굴을 똑바로 마주보면서 사정을 이야기했다. 그러나 단 한 가지 그의 실제 전력을 밝히는 일을 하지 않았기 때문에 몹시 마음이 꺼림칙했다.

"그러니까, 자네는 국민방위군에 있었고, 어머님과 그 전도부인은 고아들을 돌보면서 자네를 기다렸는데, 방위군이 해산이 됐다, 자네가 오산에 갔을 땐 어머님은 이미 돌아가셨고, 전도부인도 돌아가셨다. 그래서 자네가 고아들을 돌보기로 결심하고, 불법으로 서울에 들어왔으니 허가를 내달라, 이런 말이 되는 거로군?"

"네, 그렇습니다. 허가만이 아닙니다. 고아들에게 먹을 것을 배려해 주셨으면 합니다." 성일은 자신의 전력에 관해, 이치가 닿게 말했기 때문에 일단 안도하면서 밀어붙이듯이 결론을 말했다.

"말의 허식를 걷어내고 진실을 이야기해보세. 전란을 극복하기 위해서는 그런 마음의 준비가 필요해. 무엇보다, 나는 자네의 마음가짐에 감탄했네. 자네 어머님과……"

"어머니는 그다지 관계가 없으세요. 전적으로 전도부인이……"

"응! 알겠네. 그 전도부인의 정신은 신의 마음이고 인류의 양심이네. 전란 중에 핀 꽃이야!

그 유지를 이어가려는 자네도 역시 기특한 사람이야. 여기 있는 우리 다섯 사람은 모두 같은 마음의 소유자라고 말할 수 있다네. 4만 환이나 5만 환 급료로 우리들은 생활할 수 없지. 부산에 있다면 뇌물도 가능하겠지만, 여기선 뇌물을 가져 올 시민이 없어. 그리고 그런 부패가 꼴 보기 싫어 우리들은 지원해서 여기 온 거라네. 가족은 부산에 있고, 집사람은 행상을 해서 살아가고 있어. 내 개인적인 이야기가 돼서 미안하네. 결국, 몸도 마음도 전재민을 위해 바치려고 하는 자네는 우리들과 동지일세. 동지가 곤란에 처하면, 서로 돕는 게 동지가 동지된 이유 아니겠나. 좋아, 그 고아들이 서울 들어온 허가를 따내고 일을 진행시켜 보세.

전재민은, 성인도 고아도 하루에 만 명씩 늘어나고 있어. 오래전부터 있던 이재민이 아니야. 현재 작전의 와중에서 철의 삼각지대에서부터 건져내온 전재민들이지. 고아는 하루에 몇 백 명씩 생겨나고 있어서 수용소는 가득 차 있어. 그러니까 자네는 그 서른세 명을 당분간 자네 혼자 힘으로 돌봐야 되는데, 괜찮겠나."

"네, 좋고 말고의 문제가 아닙니다. 처음부터 그럴 각오였습니다." 성일은 자기 말에 자신을 가질 수 있었다.

"그렇게 알고 있다면 더욱 좋지. 그런 의미에서 그 서른세 명은 손쉽게 등록할 수 있으니, 명부를 제출해주게. 그리고 식량 말인데, 이건 확실히 약속은 할 수 없네. 식량이 있을 때는 나누는 것이고, 없을 때는 자네 쪽에서 노력해 보는 거네. 신은 들판의 백합도 버려두지 않는다고 말씀하셨지. 목숨이 붙어 있는 고아들은 반드시 구제될 거야. 그렇지만 우리들은 노력해야 하네. 그러면 이렇게 하지! 지금 당장 자네 고아들을 내가 보러 가고, 자네는 우리쪽 수용소를 보게나. 가지. 마침 트럭이 나오는 군. 동대문 근처에 전재민들을 위한 밀크 스테이션이 설치돼 있네."

분실장은 시원시원 일을 추진하는 것을 좋아하는 듯해서, 공무원 기질과는 다른 데가 있었다. 성일은 무척이나 호감이 가서 여기를 처음 방문했을 때 가졌던 의구심이 깨끗이 사라져 밝은 희망으로 가슴이 뛰었다.

뒷마당에 대형 트럭이 있었는데, 분유 상자가 일곱 개 정도 쌓여 있었다. 성일은 분실장과 함께 운전대에 올랐다. 분실장은 자신이 운전을 해서 큰길로 트럭을 내놓고는 방향을 꺾어 차를 달렸다.

"난 이렇게 작업 바지에 각반을 두르고 헤진 양복을 입었네. 신발은 즈크화[41]야. 이런 가난뱅이 복장이 난 조금도 부끄럽지 않아. 나는 전쟁이 나기 전까지는 자가용차를 가지고 고급 주택에 살았다네. 일본 오사카 공고를 나와 토건 회사 기사를 시작으로 내 인생은 순풍에 돛을 달았지. 8·15 조국 해방으로 한때는 친일반역자법에 걸릴 뻔 했지만, 그건 무사히 넘어갔고 내가 가진 기술은 우리 정부에 비싸게 팔렸지. 토목재건 사업을 도맡아 인수했다네. 난 유복한 생활을 했고, 고용주라는 1등석에 있었어. 그런데, 전쟁이 났지. 나는 방구들을 파냈어. 90일간 지독

41 즈크화 : 즈크는 네덜란드어 doek에서 온 말로, 굵은 베실 또는 무명실로 두껍게 짠 직물을 말한다. 돛, 천막, 가방등을 만드는 데 사용되며, 즈크화는 이 즈크천으로 만든 신발로 일반적으로 캔버스화를 이 재질로 만든다.

한 고생을 했지. 인민군이 토건 기술자를 우대한다는 소문이 있어서 꽤 나 자수해서 나가고 싶었어. 하지만, 자수한 사람을 수감한다는 걸 알게 됐고, 빨갱이들의 기만 정책에 화가 났다네. 그때 일은 자네도 잘 알 테니까 그만두지. 동포와 조국에 실망한 건 그때가 처음이야. 두 번째는 부산에 피난 가서야. 겨울 피난의 고충이란 자네도 맛보지 않았나. 그런데 정부의 무능과 관리의 부패를 난 부산에서 질릴 정도로 보았어. 난 관리가 아니고 토목업자야. 군대에 환심을 사서 수리와 건설 사업을 계속해가면 나는 지금도 자가용차를 굴릴 수가 있어. 그렇지만, 나는 생각이 달라졌지. 수백만의 전재민! 이 사람들을 구제하는 일이 공산주의에 대한 자유주의의 승리라고 확신했어. 90일간 마루 밑에서 깨달은 건 내 일신의 영달은 나라와 함께 하는 것이고 인민과 보조를 맞추는 데 있다는 거야. 두 번째로 피난 갔을 때 부산에서 본 것은 관리가 소매 아래로 내미는 손이었어. 그 손에 돈을 쥐어주면, 나는 여러 가지 특권을 손에 넣을 수 있다는 걸 누구보다 잘 알고 있었지. 자네! 이런 일이 있었다네. 라라 물자[42]를 실은 배가 부산에 들어왔지.

삼 일 이내로 뱃짐을 육지에 풀어놔 달라고 상대 측에서는 말했지. 공짜로 가지고 와주셨으니, 하, 고맙습니다 하고 받으면 좋을 것을, 한국 측 공무원들은 서류를 만들고 수수 수속을 마치고 분배할 곳을 결정하는 데 일주일을 보냈지. 상대 측에선 화가 나버렸어. 필요 없으면 가지고 돌아가겠다는 말이 나왔어. 그래도 한국 측에서는 부처장의 도장부터 차관 장관의 도장을 받는 데 며칠이나 걸려 겨우 짐을 풀었어. 딱

---

42 라라 물자 : LARA는 아시아 구제(救濟) 연맹(Licensed Agencies for Relief of Asia)의 약자.

열흘이 걸렸던 거야. 나한테 맡겼더라면 하루에 해치울텐데. 응, 자네. 그런데 이야기는 여기서부터야. 열흘이나 결려서 수속을 하고 받은 물건들은 하룻밤 창고에 들어갔을 뿐, 다음 날 아침에는 창고가 텅텅 비었지. 물건들 행방을 알겠나?"

"……." 성일은 생각했다.

"젊은 사람들은 알 턱이 없지. 순진한 청년 귀에다 이런 이야기를 하는 게 죄지만."

"……." 성일의 마음에는 왠지 무거운 것이 가라앉았다.

"물건의 행방은 자유시장이였어."

"……."

성일은 그 순간 생각이 났다. 자신도 그 물건을 몸에 걸치고 있지 않았던가.

"수속에 열흘이 걸리고 도둑은 하룻밤만에 해먹지. 난 완전히 절망했어. 그때 북한에 가고 싶다고 생각했지. 하지만, 기만을 상투 수단으로 하는 유물 방식은 나하고는 맞지 않아. 난 인생에 절망했지. 서울시에 몰래 들어와서 새로운 전재민들을 봤고, 마음 먹고 이 일을 지원했던 거야. 나도 자네와 마찬가지로 몰래 시에 들어온 사람이었지. 하지만, 이제 난 한국 정부의 공무원이야. 나같은 공무원이 있다는 건 위로가 되지. 내 손으로 살릴 수 있는 전재민들은 한국 전체 땅으로 놓고 보면, 극히 일부분에 지나지 않아. 그렇지만, 그래도, 할 가치가 있는 일이야. 자. 도착했어. 보게나."

트럭을 세우고 분실장은 훌쩍 땅으로 내렸다.

바라크 안에서부터 계속된 사람들의 행렬이 머리만 삼켜진 뱀처럼 길게 불거져 나와 있었다. 꼬리는 보이지 않았지만, 큰길 훨씬 앞쪽에서 이어진 행렬의 사람들에게 트럭에서 내린 지부장은

"여러분, 대단히 죄송합니다. 전장에서 실려 나와 목숨만 겨우 건진 여러분들께 전부 우유죽을 드리고 싶은 마음 굴뚝같습니다만, 이쪽도 현재 수중에 가지고 있는 식량에 한계가 있어, 십오 세 이하의 아이들, 오십 세 이상의 노인, 이 분들에 한해 드리도록 하겠습니다. 그러니 거기에 해당되는 분들만 줄에 남으시고, 그 이외의 분들은 줄에서 물러나 주세요" 하고 높은 목소리로 말했다. 그 목소리에는 연민이 있었지만, 성일은 풀이 죽어 서 있는 사람들을 똑바로 쳐다볼 수 없을 것 같은 느낌이었다. 대부분 여자들뿐으로, 사십대쯤 되는 남자도 있었다. 입은 옷 이외에는 아무것도 가진 것 없이, 흰색 옷은 흙으로 더러워져 밤색이 된 데다 머리카락과 수염은 제멋대로 자라나 있었다. 얼굴색은 푸른 물감으로 칠해 놓은 듯했고, 판자처럼 얇아진 가슴에서 목줄기로는 때가 잔뜩 껴있어 마치 상어 가죽처럼 되어 있었다. 보라색 입술을 방심한 듯 벌리고, 눈이 새빨갛게 짓물러 있었다.

"안으로 들어오게." 분실장의 목소리에 정신이 들어 성일은 줄 선 사람들 곁을 떠나 바라크 안으로 들어갔다. 원목으로 된 식탁이 두 줄, 걸상에 앉아 알루미늄 식기를 끌어안듯이 하고 흰색의 걸쭉한 것을 입으로 허겁지겁 쓸어 넣고 있었다.

"보리와 우유—즉 이게 오트밀이지. 아침부터 밤까지 한 개 밀크 스테이션이 이천 명에서 삼천 명을 먹이고 있다네. 이런 형편없는 음식이라고 말하지 말게나. 분유도 보리도 모두 미국에서 왔고, 우리 정부는 아무것도 내주지 않네. 하루에 만 명씩 전장에서 데려 온 이 난민들을 전부

남의 나라에 의존해서 구제해야 하는 것, 그것 자체가 비극 아닌가."

"……."

모르긴 몰라도 짧게 잘랐던 머리였을 테지만, 머리가 길어 어깨에 늘어지고 눈이 몹시 움푹 들어간 초로에 접어든 사람을 성일은 보고 있었다. 며칠이나 굶었던 것일까? 단숨에 뱃속으로 죽을 부어 넣고 싶은데도, 젓가락을 잡은 손이 부들부들 떨려 새파랗게 된 입술이 잘 다물어지지 않는 것이었다. 게다가 눈이 짓물러 시력도 쇠약해진 듯했다.

"이 사람들은 거의 삼팔선 이북, 강원도와 평안남도 사람들이야. 공산군의 명령으로 그 지대 주민들은 산중턱에 땅굴을 파고 살았다네. 야간에는 굴에서 나와 일을 하면서 공습을 피했지. 반년 동안이나 움막생활을 하면 눈이 짓무르는 건 당연한 거지. 이 사람들 중에 청년은 없어. 전부 의용병에 강제 징용되었지. 그렇지만, 남대문에 수용된 전재민들 가운데는 청년이 8명 있어. 이 사람들은 동란 이래 줄곧 지하에 숨어 있다가 이번 유엔군이 다시 북진하면서 구했던 사람들인데……"

그때, 입구 쪽 식탁에 새로 들어온 십이 세 정도의 소녀가 죽을 받았지만, 알루미늄 그릇을 껴안고 몰래 입구에 서 있는 어머니 쪽으로 가지고 가려고 했다. 급사 아주머니가 그것을 발견하고 제지했다.

"난 괜찮아요. 내 몫을 엄마가 드시게 하려는 것뿐이니까, 상관없잖아요?" 소녀는 어른스러운 말투로 물었다.

"안 돼요. 너뿐만 아니라 다들 그렇게 하고 싶어 한다고. 그걸 허락해주면, 혼란스러워져서 정리가 안 돼요." 급사 아주머니는 조금 화를 냈다.

"아주머니! 우리 엄마는 어제도, 그저께도 그끄저께도 아무것도 먹지 못했단 말이에요. 난, 어제도 뭔가 먹었으니까, 이거, 우리 엄마한테 드리세요." 소녀는 분명하게 말했다.

"안돼요. 규칙이니까. 규칙을 따르지 않으면, 미군이 화를 낼 테고, 그래서 우유를 주지 않으면 곤란하잖아?"

급사 아주머니는 바쁜 와중에 소녀 때문에 시간을 빼앗기는 게 참을 수 없었다. 백 명 이상을 수용할 수 있는 식당을 한가득 채우고 있는, 죽을 기다리는 굶주린 사람들을 상대하는 급사 아주머니는 다섯 명이었다. 다 먹은 사람은 식기를 반납하고 조리장 옆 출구로 나가고, 새로운 사람이 입구로 들어와서 식탁으로 간다. 한 사람이 손을 쉬어도 금세 몇 사람이나 밀려 버린다.

소녀는 그런 사정에 개의치 않았고 삼 일이나 먹지 못한 어머니 일로 흥분해 있었다. 자신의 몫을 어머니와 나누는 것이 왜 안 되는지 도저히 이해할 수가 없었다. 그래서 어린 소녀답지 않게 끈질기게 맞섰다.

그러자 입구에 서서 보고 있던 그 아이의 어머니가

"영란아. 괜찮아. 엄마, 안 먹어도 괜찮아. 빨리 먹어요"라고 애태우며 소리쳤다.

갑자기 성일의 앞에 있는, 손이 부들부들 떨려 생각대로 먹지 못해 난감해 하고 있던 오십대 남자가 흐리멍텅한 눈을 입구 쪽 여자가 있는 쪽을 향하더니

"뭐라고? 영란이? 당신 산창리 사람 아니요?" 느닷없이 외쳤다. 짓무른 눈은 입구 쪽의 빛이 눈부시다는 듯이 약간 찡그리고 있었다.

그러자 여자가

"어머나! 여보! 영란아, 아빠야. 빨리 아빠한테……"

그 말을 듣기 전에 소녀는 부친의 옆까지 사람들을 밀어제치고 돌진

했다. 아버지한테 매달리며 "아빠" 하고 큰 소리로 외치는 것을 "오오, 영란이냐" 남자는 소녀의 머리를 두 손바닥으로 끌어안고 잘 보이지 않는 자신의 눈을 의심하듯이 소녀를 바라보았다.

여자는 입구에서 뭔가 외치고, 아버지와 딸은 눈물로 목이 메었다.

"빨리, 많이 먹어……"

여자가 죄어드는 목소리로 말하며 아이고, 아이고 하며 울기 시작했다.

전장에서 헤어진 가족이 여기에서 해후하게 된 것을 보고 성일은 따라 울었다. 문득 보니, 분실장도 울고 있다. 그는 눈물을 훔치려고도 하지 않은 채, 여자의 곁으로 가서 손을 붙들고 안내해왔다. "자, 여기 앉으세요" 하고 남자의 옆에 앉게 했다. 세 사람이 손을 맞잡고 울며 이야기하는 모습은 그 자체가 통곡이었다. 분실장은 자기가 죽을 한 그릇 가득 담아와 부인의 앞에 가만히 놓았다.

"박 군, 가세" 하며 분실장은 그 세 사람으로부터 도망치듯이 나왔다.

"우유를 실어 내리세. 한 상자만 남겨두고 자네 고아들한테 가져가게" 하며 트럭에 뛰어 올랐다. 성일은 분실장을 거들기 시작했지만, 갑자기 자신의 고아들이 궁금해져 조바심이 났다.

성일이 마당으로 들어가자 방과 툇마루에 있던 아이들이 환희의 빛을 나타내며 울거나 말을 걸거나 했다. 아이들은 너무나도 긴 시간 동안 성일이 돌아오지 않자 그가 자신들을 남겨 두고 가버린 것이 아닐까 걱정하기 시작했던 것이다.

아기를 업은 아이, 사리 판단을 할 수 있는 아이들이 저마다의 말로 성일을 기쁘게 맞이하는 천진난만한 모습에 지부장은 신선한 감동을 느꼈다.

"오오, 오오. 착한 아이들. 온순하게 기다리고 있었구나. 옳지 옳지. 우유도 왔다. 입을 것도 찾아드리지. 모두 착하게 이 형아가 말하는 걸 듣는 거야." 그는 유치원 선생님처럼 능숙하게 말했다.

성일은 부엌에 들어갔다. 가마솥은 물론 도둑맞았고, 부뚜막이 그을린 입을 벌리고 있었다. 빈 석유통을 헛방에서 가지고 와서 불로 소독하고, 솥 대용으로 했다.

분실장은 죽 만드는 일을 도와주었고, 가정부와 보모를 구해주기로 약속했다. 성일은 하면 할 수 있는 일이라고 스스로에게 감탄하면서 우유죽을 만들었다. 도난을 당했어도 아직 얼마간 남아 있는 된장독에서 된장절임 밑반찬을 찾거나 해서 서른세 명과 자신의 식사를 끝냈다. 분실장은 돌아갈 때

"우리가 의지할 데는 결국은 미군밖에 없네. 걸식하듯이 구걸하는 건 싫지만, 무슨 일인가를 해주고 보수를 받는 것은 조금도 부끄러운 일이 아니니까 말이네. 뭔가 좋은 생각이 있으면 해보게"라고 말해주었다.

〈12〉

성일이 그 후 둘러 본 곳은 밀크 스테이션 일곱 군데, 전재민 수용소 열 군데, 고아 수용소 한 군데였다. 전장에서 살아남거나 작전상 강제 퇴거당한 난민을 유엔군은 트럭에 실어 서울로 데리고 와서 내버려두고 갔다. 마치 그것은 시의 청소원이 먼지 오물을 가득 싣고, 시의 교외

로 운반한 뒤 쓰레기장에 우르르 비우고 가는 것 같은 기세였다.

시 사회과와 정부 내 사회부 분실이 협력해서 그 사람들을 구난하고 임시수용소에 넣었다. 그리고 정부, 군대와 연락을 취해서 남쪽으로 이송하는 것으로 결정이 되어 수만 명의 난민이 호남지방으로 옮겨져 여기에 먼저 도착한 난민들은 남해의 섬들에 들어가 개척 생활을 하게 되었다.

그러나 책상 위 계획처럼 상황이 척척 풀려나가면 좋겠지만, 예의 관청 사무인 데다가 게릴라들에게 방해를 당하거나 군과 연락이 되지 않거나 해서 지지부진 진전이 없었다. 분실장은 속을 끓이면서, 혼자서 안절부절 못하고 분개하면서 하루하루 야위어 갔다.

성일은 이 구具씨 성을 가진 분실장이 신과 같이 존경스럽게 보였다. 그는 일반 전재민 구호에 애를 먹고 있는 데다가, 오천 명이 넘는 고아들을 돌보는 것까지도 열심이었다. 인왕산 산기슭의 고아원을 보러 갔을 때 성일은 아이들이 모두 깨끗한 아동복을 입고 있고, 영양 상태도 좋다는 것을 알게 됐다. 때에 절어 뼈만 남은 비참한 모습을 한 것은 전장에서 이제 막 온 아이들뿐이었다.

구씨의 분투하는 모습을 눈 앞에서 보고, 성일도 무슨 일이든 자기가 할 수 있는 방책을 세워야지 고심했다. 그는 자기 집이 고아원으로 변해가는 과정을 기쁘게 생각했다. 자신도 또한 고아가 되었다는 것을 다시 확인하면서 고아는 고아의 손으로, 하고 자신의 사명을 기쁘게 받아들였다. 역시 고아가 되었다는 스무 살 전후의 젊은 아가씨들이 세 명 정도 구씨에게 안내되어 보모가 되어 주었다. 남편은 공산군에게 징용되어 낙동강 전선에 간 뒤로 행방불명되었고, 장남은 한국군 군인으로 출정해 있으며 소학생인 둘째 아들은 공습으로 폭사했다고 하는 사십세의 여자가 가정부로 와주었다. 집안 살림을 하는 인원은 갖춰진 셈이었다.

〈13〉

어느 날 구씨가 두 사람의 어린 아이를 데리고 왔다. 여덟 살 정도 된 누나와 다섯 살 된 동생 남매였다. 오늘 아침 트럭으로 실어 왔는데 인왕산 수용소보다 자네 있는 곳이 아직 여유가 있다고 생각하고 데리고 왔다는 것이다. 소녀는 성일 앞으로 와서 예의 바르게 인사했다.

"아저씨, 이제 신세를 지게 되었습니다. 잘 부탁드려요" 하고 말했다.

그 말투가 어찌나 조숙한지 성일은 우스웠지만, 소녀가 계속해서 말했다.

"우리 가족은 정말 비참한 꼴을 당했어요. 제일 첫 번째로, 아빠가 끌려가시더니 포탄에 맞아 돌아가시지 않았겠어요? 그 다음, 엄마가 끌려가셔서 포탄 나르는 일을 하셨는데 엄마도 탄에 맞으셨어요. 그리고 오빠가 산에서 내려왔어요. 그치만, 저랑 애 둘만 남게 됐거든요."

조금 이야기가 종잡을 수 없어졌길래

"오빠는 어딜 간 거지?" 성일이 물었다.

"오빠는 산에 숨었거든요."

"산에? 어째서?"

"그러니까 인민군이 군대로 끌고 가려고 찾아오는 걸요. 뭐."

"너네 집은 깊은 산 속이니?"

"그래요. 그래도 청년들은 모두 군대에 갔어요. 우리 오빠는 아직 열여섯 살이예요. 그런데도 인민군 사촌 오빠가 몇 번이나 데리러 온 걸요. 그래서 산으로 숨은 거예요."

"그래서 어떻게 됐어? 너희 둘이 있는 곳에 오빠가 돌아 온 거지?"

"왔어요. 죽을 만들어 먹여줬어요. 그랬더니 그 밉살스런 사촌오빠가 온 거예요. 오빠는 앗, 하고 소리 지르고 뒤쪽으로 도망갔어요. 그걸 사촌오빠가 뒤쫓아 가서 총으로 쏜 거예요. 사촌 오빠가 이렇게 말했어요. 배신자! 반동! 네 놈은 인민군의 적이다! 그렇게 말하고, 간신히 움직이고 있는 오빠를 발로 걷어차고 돌아갔어요. 오빠는 우리들 손을 잡고 다 죽어가는 숨을 쉬면서 말했어요. 너희 둘은 남쪽으로 가. 어떻게 해서든, 우리들 형제의 목숨을 지키는 거야, 라면서. 그리고 나서 오빠는 죽었어요. 저는 애 손을 끌고, 남쪽으로 걸었어요. 총알이 막 날아다녔어요. 무서웠어요. 그래도 애 목숨을 살려야 한다 생각하고, 걸은 거예요. 그리고나서 한국인 병사가 우릴 발견했어요. 유엔군 트럭에 태워줬구요. 여기까지 왔으니 이제 안심이예요. 이 아이 목숨을 건진 거예요. 우리 가족의 씨가 남은 걸요."

성일은 우스워서 웃었다. 그러나 웃는 눈에서 눈물이 또르륵 떨어졌다. 눈물을 훔치며 웃으면서 "정말이야. 그 아인 너희 가족의 소중한 상속자네."

"그래서 이 아이가 자라면, 아빠랑 엄마 오빠의 복수를 할 거예요."

성일은 소녀의 눈이 번뜩번뜩 빛나는 것을 보고 숨이 막힐 것 같은 생각이 들었다. 아아! 복수! 원한이 사람의 마음을 갉아 먹고 있는 모습을 똑똑히 보고 오싹 한기가 들었다.

세대는 계속 늘어가고, 배급 물자만으로는 모자랐기 때문에 성일은 돈을 마련하기 위해 뭔가 아이디어가 없을까 궁리했다. 그는 미군 장병이 주둔해있는 호텔이나 PX에 나가 연설을 하고, 동정을 구해보았다. 미군들은 그가 내민 상자 안에 1달러 지폐를 던져 넣었지만. 그의 열성 넘치는 태도에 대해 성의를 보이는 정도여서, 고아들을 위해 적극적으로 뭔가 하고 싶다는 생각은 아닌 듯 했다. 물론 병사들도 전재민을 딱하게는 생각하고 있었고, 고아들을 불쌍하게 여기고는 있었다. 그러나 고생하고 있는 것은 피차 마찬가지였다. 내일의 목숨이 어떻게 될지 모르는 채 적갈색 흙과 민둥산, 이와 벼룩, 이질이 들끓는 초가지붕 오두막집의 나라에 와서 아무런 낙도 없이 고통의 연속인 그들에게, 이 나라에서 생긴 전재민들에 대한 책임을 지울 수는 없는 노릇이었다.

한 번은 의리상 응대를 해준다고 해도 두 번 세 번이 되면 면역이 되는 것은 당연한 이치였고, 아이들에게 노래와 무용을 가르쳐 장병 위문이라고 칭하면서 학예회 같은 것을 해도 정말 조금만 그들의 마음을 움직이는 정도였다. 어느 날, 성일은 노래와 무용 모임이 한창일 때 전선에서 이제 막 도착한 일단의 병사들이 회장에 우르르 밀려들어오는 것을 보았다. 처음 얼마간은 아름다운 색채와 어린아이들의 재주에 끌려 보고 있던 그들은 소파와 의자에 녹초가 되어 몸을 던지고, 총을 무릎에 버려두고 곯아 떨어져 버렸다.

진흙투성이 전투복과 전쟁에 찌든 그들의 수염으로 뒤덮인 얼굴을 보고 있자니, 그들로부터 필요 이상의 동정을 강제하는 것은 그들에게 하나의 고통을 주는 일이라는 생각에 그는 자기가 하는 일에 혐오감을 느꼈다.

그는 보모들을 포함해서 고아원 전체에 대한 막중한 책임이 자신에게 있다는 것을 알았고, 의지가 꺾였다.

그럴 때 구 분실장의 얼굴을 보는 것이 낙이었고, 격려가 되었다.

"절망하면 난 죽는 것 이외에 방법이 없겠지. 그 절망을 막아주는 것이 이 일이야." 구씨와 마찬가지로 성일도 이 나라에 절망해서는 안 된다고 생각했다. 이승만도 김일성도 없는, 어딘가 먼 땅에 가서 살 수 있다면 얼마나 좋을까 자주 생각하곤 했다. 지금은 그에게 직접적인 부담은 아무것도 없다. 누이동생도, 어머니도 이 세상에는 없다. 탈출할 수 있다면, 그는 일본에도 필리핀에도 태평양의 외딴 섬에도 갈 수 있다. 그는 정치가 없는 작은 섬에서 천국과 같은 생활을 하는 사람들을 상상하며 선망했다.

"이봐. 힘을 내라구" 구씨가 와서 성일의 어깨를 두드렸다. "이 아이들은 조금 나이를 먹었지만, 맡아 주게. 춘천 지구의 농민 아이들뿐인데, 아직 부랑벽은 들지 않았어."

십사오 세를 넘긴 소년이 다섯 명, 소매가 없는 상의와 구멍 뚫린 잠방이를 입고, 맨발은 까맣게 더러워져 있었다.

그 꾀죄죄한 거지 소년들에게 성일은 진절머리가 났지만,

'이 아이들의 모습이 나고, 이 나라다'라는 체념이 생겼다. 설령, 남해의 고도에서 천국과 같은 생활을 할 수 있다고 해도, 자기는 역시 이 아이들과 함께 생활하지 않을 수 없다. 이 나라, 이 땅에 연결된 피의 인연은 영원히 끊어낼 수 없는 것이다.

그는 거지나 마찬가지인 소년들을 목욕탕에 데리고 가서 발가벗겨 씻겼다. 딱딱하게 굳어진 때가 두 겹, 세 겹이나 생겨 있어 부스럼 딱지같이 들러붙어 있는 것을 정성껏 씻겨 주니, 그중에 하나 포동포동하고 귀여운 소년이

“형, 고마워요! 나, 목욕탕에 무지 들어가고 싶었거든요”라고 말했다.

농촌에서 자란 아이치고는 드문 일이라고 생각해 “호? 너희 마을에는 목욕탕이 있니?” 물었다.

“사실은, 나, 시골 아이가 아니에요. 도시에서 태어났거든요. 집안 사람들이 모두 죽어 산으로 도망쳐 있었던 거예요. 농부 아저씨 집에서 자랐어요. 그런데 그 농부 아저씨도 집이 불타 남쪽으로 갔고, 난 이리저리 헤매 다녔죠……”

질리도록 들은 전쟁 고생담이면서도, 성일은 그 아이의 신상에는 색다른 데가 있다는 것을 느꼈다. 성일은 자신이 희망을 잃었던 것을 조금 부끄러워하며 “좋아! 난 이 아이들과 목숨을 같이 하는 거다” 하고 결의를 새롭게 했다.

그러던 어느 날, 성일은 그 아이가 친구들과 같이 조그만 장식품을 만드는 것을 보았다. 완성된 것은 조선식 지게였다. 손바닥에 올려놓을 정도로 작은 지게! 두 개의 막대에 어깨에 거는 끈도 달려 있어 완구 인형이 짊어지게 하면 짐을 싣고 움직일 것 같다.

“어머나! 귀여운 지게.” 보모들이 야단이었다. 지게를 다투어 잡아채어 손바닥에 올려놓고 매우 기뻐했다. 장부를 검토하고 있던 성일은 그것을 대단히 기분 좋게 생각했다. 아이들에게 뭔가 만들게 해봐도 좋겠다고 궁리를 하고 있자니, 갑자기 미군 병사의 목소리가 들렸다.

"오오! 이건 멋진데. 아가야. 이거 아저씨한테 줄래?"

보니까 메이슨 중사였다. 고아들을 실어다 준 이래 여태까지 얼굴을 보여주지 않았던 그는 툇마루에 와 있었다.

"메이슨 중사!" 성일이 나가보니

"자네! 이건 근사한 물건이야. 난 원주 북방 10킬로 지점에서 적들에게 포위되었던 적이 있어. 2월 13일이었어. 이백 미터 고지에 있었지. 포탄은 다 떨어졌었어. 항복이냐 자살이냐 어느 쪽이든 결정해야 했어. 그때, 그 기적이 일어났지. 농민들이 포탄을 날라온 거야. 등에 동여 맨 이 묘한 기계에 이백 킬로나 되는 걸 지고 온 거야. 농민들이 열 명, 포탄은 충분했어. 우리들은 사기가 올라 모든 탄을 집어넣고 승운을 잡았던 거야. 이 기계 덕분이었어. 이 기계의 이름은……"

"지게라고 해요."

"지게? 좋아. 이 지게에 감사하는 병사들은 아주 많을 거야. 이 지게는 내가 가질래."

라고 말하며 5달러 지폐를 던져 주었다.

성일은 아이디어를 얻었다. 구씨에게 그 이야기를 했더니, "자네! 그거야말로 완전히 원더풀이야. 크게 해보게! 잘 될거야" 하며 기뻐했다.

그는 재료와 도구를 갖추고 나이가 많은 아이들과 지게 만들기를 시작했다. 메이슨 중사로부터 이야기를 들은 군대가 나타나 "내일, 미국에 돌아가는데 열 개 정도 숫자를 맞춰 주게. 좋은 기념품이고 선물이 될 거야"라고 말했다.

장병 위안소와 PX 부근에서 그 지게는 1달러 반에서 2달러로 날개 돋

친 듯이 팔렸다. 성일의 고아들만으로는 물량을 댈 수 없었기 때문에, 인왕산 고아원에도 그 작업을 가져가 부탁했다. 지게 생산량이 갑자기 많아져 고아원 경영의 유력한 재원이 되었다. 구씨 등은 성일을 떠받들고, 시 사회과도 상찬과 원조를 자청했다.

"자네 신분을 결정해야 하네." 구씨가 곤란한 듯한 얼굴로 말했다.

"……." 성일은 불안하여 겁을 먹었다.

"자네가 무등록자라면서 시 경찰이 트집을 잡고 있어. 자네는 시에 몰래 들어온 사람이니까."

"……."

"뭐, 나한테 맡겨 두면 돼. 어떻게든 할 테니. 일의 발단은 자네를 사회부 촉탁으로 하려고 추천했더니, 이렇게 돼버린 거야."

희망이 꺾였다. 성일은 고아원으로부터 떨어지기 싫었다. 생활과 희망은 고아원 이외에 다른 데서는 얻을 수 없었다.

그는 구씨가 여러 가지로 애쓰는 것이 효과가 있기를 믿고 의지했다. 사정을 안다면 어떻게든 될 것 같은 기분이었다. 그러나 결과는 변변치 못했다.

"부산에서 연락이 왔는데, 자넨 조완이라고 하는 사람을 알고 있나?" 구씨가 근심을 가득 담은 얼굴로 물었다.

성일은 흠칫 놀라 "알고 있습니다"라고 대답했다.

"그 사람이 자네 일을 신문에 썼다네." 구씨는 신문을 보여주었다. '국민방위군 진상에 관하여'라는 제목의 기사가 조완의 서명이 들어간 채 발표되어 있었다. 그중에서 성일의 이름이 여기저기 나타나 있어 그 기사는 국민방위군의 진상을 알고 있는 사람은 오직 성일 뿐이라는 인상을 강하게 풍겼다.

그 신문의 다른 란에서는 국회가 성일의 행방을 수사 중이고 유일한 생존 증인이라고 하는 기사도 있었다. 성일은 일이 이 지경에 이르자, 존경받아 마땅한 선인인 구씨를 속인 것은 나쁜 일이었다고 생각했다.

"구 선생님, 숨김없이 털어놓겠습니다."

라고 말하며 전란 이래의 일을 자백했다. 다 듣고 나서

"알았네. 확실히 말하지만, 나는 자네는 무죄라고 생각하네. 자네를 심판할 사람은 어디에도 없네!" 구씨는 확신이 있다는 듯이 말했다.

그렇지만, 사태는 점점 더 악화되어 조가 쓴 신문 기사가 성일의 행방을 찾고 있던 형무소와 군 당사자의 눈에 띄었던 것이다.

헌병이 왔을 때 성일은 몸도 마음도 내팽개치고 싶은 것을 가까스로 참으면서

"제발! 이 아이들 보는 앞에서는 포박하지 말아 주세요."

지게를 만드느라 정신이 팔려 있던 아이들이 손을 멈추고 성일을 바라보았다. 이런 풍경을 본 적이 있는 아이도 있었지만, 자신의 제2의 부모이자 지금은 더할 나위 없이 소중한 사람이 헌병에게 끌려간다는 상황이 주는 절망과 공포가 아이들에게 생명의 불안을 느끼게 했다.

"모두 말 잘 듣고 있어. 형아는 잠깐 부산까지 갔다 올게."

성일의 가슴은 타들어가고 입이 말랐다. 그러나 단 한 순간이라도 불쌍한 아이들을 불안하게 하고 싶지 않았다. 구씨가 허둥지둥 달려와

"아이들 일은 걱정하지 말게. 내가 붙어 있을 테니" 하고 말했다. 구씨의 눈빛이 비통하게 떨렸다. 성일은 구씨를 가만히 바라보았다. 뭔가 불가해한 초인적인 힘이 있어, 홀연히 사태가 호전되도록 요행을 기대

하는 자기 자신이 있었다. 그러나 구씨에게 기대할 수 있는 것은 그런 일이 아닐 터였다. 구씨의 존재는 성일에게 있어 확고한 생존의 상징이었다. 구씨는 말했다.

"절망하지 말게. 자네한테는 살아갈 목적이 있어. 이것 보라구. 아이들이 자넬 기다리고 있어잖아."

성일은 아이들을 돌아보았다. 아기도 여자아이도 지게를 만들고 있는 큰 아이들도, 하나하나 별과 같이 평온한 빛으로 그를 바라보고 있다.

그는 마지막으로 구씨를 한 번 더 바라보았다. 방금 들은 구씨의 말을 똑똑히 가슴 속에 새겨두려는 듯이 눈과 눈이 서로를 바라보았다.

"자, 가자." 헌병이 재촉했다. 성일은 걷기 시작했다.

〈14〉

부산에 연행되어 간 그는 임시 구금이라는 형태로 영창에 들어갔다. 그것은 그가 전 '부역자' 죄인에 전 국민방위군 병사, 현 한국군 탈주병이라는 복잡한 신분으로 형사재판과 군사재판 어느 쪽에도 관계가 있기도 했지만, 군사재판에서 그를 분리해 죄를 가볍게 하려는 배후의 책동가가 있었기 때문이다. 그 책동가의 한 사람이 조완이었다. 조는 한 의원의 힘으로, 성일을 민간재판으로 옮겨 보석이 될 수 있도록 노력 중이라고 말했다. 어느 날 특별 면회 허가를 받아 그를 만나러 온 조가 자신에 가득 찬 어조로 다음과 같이 말하고 돌아갔다.

"국민방위군 사건은 의회에서 큰 문제가 되어 있어. 국방성 놈들이 여러 가지 방해 공작에 나나서고 있기는 하지만, 사령관 김윤근을 제외하고 다섯 명은 체포되었어. 우리 당이 철저하게 조사에 착수했기 때문에 김윤근 일당의 대대적인 부정 사건은 날이 갈수록 명백하게 밝혀지고 있지. 의외의 방면에서 연루자가 나오고 있어. 국방성 장관 이하 여기에 관계되지 않은 자가 없고, 현 국회의원 가운데서도 오십억 환을 나눠가지는 데 한몫 끼었던 자들이 많이 있지. 거기에 관계가 있는 의원들이나 그들 여당 패거리는 이 문제를 의회에 호소해서 여론을 끓어오르게 하는 일은 전시하 국민이 취할 수단이 아니라고 말하고 있어. 전쟁하에 실로 증오해 마땅한 커다란 죄악을 저질렀으면서도 오히려 궤변을 늘어놓고 있지. 적반하장이라고 할 수밖에. 국가의 치욕 사건을 천하에 폭로하는 것이 이 치욕을 씻는 가장 좋은 수단이지 않겠나? 이승만 정권의 타도는 목전으로 다가왔거든. 우리들로선 대통령 임기 중에 내각을 쓰러뜨릴 수는 없지.

하지만, 이승만이 정말로 양심이 있다면, 대통령을 스스로 사임해야 마땅한 거야. 적어도 차기 대통령으로는 절대로 입후보해서는 안 된다고 생각해."

"……." 성일은 흥분하는 조가 부럽게 보였다. 그는 신념과 방향이 있지만, 나에게는 없다고 하는 고민으로 성일은 자기혐오에 빠졌다.

"그리고 자네, 유쾌한 사건이 일어났네. 예의 그 거창사건이야. 게릴라 토벌 부대가 거창 군 내 마을을 섬멸시킨 이야기는 알고 있겠지?"

"……." 성일은 자기도 모르게 고개를 떨구었다.

"우리 당 의원이 현지 조사에 착수했어. 그랬는데, 그 마을 입구에서 조사단 일행이 포위 저격을 당한 거야. 산 위에서 맹렬하게 사격을 해서 한때는 다 죽는 거 아닌가 생각했던 가봐. 저기, 자네가 만났던 한 의원도 그 가운데 있었지. 틀림없이 빨갱이 유격대라고 생각했나봐. 그런데 아무래도 이상하다고 해서 호위대와 협력해 응전하면서 바짝 쫓았더니, 놈들 가운데서 부상자가 하나 나와 붙잡아 조사했지. 그랬더니, 이봐, 자네. 토벌대 소대장의 명령으로 분대 하나 정도가 조사단 암살을 기획했다고 하는 게 아니겠나? 그 소대장은 부하들을 데리고 산으로 숨어들었고, 국군이 잡으러 갔다네."

"……."

"당국은 당황했지. 이 두 사건은 현 정권의 치명적인 약점이야. 게다가 놈들은 뻔뻔스럽게 쓸데없는 말을 늘어놓으면서 정권을 유지하려고 한단 말이야. 북한방송은 백색 테러의 나라 남한이라고 매일 밤 외치고 있어. 우리들은 그걸 반증하기 위해서라도 남한에는 여론의 힘이 있다, 자유가 있다, 의회제도가 있다, 인권이 있다는 것을 증명해야 해."

갑자기 성일이 외쳤다. "나에겐 인권이 없어!"

"뭐라고?" 이야기에 열중해 있던 조가 번쩍 눈을 크게 뜨고 "그런 말을 하는 게 아니지. 자네한테 인권이 있다는 걸 우리는 증명할 참이야."

"흠……" 성일은 거의 울 뻔했지만 언제까지나 계집애 같은 자신에게 화가 나서

"이제 어떻게 되든 상관없어"라고 될 대로 되라는 식으로 말했다.

"비관하지 마! 자네는 우리들의 투사야. 반드시 자유의 몸이 되도록 할게." 조가 자신 있다는 듯이 말했다.

"애써 주는 건 고맙지만, 거절하겠어." 성일의 목소리는 텅 비어 있었다.

"거절한다고? 어떻게 된 거야? 응?"

"난 자네들의 그 정당에도 따르지 못하겠어."

"따르지 못하겠다? 우리 정당에? 우리 당 강령의 뭐가 마음에 안 드는 거야?"

"자네들은 이승만 정권 타도를 위해 국민방위군 사건을 이용하고 있는 거야. 국민방위군 희생자를 위해서가 아니라고 생각해. 그걸 지금 깨달은 거야. 자네 얼굴과 이야기로."

"이봐, 날 모욕하면 용서하지 않겠어. 내 얼굴이 어떻다는 거야? 응?"

"자네 얼굴에는 정당은 있어도, 인민은 없어. 들떠 있단 말이야"

"바보로군! 자넨 은혜를 모르는 사람이야! 자네 여기서 죄수 대우는 받지 않고 있어! 누구 덕이라고 생각하나?"

"날 이용할 작정이라면 그만 둬." 성일은 강하게 딱 잘라 말했다.

"좋아! 알았어. 자네는 빨갱이야! 적어도 빨갱이 물이 들었어."

"그건 언어 폭력이야. 그러니까 백색 테러라는 말을 듣는 거야."

"알겠군. 자네가 인민군이었다는 걸!" 조가 비아냥대듯이 웃었다. 그 얼굴은 매우 교활해 보여서 싫었다. 성일은 뭔가 자각이 자신에게 생긴 것 같은 느낌이 그 교활한 얼굴을 보았을 때 섬광처럼 번쩍였다.

"나가, 나가란 말이야!" 소리를 질렀다.

"나갈 거야. 인민군 병사! 안녕." 조는 엷은 웃음을 띠우며 손을 내밀었다. 그 손을 성일은 강하게 뿌리쳤다. 성일이 뿌리친 오른손을 왼손으로 주무르면서

"자네를 포로수용소에 보내지 않으려고 우리가 애쓴 일은 이제 물거품이 됐군. 빨갱이 자식아!" 조는 말하며 증오의 눈으로 노려보았다.

성일은 조의 얼굴 가죽을 벗겨내지 못한 것이 분했다. "빨갱이 자식!" 이라고 말하던 조의 얼굴이 계속 눈앞에서 어른거렸다. 이 나라에는 빨갱이 아니면 백색 둘 중 하나밖에 없다는 것이 확실해져서 새로운 절망이 되었다.

그는 안 교원과 이영철을 떠올리고 부러운 마음이 들었다. 불길 가운데서 뛰어나와 인민군 쪽으로 가서 붉은 병사들에게 에워싸여 매우 조용하게 산 속 숲으로 사라진 두 사람은 방향을 잡았다고 말할 수 있다.

'그런데, 나는 길을 잃었다. 아직도 헤매고 있다.'

성일은 고뇌의 며칠을 보냈다. 창 밖에는 6월의 하늘이 있었고, 신록의 생기발랄한 기운이 넘쳐흘렀다. 거기에는 절망이 없었다.

어느 날 그는 불려갔다. 데리러 온 헌병이 아주 온화했다. 적어도 위압적인 기세는 줄어 있었다.

"박 소령은 자네 친척인가?" 헌병이 물었다.

"박 소령?" 성일은 의아한 얼굴을 했다. 박 대위라면 사촌 형이다! 그러면, 사촌 형이 소령으로 진급을 한 것일지도 몰랐다.

하나의 희망이다. 그러나 희망을 갖는 것은 이르다.

"자네 사촌 형이라고 들었다."

"아! 사촌 형은 대위입니다."

"그러면 그 사람이야. 지금은 소령님이야! 가세."

지프에 태워져 군문을 나섰다. 위병이 경례했다. 성일은 자신의 해방을 예감해도 좋지 않을까 하고 그 젊은 위병의 태평한 얼굴을 본 순간 생각했다.

거리는 그때와 조금도 다름없이 복잡했지만, 왕래하는 사람들에게는 질서가 있고 목적이 있었다. 시장을 보러 나온 부인네들, 행상을 하는 여자, 구두닦이 도구를 짊어지고 유엔군 병사의 뒤를 쫓아가는 부랑아, 짐수레를 끌고 가는 남자 등등 어쨌든 생활이 있었고, 안정을 찾아가고 있었다.

오른편에 바다가 보였다. 배의 짐을 싣고 내리는 하역부들의 리듬 있는 소리가 들려온다.

"박 소령님은 언제 부산에 온 겁니까?" 성일은 수갑이 채워지지 않은 자유로운 손을 보면서 물었다. 자유의 몸이 된 듯한 착각이 들었다.

"훨씬 전부터 정훈국에 계시네."

"훨씬 전부터?" 그런데도 자기를 만나러 오지 않았다. 불길하다. 성일은 희망이 옅어졌다.

지프는 부산진역 조금 앞으로 가서 왼쪽으로 들어갔다. 돌멩이 투성이 노면을 지나 높은 지대로 나와 넓은 마당이 있는 건물로 갔다. 예전 소학교를 접수해서 국방성의 일부로 사용하고 있었다.

성일은 이층으로 연행되어 군인들만 있는 기다란 복도를 지나 어떤 방으로 들어갔다. 부관이 책상을 향해 앉아 서류를 넘기고 있었는데, 헌병의 보고를 받자 흘끗 날카로운 눈으로 성일을 보았다. 그 눈에는 어떤 인정도 담겨 있지 않았다. 부관은 칸막이 안으로 사라졌다가 곧 나타나 성일에게 눈짓으로 따라오라고 말했다. 성일은 칸막이를 돌아 거기에 있는 두 사람의 장교 중 한 사람의 얼굴을 보았다.

"앗! 형" 하고 소리 지를 뻔 했지만, 일어서서 기다리고 있는 박 소령의 얼굴은 몹시도 화를 내고 있었다. 언짢은 기색에다가 웃기는커녕 지금까지 만난 어느 군인보다도 위엄을 내보이며 가까이 오면 베어버리겠다는 그런 분위기였다. 아차 싶어 성일은 감동도 감정도 죽였다. 양쪽에 서랍이 달린 책상 위에 지도를 펼쳐 놓은, 위엄 있는 사십 세 정도 돼 보이는 또 한 사람의 장교 앞으로 갔다. 소장의 배지를 단 그 사람은 카이젤 수염을 기르고 있었고, 의자에 상체를 뒤로 젖힌 듯한 자세로 똑바로 성일을 바라보았다. 성일은 주눅 들지 않고 소장을 바라보았다.

"자네 이야기는 박 소령한테서 들었네." 소장의 음성은 의외로 부드러웠다.

성일은 대꾸도 하지 않고 꼿꼿이 서 있었다. 몹시 절박한 마음이 소장의 다음 말을 초조하게 기다리며 조바심을 내고 있었다.

"자넨 딱한 처지에 있더군? 어떻게 도와주고 싶어서 박 소령과 애를 써봤지만……"

소장은 말을 끊고 박영길을 보았다. 영길은 여전히 화난 얼굴을 흐뜨리지 않은 채 있었다.

"단순한 탈주병이라면 영창감이니 문제는 간단하네. 될 수 있으면 그렇게 하고 싶지만, 정세가 악화되었다네. 자넨 역시 포로수용소로 가게 됐어. 딱하게 생각하고 있다네. 그런데 오늘 부른 것은 다른 뜻이 있어서야. 자네가 그걸 승낙해서 그 일을 해내면, 어쩌면 거기서 특별한 배려를 해줄 지도 모르네. 이렇게 하는 데까지 두 사람이서 힘을 쏟았다네. 이것도 물론 특별한 취급이라는 건 말할 것도 없지. 그거 하나는 꼭 알아줬으면 하네. 사촌 형에게 감사하는 게 좋아. 그러면 이후 일은 자네 사촌형에게 직접 듣게"라고 말하고 소장은 천천히 자리를 떠났다. 탁자 위 지도 끝에 놓여 있던 은으로 만든 담배 케이스를 주워들고 부관실 쪽으로 나갔다.

성일은 소장이 가고 없는 의자 쪽을 보고 있었다. 다시 말해, 그는 시선의 위치를 바꾸지 않았던 것이다. 박 소령도 일어서 있는 장소에서 성일을 노려보는 자세를 무너뜨리지 않은 채로 있었다. 대치한 모양새 그대로, 어느 쪽도 입을 열지 않고 언제까지나 그곳에 서 있었다.

고집 센 침묵이 무겁고 답답하게 두 사람 사이에 굳게 버티고 있었다. 그 공기가 뜨거워 지금이라도 확 불이 붙어 타오르기 시작할 것 같았다. 그것을 두려워해 두 사람은 손가락 하나 미동도 하지 않았다. 성일은 될 대로 되라는 심정으로, 영길은 분격한 마음으로 그 팽팽한 분위기를 견디고 있었다.

그러나 먼저 자세를 무너뜨린 것은 영길이었다. 그는 담배를 꺼내 입에 물고 라이터를 켰다. 연기가 보랏빛 막을 펼치며 분위기는 누그러졌다.

"넌!" 영길이 말을 꺼냈다. 그 음성에는 떨림이 있었다. "옛날부터 미적지근한 데가 있었지만, 그게 이 정도까지 너한테 재앙을 가져다주리라고는 생각 못했다……"

"……." 성일은 뭔가 소리 지르고 싶은 것을 꾹 참고 듣고 있었다. 평화로웠던 그 시절! 그 행복이 견딜 수 없이 그립다. 그것을 상기시킨 영길이 정말로 미웠다.

"성격을 확실히 하지 않는 사람은 언제나 손해를 보게 돼 있어. 이렇게 고생을 하면서도, 넌 여전히 변하지 않았군. 너의 그 고생에 지쳐 아귀처럼 바싹 마른 얼굴을 차마 보기 힘들지만, 그게 더 부아가 치미는 거야."

'이건 일종의 애정 표현인가.' 성일은 비판적인 기분이었다.

"너의 이 불행이 네 성격 탓이란 걸 모르겠냐 말이다!" 영길이 성질을 내며 고함을 쳤다. 라이터를 집어던질 듯한 자신의 손을 참느라 부들부들 떨고 있었다.

"……." 성일은 영길의 손가락이 경련하듯이 떨고 있는 것을 보고 있었다.

"왜 가만히 있는 거지? 어째서 대답이 없냔 말이야!" 영길은 소리 질렀다. 장교가 아니라 절 근처 길거리의 장사꾼 같았다.

"……." 성일은 말의 소용돌이가 자기 마음속에 생겨나는 것을 느꼈다. 그러나 말할 수 없고, 말해도 소용없다고 생각했다.

"불행도 고생도 여기까지 온 거라면, 이제 마지막이야! 분명히 적을 보고도 분발하지 않는 그 성격에 복수해야 하는 거 아니냐."

"……." 영길의 말에 모순이 있다고 생각했다. '나를 누가 이렇게 만들었나. 적어도 나는 아니다.' 성일은 그렇게 말하려고 했다. 그러나 그것을 알아차리지 못하는 영길 쪽이 오히려 딱했다.

"난 변장해서 삼팔선 이북에 숨어들었어. 놈들이 한 짓과 인민들의 실정을 봤지. 거기 인민들은 김일성을 원망하고 있어. 내가 남한 사람이라는 건 그 사람들은 몰라. 농민으로 변장한 내게 그쪽 농민은 진짜 속내를 이야기했지. 군대를 기피한 젊은이들, 한국군에 협력하다가 미처 도망치지 못한 사람들이 그쪽 산에는 있지. 모두 적을 똑똑히 보고 있어. 넌 그걸 어떻게 생각해?"

"……."

"어째서 대답을 안 하는 거야?"

"하던 이야기나 계속해 줘!" 성일은 얼굴을 들어 영길 쪽을 향했다.

"네가 한 짓을 들으니 어이가 없어 말이 안 나오더군."

"난, 상황이 흘러가는 대로 맡겼을 뿐이야. 내가 한 게 아니야."

"바보! 어리석은 놈! 잘도 뻔뻔스럽게!" 격분해서 영길의 숨이 거칠어졌다. "국민방위군에서 군대로 옮겼더라면 구제될 수 있는 절호의 찬스였던 거야. 거기서 참고 견뎠으면, 지금쯤은 다른 데로 전속될 수 있……"

"그 토벌대는 소대장과 함께 게릴라가 됐다는데?"

"빨갱이 게릴라 따윈 되지 않았어. 놈들은 전투 중에 죽고, 남은 자들은 항복해서 다른 부대로 전속됐어.

"……." 마찬가지라고 성일은 생각했다.

"탈주해서 인민군 쪽으로 달려간 네가 어째서 서울로 갔던 거냐."

"어머니를 만나고 싶었어."

"큰어머니를 죽인 건 너야."

"바보!"성일이 외쳤다. 참을 수가 없었다.

"뭐?"

"어머니를 죽인 건 전쟁이야. 전쟁을 일으킨 자한테 책임이 있어."

"자, 그렇다면 김일성이다."

"흠!"

"넌 김일성한테 원한이 있는 거야. 나도 아버지가 살해당하셨고, 엄마도 그 일로 돌아가셨어."

"숙모님이?"

"그래. 아버지 일이 원인이었지."

"……."

"시간이 다 됐나? 영길은 손목 시계를 흘끗 보며 "빨리 정리하자. 넌, 포로수용소행이야. 인민군 병사란 말이야. 그런데 너처럼 남한 사람이면서 인민군이 된 사람은 몇 십만이 있어. 알겠지? 그 사람들의 명부가 나와 있어. 그중에 네 이름도 기재되어 있지. 그 말은, 하나 일해줬으면 하는 게 있기 때문이지."

"……."

"네가 가는 곳은 어떤 섬이야. 거기에 가면, 놈들의 정보를 찾아와줘. 수용소 내에서 일어나는 일들이 북한으로 곧장 새어나가고 있어. 외딴 섬인데다, 민간의 배도 접근할 수 없어. 게다가 경계도 삼엄한데, 평양 방송은 상세하게 알고 있단 말이지. 원인을 밝혀주면, 너는 석방되는 거야. 네가 섬에 가면, 다음 날 네 이름을 평양방송이 방송할 거야. 그러니까, 네 이름은 가명이야. 김준식이라는 게 네 이름이니까 착오 없도록 해." 영길의 말이 부드러워졌다.

"싫어." 성일은 그 제안을 거절했다.

"싫다?"

"형은 내 성격이 유약하다고 지적했어. 그런 나한테 스파이를 하라는 건 나를 한층 더 타락시키는 일이잖아?"

"……."

영길은 기세가 꺾인 듯한 얼굴을 했지만, "바보! 네 입장을 똑똑히 나타낼 유일한 찬스야. 잘못 생각하지 말라구"라고 말했다.

"싫어! 난 단지 인민군 포로로 충분해. 그렇게 해줘." 성일은 위엄 있게 딱 잘라 말했다.

"좋아. 일단 가라! 나중에 또 만나자."

"아니, 그런 일이라면 만날 필요는 없어." 성일은 결의를 굳히며 말했다.

〈15〉

만 명 정도의 인원이 그 섬에 감금되어 있었다. 멀리서 불빛이 보일 뿐 가까이 다가오는 어선도 없었다.

성일은 명부에 실린 이름으로 섬의 한 구석에서 포로 생활을 시작했다. 영길로부터 사정을 들었던 까닭에 그는 어떤 일에도 휩쓸리지 않으리라 굳게 마음을 먹었다. 이제는 그의 신념이 된 엄정 중립이 하나의 주의가 되어 그의 포로 생활을 유지했다.

그는 돌로 나이프를 만들어 석기 시대의 인간이 했던 것처럼 나무를 잘라 세공을 시작했다. 만든 것은 지게였다. 작은 손바닥에 올려놓을 듯한 지게를 만드는 데 전념하고 있으면 온갖 고뇌에서 해방되었다. 그는 서울의 자기 집에 남겨 두고 온 고아들과 그 지게를 통해서 마음을 연결하고 있었다.

다행히도, 그가 수용된 텐트에는 알고 있는 얼굴이 없었다. 있을 리가 없는 게 당연했지만, 혹시 하고 생각하면 불안했다. 분쟁에 휘말리지 않기 위해서.

그런데 삼일째의 아침 식사 시간이었다. 알루미늄 식기를 들고 한국군 병사가 감시하고 있는 식당 앞으로 갔을 때, "자네가 김준식인가" 하고 뒤에서 어깨를 두드려 성일은 깜짝 놀라 돌아보았다. 그러자 "진짜 이름을 알고 있지. 박성일! 응?" 하고 말하며 히죽 웃었다. 스물일고여덟 세의 붉은 얼굴을 한 남자였다.

성일은 흠칫 놀라 그 포로를 주시했다.

"놀랄 일은 아니야. 자네한테 충고하고 싶다고 말하는 동무가 있어."

성일은 그 남자가 자신을 동무라고 부르지 않은 것이 마음에 걸렸다. 영길이 그때 성일을 향해 이야기했던 것을 이 남자가 죄다 엿들은 것은 아닐까 하는 의심이 일어났다.

"식사 후에 나를 따라오면 그 사람이 기다리고 있을 거야." 붉은 얼굴의 남자는 밥과 국을 그릇에 받아 담고 자신의 자리로 갔다.

성일은 식사를 하면서 거기에 줄지어 앉아 있는 포로들이 모두 똑같은 얼굴을 한 악마로 보여 마음이 진정되지 않았다. 등에 PW[43]라고 쓰인 상의를 입고, 머리를 가지런히 자르고서는 (하긴 인민군은 강제하지 않아도 두발은 빡빡머리로 했지만) 뭔가 갑자기 돌변한 듯 뻔뻔한 얼굴을 하고 있다.

영길이 말한 대로 그가 이곳에 온 것이 평양에 알려졌다고 해도 어떻게 그의 본명을 알아냈을까 몹시 의심스러웠다. 그래서 자기와 만나고 싶다고 하는 그 사람을 만나지 않는 것이 좋을 것 같은 예감이 자꾸 들었다. 그러나 역시 만나지 않고 있을 수는 없다는 느낌이 들었다. 이런 식으로 해서 질질 무언가에 휩쓸리게 되지 않을까. 이제까지 그가 걸어왔던 길을 돌이켜 보니 불안이 생겼다.

"자, 오게나." 식사 후 정리가 끝나자 붉은 얼굴의 남자가 와서 말하며 걷기 시작했다. 성일은 따라가지 않으면 도리어 귀찮은 일이 생길 거라고 생각해 남자의 뒤를 좇았다.

텐트가 있는 쪽을 피해서 바위가 해변으로 쑥 돌출된 쪽으로 성큼성큼 걸어가는 남자를 따라갔다. 해변을 따라 빙 둘러싼 철조망이 거기만은 이중으로 되어 있었는데, 감시소에서 시선이 닿지 않는 바위 그늘에

---

43 PW : 전쟁포로를 뜻하는 Prisoner of War의 약자. 일반적으로는 POW라는 약칭을 쓴다.

남자는 다리를 내던지듯이 하고 앉았다. 성일이 남자의 옆에 앉자

"이봐!" 남자가 말했다.

성일이 흠칫 놀라 주변을 보자

"아하하하" 하고 남자는 비웃으며 "자네는 겁이 많군 그래. 저기 게가 있겠지? 저걸 잡아서 먹고 싶네".

파도가 초록빛으로 흔들리는 곳에 바위의 갈라진 틈이 있었는데, 거기서 조그만 게가 기어나왔다. 철조망이 1미터 정도 떨어져 있었는데, 바로 거기 파도가 밀어닥치는 곳에서 물보라를 뒤집어쓰고 있다.

"이걸 넘어가서 잡아오면 좋겠네."

"목숨이 아깝지 않으면 자네가 해봐."

"여기는 보이지 않는 것 같은데."

"흠, 전기를 통하게 해놨어. 저봐. 저 색깔. 파랗게 빛나지. 안쪽의 이 철사하고는 다르지?"

"정말 그런데!" 성일은 불안해졌다.

혹시라도 이 녀석이 나를 저기로 내던지면 어떻게 하지? 누군지 이 사내의 상대가 온다면 큰일인데 하고 주의 깊게 둘러보니, 그가 온 쪽과 반대 방향의 바위 모서리에서 가만히 성일을 보고 있는 사람이 있었다.

"앗!" 성일은 소리치며 뛰어올랐다.

"하하하! 그렇게 놀랄 일은 아니잖아." 붉은 얼굴의 남자도 어느새 일어나 "그럼, 이 동무! 잘 부탁해. 난 거기서 망을 볼게" 하며 왔던 쪽으로 조금 물러서서 저쪽 편을 향해 섰다.

"자! 앉자." 영철이 온화하게 말하면서 붉은 얼굴이 있던 쪽으로 다리를 내뻗어 앉았다.

성일은 그 태도에 얼마간 안심하고서 나란히 앉아 말을 꺼냈다.

"너도 붙잡힌 거야?"

"너도?" 영철은 뚫어져라 성일을 바라보면서 "그럼, 너는 붙잡힌 건가?"

"응! 붙잡혔어."

"거짓말하면, 널 위해서 좋지 않아." 영철은 몹시 엄격하게 말했다.

"그건 무슨 의미지?" 성일은 전신의 의지를 모아 대꾸했다.

"정보가 들어왔어!"

"온다고 한들 상관없어."

"흠. 자, 그럼, 어째서 이름을 바꾼 거지?"

"……."

말문이 막혔지만, 성일은 있는 힘껏

"솔직하게 말할게! 그런 명령을 받았어".

"스파이인거야?"

"난 전혀 그럴 생각이 없어."

"스파이가 어떤 꼴을 당하는지 차차 알게 될 거야. 자, 오늘은 이쯤하고 헤어지자. 내가 있는 캠프는 네가 있는 데와 반대쪽 해변이야. 거기서는 육지가 보여. 너희 캠프는 쓰시마를 향해 있어. 맑은 날에는 쓰시마가 잘 보이지. 그럼!" 영철은 일어서서 가버렸다.

"가자! 괴뢰놈들에게 지금 일을 말하고 싶으면 말해도 좋아." 붉은 얼굴이 말하고는 걷기 시작했다.

성일은 우울해졌다. 긴박한 무언가가 그의 신변에 일어나고 있다는 예감이 들었다. 같은 캠프의 포로들이 모두 그에게 주의를 기울이고 감시하고 있다, 성일은 그것을 똑똑히 느꼈다.

그는 누구하고도 말을 섞지 않기로 하고 지게 만드는 일에 마음을 쏟아 시름을 덜었다.

그러던 어느 날 밤, 그의 옆에 살짝 다가온 포로가 있었다. 취침 점호 후 한 시간 정도 지나서였다.

“자넨, 남한 측이라고 하던데?” 그 사람이 입을 성일의 귀에 대고 거의 들리지 않을 정도의 작은 목소리로 말했다. 입김이 귀에 닿았을 뿐이어서 무슨 말인지 알아듣기가 어려웠다.

“모두 자네를 노리고 있다구. 나도 실은 남한 쪽이야. 북한에 가고 싶지 않거든. 동지는 많이 있어. 하지만 의사표시를 하면 당하거든. 이 섬 어딘가에 무전이 있어. 그걸 발견하게 되면, 난 여기서 다른 곳으로 옮겨질 거야.”

성일은 흠칫 놀라 자는 척을 했다. 오른쪽에 있는 붉은 얼굴이 급하게 코골이를 멈추었기 때문이다.

“쉿!” 그는 소곤거리러 온 사람을 밀어냈다.

그러나 그는 집요하게

“그 비밀 장소는 알려지기 직전이야”.

그러나 붉은 얼굴이 자다가 몸을 뒤척였다. 속삭이던 사람은 눈치를 채고 깜짝 놀라 입을 다물었다. 재빨리 떨어져서 자신의 침상으로 돌아갔다. 왼쪽에 있는 학생 출신 같아 보이는 온순한 청년이었다.

다음 날 점호 시간에 성일은 그 학생 출신 포로가 없다는 것을 알아챘다.

사이렌이 울리고 캠프 앞에 포로들을 꼼짝 못하게 세워두더니 감시병이 행방불명이 된 포로를 찾기 위해 이리저리 뛰어다녔다. 조금 높은 언덕 근처에 있는 캠프는 캠프끼리 서로 시야가 통하지 않았지만, 성일은 감시병들이 정색하고 행방불명자를 찾고 있는 상황을 알아차렸다.

행방불명이 된 포로는 어제 성일이 본 철조망에 걸려 죽어 있었다.

캠프 근처 바다에서 심문이 시작되었다. 성일이 불려갈 때, 붉은 얼굴이 성일을 날카로운 시선으로 쏘아보았다.

성일은 모른다고 시치미를 떼는 수밖에 없었다.

"네 옆에서 자고 있었는데도 모른다고 말한다는 게 말이 안 되지. 범인은 너야!" 캠프 소장인 소위는 당장이라도 총살시킬 듯이 서슬이 시퍼랬다.

"정말로 모릅니다. 저는 잠이 들면, 누가 집어던져도 모르고 잡니다."

갑자기 그가 따귀를 후려갈겼다.

"네 놈은 실토하게 될 거야." 소장은 말하더니 부하에게 "이 녀석을 징벌실로 데리고 가"라고 명령했다. 성일은 병사에게 이끌려 감시병들의 대기소로 갔다.

그는 나무 벤치에 길게 눕혀져 오래 기다렸다.

드디어 소위가 발걸음 소리를 내며 다가와 느닷없이 멍이 들 정도로 성일의 뺨을 세게 때렸다. 성일은 정신이 아득해져 마룻바닥에 쓰러졌지만 아직 의식은 있었다.

그러자 소위가

"이걸 읽어라!" 하고 편지를 이쪽으로 던졌다.

성일이 일어나 그 편지를 펼쳐보니 영길의 글씨가 눈에 들어왔다.

'네 활동에 기대를 걸고 있다! 그게 널 구하는 도구야. 확실히 해라. 신속해야 해.'

성일은 그 편지를 소위에게 되돌려 주면서

"저는 굼뜬 사람입니다. 겁쟁이어서 도움이 되지 않을 것 같으니 죄송합니다". 될 수 있으면 비굴하게 말하면서 사죄했지만, 반쯤은 자신이 어리석고 못났다는 걸 짐짓 꾸며 보여 이곳의 위기로부터 벗어나려는 속셈이었다.

"거기 앉아라." 소위가 의자를 가리켰다. 성일은 송곳처럼 예리한 얼굴을 한 소위로부터 눈을 피하며 벌벌 떠는 시늉을 하면서 앉았다.

"넌, 괴뢰 병사들을 미워하지 않나?" 소위가 외쳤다.

괴뢰! 성일은 순간 어찌할 바를 몰랐다. 진짜 괴뢰가 따로 있어야만 했다.

"넌, 여기 온 지 얼마 안 되어서 괴뢰군 놈들의 말도 안 되는 반항을 아직 못 봤으니까 아무렇지 않게 있을 수 있는 거야." 소위의 말은 어조가 누그러져 탄식처럼 들렸다. "놈들 식사는 어떠냐. 쌀과 보리 반반씩에 생선국, 절임반찬이 딸려 있지. 포로들에게 먹이기 위해서 남한 수역에서 잡을 수 있는 고기의 삼분의 이를 공출하고 있어. 놈들의 영양 상태는 어떤가. 놈들 고향인 북한에서 말하자면 어쨌든 중류 이상의 대우라고. 옥수수를 매일 먹던 놈들 따위가 쌀밥에 익숙해질 때까지 반년은 걸렸지. 과분한 얘기 아닌가. 그런데 놈들은 캠프 내 규칙을 하나도 지키지 않아. 김일성 찬가를 부르고, 인터내셔널가를 큰 소리로 불러. 못하게 하면 반항하고, 더러운 욕설과 조롱은 말할 것도 없고 포로들끼리 린치를 가하고 반동 사냥을 한다구. 감시병 뒤로 몰래 다가가서 습격까지 했어. 육지 쪽으로 산보를 데려가라고 강경한 담판을 하길래 데리고 나갔더니, 거리에서 김일성 찬가를 부르고 공산주의 선전 연설을 시작했지. 범죄자를 붙들어 징벌을 하려던 참에 미국 장교가 포로를 학대하면 안 된다며 왔지.

우리들은 미국 장교에게 항의했어. 그랬더니 미국 장교가 하는 말이 "김일성의 부하가 김일성 찬가를 부르는 건 당연하지 않나. 내버려둬, 내버려둬" 그러는 거야. 실제로, 미군 녀석들은 사람이 좋아. 적의 비합법 행위를 아무렇지도 않게 생각하니까 말이야. 괴뢰 놈들이 버릇없이 기어올라 미군 병사들을 큰 소리로 비난하고 돌을 던지거나 했지. 그래도 내버려 둬 내버려 둬 그러는 거야. 북한에서 포로가 된 미군들이 비참하게 죽고 학대 행위를 당한 것에 대해서도 미군은 복수하려고 하지 않아. 본관은 이 캠프 내 일에 한해서라면, 미군의 온정주의에 반대야. 괴뢰들에게 최후 통고를 하러 가네. 자네도 오게. 자넨 이제 우리 편이 아니니까 적이나 마찬가지야."

소위가 옆방으로 가서 부하를 불렀다. 2등 상사가 뛰어 왔다.

"확성기에 스위치를 넣어라."

"예! 확성기에 스위치를 넣겠습니다." 이등상사가 송화실로 뛰어 갔다.

"마이크를 이쪽으로 가져 와!"

"예! 마이크를 가져오겠습니다."

마이크를 가지고 왔다. 소위는 위엄을 갖추면서 마이크 앞에 똑바로 섰다.

"당 수용소 전 포로들에게 통고한다. 각 캠프 모두, 정숙하게 들어라! 이것이 최후 통고다. 본관은 반년에 걸쳐 참을 만큼 참아왔다. 이제까지 너희들이 저지른 수많은 불법 행위를 냉정하게 돌이켜본다면, 본관의 심정은 잘 알 수 있을 것이다. 아니, 너희들은 고의로 악의를 가지고 계획적으로 반항을 꾀하고, 행하면서 캠프 내의 질서를 흐트러뜨렸다. 입장을 바꿔서 반성해 보라. 북한에 납치된 우리의 충용한 한국군 포로가 너희들이 한 것과 똑같은 일을 할 수 있었을지 어땠을지. 북한에서는 절대로 불가능하다. 곧바로 총살이겠지. 그런데 우리 한국에서는 캠프 내 너희들의 행위를 묵인하고 있다. 흡사 독립국가와 같은 자유 행위다. 너희들은 온정에 버릇없이 기대, 천인공노할 비인간적 행위를 일부러 저지르고 있다. 그중 하나가 린치다.

엄격히 금지되어 있음에도 불구하고, 지금까지 두 사람이나 희생자가 생긴 것은 너희들이 잘 알고 있을 것이다."

성일은 함성 소리를 들었다. 수용소 쪽에서 시끄러운 소리가 울려퍼져 왔다. 그러나 소위는 자신의 목소리에 흥분해서 그 소동을 알아차리지 못했다.

"그러나 더 이상 용서하지 않겠다! 앞으로 절대 용서하지 않아! 다음 명령을 위반하는 자는 본관 단독으로 엄벌에 처하겠다. 하나, 집회를 금지한다. 하나, 북한쪽 괴뢰가를 금지한다. 하나, 린치의 희생자가 나오면 전원 총살한다. 이상."

이등 상사가 찰칵 하고 스위치를 껐다. 소위는 마이크를 걷어차기라도 할 듯이 밀어 제치고 이마의 땀을 훔쳤다. 손수건이 흠뻑 젖었고 소위의 손이 떨린다.

"철저하게 할 거야. 절대로 봐주지 않을 테다" 하면서 "자넨 캠프를 바꾸도록. 제5캠프다. 가도 좋아"라고 성일에게 일렀다.

성일이 경례를 하고 문턱을 나서려 하자

"자네가 우리 한국 정부에 충성심이 있다면, 놈들의 비밀을 찾아오도록. 제5캠프가 가장 수상해". 소위의 음성이 쫓아왔다. 성일은 돌아보려고도 하지 않은 채 걷기 시작했다.

제5캠프는 정확히 육지의 맞은편에 면해 있었다. 좁은 해협을 사이에 두고 어부의 작은 초가지붕 집이 보였다. 파도는 조용하고 괭이 갈매기가 분주하게 파도를 가로지르고 있다.

"자네는 엉뚱한 곳에 뛰어들어 왔군. 하기야 자네 의지가 아니겠지만……" 영철이 비아냥거리듯이 말했다.

"……." 성일은 입을 다물었다.

"내가 제5캠프에 있으니 자넨 해볼 만하다고 생각할지도 모르겠지만, 웬걸 그렇게는 안 될 거야."

성일은 영철이 인상까지 달라진 것을 깨닫고

"나를 스파이라고 생각하는 건 자네 자유지. 있는 힘껏 경계하게. 그렇지만, 그것과 관계없는 일이라면 가르쳐 줘. 자네가 어째서 이 곳에 있는지 알고 싶거든".

"포로가 됐으니까 그런 거잖아." 빈정거림을 지나치게 섞은 나머지 영철은 웃음을 터뜨리고 말았다.

"그러니까 말이야. 어디서 포로가 된 거냐구." 성일은 어디까지나 진지했다.

"전선에 따라 결정되는 거잖아." 영철은 비아냥거리는 어조에서 갑자기 빠져나올 수는 없었다.

"어디? 지리산?"

"흠! 지리산 그 놈(국군 소대장을 말함—역자)에게 붙잡혔다면 그 자리에서 총살이었겠지. 멀리 다른 데서 나는 결사대에 뽑혔어. 세차게 뛰어들었지만, 부상을 입고 인사불성이 됐지. 그러니까 나는 용맹하고 영웅적인 병사지. 결코 손을 들고 항복한 포로가 아니거든." 자랑스러운 말투로 말했지만, 성일은 영철이 하는 말에 여전히 반신반의했다. 그러나 진실을 가르쳐 주지 않으려는 영철에게 집요하게 물고 늘어지는 것은 볼썽사나웠기 때문에

"안 선생은 어떻게 됐지? 역시 포로인가?"

"안 동무는 인민 정부에 중요한 기술자야."

"기술자?"

"교육 기술이라는……"

"아아, 그렇군."

"안 동무는 평양에서 재교육을 받고 있지. 자기비판과 자기청산이 다 되면, 교육조합의 일원이 돼서 직장에 파견될 거야."

성일은 이런 말투가 본능적으로 싫었고 획일적인 것 같아서 몸서리가 쳐졌다. 비판이니 청산이니 하는, 안이 참고 견뎌야 하는 심리의 과정을 알 것 같았다.

"그럼, 자네는 그 재교육을 받은 건가." 이번에는 성일이 빈정대며 물었다.

"내 재교육은 포로수용소에서 했지." 영철이 아무렇지도 않게 말했다.

"이런 데서 재교육이 가능해? 누가 해주는데?"

"내가 하는 거지. 자기비판도 동시에 할 수 있다구."

"하하! 자네가 아무리 자기비판을 할 수 있다고 해도, 인정해주는 사람은 없겠지?"

"있지!"

"……." 성일은 영철의 얼굴을 보았다. 아무런 이상한 기색도 없고, 지극히 당연하다는 듯이 말하고 있는 영철을 보고는 "알았다. 이 안에 그쪽 위원이 있는 거지?"

"말한 그대로야. 자기비판을 하고 인정받은 반동도 있어."

"인정받은 게 평양에서 통하지 않는다면 곤란하겠지?"

"곤란하지 않아! 두고 보면 알아."

"그렇다는 건, 언제가 북한에……"

"갈 수 있지. 일부러 북한에 가지 않아도, 우리 국토는 자연히 인민 정부에 속하게 될 거야."

"뭐라고? 자연히?" 성일은 경멸의 눈으로 영철을 보았다.

"자넨 어리석어!"

"자네야말로 어리석어. 전쟁이 일어난 지 1년인데 아무것도 얻지 못하고 있잖아."

"지금은 얻고 있지 못하지. 하지만, 부르조아 제국주의자들에게 우리 국토를 완전히 점령할 수 없다는 교훈을 줬다는 건 커다란 소득이지. 놈들은 3차대전을 일으키겠지. 동맹 소련이 행동에 나섰을 때, 중공군 주력 오백만과 합체하게 되면 우리 반도는 물론이고 아시아 십억의 해방은 반년 안에 실현될 수 있어. 놈들은 기껏해야 일본의 네 개 섬 가운데 두 개 섬밖에 유지하지 못할 테니까 우리 반도에는 반동이 준동하는 일은 없어질 거야. 박 군! 난 자네가 딱해. 반동들이 발악하는 걸 볼 때마다, 저렇게 놈들은 초조하구나 생각하거든. 1년, 2년 그렇게 멀지 않은 장래에 놈들은 자신의 최후를 응시해야 할 거야. 잘 들어. 자넨 인텔리야. 국제 정세를 잘 지켜보면 쉽게 알 수 있는 일 아닌가. 아시아 대륙 5분의 4가 해방되었고, 미해방지구는 대륙 남단 주변의 얼마 안 되는 지역과 섬들뿐 아닌가? 1차대전 후에 지구의 5분의 1이 해방됐고, 2차대전에서 해방된 지역은 그 두 배가 되었어. 그 다음은? 박 군! 헤매지 마. 자네 자신을 해방시키게!"

"……." 성일은 갈피를 잡을 수 없었다. 한반도가 전부 적화된다는 것은 허황된 이야기가 아니다. 유엔은 한국을 포기하려는 것일까?

"자넨 역사를 알고 있겠지? 우리 반도에는 옛날부터 수많은 정권이 발생하고 스러졌지만, 대륙 세력과 결부된 자들이 살아 남았지. 고구려가 멸망한 것은 남방 신라의 힘 때문이 아니야. 신라가 대륙의 당과 연결되었기 때문에, 거꾸로 말하면, 고구려가 대륙을 무시했기 때문에 멸망했던 거지. 백제도 그랬어. 고려가 신라를 정복하고 고구려의 원수를 갚은 것도, 대륙 세력이 쇠퇴한 틈을 이용했기 때문이지. 그러니까 남방에서 온 세력이 우리 반도를 유지했다고 하는 건 삼천 년 가운데 불과 36년간뿐이야. 다시 말해, 신흥 일본 제국의 대륙 경영이지. 먼 옛날 일본의 반도 경영 따위 하찮은 것이지. 임나일본부는 유명무실한 거였고, 백제의 일본 귀속도 외교 사령에 지나지 않았지. 자네, 지도를 보게. 만주와 중국대륙, 아시아 동남단의 움직임을. 거대하지 않은가.

멀리서 태평양을 허위허위 건너오는 남방 세력, 흠. 가소롭군. 자네가 만약 생존하고 싶다면, 자기비판을 하게. 지금이라도 늦지 않아. 우리들이 검토해서 인정하면, 평양에 통하게 돼 있거든."

"……." 성일은 깊숙이 머리를 떨구고 생각에 잠겼다.

"자네가 타고난 반동이 아니라는 건, 내가 인정해. 어떤가? 동무가 될 수 있겠나?"

"……."

"와보게. 보여줄게." 영철이 일어섰다.

"……." 성일은 의심스럽다는 듯이 영철을 바라보았다.

"보여주는 대신, 입을 놀리면 자네는 이 세상에 없게 돼. 그걸 잘 알아두고서 교환 조건으로 하고 보여주는 거야. 자네한테 애정이 있다는 거지. 이건 내 독단으로 하는 일이지만."

"……." 성일은 어쨌든 일어났다.

"보게." 영철이 턱으로 가리켰다.

성일은 보았다. 해변 쪽을 향해 있는 바위 뒤에 캠프가 있다는 것을 알아차리지 못하고 있었는데, 그 캠프 가장자리가 조금 보였다. 거기서 여군이 다섯 명 나타나 공을 던지고 있었다.

"여성 동무들이야. 전장에서 용맹한 활약을 했던 동무들이지."

"예쁜데! 화장을 했어." 성일은 놀라서 외쳤다. 머리도 곱슬곱슬 웨이브가 져 있고, 얼굴은 하얀 분을 발랐고 연지까지 칠했다. "화장품은 어디서 나는 걸까?"

"바다가 가져다주지." 영철은 웃으며 "자넨 도련님 티가 아직 가시지 않았어. 어부들 중에도, 여기 감시병 중에도 동무는 있어. 우리들은 물건이 아니라 마음으로 어어져 있어. 사상이라는 무기는 강해. 물량으로는 안 돼지. 자, 가자. 보면 자넨 혼비백산할 거야. 마음 단단히 먹어."

영철은 여자 포로들이 있는 쪽으로 갔다. 제5캠프는 오른편 뒤쪽으로 멀어졌고, 포로들이 두 사람을 보고 있었다.

성일은 여자 포로들의 옆을 지나갈 때 그녀들이 멀리서 볼 때 보다 훨씬 예쁘다고 생각했다. 그 아름다움에는 의연한 데가 있어 조금도 비굴하지 않았고, 주눅 든 데가 티끌만큼도 없었다. 맨발로 모래를 밟고 깔깔거리며 놀고 있었다. 6월의 태양이 그녀들의 건강을 축복하듯이 내리쬐고, 그녀들은 바닷바람에 장난을 치고 있다. 성일은 문득 영자를 떠올렸는데, (그녀들은) 퇴폐적인 거리의 여성과 대조되었다. 그때, 순이와 닮은 한 여군이 낡은 천으로 만든 공을 놓쳐 성일 쪽으로 주우러 왔다. 성일은 그 여군들 한 사람 한 사람의 얼굴이 그립고 사랑스럽게 보여서 문득 여성 동무 하고 부르며 손을 흔들고 싶어졌다. 철조망도 캠프도 돌연 사라져 뭔가 낙원에서 뛰어노는 젊은 여성들이라는 분위기의 그림이 나타난다.

그러나 성비의 비참한 시신이 보여 그 낙원의 그림은 사라졌다. 그는 눈을 감고 혼란스러워 현기증이 났다.

"자, 가자. 미안한데, 눈을 좀 가려도 되겠지." 영철이 그렇게 말하면서 손수건으로 성일의 눈 위를 묶었다.

"앉게" 영철이 손수건을 끌렀다.

"아!" 성일은 놀라서, 홀연히 나타난 전기 기구와 수송 신호 세트에 눈을 휘둥그렇게 떴다.

"놀랄 것 없어. 놈들이 자네를 여기에 보낸 건 이게 보고 싶어서지. 어떤가? 상당한 설비잖아?"

"어딘가 전신국에 온 거 같군." 성일이 말했다.

"전신국이라니, 말 잘했네." 영철이 웃으며 "자, 들어보게" 하며 세트 앞에 앉아 스위치를 넣었다.

돌연 목소리가 흘러나왔다.

"우리 용맹하고 영웅스런 인민군 동무들! 괴뢰 정부에 붙들린 몸이 되어 고초를 견디고 있는 동무들! 내일 6월 25일은 사변 1주년 기념일이다. 지난 1년간 동무들이 거둔 수많은 공로에 우리 인민정부는 깊이 감사하고 있다. 수도에서 열리는 기념식전에 동무들과 함께 참가하지 못하는 것은 유감스러운 일이지만, 그 대신……"

영철이 기계를 만지작거려 소리를 죽이고, 그 혼자 리시버를 귀에 꽂고 방송을 들으면서 메모를 했다.

성일은 불안해졌다. 포로들의 비밀이 지금 눈앞에 있다. 이것을 알고 있는 것은 포로들 가운데서도 몇 명 되지 않을 것이다. 게다가 그들은 전원 여기를 지키고 있다. 이것을 찾으러 들어온 정보 장교는 모두 린치당해 사라졌다.

그는 문득 영철이 자신을 여기에 데리고 온 이유를 깨달았다.

'나를 무턱대고 동지로 끌어들이기 위해서겠지!'

그는 망설였다.

머지않아 그는 눈을 가리우고 거기서 나왔다. 이전에 앉았던 제5캠프 근처 언덕에서

"자네는 자기비판을 써오게. 자네가 사는 유일한 길이야." 영철이 말했다. 황혼이 파도 위로 찾아왔다.

"……." 성일은 잠자코 있을 수밖에 없었다.

"그럼, 오늘 밤은 푹 쉬고, 내일부터 써도 좋아." 말하면서도 "혹시 내일 사건이 일어난다면, 자네 입장은 시급히 결정해야겠지.

오늘 밤 중에 각오만은 정해두는 게 좋아. 자, 저녁 먹을 시간이야. 가

자.” 영철의 뒤를 따라 성일은 캠프 쪽으로 걷기 시작했다. 긴박한 불안이 성일의 마음에서 황혼처럼 빛을 앗아갔다.

저녁 식사가 끝나고 자신의 침상으로 돌아와 만들고 있던 지게를 집어 들었다. 지게가 백 개가 되면, 그것을 자기 집 고아들에게 보낼 예정이었다. 어둠 속에서 손을 더듬어 지게의 두 개 기둥과 등받이, 짊어지는 끈을 어루만지고 있는 사이에 지게를 만들고 있는 고아들의 작고 귀여운 손에 닿은 느낌이 들었다. 갑자기 고아들이 제비처럼 지저귀기 시작했다. “선생님! 빨리 돌아오세요”, “형, 어디 가?”, “왜 안 돌아와요?”

성일은 가슴이 먹먹했다. 자신이 돌아오기를 기다리고 있는 어린 아이들의 마음을 헤아리고 견딜 수 없는 연민을 느꼈다. 구씨의 음성이 들려왔다.

“자네는 돌아올 곳이 있어. 망설이면 안 돼.”

성일은 그 목소리에 답했다. “그래요. 나는 망설여서는 안돼요.”

그는 영철에게 쾌히 승낙을 하지 않은 것을 다행으로 여겼다.

‘내일, 분명히 내 마음을 털어놓자.’

그는 잠들었다.

누군가 흔들어 깨워 눈이 떠졌다. 캠프 밖에서 기어들어오는 빛이 아직 어둑어둑하고 파도 소리로 새벽인 것을 알았다.

“아직 이르잖아.” 그는 영철에게 말했다.

“집합이야. 사변 1주년 기념식전이다. 가자.”

성일은 영철의 태도에서 강제를 느끼고 불쾌해졌다. 그런데 영철의 얼굴에는 독기가 어려 있고, 명령이 나타나 있다. 권력이 노골적으로 나타나 성일은 린치의 위협을 느꼈다. 거기서 그는 권력 앞에서 그가 얼마나 무력한지를 확실히 깨달았다. 자신을 비열하다고 생각하면서도 그는 역시 영철을 따라갔다. 언덕을 뒤로 하고 이천 명의 남녀 포로가 정렬해 있었다. 제1캠프의 붉은 얼굴이 높은 곳에 서서 집회를 리드했다.

사변 1주년을 선언하고 기념식전에 들어가는 취지를 알리고서 "과거 1년을 되돌아보고, 반성한다!" 명령했다.

리더는 방향을 바꾸어 모두와 똑같은 방향의 북쪽을 향해 눈을 감았다. 성일은 육지 쪽을 보았다. 거기는 아직 잠들어 있었다. 파도가 번질거리며 짓눌리듯이 움직이고 있다. 그는 1년 전의 오늘을 떠올리고는 몹시 분하고 억울했다. 불과 1년 만에 나의 생활은 엉망진창으로 무너져 사라졌다. 1년이라고는 믿어지지 않는 긴 시간이 거기에는 있었다. 이제까지 그의 일생에 필적하는 기나긴 공간이었다.

훌쩍훌쩍 우는 소리가 났다. 와와 하고 으르렁거리는 듯한 울분의 목소리가 들리고 이천 명 각각의 입에서 저주인지 반항인지 모를 소리가 내뱉어졌고, 그것은 분노의 고함 소리로 바뀌었다.

붉은 얼굴이 "반성 그만!"을 알리자 '인민공화국가' 합창을 시작했다. 성일은 그 돌발적인 노래를 한 귀로 듣고 한 귀로 흘렸다. 모두 막대기를 쥐고 흔들면서 박자를 맞추면서 노래했다. 그 소리는 하늘을 찌르고, 파도를 덮었으며 육지까지 울려 퍼지는 듯했다.

성일은 불안을 느꼈다.

그때, 감시탑 쪽에서 성난 목소리가 들려왔다.

"멈춰라! 멈춰! 처벌이다!"

그러나 그 미친 듯한 목소리는 열정적으로 선동된 이천 명의 노래 소리에 묻혀 버렸다. 노래는 그 목소리를 완전히 무시하고 계속되었다.

그러자 감시소의 탑 위에서 섬광이 번쩍 빛나며 총성이 울렸다. 성일은 기관총을 붙들고 있는 감시병과 그 옆에 서 있는 소위를 보았다.

소위는 뭔가 소리치고 있었다. 그러나 그 소리를 굴복시키려는 듯이 붉은 얼굴이 명령했다.

"반동을 해치워라!" "괴뢰를 무찌르자!" 이천 명이 우르르 움직이며 언덕을 돌아 감시소 쪽으로 밀려들었다. 기관총을 숨 돌릴 새도 없이 마구 쏘아대고 포로들이 픽픽 쓰러졌다. 쓰러진 포로들이 인민군 만세를 외쳤다.

성일은 그 혼란의 밖에 있었다. 그는 캠프 앞에서 우두커니 서서 불을 뿜어내는 기관총과 탑의 입구에 도착하기 전에 쓰러지는 포로들을 바라보았다. 기관총의 섬광처럼 한 가지 생각이 그의 마음에 반짝였다. 탑 쪽에는 물론이고 쓰러지는 포로들 쪽에도 무력이 있었지만, 자신에게는 그것이 없다는 사실이었다. 게다가 자신과 똑같은 입장에 있는 사람들이 대다수라는 것이었다. 그는 그 다수의 사람들에게 성원을 부탁하듯이 주먹을 쥐고 부들부들 떨었다.

* * *

이 일이 있고 얼마 지나지 않아 정전회담이 시작되었고, 성일은 다른 수용소로 옮겨졌다. 부산 근방의 캠프로 온 그는 여기서도 똑같이 인민군파와 한국파 사이에 끼여 있었다. 이후 정전회담이 진행되는 가운데 포로교환이 중요한 의제가 되었을 무렵, 한국 측에 가담한 포로들은 북한으로 인도되는 것을 거부하는 운동을 일으켰다.

성일은 그 가운데서 옛날 학교 친구들을 많이 발견했다. 그들은 적군 치하의 서울에서 강제 징용되어 인민 의용군이 되었던 까닭에 한국으로 돌아가고 싶어 하는 것은 당연한 일이었다. 그러나 북한 측에서는 그들을 인민군으로 넘기라고 말하고 있었기 때문에, 추이가 주목되는 상황이었다. 그 포로들은 정전협정의 성립을 희망하는 동시에 북한 측에 인도되면 어떻게 하나 하는 새로운 불안에 빠졌다. 성일이 그중의 한 사람이라는 것은 말할 것도 없는 일이었다. 그러나 그의 경우 자신의 고아원으로 귀환하고 싶다는 한 가지 마음으로 불타고 있다는 것이 명백해서 그의 불안은 보다 더 심각한 것이었다.

(끝)

귀화 권하는 국가 혹은 전후 일본의 에스닉 정치

'해방' 이후 장혁주의 선택과 『아, 조선(嗚呼朝鮮)』(1952)

장세진

고립된 사람은, 즉 혼자서도 만족스러워 정치 연합의 이익을 나눌 수
없거나 나눌 필요가 없는 사람은 폴리스의 일부가 아니며,
따라서 짐승 아니면 신이다.

— 아리스토텔레스, 『정치학』 중에서

1. '해방' 혹은 '패전/점령', 그리고 장혁주

타이완 출신의 사회학자 레오 칭Leo T. S. Ching은 자신의 저서 『일본인 되기Becoming Japanese』의 첫머리에서 흥미로운 일화를 소개하고 있다. 일본의 패전 후 30여 년이 지난 어느 날 야스쿠니靖國 신사를 방문한 일곱 명의 타이완 주민들에 관한 이 이야기에서, 저자는 미리 준비해 온 요구사항을 신사의 관리인에게 머뭇거리며 전하는 이들의 모습을 묘사한다. 제국을 위해 싸우다 죽은 타이완 사람들에 대해 일본 정부가 성심성의껏 배상할 것, 그리고 죽은 이들의 영혼이 자유롭게 타이완으로 돌아갈 수 있도록 신사의 사자死者 명부에서 그 이름을 지워달라는 것이 그들의 요구 사항이었다. 그러나 야스쿠니 마크가 새겨진 쌀 한 자루와 함께 되돌아 온 신사 측의 정중한 대답은 다음과 같은 것이었다. "일본을 위해 전쟁에서 죽은 영혼들은 야스쿠니 신사에 안치되어야 합니다…… 일본의 관습에 따라, 우리는 요구하신 바대로는 해드릴 수 없습니다."[1]

이 에피소드는 저자의 지적대로 전후에도 제국의 과거를 여전히 고수하려는 식민주의자 측과 잔존하는 콜로니얼리즘의 유산에 저항하려는 과거 "일본인이었던 이들"이 조우한, 역사적 현재의 어느 순간에 관한 것이다. 그렇지만, 이 에피소드는 여기에서 멈추지 않고 또 다른 질문들을 불러일으킨다. 패전 이후의 제국이 죽은 자에 대해 여전히 일본인이기를 고집했다면, 과거로부터 살아남은 이들 다시 말해 "한때 일본인이었던 이들"에 대해 제국은 어떤 태도를 보였는가? 예를 들어, 에피소드의 타이완인들과는 달리 종전 후 본국으로 돌아가지 못하고 여러 가지 이유에서 그대로 일본 땅에 머물렀던 구舊 식민지인들, 대표적으로 재일조선인들은 어떻게 되었을까. 재일조선인들은 분명 전후 일본 사회 최대 규모의 마이너리티로 남았을 터였다. 그들은 '해방' 혹은 '패전/점령' 직후 새로운 국민국가의 재편 과정에서 어떠한 방식으로 처리

---

1 Leo T.S Ching, "Introduction", *Becoming Japanese*, University of California Press, 2001.

되었는가?

그러나 이러한 질문들을 던질 때 한 가지 주의해야 할 것은 '패전/점령' 직후 일본을 움직인 통치 권력의 실체가 다소 불분명해 보인다는 점이다. 『패배를 껴안고』의 저자 존 다워의 주장을 참조해 보면, 일단 전후 일본의 민주주의적 개혁을 구상·실행한 핵심 주체였던 점령당국 General Head Quaters(연합군 총사령부)의 역할이 두드러졌던 것으로 보인다. 그런데 점령당국에 의한 전후 민주주의의 성과를 적극 인정하는 한편으로, 다워는 이 과정에서 막강한 권한이 부여된 연합국 최고 사령관 SCAP, Supreme Commander for the Allied Powers과 일본 정부의 파워엘리트들이 결합함으로써 구 제국의 '관료적 특권주의'가 오히려 강화된 측면 역시 존재한다는 점에 주목한다. 그는 이를 'SCAPanese'라는 미일 합작 모델로 명명하는데,[2] 그러나 이 합작 구조가 시사하는 바는 전후 일본의 개혁 정책을 수행한 실체로서의 권력이 단순히 복수複數였다는 사실을 지적하는 데서 끝나지 않는다. 보다 핵심적인 것은 일본과 점령당국이 일체가 된 이 모델이 일련의 정책 수행 결과에 대해 어느 한쪽이 다른 쪽에 언제든 책임을 전가할 수 있는, 구조적인 모호성을 지니고 있었다는 점이다. 역사학자 테사 모리스 스즈키는 다워의 통찰을 십분 발전시키면서, 전후 재일조선인이라는 이슈야말로 이 시기 일본 정부와 점령당국의 합작 모델이 초래한 식민주의의 '포스트콜로니얼한' 존속 양상을 가장 극명하게 드러내 줄 수 있는 지점이라고 지적한다.[3]

---

2 존 다워, 최은석 역, 『패배를 껴안고』, 민음사, 2009, 730쪽.

3 テッサ・モリス スズキ, 「占領軍への有害な行動 : 敗戰後日本における移民管理と在日朝鮮人」, 『現代思想』, 2003.9. 물론 테사 모리스 스즈키의 이 글은 일본 점령정책의 수행에 있어 미국 이외에도 영연방 점령군(BCOF)의 독자적인 역할을 강조하고 있기는 하다. 그러나 그렇다고 해서 이

점령 직후 미일 합작의 소위 SCAPanese와 재일조선인 사회가 이러한 관계 속에 놓여 있었다면, 이때 가장 논쟁적인 인물 중의 하나로 떠올릴 수 있는 이가 바로 장혁주이다. 주지하다시피, 장혁주는 식민지 시기의 친일 행적으로 인해 해방 직후부터 끊임없이 남한의 문단뿐만 아니라 재일조선인 사회 내에서 심한 갈등을 겪어 온 인물이다. 그리고 1952년 샌프란시스코 조약 발효 이후 일본이 점령 통치로부터 '독립'을 이룬 바로 그 해, 그는 끝내 일본으로의 귀화를 선택하게 된다. 그 동안의 연구 경향을 살펴보면, 적어도 한국학계에서 장혁주의 '해방' 직후 행보나 귀화라는 사건은 식민지 시기 친일 행적의 논리적 연장선상에서, 요컨대 '해방'의 감각을 전제로 한 내셔널한 의미망 내에서 주로 논의되어 왔다. 무엇보다도 '국어'로서 한국어의 위상이 복원된 이후, 일본어로 쓰인 해방 이후 장혁주의 텍스트들이란 내셔널한 문학사 내에서 논의될 여지 자체가 없었던 것도 사실이다.[4] 그러나 '조선/한국 적

연구의 궁극적 결론이 점령당국으로서 미국의 대표적 역할을 축소하는 쪽으로 흘러가는 것은 아니다. 오히려 이 글의 결론은 영연방 점령군이 과거 대영제국의 권력을 상기하려는 듯한 인적 구성을 취하고 있으며, 따라서 이들이 점령당국의 식민주의적 색채를 보다 선명하게 하는 쪽이었다는 사실을 구체적 자료들을 통해 실증한 것이다.

4 장혁주의 생애와 작품 전반을 실증적으로 분석한 시라카와 유타카의 연구를 제외하면, 문학 연구의 장에서 주로 1940년대 전반 그의 일본어 전시 협력물이 집중적으로 비판되어왔다는 점 역시 이와 같은 상황을 반영하고 있다. 그러나 민족주의적 코드로 장혁주를 읽어내는 독해 방식의 생산성에 대해 문제가 제기된 2000년대 이후, 김사량(저항)과 장혁주(굴욕)를 가르는 평가의 자명성을 회의하거나 혹은 이중언어(bilingual) 세대의 창작이라는 입장에서 장혁주의 식민지 시기 문학을 재평가하려는 시도가 한편에서 이루어지고 있다(김철, 「두 개의 거울－민족 담론의 자화상 그리기」, 『상허학보』 17, 상허학회, 2006). 최근에는 이와 같은 관점에서 식민지 시기뿐만 아니라 전후 장혁주의 일본어 텍스트에 대한 연구도 이루어지기 시작한 단계이다(신승모, 「전후의 장혁주 문학」, 『일본언어문화』 13, 한국일본언어문화학회, 2008). 그럼에도 불구하고 일제 말 일본어 쓰기에 대한 장혁주의 평가는 쉽게 바뀔 수 없어 보인다. 근대 지(知)로서의 국문학 및 국문학 연구가 '국민/민족', '국어/민족어'라는 강력한 시민권을 가진 범주들에 의해 운용되는 한, 장혁주 문학을 기술할 때 수반되는 '배반'의 레토릭은 여전히 자기정합적이며 필연적인 것으로 보인다(천정환, 「일제말기의 작가의식과 "나"의 형상화-일본어 소설 쓰기의 문화정치학 재론」, 『현대소설연구』 43, 한국현대소설학회, 2010). 흥미로운 것은 최근 일본 쪽에서 발

Korean'의 포기가 일본 적Japanese의 획득으로 곧장 치환되는 이 자동 이항대립의 연상 구조는 당시 장혁주와 같은 재일조선인의 귀화 케이스가 놓여 있던 역사적 맥락의 핵심적인 결절 지점을 누락하고 있다. 달리 말해, 이러한 시각에서는 그의 귀화가 당시 패전 제국의 잔존하는 식민주의와 동아시아 냉전 질서라는 새로운 전후 패러다임이 중첩되는 지점에서만 발생 가능한 사건이었다는 사실을 포착해내기 어렵다. 여기에는 미국으로 대표되는 점령당국을 비롯, 패전 이후에도 여전히 천황제라는 국체를 관철하고자 했던 일본 정부, 마지막으로 구舊 식민 통치의 산물이자 전후 일본 최대의 마이너리티 집단으로 남은 재일조선인 사회의 존재 등 이해관계가 상이한 주체들의 정치적 의도와 행동이 복잡다기한 방식으로 얽혀 있었던 까닭이다.

이때 눈여겨 볼 텍스트는 재일조선인 사회에 관한 입장을 밝힌 장혁주의 에세이들, 한국전쟁의 취재 경험을 토대로 완성된 장편소설 『아, 조선嗚呼朝鮮』(1952)이 될 것이다. 시기적으로는 1945년 직후부터 1952년의 7년간으로, 이는 패전 후 연합군의 일본 점령 통치 기간과 정확히 일치하는 시간대이기도 하다. 이 중에서도 특히 『아, 조선』은 한국전쟁에 본의 아니게 휘말려 들어가 남북한 모두의 이데올로기에 실망한 청년의 내면 풍경을 그린, 일종의 '환멸의 서사'이다. 이 소설은 내적 층위뿐만 아니라 작품 발표를 전후로 한 한일 양국의 반응 등 외적 층위에서도 귀

신된 젊은 세대 문학 연구자들의 연구 성향인데, 이들은 식민지 시기나 전후 장혁주의 텍스트들을 제국(일본, 미국)에 대한 저항이라는 차원 혹은 재일조선인 사회의 기원이라는 맥락에서 매우 과감한 재평가를 시도하고 있다(張允馨, 「朝鮮戰爭をめぐる日本とアメリカ占領軍 : 張赫宙『嗚呼朝鮮』論」, 『社會文學』 32, 日本社會文學會, 2010.6). 일본 측 장혁주 연구의 동향에 관한 소개 글로는 곽형덕, 「경계의 모호함과 평가의 단호함을 묻다 : 시라카와 유타카, 『장혁주연구－일어가 더 편했던 조선작가 그리고 그의 문학』」, 『사이』 9, 국제한국문학문화학회, 2010.

화라는 장혁주의 선택이 가지는 의미를 논의하는 데 결정적인 텍스트이다. 특히, 당시 UN군(한국)이자 점령당국(일본)이었던 '아메리카アメリカ'라는 존재와 이에 대한 주인공의 시선이 작품 속 주요한 서사의 동력으로 작용하고 있다는 점에서, 이 소설은 자세히 살펴 볼 필요가 있다.

앞당겨 이야기하자면, 전후 열도 내 최대 규모의 '소수민족'이 된 재일조선인 사회는 당시 상징천황제를 중심으로 재편 중인 일본 국민의 경계 바깥으로 설정된 집단이었다. 확실히, 재일조선인들은 구 식민지인들에 대한 재빠른 망각을 토대로 성립한 전후 국민화 프로세스의 음화negative picture였다. 한편, 잇따른 레드퍼지red purge를 통한 안정적인 반공 무드의 확산이라는 측면에서도 그들은 'SCAPanese'가 주도한 대對 마이너리티 정책의 주요 표적이 된 집단이기도 했다. 이러한 맥락에서 보자면, 1945년 8월 이후부터 1952년에 이르는 시기 발표된 장혁주의 텍스트들과 귀화라는 그의 선택은 조선·한국Korean/일본Japanese의 이항대립 구조만으로는 온전히 논의되기 어렵다. 요컨대, 과거 식민주의 체제가 붕괴되고 존속되는 지점에, 국민국가 시스템의 전 지구적 성립과 냉전 아시아라는 새로운 지역 패러다임이 교착되는 당대 모순의 가장 뜨거운 집결 지점에 재일조선인으로서의 장혁주가 존재하는 셈이다.

2. '국민'과 '난민'의 경계에서

장혁주는 1949년 12월, 일본 잡지 『세카이슌쥬世界春秋』에 「재일조선인 비판在日朝鮮人批判」이라는 제목의 글을 싣는다. 재일조선인 사회 내부

민족의 대립과 분열 상을 날카롭게 지적하고, 패전 직후 일본인들에 대한 일부 조선인들이 내보인 경거망동의 에피소드들을 자세히 묘사한 이 글은 실제 일어났던 사실의 기술이라는 차원에서 보자면 결정적인 오류는 없어 보인다. 그러나 GHQ 및 일본정부의 대 마이너리티 정책과 이에 대한 재일조선인 사회의 대응, 그리고 그 안에서 장혁주가 차지하는 발화 위치를 정확히 파악하기 위해서는 당시 역사적 상황에 대한 간략한 개요가 필요하다.

일반적으로 태평양전쟁 직후 일본에 거류하고 있던 조선인의 숫자는 대략 200만 명 이상으로 알려져 있다. 1946년 3월까지 약 140만여 명이 점령당국의 관리하에 출국하여, 1947년 12월 말 현재 남아있던 약 60여만 명이 오늘날 재일한국, 조선인의 원점으로 일컬어진다.[5] 장혁주 스스로도 언급하고 있듯이 점령하 재일조선인의 지위는 여러 차례 "유위전변有爲轉變을 거친" 대단히 복잡한 형국 속에 놓여 있었다. 기본적으로, 이 상황은 재일조선인들의 이중적인 위치 즉, 패전 국민이 아닌 '해방 인민liberated people'이면서 동시에 과거 '일본 제국의 신민Japanese subjects'이었다는 점에서 비롯된 것이다. 그러나 보다 근본적으로 보자면, 이는 GHQ 및 일본 정부가 점령 시기의 각 국면에서 재일조선인 지위의 이중성을 각각 편리한 위치에서 해석하고 실행함으로써 나타난 결과이기도 했다.[6] 실제로 제2차세계대전 후 국제법의 관례에 비추어 보자면, 재일

---

5 金太基, 『戰後日本政治と在日朝鮮人問題 : SCAPの對在日朝鮮人政策1945~1952年』, 勁草書房, 1997의 1章 1~3節; 강재언 · 김동훈, 하우봉 · 홍성덕 역, 『재일 한국 · 조선인-역사와 전망』, 소화, 2005, 106쪽.

6 Edward W. Wagner, *The Korean Minority in Japan 1904~1950*, New York : Institute of Pacific Relations, 1951의 IV~VI 참조.

조선인과 같은 구 식민지인들은 현재 거주지에서의 삶을 법적으로 보호받을 수 있도록 이중국적 내지 시민권을 취득할 수 있거나 혹은 본국과 현 거주국의 시민권 양자 중 어느 한쪽을 **선택할 수 있는 권리**를 기대할 수 있는 것이 일반적이었다. 세계 곳곳에 방대한 식민지를 가지고 있었던 영국과 프랑스는 물론, 후발 주자인 독일과 같은 유럽 열강들의 전후 국적 변경 사안은 제3자와의 국제 조약이 아닌(예를 들면 샌프란시스코 조약이 그러하듯), 국적이 문제되는 당사국 쌍방의 국내법에 의해 접근한다는 공통된 특징을 보이기도 했다.[7] 물론 GHQ 역시 애초에는 재일조선인에 대해 적어도 1952년 4월의 샌프란시스코 강화 조약 발효 이전까지는 일본 국적을 유지하게 한다는 원칙을 세워놓았던 것이 사실이다. 그러나 이 원칙은 1947년 5월 2일, GHQ가 초안한 신헌법이 시행되기 바로 전날 일본 정부의 마지막 칙령으로 내려진 외국인 등록령 규정으로 인해 실상 유명무실한 것이 되어 버린다.[8]

일본 내 마이너리티 사회 전체에 대한 이러한 태도 변화는 소위 역코스라 불리우는 GHQ 정책 일반의 노골적인 우경화, 그리고 그에 따른

---

7 이연식, 『해방 후 한반도 거주 일본인 귀환에 관한 연구—점령군 · 조선인 · 일본인 3자 간의 상호작용을 중심으로』, 서울시립대 박사논문, 2009, 11~23쪽.

8 그러나 이 등록령도 일본 정부 단독에 의한 것이라기보다는 연합군 총사령부와의 '공조'로 탄생한 작품이다. 실제로 『조선일보』는 일본 정부의 외국인 등록령이 제정되기 1년여 전인 1946년 2월 당시 이미 연합군 총사령부의 재일조선인 처우 관련 움직임을 보도했다. "연합군 총사령부는 일본정부에 대하여 3월 18일까지에 현재 일본에 있는 조선인, 중국인, 류큐인, 대만인의 전부를 등록하도록 명령하였다. 이 등록에는 씨명, 연령, 남녀의 별(別), 본적지, 현주소, 직업 및 본국에 돌아갈 희망의 유무를 적기로 되어 있다. 그런데 등록하지 않은 자는 본국 귀환을 희망하지 않는 것으로 인정되어 본국에 돌아갈 수 없게 되는 것이다." 「재일동포 등록 실시」, 『조선일보』, 1946.2.21. 1947년 12월 말 당시 이렇게 등록된 재일 외국인 총수는 636,368명인데, 그 가운데 재일 한국 · 조선인은 93.6%에 해당하는 598,507명이었다. 따라서 이러한 사실로 미루어 보면, 외국인 등록령의 주된 적용 대상은 실상 재일조선인이었던 것으로 보인다. 강재언 · 김동훈, 하우봉 · 홍성덕 역, 앞의 책, 113쪽.

좌파 숙청과도 밀접하게 연동되어 있는 것이었다. 점령당국은 떨어져 있는 가족을 찾거나 밀수를 하기 위해, 혹은 한반도의 정치적 혼란을 피해 현해탄을 오고 가는 조선인들의 움직임에서 점차 불안을 감지하기 시작했다.[9] 즉 외국인 등록제도란 이들의 출입과 왕래를 중앙에서 일괄적으로 통제하기 위한 방편의 일환이었던 셈이다. 제주도를 비롯한 한반도 삼남 지방의 반정부 운동을 진압하는 데 미군이 깊숙이 관여했다는 사실, 일본 내 가장 영향력 있는 재일조선인 단체인 조련(재일본조선인연맹)의 활동 역시 한반도 혁명 운동의 위협적인 연장으로 간주되어 1949년 GHQ에 의해 마침내 강제 해산당했다는 것은 널리 알려진 사실이다. 따라서 이러한 상황을 염두에 두면서 다시 「재일조선인 비판」으로 돌아와 보면, GHQ 및 일본 정부와 재일조선인 사회와의 관계, 그리고 그 안에서 장혁주의 발화 위치를 대략 가늠해 볼 수 있다.

> **조선인 대 조선인의 이 민족 분열 현상은 종전 후 반년도 채 지나지 않아서 일어나기 시작했다** (…중략…) 조선인 연맹이 결성되었을 때는 다른 단체는 없었다. 조선건국촉진청년동맹인가가 생기고 신조선건설동맹이 생겼다. 조련 결성으로부터 대분열이 시작되었다 (…중략…) 조련의 중앙사무국에 들어간 공산주의자들도 아직 막연한 민족주의자들 틈에 묻혀 시류를 타고 있었다. 이 시기의 **조련과 건청의 투쟁은 사상의 차이가 아니라 탐욕과 감정의 반목**이었다. 건청이 간판을 내걸면 우르르 습격해 들어간 것은 조련이었다 (…중략…) 그리고 **그 시기 조련은 빨갱이들이 아니었고 지방 회원들 중에 적색 사상**

9 테사 모리스 스즈키, 한철호 역, 『북한행 엑서더스』, 책과함께, 2008, 88쪽.

을 가진 사람은 정말 한 명도 없다.

(강조는 인용자. 이하 동일)

남북의 분단과 연동된 재일조선인 사회의 난맥 상과 조선인들의 난폭성을 묘사한 이 글에서 주목할 것은 장혁주의 독자 설정과 서술의 전략이다. 점령 직후 일본 측 자료들에 기반한 최근 연구들에 의하면, '독립'과 '패전'으로 조선과 일본 각각의 행보가 극명하게 나누어진 당시 상황에서 일본인들의 굴욕감과 모멸감은 곧 "조선인에 대한 불쾌감과 혐오감으로 이어지는 심리적 회로" 속에 놓여 있었다.[10] 그러나 신기하게도 점령군에 대한 증오가 직접 당사자들에게로 향하지는 않았고, 오히려 재일조선인이나 팡팡パンパン(양공주를 가리킴)과 같이 점령군의 승리와 관련되어 있으면서도 일본 사회 내에서는 마이너리티인 이들에게로 집단적 감정의 흐름이 굴절되거나 전이된 셈이었다.[11] 더욱이 재일조선인의 경우, 식민지 시기에도 내지內地 호적과 외지外地 호적이라는 선명한 구별과 차이가 존재했던 데서 증명되듯이, 두 민족 사이의 위화감과 이질성은 과거 제국의 통합 신화가 노정하는 가장 취약한 대목 중의 하나였다. 예상 가능한 일이지만, '내선일체'나 '황국신민'이라는 프로파간다의 피상성은 패전 후 무엇보다 먼저 와해될 약한 고리일 터였다. 이러한 맥락에서 보자면, '독립' 후 반년도 지나지 못해 조선인들이 극심한 내분의 양상을 보이고 있다든지, 혹은 그것이 일본 정부의 배급물

10 박진우, 「패전 직후 천황제 존속과 재일조선인」, 김광열 외, 『패전 전후 일본의 마이너리티와 냉전』, 제이앤씨, 2006.

11 마루카와 데츠시, 장세진 역, 『냉전문화론』, 너머북스, 2010, 125쪽 주 31; 요시미 슌야, 오석철 역, 『왜 다시 친미냐 반미냐』, 산처럼, 2008, 132~138쪽.

자를 둘러싼 동족 간 이전투구의 양상에 불과함을 기술하는 장혁주의 화법은 본인의 주관적 의도 여부와는 상관없이 기실 대다수의 일본 독자들이 재일조선인에 관해 가장 '듣고 싶어하는' 사실fact들을 전달하는 방식이었다.

아울러 당시 검열 시스템 전반을 장악하고 있던[12] 점령당국이라는 '내포독자'와 관련해서 보자면 이 글은 일견 조련의 탐욕을 지적할 뿐 사상적인 측면에서는 '무해'하다고 언급하는 듯이 보인다. 그러나 그가 과거형 시제를 채택하며 이후 조련의 적화赤化를 기정 사실화한 가운데, 이를 관찰자의 입장에서 회상하는 서술 전략을 취하고 있다는 점은 분명하다. 효고兵庫현 주둔 미군이 재일조선인들에게 용공분자의 레테르를 붙여 조선 학교의 강제 폐쇄를 명령했던 일, 재일조선인들이 이에 맞서 대대적인 한신교육투쟁(1948)을 일으켰던 당시의 역사적 컨텍스트들을 감안해 본다면,[13] 이 시기 장혁주는 '불온한' 재일조선인 사회 전반에 대해 거리를 두면서도 한편으로는 내부 사정에는 정통한 '전지적 관찰자'의 서술 전략을 취하고 있었다. 이로써 장혁주와 재일조선인 사회와의 불화와 갈등의 골은 걷잡을 수 없이 깊어 갔지만, 적어도 그는 우경화하는 점령당국에 대해 재일조선인 일반과 구별되는 자신의 발화 위치의 안정성security과 신용을 확보할 수는 있었던 셈이다.

---

12 趙正民, 「戰後日本とアメリカ、そして「朝鮮」という配置図：松本清張の昭和三十年代の作品群から考える」, 『일어일문학』 28, 대한일어일문학회, 2005.

13 폐쇄령의 표면적인 이유는 "일본정부의 교육법과 동 시행규칙에 의한 설치기준 교원자격 교과과정 교재 등에 (…중략…) 적합하지 않는 점이 있다 하며 또한 취학아동은 일본정부의 교육법에 따르지 않으면 안 된다"는 것이었다. 『경향신문』, 1948.4.14; 한신교육투쟁의 자세한 배경과 경위에 대해서는 김경해, 「1948년 재일조선인의 한신 교육 투쟁」, 『동아시아와 근대의 폭력』 1, 동아시아 평화인권 한국위원회, 삼인, 2001 참조.

한편, 장혁주의 이러한 발언들이 남한 지식인들이나 당시 미디어에 알려지지 않았을 리는 만무한 것이었다. 실제로 1950년 3월 『신천지』에는 「장혁주의 '재일조선인 비판'을 반박함」이라는 강경한 논조의 기사가 실려 주목할 만하다.[14] 물론 이때 남한 지식인들이 분노한 큰 이유 중의 하나는 장혁주가 '조련'의 사상적 불온성뿐만 아니라 이승만 정부 역시 "북한 측의 선전하는 것과 같은 사실이 있는지도 모를 일이라는 모호한 불신"을 은연중 암시하고 있기 때문이기도 했다. 그러나 무엇보다 남한의 지식인들을 격분시켰던 것은 그들로선 민감한 문제인 남북한의 체제 대립과 경쟁의 문제였다기보다는 오히려 다른 데 있었던 것으로 보인다. 이는 즉, 독일의 괴테와 같은 자민족의 계도자 역할을 자처하면서 행해진 장혁주의 언사들이 실상 "우리 동포를 위한 정당한 비판이 아니라 일본인의 재일동포에 대한 부당한 비난과 공격을…합리화시켜" 준다는 점을 인식하고 있던 데서 비롯된, 그야말로 민족적 '공분'에 가까운 것이었다.

패전 후 일본에서 굴욕과 증오의 전이transference 대상으로 재일조선인들이 선택된 사정은 일종의 집단적인 사회 심리 기제이기도 하지만, 그러나 이 대목에서 간과되어선 안 될 것은 재일조선인을 비롯한 대만인, 류큐인 등과 같은 식민지 출신 마이너리티들의 배제가 전후 일본 사회의 통합과 관련하여 보다 실질적인 차원의 기능을 수행하고 있었다는 점이다. 과거의 일본 제국이 다민족 국가의 민족들을 신민臣民으로 선전하면서 천황을 그 위계의 정점에 두고 있었다면, 이제 전후의 천황

14 조석제, 「장혁주의 '재일조선인 비판'을 반박함」, 『신천지』 5, 1950.3.

은 패배의 기억과 결부된 아시아 식민(지)의 역사를 하루라도 빨리 '청산'하기 위한 일국적 국민국가 재현 정치학의 핵심에 놓이게 된다. 그 변화는 실로 기민하고 신속한 것이었다. 패전 직후 도쿄재판에서 천황이 전쟁 책임자로서 회부되지 않았던 것은 주지의 사실이거니와, 1946년 1월 1일 천황의 연두 조서에서 이미 '국민'이라는 단어가 패전 직후 조서에서 줄곧 사용된 '너희 신민臣民'이라는 단어를 완전히 대치하고 있던 것은 따라서 매우 의미심장한 일이었다.[15] 그리고 곧 이어진 1946년 2월 이른바 인간천황의 전국 순행과 여기에 쏠린 좌·우파를 막론한 일본인들의 폭발적인 관심과 열광은 전후 일본 열도 만의 국민국가 형성 프로젝트에 있어 가장 가시적이고 효과적인, 일종의 집단 퍼포먼스였던 셈이다.[16]

국민국가의 구조가 영토 (법질서) 출생에 의해 정의되는 것이며 무국적자를 법적 인간으로 대우할 수 없는 것이 국민국가의 무능력이라면, 이제 60만 재일조선인을 비롯한 일본의 마이너리티들은 전후 국민국가의 보호 바깥으로, 말하자면 법의 영역 저편으로 밀려나게 된다. 더욱이 그들이 법적으로 보호받으며 귀속될 수 있는 지구상 유일한 장소인 조선은 두 개의 국가로 갈라질 조짐을 보이는 가운데, 어느 한쪽을 당장 선택하기를 망설였던 재일조선인들은 사실상 '난민refugee'과 다름없는 처지에 놓이게 된다. 예컨대, 재일조선인들의 당시 지위를 가장 상징적으로 보여주는 대목은 이들이 1947년 외국인 등록령의 시행으로

15 박진우, 앞의 글.
16 고모리 요이치, 송태욱 역, 『1945년 8월 15일 천황 히로히토는 이렇게 말했다』, 뿌리와이파리, 2004, 194~197쪽.

인해 식민지 지배하에서조차 보유하고 있던 권리인 참정권을 박탈당했다는 것이다.[17] 이러한 시스템하에서라면, 재일조선인뿐만 아니라 국민국가의 촘촘한 법망이 작동하지 않는 '예외적 공간'에 거주하는 마이너리티 사회 전반이 종종 '치외법권'적 범죄의 소굴로 화하는 것 역시 필연적이며 구조적인 현상일 터이다.

물론 이와 같은 재일조선인 사회의 법적 카오스 상황을 장혁주는 누구보다도 잘 알고 있었고 또 여러 차례 자신의 에세이에서 이를 묘사하고 있기도 했다. 예를 들어, 앞서 언급된 「재일조선인 비판」에서는 "얻어맞고 죽임을 당해도, 조선인의 일은 조선인에게 맡겨 두어 (…중략…) 일본의 경찰은 방관하고 보아도 못 본 척, 결코 단속에 나서주질 않게 되"는 조선인 사회의 아노미 상태가 누차 기술된다. 그런가 하면 「재일조선인의 내막在日朝鮮人の內幕」[18]과 같은 글에서는 법적 공백 상태를 틈타, 당시 여전히 일본에 거주하고 있던 영친왕을 둘러싸고 재일조선인들이 금전적 갈취와 치졸한 사기 협잡을 벌이는 양상이 마치 만화경과도 같이 자세하게 묘사된다. 그러나 이러한 사태를 기술하는 그의 냉소적 어조에서 짐작할 수 있듯이, 재일조선인의 '난민화' 상황에 대해 장혁주는 오히려 이 혼란이 근본적으로는 조선인의 민족성 자체의 결함과 과도한 정치 의식으로부터 유래한다고 보았다.

> 이번 조련 해산의 이유를 '난폭집단'이라고 발표했을 때 "그렇게 난폭한 집단이라면 구속될 거라고 생각했죠"라고 이구동성으로 말하는 것이다. 취해

17 강재언 · 김동훈, 하우봉 · 홍성덕 역, 앞의 책, 163쪽.
18 張赫宙, 「在日朝鮮人の內幕」, 『新潮』 49-3, 1952.3.

서 난폭해지지만, 그 뒤로는 마음이 약해지는 동포의 성격을 나는 잘 알고 있다. 물론 여기에 쓰는 것은 무학의, 무교양의 사람들이고 견본으로서도 가장 나쁜 견본들이다. **그렇다고는 하지만, 조선인의 감정이 대체로 이러한 성격을 가진 것은 확실하다.**

돌이켜 보건대, 국민의 경계 설정으로부터 배제된 '난민' 집단인 재일조선인들의 소위 난폭성은 장혁주뿐만 아니라 패전 직후부터 일본 미디어들이 앞다투어 선호하는 보도 주제였다.[19] 그러나 사태가 보다 심각해진 것은 재일조선인의 이데올로기적 성향을 의심하는 점령당국 역시 점차 이러한 인식을 확고하게 공유하게 되었다는 점이었다. 물론 에드워드 W. 와그너Edward W. Wagner의 지적대로, 패전 직후 적어도 6개월 동안 점령당국이 조선인들에게 동정적인 태도를 보였던 것은 어느 정도 사실이다.[20] 그러나 문제 집단으로서의 재일조선인의 이미지가 일본 미디어를 통해 끊임없이 주조되고, 무엇보다 재일조선인들의 이데올로기적 성향이 문제시되면서 점령당국의 마이너리티 정책은 급선회한다.

특히 대한해협을 순시하고 양측을 오가는 사람들의 왕래를 단속하는 임무는 점령당국과 일본 경찰이 공동으로 담당하고 있었는데, 이들의 합동 단속에 의해 '불법입국' 혹은 '불법이민'으로 체포된 조선인의 숫자는 1946년 당시 공식 집계만으로 17,000명 이상이었다. 물론 '불법이민'의 절대 다수란 해방 후 조선으로 돌아갔다가 조선의 사정이 여의

19 박진우, 앞의 글.
20 Edward Wagner, op.cit., Chapter 3 참조.

치 않자 다시 돌아온 식민지 시대 이래의 일본 거주민인 재일조선인들이었다.[21] 여기에는 심지어 태평양전쟁 기간 동안 공습을 피해 잠시 조선으로 피난했다가 종전 후 일본의 부모에게로 돌아오기 위해 현해탄을 건너 돌아오는 어린 아이들도 섞여 있었다. 이 조선 어린이들 가운데는 아동들을 대상으로 일본 학교에서 집단소개集團疏開를 실시할 때 배제되어, 불가피하게 조선으로 건너가야 했던 경우도 포함되어 있었다고 한다.[22]

한 가지 더 여기서 주목해야 할 사실은 재입국을 시도한 재일조선인들을 체포한 법적 근거가 바로 '점령군에 대한 유해한 행동'을 엄벌하라는 일본 정부의 칙령(1946.7)이었다는 점이다.[23] 더욱이 점령당국이 직접 일본 정부에 칙령의 제정을 촉구했다는 사정은 재일조선인에 대한 당국과 일본 정부의 일치된 견해와 정책 수행의 실상을 극명하게 보여주는 대목이기도 하다. 물론, 점령당국과 일본 정부의 '협력'은 비단 점령시기에만 국한된 것으로 그치지는 않을 터였다. 실제로 1952년 샌프란시스코 조약 발효 이후, 이른바 독립된 일본에서 재일조선인을 비롯한 일본 내 마이너리티 사회는 어떠한 선택의 기회도 없이 일괄적으로 일본 국적의 권리를 박탈당하고 정주 외국인의 처지에 놓이게 된다. 이러한 일본 정부의 '과감한' 법적 판단과 조치를 가능하게 한 배경 역시 예의 외국인 등록령(1947)이었다는 점은 두 말할 나위 없는 사실이었다. 요컨대, 점령당국이 제정을 제안하고 일본 정부가 재빨리 시행 명령을

21 김예림, 「'배반'으로서의 국가 혹은 '난민'으로서의 인민 – 해방기 귀환의 저정학과 귀환자의 정치성」, 『상허학보』 29, 상허학회, 2010.

22 정영혜, 후지이 다케시 역, 『다미가요 제창』, 삼인, 2011, 139쪽.

23 テッサ・モリス スズキ, 앞의 글.

내렸던 점령기의 법령들이 신뢰할 만한 '역사적 선례'로 받아들여진 결과였다.[24]

3. 거대한 '수용소'로서의 한반도

난민이라는 존재 상태를 통해 국민국가 시스템의 한계를 고찰했던 아렌트에 의하면, 수용소는 세상이 '무국적자'들에게 제공할 수 있는 유일한 '국가'이다. 실제로 점령당국과 일본 경찰에 의해 '불법이민'으로 적발된 재일조선인들은 어김없이 사세보 항 근처의 하리오針尾 수용소나 혹은 한국전쟁 발발 이후에는 잔혹한 처우로 악명을 떨치게 될 오무라大村 수용소로 보내져 남한으로의 강제 송환 명령을 대기하는 처지가 된다.[25] 재일조선인들이 이처럼 전후 일본 '국민국가'의 경계 바깥으로 내몰리며 영락없는 '보트피플'이나 '난민'의 신세로 전락하고 있었다면, 본국에 거주하는 '해방된' 인민들의 삶은 과연 어떠했을까. 또한 장혁주

24 정영혜에 의하면, 일본 정부가 실시한 국적 박탈의 근거가 되었던 샌프란시스코 평화조약 2조 a항에는 정작 구 식민지인의 국적 처리에 관한 언급이 없다. 이 조항은 영토 변경에 관한 것으로, 정확히 말하면 "일본국은 조선의 독립을 승인하며 제주도, 거문도 및 울릉도를 포함한 조선에 대한 모든 권리, 권원(權原) 및 청구권을 포기한다"는 내용의 서술이었다. 말하자면, 점령 통치 종료 이후 일본 정부가 영토 변경 조항을 국적 조항으로 편의적으로 해석한 셈이었다. 정영혜, 후지이 다케시 역, 앞의 책, 126쪽.

25 한국전쟁의 전투가 가장 격렬했을 때 난민들을 일본에 입국시키자는 견해가 일본 정부와 점령당국의 지도부에 상정되었던 적은 있지만, 곧 없었던 일이 되었다. 맥아더는 난민 수용이 "한국 민족과의 과거 관계 때문에 일본 국민을 심하게 분노시킬 가능성이 크며" "일본에 있는 한국 소수민족에 관해 일본이 안고 있는 긴급한 문제"를 심화시킬 가능성을 우려하고 있었다. 테사 모리스 스즈키, 한철호 역, 앞의 책, 83쪽; 한국전쟁기 오무라 수용소의 재일조선인 처우에 관해서는 전갑생, 「한국전쟁기 오무라 수용소의 재일조선인 강제 추방에 관한 연구」, 『제노사이드연구』 5, 한국제노사이드연구회, 2009.

는 한반도의 조선인들과 그들의 삶에 대해서는 어떠한 입장을 견지했을까.

알려진 바대로, '해방' 이후 일체 발길을 끊었던 조선에 다시금 장혁주를 연결해준 것은 바로 한국전쟁이라는 거대한 참화였다. 그는 전쟁이 발발한 지 1여년 뒤인 1951년 7월 마이니치每日 신문사의 후원으로 취재 차 한 달여간 한국을 방문하게 된다. 패전 직후 일본 문단이 '친일파'였던 장혁주의 원고 게재를 꺼려했던 탓에, 이 시기의 그는 휴머니즘에 기반해 폐허를 딛고 일어서려는 평범한 일본인들의 노력이라든가 한국의 전래 동화나 영친왕의 일생 등을 작품의 소재로 삼으면서 작가로서 새로운 행보를 암중모색하기도 했다. 전쟁이 시작된 조선에서 취재 차 체류한 이후 장혁주가 다수의 전쟁 관련 르포와 두 편의 장편소설을 왕성하게 남긴 데서 알 수 있듯이, 한국전쟁은 그에게 전후 일본 문단에 작가 죠 가쿠츄チョウ・カクチュウ의 건재를 입증하는 하나의 전기轉機를 마련해 준 셈이었다.

그런데 이 대목에서 한 가지 눈여겨 볼 사실은 장혁주가 조선에서의 체재 경험을 바탕으로 집필한 일련의 르포와 장편소설들에는 예의 재일조선인들을 겨냥했을 때와 같은 조롱과 과도한 훈계의 목소리 등이 최소화되어 있었다는 점이다. 전형적인 민족주의적 코드로 장혁주의 텍스트에 접근하는 연구들조차 이 시기 전쟁 르포나 『아, 조선』 등에 대해서는 예외적으로 높은 평가를 내리는 이유 역시 이러한 점과 무관하지 않을 것이다.[26] 이들 연구에 의하면, 폐허가 된 산하와 조선인들의 비

26 한국전쟁 취재를 바탕으로 한 장혁주의 여러 텍스트들의 경우, 민족주의적 코드로 접근하는 방식에서도 예외적인 호평을 받는다. 예를 들어 김학동, 「6・25전쟁에 대한 장혁주(張赫宙)의 현

참 상을 생생하게 목도하는 가운데 생겨난 이 감각적 체험이, 민족에 대한 추상적이고 비역사적인 기존 관념들을 변화시키는 데 어떤 식으로든 커다란 원동력으로 작용했으리라는 것이다.

물론 어느 정도 일리 있는 지적이기는 하지만, 덧붙여 추정해볼 수 있는 보다 현실적 정황은 전쟁 시기 조선 체류 중의 장혁주는 일본에서와는 매우 다른 위치에 놓이게 되었다는 사실이다. 살펴본 대로라면, 일본에서의 장혁주는 본인이 느끼는 심리적 거리에도 불구하고 법률적으로는 여전히 부인할 수 없는 재일조선인 커뮤니티의 일원으로 분류되는 처지였다. 점령당국과 일본 정부라는 대 타자의 시선하에 자신을 줄곧 조선인 사회와 구별하며 분리하는 전략이 필요했던 것도 이러한 맥락에서였다. 그러나 일본 신문사로부터 특파원 자격을 부여받거나(1951.7), 혹은 일본 정부로부터 직접 발급된 유엔 종군기자의 자격과 패스포트로 입국한 두 번째 방문(1952.10)에서 짐작할 수 있듯이, 조선인들과 어떻게든 차이를 인정받아야 한다는 초조와 강박은 이제 한결 누그러질 수밖에 없는 상황이었다.

여기에는 다시 한번 전후 재일조선인의 국적 문제가 깊숙이 개입되어 있는데, 즉 외국인 등록령 규정으로 인해 장혁주는 일본 내에서는 여전히 한국 국적을 가진 '외국인'일 수밖에 없었지만, 적어도 국경 너머 출입 시에는 일본 국적의 일본인으로서 한국 입국이 가능한 상황이었다. 재차 강조하자면, 1952년까지는 재일조선인들에게 일본 국적을 유지하게 한다는 GHQ의 방침이 외국인 등록령 규정으로 일본 국내에

지르포와 민족의식」, 『인문학연구』 76, 충남대 인문과학연구소, 2009.

서는 유야무야되었지만, 적어도 이 원칙은 국제법상으로는 아직은 유효한 것이었기 때문이다.[27] 더욱이 1952년 10월 두 번째 방문의 경우, 같은 해 4월 샌프란시스코 조약 발효 이후의 일괄적인 국적 박탈을 대비해 장혁주는 일본 정부에 이미 귀화를 신청해 승인을 대기하고 있는 상태이기도 했다. 실제로, 장혁주의 두 번째 방문 소식을 들은 남한 문인들은 일인 장혁주가 이제는 "유엔군 병사의 복장을 빌려 입고 심지어는 변장을 위하여 검은 안경에 안대까지 하여 유엔 종군기자의 파스포드로써 이 땅의 눈을 속여가면서 온갖 곳을 돌아다니었다"며 격분을 표시한 바 있다.[28] 결국 이러한 상황이 의미하는 것은 '난민'과 '국민'의 아슬아슬한 경계에 놓여 있던 그가 일본 국적이라는 '안전한 국민국가'의 액자 너머에서, 반도의 전쟁을 남이나 북 어느 한쪽에 일방적으로 치우지지 않고 제삼자로서 관찰할 수 있는 심리적 거리와 현실적 조건 양자 모두를 확보했다는 뜻이기도 하다. 물론, 이 변화를 온전히 설명하기 위해서는 국적이라는 법적 차원 이외에도 공간 이동에 따른 심리의 변화라는 점 역시 고려되어야 할 것이다. 일본 땅에서는 일본인들의 시선이 대타자의 심급에 놓이면서 재일조선인들의 행동과 심리를 제약하며 이 시선을 어떤 방식으로든 내면화하게 된다. 그러나 대타자의 시선

27 1950년대 후반 일본 정부와 국제적십자가 '합작'하여 대부분 이남 출신이었던 재일조선인들을 북으로 귀송시킨 전말을 규명한 『북한행 엑서더스』에 의하면, 일본 정부의 재일조선인 강제 송환 기도는 샌프란시스코 강화 조약 이전인 1949년부터 이미 시작되고 있었다. 요시다 시게루 수상은 맥아더에게 서한을 보내 재일조선인들을 한국으로 강제 송환할 권한을 요청하였으나 GHQ의 유보로 이 요구는 이 단계에서 일단 철회되었다. 그러나 강제 송환 요청은 한국전쟁 발발 시에 다시 한번 일본 정부로부터 나오게 되는데, GHQ는 적어도 국제법상 자국민의 해외추방은 곤란하다는 이유를 들어 1952년까지는 재일조선인이 일본 국적을 유지한다는 방침을 고수한다. テッサ・モリス スズキ, 앞의 글, pp.88~90.

28 「張赫宙, 유엔군 종군기자로 비밀리에 한국방문」, 『서울신문』, 1952.11.2.

이 부재하는 조선 땅, 그것도 전란 중인 조선에서는 그 시선의 힘이 완전히 무화되지는 않더라도 약화될 것이라는 추론이 가능하다.

그래서일까. 조선인들이 집단적으로 '난민화'하는 사태의 원인에 대한 장혁주의 진단은 이러한 조건 속에서 매우 다른 양상으로 나타나게 된다. 『아, 조선』에서는 인민들 스스로의 난폭성과 야비한 본성이 문제의 근원이라는 식의 관념적 어투와 사고가 대부분 사라져 있는데, 이는 재일조선인의 난민화 과정에서 장혁주가 보여주었던 기술과는 실상 현격한 차이를 보이는 대목이기도 하다. 대규모 전쟁 피난민을 향한 깊은 연민의 근저에 깔려 있는 것은 용서받기 힘든 제노사이드genocide에 대한 정당한 분노, 보호받아야 할 자국의 국민들이 오히려 거대한 국가폭력에 의해 무참하게 살육당하고 있다는 역사적이고 구조적인 시각이었던 까닭이다. 『아, 조선』이 이 시기 관官 주도하 남한 문인들의 일반적인 종군기뿐만 아니라 이후 대부분의 반공 일색 전쟁소설들과 구별되는 것도 바로 이 지점이다.

실제로, 『아, 조선』은 주인공 '성일'이 의용군에 강제 징집되어 무고한 남한 인민들을 살상하게 되는 경험을 자세히 묘사하는 한편(1부 「골고타 언덕」), 그에 못지않게 양민을 상대로 남한 정부에 의해 자행된 국가폭력의 양상을 전경화함으로써 두 체제 모두에 대해 균형 잡힌 비판을 취하고 있음을 확인할 수 있다(2부 「피난민」). 말하자면, 북한 의용군에서 탈출한 '성일'이 이번에는 남한의 국민방위군에 다시 징집된다는 설정이다. 가령, 대전에서 '반동을 섬멸'하라는 명령을 받은 인민군 성일은 "양복을 입은 점잖은 신사풍의 중년 남자들, 농부들, 직인들, 청년들, 그리고 세라복을 입은 여학생들"까지도 자신의 손으로 직접 총살해야 하는 상황에 처한다. 그러나 이후 국민방위군이 되어 바라본 남측 정부의 제노사이드 역시 심상치 않은 것은 마찬가지다.

더욱이 이승만 정부의 경우, 국가 폭력에 심지어 대규모 부정부패마저 결부된 최악의 양상으로 치닫는다. 거창 양민 학살 사건과 같은 백색 테러의 한가운데 내던져진 성일은 남한군 간부들의 예산 횡령 사태와 그로인해 아수라장이 된 국민방위군의 분위기를 그대로 체험하는 것으로 그려진다. 식량과 침구를 지급받지 못한 5만여 명의 장정이 추위와 굶주림에 죽어 간 국민방위군 사건은 전 국민적인 분노를 자아냈지만, 주지하다시피 사건의 진상 규명은 한국전쟁의 와중에서 유야무야되고 만다. 거창 학살이나 국민방위군과 같은 사건들은 당시 남한의 전제적인 언론 법제하에서는 신문 보도조차 자유롭게 허용되지 않았던 테마였지만, 『아, 조선』은 일본어와 일본 매체에 의한 출판이라는 배경 덕분에 소설 속에서 상당한 비중으로 이 문제들을 다루는 일 역시 가능했다.

"부정이 있어. 자네들은 중간에 들어와서 알아차리지 못했을지 모르지만, 이 국민방위군 뒤에는 커다란 부정이 있어. 자네들은 대장들이 뭘 먹고 있는지 봤나?"

"……."

"놈들은 급여가 상당해. 우리들 몫을 가로채고 있어. 놈들 몫은 그 윗놈들이 가로채고, 그 윗놈들은 다시 그 윗놈들이……. 고구마 넝쿨식으로 자세히 조사하면 바로 정통으로 사령관에게 부정이 있어. 오십만 국민방위군 예산은 백억으론 되지 않아. 그 예산을 사령관은 정직하게 쓰고 있는 걸까. 우리들은 **피난민보다 못한 이 꼴로** 굶주려 가며 도보 행군을 하고 있지."[29]

1951년 9월 『동아일보』가 국민방위군과 관련된 사건을 보도하자 공보처가 사실 무근을 이유로 전문 취소 기사 게재를 요구했던 데서도 알 수 있듯이, 남한 정부군에 의한 부정이나 양민 학살과 같은 사건들에 대한 취재와 집필은 당시 남한 문인들에게는 제도적으로 원천 봉쇄되어 있는 것이기도 했다. 더욱 역설적인 것은 이와 같은 강성의 언론 규제법 역시 전시 식민지하의 법률로, 태평양전쟁기 침략 전쟁에 대한 반대 여론을 잠재우기 위한 목적으로 제정된 것이었다는 점이다. 패전 일본에서는 이미 점령당국에 의해 제정된 신헌법으로 폐기된 이 법안이 해방 이후 조선에서는 여전히 강력한 힘을 발휘하고 있었다는 점,[30] 일본 국적의 장혁주는 조선의 이 전제적 법제와 미디어의 위축으로부터 얼마든지 자유로왔다는 점은 『아, 조선』의 이데올로기적 유연성을 둘러싼 물질적 조건이자 최대의 아이러니이기도 했다. 요컨대 『아, 조선』의 이 빛나는 '선취'는 식민의 강고한 유산과 전후 국민국가 체제, 냉전 아시아 내 아메리카 헤게모니가 교착된 지점에서 뜻하지 않게 생긴, 역사의 기묘하고도 씁쓸한 우연이자 부산물이었다. 결국 당시의 남북한 국민국가 체제 경쟁에 대한 의미 있는 성찰과 비판조차도 '국민'의 신분을 획득하고 나서야 비로소 가능했던 정황을 확인할 수 있는 대목이기도 하다.

따라서 이 소설의 마지막 장면이 수용소(거제도 포로수용소로 짐작되는)로

---

29 張赫宙, 『嗚呼朝鮮』, 新潮社, 1952, p.140.

30 공보처가 『동아일보』의 편집인 고재욱과 취재부 차장 최흥조를 구속하자, 이 사건을 계기로 국회에서는 광무신문지법 폐기안을 제출한다. 결국 해방 이후 언론 탄압에 앞장섰던 식민지 악법이 폐지되기에 이른다. 이상 해방 이후 잔존했던 식민지 문화기구와 법제에 관한 자세한 내용에 대해서는 이봉범, 「8·15해방~1950년대 문화기구와 문학」, 『현대문학의 연구』 44, 한국문학연구학회, 2011.

설정되는 것 역시 서사의 논리상 일관되고 필연적인 것으로 보인다. 남북 포로들 간의 잔혹한 린치lynch에 대한 소설 속 디테일한 묘사는 아감벤의 지적 그대로 합법과 불법이 구별되지 않는 비식별역 그대로인데, 따라서 "모든 것이 가능한" 공간인 수용소에 관한 것이기도 하며 나아가 한반도 전체의 거대한 수용소화라는 상위의 메타포로도 읽힌다. 포로수용소뿐만 아니라 서사 전체 안에서 주인공 '성일'은 끊임없이 남이냐 북이냐 선택의 기로 상황에 놓이지만, 그 선택은 차라리 강요에 가깝다. 또한 선택의 결과 그를 기다리고 있는 것은 언제나 수용소의 난민과 진배없는, 보호받지 못하고 박탈당한 삶이다.

그런 까닭에, 남이냐 북이냐 하는 이 질문은 실상 텍스트 바깥의 장혁주에게는 '남측의 난민이 될 것이냐 북측의 난민이 될 것이냐' 하는 일종의 우문愚問일 터였다. 전쟁 중인 반도의 조선인들을 향해 장혁주가 간직했던 연민의 진정성과는 별도의 차원에서, 이 질문은 더 이상 그에게 의미 있는 선택지는 아니었던 것으로 보인다. 알려진 대로, 1952년 10월 두 번째 조선 체재가 끝난 직후 장혁주는 당시로서는 식민지 출신 마이너리티의 진입을 엄격하게 제한하던 일본 정부의 귀화 승인을 획득하였고, 드디어 그는 자연화 상태naturalization, 歸化인 일본 '국민'이 될 수 있었다.

4. '제국'을 향한 동경과 고아orphan라는 메타포

장혁주는 주인공 '성일'이 남이냐 북이냐 체제 선택을 아직 기다리는 미완의 상태에서 소설을 끝맺었다. 이 소설이 출간된 1952년은 아직 포로 문제가 해결되지 않았던 시점이기에 이 같은 결말은 사실 불가피한 것이기도 했다. 그러나 이 소설이 전 지구적 냉전 혹은 더 좁게는 동아시아 냉전 차원에서의 소위 이데올로기적 선택마저 유예할 수 있었던 것은 아니다. 그런데 이와 관련하여 간과해선 안 될 것은 양대 이념의 이론적 보편성과 국제성에도 불구하고, 신생국들이 냉전에 연루되는 그 구체적 양상이란 역시 소련(중국)이냐 아메리카냐 하는 국민국가 모델의 선택 형식으로 귀결되고 있었다는 점이다. 이는 제2차세계대전 이후 국민국가 시스템의 전일적인 우세를 여실히 확인할 수 있는 대목이기도 한데, 『아, 조선』의 도처에 산재해 있는 아메리카アメリカ의 이미지와 재현의 방식들을 검토해보는 작업이 필요해지는 것도 바로 이러한 이유에서이다. 물론 텍스트 내 장혁주의 선택이 궁극적으로 어떠했을 것이라는 점은 짐작 가능한 일이다. 특히 『아, 조선』이 당시 동아시아뿐만 아니라 전 지구적 냉전 지형도상에서 극도로 민감한 이슈인 한국전쟁을 정면으로 다루고 있었다는 점, 이 텍스트가 우경화된 점령당국의 검열 체제를 통과하여 일본 미디어에 정식으로 게재되었다는 점 등을 환기해본다면 더욱 그러하다.

실제로 『아, 조선』의 첫머리는 장래 영문학자를 꿈꾸며 미국 유학을 준비하는 대학생 '성일'이 일주일 전에 손에 넣게 된 영어사전을 쓰다듬으며 흐뭇해하는 장면에서 시작된다. 텍스트는 이 같은 '성일'의 가치 지향이 그의 출신과 가정 환경에서 비롯된 결과임을 자세하게 묘사한다. 비록 편모 슬하이기는 하지만 독실한 크리스트교 집안이라든지, 후

견인 격인 그의 숙부가 미국 원조 물자금의 매매 대행을 관리하는 유력 바이어이자 이승만의 최측근 인사로 설정되어 있는 것은 그 단적인 예이다. '성일'의 미국에 대한 동경은 전쟁 중의 다양한 환멸 체험에도 불구하고 끝까지 살아남는 공히 일관된 성향으로, 이는 단순히 부차적인 주인공의 성격 묘사가 아니라 전체 서사의 진행 차원에서도 핵심적인 역할을 수행하고 있어 주목할 만하다. 예컨대, '성일'이 남한 정부의 도저한 부정부패의 실상을 알게 되었음에도 불구하고 북한행을 결심하는 동료들과 끝내 행동을 같이 하지 않는 주된 이유는 결국 미국을 둘러싼, 그의 삶 속에 깊이 내재화된 아비투스habitus가 작용한 결과이다. 비록 남한 땅에 들어와 형편없이 타락했다 하더라도 여전히 버릴 수 없는 '민주주의'의 가치, 개인적 선택의 자유와 풍요로운 생활에 대한 기대, 무엇보다 일평생 영문학자로서 평범하게 살아가고 싶다는 그의 오랜 소망 모두가 합쳐져 그로 하여금 계속 북행을 망설이게 하는 까닭이다. 그 결과 『아, 조선』 내에서는 준거점인 미국식 가치 그 자체와 그 가치를 구현하는 현실태로서의 이승만 정부의 폭력성과 무능을 세심하게 구분하는 시도가 반복해서 이루어지는 한편,[31] 둘 사이의 구조적 혼동이 일어날 수밖에 없는 사정이 다음과 같이 설명된다.

"자넨, 이승만 정권을 신뢰하고 있는가!"

---

31 같은 시기 쓰여진 「허덕이는 한국(喘ぐ韓國)」, 『明窓』 2-8, 1951.11과 같은 글에서도 볼 수 있듯이, 국민방위군 사건이나 양민학살 등의 국가 폭력에 대한 폭로 이외에도 미국 원조 물자를 둘러싼 관리들의 총체적 부정부패상도 늘 함께 지적되는 문제 중의 하나였다. "원조 물자가 도착해도 이것이 실제로 빈민들 손에 들어가게 되지 않고 대부분 암시장에서 새어버리고 만다. 대구부터 북쪽으로, 원주 부근까지 황폐하고 삭막한 한반도를 본 내게는 공무원들의 무능과 부패가 원망스러웠다."

> 성일은 은발의 의원으로부터 눈을 피하지도 못한 채 대답이 궁했다. 그의 작은아버지는 현 정권의 대변자 가운데 한 사람이었다. (…중략…) **기독교 신자의 대부분은 이 대통령을 숭배하고, 미국을 찬미하며 한국의 장래는 미국처럼 되어야 한다는 이상을 내걸었다.** 교회에서 집회가 있을 때마다 이 대통령을 찬미하고 한국을 축복했다. 목사들과 장로들은 연이어 정부의 요직에 발탁되었고, 이승만 정부를 지지하고 성장을 도우는 것이 신자의 의무라고 여겨 교회는 관계에 진출한 장로 한 사람 한 사람을 박수치며 배출해내는 것이었다.[32]

주지하다시피, 미국과 남한 교회, 그리고 이승만 정권으로 연결된 이 인접한 환유의 연결 고리는 단지 상징의 차원에 머무르지 않았거니와 현실 차원에서 교회는 남한 사회 유력 인사들이 형성한 강력한 네트워크의 집결지였다. 통계 수치가 극명하게 보여주는 대로, 당시 인구 대비 기독교 신자의 비율은 0.2%에 불과했지만 미군정의 남한 통치 기간 중 군정청에 의해 임명된 한국인 고위 관료의 50% 이상이 개신교 신자였다.[33] 『아, 조선』에서 미국이 대표하는 민주주의와 현실태로서의 이승만 정부의 실패 상이 분리되었듯이, 오염되지 않은 크리스챠니티Christianity의 가치 자체는 현실 정치와 깊숙이 결부된 남한 교회와도 주의 깊게 분리된다. 서사에서 성일의 어머니를 대신하고 있는 전도부인의 순수한 신앙심은 미군 병사들마저 감복케 하는 것으로 그려진다.

그런데 여기서 봉사와 헌신이라는 크리스챠니티의 미덕을 주목해야 하는 또 하나의 중요한 이유는, 이 가치가 소설 내에서 전쟁고아들과 결

---

32 張赫宙, 앞의 책, pp.189~190.
33 강인철, 『한국의 개신교와 반공주의』, 중심, 2007, 2장 3절 참조.

부되어 등장하면서 전혀 다른 층위의 재현 정치학과 깊숙이 연관되어 있기 때문이다. 앞에서 살펴보았던 바대로 『아, 조선』을 떠받치는 핵심 메타포의 하나가 수용소라면, 연관된 의미망을 형성하는 또 하나의 중요한 메타포는 바로 텍스트 내에서 반복적으로 등장하는 '고아'의 이미지이다. 물론, 양친을 여읜 의지가지없는 전쟁고아란 전화戰禍의 참상을 가장 가시적으로 드러내는 현실적 존재다. 실제로 패전 직후 일본에서 장혁주는 인도주의적 지향을 가진 작품들을 창작하는 과정에서, 전쟁고아의 문제에 깊은 관심을 표명하였고 『고아들孤兒たち』(萬里閣, 1946)이라는 제목의 본격적인 단행본을 출판한 바도 있다.

그런데 관습적인 상징의 차원에서 '국가—국민'의 관계가 일반적으로 가족의 은유를 동원해 표현된다는 것은 잘 알려져 있는 사실이다. 이 은유의 논리적 연장선상에서 보자면, 고아의 상태란 그야말로 방치된 헐벗은 존재로서의 '난민' 혹은 '국적없음'의 처지가 인격화되어 나타난, 일종의 토포스화된 메타포이기도 하다. 아닌 게 아니라, 『아, 조선』의 성일은 길가에 내버려진 무수한 전쟁 고아들과 자신을 동일시하면서 마침내 자신의 집 전체를 어린 고아들을 돌보아줄 고아원으로 개조하게 된다. "자신도 역시 고아가 되지 않았는가. 고아는 고아의 손으로. 그는 자신의 사명을 기쁘게 받아들였다." 북의 의용군과 남의 방위군으로 종군한 고된 생활 끝에 간신히 돌아와 마주한 서울 집의 초라해진 몰골 앞에서, 성일은 자신이 영위하던 과거 행복했던 생활이 뿌리째 흔들린 현장을 보는 것 같아 끓어오르는 슬픔을 느낀다. 그러나 한편으로 그는 되뇌인다. "나에게는 33명의 고아들이 있다. 무슨 재산이라도 되는 것처럼, 이 말은 성일을 기운나게 했다."[34]

이러한 맥락에서 보자면, 이 소설에서 '고아-난민'의 한결같은 후원자로서 미군 혹은 미국이 재현되는 것은 그리 놀라운 일은 아니다. 크리스챤의 개인적인 호의로 고아들의 분유와 식량을 운반해주는 미군 병사가 등장하는 한편, 전장에서 살아남거나 작전상 퇴거시킨 피난민들을 트럭에 싣고 서울로 호위하는 등 조직적 차원에서 이루어지는 연합군의 활약도 묘사된다. "보리와 우유— (…중략…) 아침부터 밤까지 한 개 밀크 스테이션에서 이천에서 삼천 명이 이걸 먹고 있는 거지요 (…중략…) 분말 우유도 보리도 미국에서 오는 것이고, 우리 정부는 아무것도 내놓는 것이 없습니다. 하루에 만 명씩 전장에서 생겨나는 난민들을 전부 타국에 의존해서 구제해야 하는 사실 그 자체가 비극이 아닐는지."[35]

그런데 이 대목에서 고아의 메타포와 관련, 시야를 『아, 조선』이라는 텍스트 너머 미국이 그 안에 포함된 냉전 아시아의 지평으로 확장해보면 보다 흥미로운 문화 정치의 분석과 만날 수 있다. 대중문화의 차원에서 냉전 연구를 시도한 크리스티나 클라인Kristina Klein에 의하면, 1950~60년대 '고아'라는 이미지는 미국 대중들의 아시아 상상과 관련하여 특정한 역할을 수행했다는 것이다. 주지하다시피, 제2차세계대전 이후 탈식민주의의 거센 열풍과 공산주의가 만났을 때 피식민의 긴 역사를 가진 아시아 대륙 대부분의 국가들은 쉽게 적화될 것으로 보였고 실제로 이 예상은 중국과 잇따른 동남아 지역의 공산화로 적중되었다. 클라인의 분석에 의하면, 아시아를 사수하는 것이 유례없는 미션이 된 냉전

34 張赫宙, 앞의 책, p.237.
35 위의 책, p.245.

초기, 미국의 정책 수행자들은 아시아를 겨냥해 투여되어야 하는 대규모 지출을 시민들에게 납득시키고 아시아를 향한 미국의 적극적인 개입과 관여를 정당화하기 위해 일상적이고 문화적인 차원의 담론 전략을 절실히 필요로 하는 상황에 놓이게 된다. 흥미로운 것은 이때 평범한 미국의 시민들이 생소하기 짝이 없는 아시아와 연대를 맺는 방식으로 적극적으로 권장되었던 것이 바로 전쟁고아가 된 수많은 아시아 어린이들의 '입양'을 통해 아시아와 유사 '가족'의 유대를 형성하는 것이었다고 한다.

클라인이 지적하는 바대로, 미국의 정책 수행자와 오피니언 리더들은 서유럽과 달리 어떠한 언어적, 종교적, 문화적 공통점도 없고 오히려 오랜 인종적 적대의 역사만이 두드러졌던 아시아에 대해, 일종의 '부모-자식' 모델에 상응하는 패트런으로서의 아메리카라는 자기 이미지self-image를 고안해냈다. 대중의 발빠른 계몽자이기를 자처했던 미국의 미디어들은 문화적인 담론 전략을 통해 전쟁 고아들의 입양 프로그램을 아시아 공산화에 대한, 일종의 효과적인 반공 전략으로서 적극적으로 미국 대중들에게 각인시키는 데 성공했다는 것이다. 심지어 입양된 아시아의 어린이들이 "꼬마 대사들tiny embassadors"이라고 묘사되는 일조차 있었다.[36] 그런데 아시아를 유아화infantilize하고 스스로를 패트런으로 묘사하는 이러한 '제국'의 시선이 가장 극적으로 나타난 사례 중의 하나는 이른바 1950년대 미국의 '히로시마 메이든Hiroshima Maiden'(히로시

36 Christina Klein, "Family Ties and Political Obligation : The Discourse of Adoption and the Cold War Commitment to Asia", G. Appy ed., *Cold War Constructions*, The University of Massachusetts, 2000. CCF(Christian Children's Fund)라는 입양 기관의 창설자인 Calvitt Clarke는 1957년과 58년 일본과 타이완, 남한의 반공 정권으로부터 상금과 표창을 받기도 한다.

마 처녀들. 일본에서는 흔히 '겐바꾸오토메(原爆乙女)'로 불리운다) 프로젝트일 터였다. 이 기획은 1955년 미국 시민들의 자발적인 기부로 25명의 히로시마 출신 젊은 여성 피폭자들을 제국의 심장부인 뉴욕에 초대한, 일종의 깜짝 이벤트였다. 이 기획은 피폭자 일본 여성들에게 미국의 발달된 성형수술 서비스와 백인 가정의 따뜻한 환대 속에서 '양녀adoptee'로 지내는 가족적인 문화 체험을 제공했다. 말하자면 히로시마 메이든 프로젝트는 아시아 태평양 지역의 견고한 냉전 파트너였던 미국과 일본의 공공연한 우정을 만방에 과시하는 프로그램이기도 했다. 실제로, 멀리 태평양을 건너 미국을 방문한 히로시마의 이 희생자 처녀들은 미국과 일본 양측 국민들 모두에게서 열렬한 지지와 성원을 받았으며, 공히 감동적인 '용서'와 '화해'의 트랜스내셔널한 드라마를 연출한 바 있다.[37]

확실히, '고아(아시아)―입양―가족―패트런(아메리카)'으로 이어지는 일련의 연속적인 의미망은 아시아를 향한 미국의 적극적 개입과 대규모의 전략적 원조를 물적 기반으로 형성되었다. 다시 말해 이 고아의 은유는 '제국' 그들 자신이 발명해낸 매우 낯익으면서도 새로운 메타포의 전형으로, 서구의 오래된 오리엔탈리즘과 전후 미국의 대중적인 냉전 문화가 교착되는 지점에서 탄생한 재현의 정치학 한가운데 놓여 있는 것이기도 했다. 그렇다면 이 대목에서, 고아―아메리카의 모티브와 관련하여 다시 한번 장혁주의 『아, 조선』으로 돌아가 보자. 이 텍스트에서 미군은 곳곳에서 고아들의 조력자와 패트런의 이미지로 등장하지만, 보다 결정적으로는 33명의 고아들의 생계가 미군 부대 PXPost exchage를 통해 해결

37 Caroline Chung Simpson, *An absent presence : Japanese Americans in postwar American culture, 1945~1960*, Duke University Press, 2001, p.116.

되는 것으로 그려진다. "우리가 믿을 것은 미군밖에 없다. 거지처럼 구걸하는 것은 싫지만, 무엇인가 일을 해서 보수를 받는 것은 조금도 부끄러운 일이 아니다."[38] 성일은 자신을 돕던 사회복지과 분실장 구씨의 조언을 받아들여 미군 PX를 상대로 사업을 시작한다. 고아들이 만들어 놀던 장난감 지게를 눈여겨 본 그는 이 미니 지게를 상품화하여 미군들의 PX에 납품하는 데 성공한다. 성일의 과거 의용군 전력이 발각되어 다시 수용소로 끌려갈 때까지, 미군 부대 PX는 고아원의 재정적인 자원이 마련되는 곳으로 그려진다. 직접적인 입양 관계가 이루어지지 않은 대신, 이 텍스트에서는 "정당한" 노력을 보상하는 관대한 경제적 후원자로서 아메리카가 재현된 셈이었다.

5. 결론—귀화 이후, '국민'의 환상 속에서 살아남기

그렇다면 이제 1952년 일본 귀화 이후 노구치 가쿠츄野口赫宙라는 작가명으로 활동하게 된 장혁주에게로 다시 되돌아가보자. 귀화 직후에도 한동안 그는 재일조선인 사회와 관련하여 우여곡절이 많았던 자신의 경험이나 한국전쟁을 소재로 한 '조선물'들을 잇달아 발표하였다. 선행 연구에 의하면, 장혁주가 조선·한국 소재를 완전히 벗어나 "'보통'의 일본 작가를 지향"하게 된 것은 1958년 5월 자전적 성격이 매우 짙은 「다른 풍속의 남편異俗の夫」을 발표하고 난 이후부터의 일이다.[39]

38 張赫宙, 앞의 책, 249쪽.
39 신승모, 앞의 글.

제목에서 이미 짐작할 수 있듯이, 「다른 풍속의 남편」은 귀화 이래 작가가 영위해왔던 일상적 삶과 향후 창작 방향에 대한 작가로서의 모색을 픽션이라기보다는 거의 작가의 육성에 가까운 느낌으로 묘사한 작품이다. 이 작품에서 '작가-화자'는 매우 지쳐있는 상태이다. 평소 일본인 "아내와는 민족이 다른 남편이라는 생각은 하지 않고 있"지만, 그럼에도 불구하고 일상의 크고 작은 마찰을 모두 "민족의 문제"라는 식으로 귀결짓고 마는 아내와 화자의 끊임없는 갈등이 상세하게 기술된다. 물론 아내에 대한 실망과 분노는 많은 부분 그의 작가로서의 비전이 불분명해진 데서 오는 초조감에 기인한 것으로, 귀화 이후 '작가-화자'는 계속 두 가지 다른 갈래의 생각 속에서 갈피를 잡지 못하는 회한의 시간을 보낸다. "왜 (…중략…) '민족'이라는 간판을 나의 점두店頭에서 끌어내리구선 제 스스로 무덤을 파는 짓을 했을까"라는 다분히 고통스러운 회의懷疑와 그럼에도 불구하고 일본과 "일본의 언어에 익숙해지기 위해서라면 어떠한 일이라도 참아 나가야 한다"는 각오가 '작가-화자'의 내면 속에서 수도 없이 교차한다.[40]

그런데 이 자전적 소설에서 특히 눈길을 끄는 것은 '작가-화자'가 고백하는 "순수한 일본어"에 대한 처절할 정도의 열망이다. 일본인 아내에게서 태어난 아이가 일본어로 처음 말문을 트던 날의 그 환희, 아이가 언어를 깨우쳐 가는 과정을 통해 자신 역시 순수한 일본어에 가까워질 수 있으리라는 기대의 밑바탕 깔려 있는 것은 언어와 종족으로서의 네이션이 결코 분리될 수 없는 것이라는 근대 민족주의의 대전제이다.

40 장혁주, 「다른 풍속의 남편」, 『세계 문학 속의 한국』 10, 良友堂, 1983.

그런데 이 언어의 문제는 식민지 시기부터 장혁주의 내면적인 모색이나 전후와의 연속성 문제를 이야기할 때 상당히 중요한 지점이기도 하다. 언어라는 관점에서 본다면, 장혁주는 '한국문학사'에서 실상 유례가 없을 정도로 전전과 전후에 걸쳐 철저하게 일관된 모습을 보여준 작가로, 그의 일본어 글쓰기는 전시체제가 시작되기 훨씬 이전인 1930년경에 시작되었고, 이것은 다른 작가들의 이른바 전시협력 차원의 일본어 글쓰기보다 상대적으로 빠른 편에 속하는 것이었다. 결국 매우 의식적인 언어 선택과 그에 따르는 눈물겨운 노력이 뒤따랐다는 이야기인데, 장혁주 개인 차원에서는 그렇게 어렵게 획득한 일본어 능력이라는 것에 결코 끊을 수 없는 애착을 가지고 있었던 것으로 보인다.

실제로, 1953년 쓰여진 「협박」이라는 소설에서 장혁주는 해방된 재일조선인들이 떵떵거리면서 서투른 일본어로 음식점에서 거들먹거리는 모습을 어쩔 줄 몰라 하며 듣고 있는 주인공을 등장시킨다. 재일조선인들이 구사하는 일본어가 너무나 형편없어서 듣고 있는 주인공 쪽의 얼굴이 오히려 붉어진다는 설정인데, 그러나 그때 주인공이 깨닫는 것은 그런 형편없는 일본어 실력에도 재일조선인들이 당당할 수 있는 것은 그들에게는 훌륭하게 구사할 수 있는 '해방'된 조국의 모국어가 따로 있기 때문이라는 것을 깨닫게 된다. 그들에 비하면, 주인공은 조선어 일본어 어느 양쪽도 완벽하지 못하다고 느낀다.[41] 결국 잘 알려진 바대로, '해방' 이후 장혁주는 작가로서 문학을 시작한 언어이기도 하고 엄청난 시간적 투자와 심리적 노력을 쏟아 부어왔던 일본어 쪽을 택한

41 장혁주, 호테이 토시히로 편, 시라카와 유타카 해설, 『장혁주 소설 선집』, 태학사, 2002.

다. 「다른 풍속의 남편」의 작가-화자는 귀화하고 나서도 일본 사회에 완전히 동화될 수 있을까 불안해질 때마다 "나에게는 일본어가 있다"라며 스스로를 위로하고 격려하는 모습으로 그려진다.

결국, 언어와 네이션의 관계에 대한 장혁주의 이러한 믿음을 변경할 수 없는 견고한 사회적 사실로 만들었던 것은 전후 일본이 구상한 국민국가 모델의 종족적, 문화적 순혈주의였다. 살펴본 대로, 전후 일본국은 과거 제국의 혼종적인 인적 구성이 남긴 흔적들을 지우고 천황 휘하의 동질적인homogeneous 단일 민족 신화를 토대로 재편되고 있는 중이었다. 따라서 패전 이후 일본 정부의 대對 마이너리티 정책의 핵심은 이민족異民族으로서의 자취를 남기지 않을 수 있는 사람만을 선별하여 일본화(귀화)하는 것이었다. 그러므로 다민족 국가에서 시민권을 취득하는 것과 전후 일본의 에스닉 정치는 이처럼 근본적으로 상이한 발상에서 출발하는 것일 수밖에 없었다.[42]

물론 전후 평화주의를 기조로 내세운 일본의 국민국가 시스템이 SCAPanese이 주체가 되어 압도적인 시대정신Zeitgeist인 '민주주의'라는 개념에 의거하여 만들어낸 작품이라는 점은 주지의 사실이다. 그러나 여기에는 이 새로운 국민국가로부터 철저히 추방되고 배제될 아시아의 구 식민지인들(조선인, 대만인, 류큐인, 오키나와인, 중국인, 인도네시아와 필리핀인들)에 대한 고려가 들어설 여지는 거의 없었다고 해도 무방하다. 존 다워 식으로 말하자면, 이 모호한 미일 합작 "점령의 가장 악질적인 유산

42 강재언 · 김동훈, 하우봉 · 홍성덕 역, 앞의 책, 116쪽. 전전과 전후를 관통하는 일본의 동질성 신화에 대해서는 Millie Creignton, "Soto Others and Uchi Others;imaging racial diversity, imaging homogeneous Japan", Michael Weiner ed., *Japan's Minorities : The Illusion of Homogeneity*, Routledge, 1997 참조.

은 (…중략…) 제국주의의 최대 희생자인 아시아인들의 존재가 패전한 일본 땅에서 철저히 무시되었다"는 데 있는 것이었다. 전후 일본 사회의 에스닉 정치와 관련하여, 최근 자이니치 2.5세인 사회학자 정영혜는 자신의 저서에서 "**일본 국적을 가지게 되면 차별에서 해방될까**"라는 질문을 던지고 있어 주목할 만하다. 어찌 되었든, 국적을 보유하는 것이 낫다는 일본인들의 우정 어린 조언에 저자는 그러나 어딘가 씁쓸할 따름이다. 저자에 의하면, 바로 이러한 사고방식이야말로, "'국민이 아니면 인간이 아니다'는 말로 정당화되어 온 민족 차별이 아니었던가 (…중략…) 설령 일본 국적을 보유하더라도, 인종적인 차이가 있거나 민족 이름을 사용하는 경우에 '일본인'으로 간주되지 않는 현실을 없애지 않는 이상, 국적 보유가 권리 보장으로 직결되지 않을 것"이라며 패전 직후로부터 현재까지 계속되는 일본 사회의 완강한 에스닉 정치의 실태를 강도 높게 비판한다.[43]

일본 국민으로 귀화하지 않거나 혹은 하고 싶어도 할 수 없었던 재일조선인들이 전후 일본 사회에서 보이지 않는 투명한 존재가 되어가는 동안, 귀화의 길을 선택한 장혁주는 어떻게 되었을까. 예의 「다른 풍속

43 정영혜, 후지이 다케시 역, 앞의 책, 159쪽. 저자에 의하면, 최근 일본 정부는 국적 취득 완화라는 이슈를 자발적으로 제기하고 있다. 점점 더 국제화되어가는 경제 환경상 외국인 노동자의 일본 유입이 앞으로 더 가속화될 것이고, 일본 정부로서도 이를 받아들일 수밖에 없다는 판단이 이 완화 정책의 배경에 놓여 있다는 것이다. 이 정책은 일견 일본 사회의 에스닉 정치에 긍정적인 영향을 줄 것으로 기대되지만, 그러나 이 대목에서도 정영혜는 쉽게 낙관하지 않는다. 즉, 일본 정부의 입장에서 보자면, 외국인 노동자들을 엄격하게 관리하기 위해서는 동일한 외국인이면서도 거의 준국민(準國民)에 해당하는 자격을 가진 재일조선인들의 존재가 그리 '바람직하지' 않다는 것이다. 말하자면, 이 취득 완화 조치가 재일조선인을 외국인 범주에서 제외한 다음, 나머지 외국인들에 대한 관리를 강화하는 쪽이 되지 않겠느냐고 그는 내다본다. 그리고 특별영주 비자 없는 외국인의 지위가 저하되는 것이라면 일본 사회에서 에스닉 정치의 여전히 문제는 남을 것이라고 주장한다.

의 남편」은 귀화 이후 장혁주의 자연인으로서의 삶, 작가로서의 삶 모두에 대해 적지 않은 단서를 남겨둔다. 이 소설의 결말은 일본인 아내와 '작가-화자'가 사실상의 긴 별거로 들어간 정황을 전하고 있다. "백퍼센트 완전히 동화할 수도 없겠지만, 완전히 동화하면 아무것도 되지 못할 거에요. 일본 작가가 이렇게 많이 있는데 같은 것을 써서는 가치가 없을 거에요." 텍스트 속 일본인 아내의 충고와는 달리, 현실 속 노구치 가쿠츄로서의 이후 장혁주는 "순수한 일본어"와 완벽한 일본 문학을 열망하며 '보통'의 일본 작가가 되는 쪽을 선택한 것으로 보인다.

이 기획은 성공적이었을까. '민족'의 흔적을 완전히 지우는 것은 그러나 실제로는 가능하지 않았고,[44] 엄밀히 말해 그러한 계열의 작품들이 일본 문단에서 의미 있는 성과를 거두었다고 말하기는 어려울 듯하다. 전후 에스닉 정치가 본격적으로 가동되기 시작한 1950년대 맥락에서 보자면, 「다른 풍속의 남편」과 같은 텍스트는 동질적인 단일 민족 신화가 전후 일본 사회에 공기처럼 '자연스럽게' 자리잡아 가는 과정을, 개인사를 통해 예민하고 우울하게 드러낸 수작秀作이라 할 수 있다. 구조의 차원에서든 구조를 내면화한 개인의 차원에서든, 민족적 차이와 잉여, 다양성이 어떻게 억압되어 가는지를 보여준 미시적이면서도 생생한 기록으로 이 텍스트를 기억해 두면 어떨까.

44 장혁주 스스로도 시간이 훨씬 흐른 이후에는 오랫동안 꺼내들지 않았던 조선이나 민족이라는 주제를 다시금 적극적으로 발화하게 된다. 그러나 재등장한 '민족', '조선'이라는 그의 화두는 이전과는 조금 다른 뉘앙스를 띠게 된다. 예킨대, 고대의 시간을 배경으로, 한일 간의 문화적, 종족적 유사성을 강조하는 역사물(『한과 왜(韓と倭)－천계민족은 어디서 왔는가(天孫民族はどこから來たか)』, 講談社, 1977)의 발상은 그를 평생 따라다녔던 '민족'이라는 프레임 자체를 무화 내지 상대화시키려는 시도였다.

참고문헌

1. 1차 자료

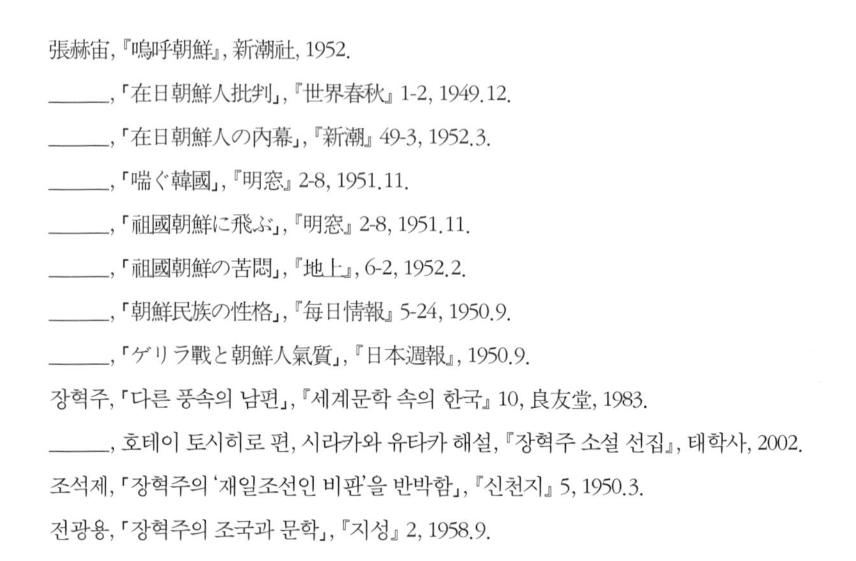

張赫宙, 『嗚呼朝鮮』, 新潮社, 1952.

______, 「在日朝鮮人批判」, 『世界春秋』 1-2, 1949.12.

______, 「在日朝鮮人の內幕」, 『新潮』 49-3, 1952.3.

______, 「喘ぐ韓國」, 『明窓』 2-8, 1951.11.

______, 「祖國朝鮮に飛ぶ」, 『明窓』 2-8, 1951.11.

______, 「祖國朝鮮の苦悶」, 『地上』, 6-2, 1952.2.

______, 「朝鮮民族の性格」, 『每日情報』 5-24, 1950.9.

______, 「ゲリラ戰と朝鮮人氣質」, 『日本週報』, 1950.9.

장혁주, 「다른 풍속의 남편」, 『세계문학 속의 한국』 10, 良友堂, 1983.

______, 호테이 토시히로 편, 시라카와 유타카 해설, 『장혁주 소설 선집』, 태학사, 2002.

조석제, 「장혁주의 '재일조선인 비판'을 반박함」, 『신천지』 5, 1950.3.

전광용, 「장혁주의 조국과 문학」, 『지성』 2, 1958.9.

2. 단행본

강인철, 『한국의 개신교와 반공주의 – 보수적 개신교의 정치적 행동주의 탐구』, 중심, 2007.

강재언 · 김동훈, 『재일 한국 · 조선인 – 역사와 전망』, 소화, 2005.

김광열 · 박진우 · 윤명숙 · 임성모 · 허광무, 『패전 전후 일본의 마이너리티와 냉전』, 제이앤씨, 2006.

동아시아평화인권한국위원회, 『동아시아와 근대의 폭력』 1, 삼인, 2001.

고모리 요이치, 송태욱 역, 『1945년 8월 15일 천황 히로히토는 이렇게 말했다』, 뿌리와이파리, 2004.
마루카와 데츠시, 장세진 역, 『냉전문화론』, 너머북스, 2010.
요시미 슌야, 오석철 역, 『왜 다시 친미냐 반미냐』, 산처럼, 2008.
정영혜, 후지이 다케시 역, 『다미가요 제창』, 삼인, 2011.
존 다워, 최은석 역, 『패배를 껴안고』, 민음사, 2009.
테사 모리스 스즈키, 한철호 역, 『북한행 엑서더스』, 책과함께, 2008.
金太基, 『戰後日本政治と在日朝鮮人問題 : SCAPの對在日朝鮮人政策1945～1952年』, 勁草書房, 1997.
Caroline Chung Simpson, *An absent presence : Japanese Americans in postwar American culture 1945～1960*, Duke University Press, 2001.
Edward W. Wagner, *The Korean Minority in Japan 1904～1950*, Institute of Pacific Relations, 1951, New York.
Leo T. S. Ching, *Becoming Japanese*, University of California Press, 2001.

3. 논저

곽형덕, 「경계의 모호함과 평가의 단호함을 묻다－시라카와 유타카, 『장혁주 연구－일어가 더 편했던 조선 작가 그리고 그이 문학』」, 『사이』 9, 국제한국문학문화학회, 2010.
김예림, 「'배반'으로서의 국가 혹은 '난민'으로서의 인민－해방기 귀환의 저정학과 귀환자의 정치성」, 『상허학보』 29, 상허학회, 2010.
김철, 「두 개의 거울－민족 담론의 자화상 그리기」, 『상허학보』 17, 상허학회, 2006.
김학동, 「6·25전쟁에 대한 장혁주의 현지르포와 민족의식」, 『인문학연구』 76, 충남대 인문학연구원, 2009.
신승모, 「일본문화(日本文化)－전후의 장혁주 문학」, 『일본언어문화』 13, 한국일본언어문화학회, 2008.
이봉범, 「8·15해방～1950년대 문화기구와 문학－문화관련 법제를 중심으로」, 『현대문학의 연구』 44, 한국문학연구학회, 2011.
이연식, 「해방 후 한반도 거주 일본인 귀환에 관한 연구－점령군·조선인·일본인 3자 간의 상호작용을 중심으로」, 서울시립대 박사논문, 2009.
전갑생,「한국전쟁기 오무라 수용소의 재일조선인 강제 추방에 관한 연구」,『제노사이드연구』 5, 한국제노사이드연구회, 2009.
천정환,「일제 말기의 작가의식과 '나'의 형상화—일본어 소설 쓰기의 문화정치학 재론」,『현대소설연구』 43, 한국현대소설학회, 2010.
南富鎭, 「日本近代文學のアジア(6)張赫宙の朝鮮と日本 : 日本語への欲望と近代への方向」,『アジア遊學』 52, 勉誠出版, 2003.
趙正民,「戰後日本とアメリカ、そして「朝鮮」という配置図—松本清張の昭和三十年代の作品群から考える」,『일어일문학』 28, 대한일어일문학회, 2005.
張允馨,「朝鮮戰争をめぐる日本とアメリカ占領軍 : 張赫宙『嗚呼朝鮮』論」,『社會文學』 32, 日本社會文學會, 2010.6.
テッサ・モリス スズキ,「占領軍への有害な行動 : 敗戰後日本における移民管理と在日朝鮮人」,『現代思想』, 青土社, 2003.9.
Christina Klein, "Family Ties and Political Obligation : The Discourse of Adoption and the Cold War Commitment to Asia", G. Appy ed., *Cold War Constructions*, The University of Massachusetts, 2000.
Millie Creignton, "Soto Others and Uchi Others;imaging racial diversity, imaging homogeneous Japan", Michael Weiner ed., *Japan's Minorities : The Illusion of Homogeneity*, Routledge, 1997.